众神隐退

YINTUI ZHONGSHEN

存文学 著

中国青年出版社

图书在版编目（CIP）数据

众神隐退 / 存文学著. —北京：中国青年出版社，2022.4
ISBN 978-7-5153-6612-8

Ⅰ.①众… Ⅱ.①存… Ⅲ.①长篇小说–中国–当代
Ⅳ.①I247.5

中国版本图书馆CIP数据核字（2022）第051792号

众神隐退

作　　者：存文学
责任编辑：侯群雄　岳虹
书籍设计：张帆
出版发行：中国青年出版社
社　　址：北京市东城区东四十二条21号
网　　址：www.cyp.com.cn
编辑中心：010-57350402
营销中心：010-57350370
经　　销：新华书店
印　　刷：三河市君旺印务有限公司
规　　格：710×1000mm　1/16
印　　张：24
字　　数：285千字
版　　次：2022年7月北京第1版
印　　次：2022年7月河北第1次印刷
定　　价：39.00元

本图书如有印装质量问题，请凭购书发票与质检部联系调换。联系电话：010-57350337

东方既白,众神隐退,妖魔依然。

1

弥漫无边的大雾,铺盖在沟谷和森林之间,把天空和大地遮蔽得严严实实。抬起头来,看不到天上有一丝透亮的痕迹,只觉得雾团就凉飕飕地压在头上。人在地上行走,犹如在乱棉堆里挪步,空软无力,举步维艰。若是迎面有人走来,在一片白茫茫中,根本无法看清对方的身影和面孔,很容易就碰撞到了。对于连月来饱受美军飞机轰炸和敌特骚扰的中国筑路民工来说,大雾反而成了一件天大的好事。此时,他们不用再担心随时可能到来的空袭。因为在过往的日子里,美军无论从泰国的呵叻、乌汶、乌塔保哪一个军用机场起飞,在不到半个小时之内,都可以抵达工程团的上空,实行大轰炸。

旷日持久的艰苦奋战,长时间的超负荷劳动,加上每一个民工整天处于高度紧张状态,团长杨波对此极为忧虑,他担心这支年轻的筑路队会被搞垮。经过再三考虑、反复斟酌,在没有和任何人商量的情况下,他擅自作出了让工程团所辖的四个营、一千七百多名筑路民工,除了站岗、放哨的民工以及通信班的话务员、报务员以外,上午统统放假休息半天的决定。他心里非常明白,这样做,是冒着极大风险的,稍有不慎,走漏了风声,捅到筑路指挥部那里，一旦追查、问责下来，必将遭到一番疾风暴雨的批判——追究他无组织、无纪律，隐瞒事实的责任。最好的理由就是批判他个人英雄主义抬头。熟知杨波的人都知道，在战场上，杨波是个敢于和美国人叫板、硬碰硬的大英雄。三年前，组建出国筑路工程团的时候，他被匆忙地从越南前线调到工程团。要说起来，之所以这么做，一方面是出于对他安全的考虑，让他到一个毫不起眼的地方隐藏起来。据说，在越南，他指挥炮兵接连打下了几架包括 B-52 在内的轰炸机后，引起了美国空军的高度警惕。这位沉着应战、临阵不乱、不断变化战术的高炮指挥官，给美国的空军造成了极大的威胁。美国海军陆战队下定决心，不留痕迹，斩草除根，彻底把他干掉。另一方面，前线作战内部也有人要狠狠教训他，要给他当头一棒，泼上冰凉之水，收敛他目空一切的傲气。有位前线指挥部的副师长——杨波的顶头上司，一直跟他过不去，给杨波贴上了抗拒上级、无法指挥调动的标签；还找借口说，很多战斗本来是可以取得更好成绩的，可是，就因为杨波的固执己见，错过了许多难得的对空作战的有利机会。真实的原因却是相反的，要是没有杨波的果断，没有他坚守在炮阵地上，靠前指挥，对每个战术进行及时调整，认真总结成功与失败的经验和教训，很难取得一番好成绩的。前线作战指挥部为了缓和这位副师长与杨波的紧张关系，只好丢卒保车、忍痛割爱，把杨波从炮火连天的第一线撤下来，调到援老抗美筑路工程团。一切照旧，待遇不变，算现役军人，保留原团长的职务，任务完成后，再回部队。到工程团来，他做的事情就是整天与民工、推土机、炸药、土石方、隧道和桥梁打交道。这对他已大有浓烈的贬谪意味，他的处境有点像《西游记》里坐上了弼马温交椅的孙悟空。

不是冤家不聚头。就在杨波到老挝两个多月后，这位老是与他过不去的副师长，也调到了援老筑路指挥部，担任了副总指挥长一职，虽是个副的，还真是个了不起的实权派，是一尊站在山头上能够造成雷鸣电闪的大神。在一次指挥部召开的各工程团团长的见面会上，杨波与这位副师长相见了。从他那两道咄咄逼人的目光中，杨波看出了这位首长的固执己见。在这位首长眼里，凡是遇事有决断能力、能够在战场上灵活指挥的人，都是独来独往、狂妄自大的个人英雄主义者。说白了，他就是偏爱那些唯命是从、唯唯诺诺的庸才，一种永远直不起腰杆来的小爬虫或看风使舵的变色龙。这次，他私自作出放假决定的消息，若是传到了副总指挥的那里，肯定会成为一条抽打他的致命钢鞭。轻则写检查，重则丢了团长的乌纱帽，把他在援越战场上拼杀出来的辉煌灿烂前程彻底断送。纵然如此，杨波也觉得无所谓了，都说做官只是一时的事，做人是最为重要的，是一辈子的事。做官仿佛穿一件时髦华丽的外衣，不想给你时，找个借口就把你拿掉了，所有做官带来的好处和光环，都消失殆尽。虽谈不上爱兵如子，但总不能置自己带出来的一千七百多个农家子弟的生死于不顾吧。他们可是百里挑一的优秀人才啊，从政审到体检都是严格按照当兵的条件筛选出来的，他们是森林中的标直大树，是沙石中的黄金。既然把他们活蹦乱跳地从家乡带出来，就要尽量完好无缺地把他们带回去。那天，在出发离开县武装部大院前，他对一大群前来送行的家长信誓旦旦地表了这个态。

在大雾的笼罩下，工程团直属营的近五百号民工还在营房的大工棚里熟睡着。团长杨波心中有事，起了个早，带上小枪，披上军用大衣，蹑手蹑脚地绕过了他非常熟悉的两个岗哨，拐过厨房仓库，一头钻进大工棚附近的一个单身小工棚里。随即传来平稳而均匀的鼻息声，这充满着年轻人特有的气息，正是杨波所希望的。他走向前去，开亮手电筒，掀开单人的黄纱蚊帐，轻轻地推了推张大庆，让他从睡梦中醒过来。

因为他们有约在先——凌晨出发，所以对于团长杨波的出现，大庆并没有感到惊奇和突然。他以为自己酣睡过了头，耽误了出发的时间，一骨碌翻身起来，揉揉眼，坐到了床沿上。可是，就在他睁开眼的同时，感到胯下有些热烘烘的，好似突然要从那里冒出一朵硬挺的大蘑菇来，大有一副要从裤衩里伸出脑袋来探望的样子。大庆顿时涨红了脸，不敢直起腰杆来，低着头，往下扒拉了几下，可是，一点都不管用，下面的物件根本没有一点低头屈服的意思，在团长面前献丑，真令大庆狼狈不堪。

这一幕，被站在一旁的杨波不经意间目睹了，他强忍片刻，还是憋不住，扑哧一声，笑了起来："大庆啊大庆，难道这个你都不懂？这是年轻小伙子们的'晨勃'，不是什么见不得人的丑事，正如十四五岁的女孩子如期到来的红潮一样，是用不着害羞的，也不用对它有什么过不去，凡是发育正常的小伙子都会出现这种现象。我现在都快四十的人了，隔三岔五，也会出现这种状况。夏天到了，森林里、山坡上的蘑菇要出土，竹子要拔节长高，这是谁也挡不住的。那些年，当新兵的时候，早晨听到起床号，一时下不了床，是常有的事，特别是晚饭吃了牛羊肉这些壮阳大补的食品，半夜过后，下面就伺机而动了。到了操场跑步还下不来，只好低头，弯腰装作系鞋带状。说来，这是男人全方位成熟的标志，是强劲有力的表现，呈现出男子汉的阳刚之美、雄性之美。据说，当年成吉思汗带兵出征的时候，一大早会猫腰走到帐篷里，把士兵盖在身上的毛毡掀开，看到胯下高翘着的，就让他打前锋，他们勇往直前，冲锋陷阵，威猛如狮！"

大庆嘿嘿一笑说："团长，你不会是现代版的成吉思汗吧，我还是第一次听到这样离奇而又生动的故事。一代天骄，肯定是个智勇双全的铁血人物，他肯定是非常懂得怎样用兵的。"

说话间，大庆不再感到拘束，不觉间，浑身松弛下来，胯下的玩意儿自然就软塌下去，恢复了兔子般低头安卧的自然状态。大庆立即跳下床，挂上蚊帐，伸手蹬腿，三下五除二，迅速换上了团长特意弄来的那套靛青色的土布衣服。这一换，他彻底改变了样子，杨波上下左右把他仔细打量了一番，站在面前的俨然就是一个老挝地道的阿卡帅小伙，而且浑身洋溢一种蓬勃朝气和勇往直前的精神。杨波这样做是深思熟虑的结果，是出于对大庆安全和保密的需要——正如把鱼放到鱼中隐蔽，把鸟放进鸟中掩护一样。有了这身装扮，大庆在行进的途中纵然与美军特种部队和老挝特务遇上了，只要能够镇定下来，泰然处之、从容不迫、不惊不慌，就可以瞒过真实身份，全身而退。

杨波披着纷纷扬扬的雨露，濡得一身潮湿，把大庆护送到距离直属营工地六百多米外的一道山口，同时还把上级配发给自己作防身用的五四式手枪交到了大庆的手里，并多给了一个压满子弹的夹子。两个弹夹，一共二十发子弹，有情况，可以抵挡上一阵子了。

杨波用力抹了一把沾满水珠的浓眉，非常严肃地叮嘱大庆说："大庆啊，你只身一人闯到神秘莫测的深山密林中去，那里从来都是一个难辨东西的迷宫。进去后，我无法与你取得任何联系，不论遇到什么样的情况，都得由你一人担着，虽然我左右为难，可是，想来想去，要完成这个重要的任务，还非你莫属。在密林中，你一定要胆大心细、沉稳应对，在险恶环境中保全自己的生命，要把自己的生命放到至高无上的地位。就目前的局势来说，散布在附近一带丛林中和村寨里的小股特务，为了掩饰自己的本来面目、减少敌对势力，他们会尽量避开与老挝当地老百姓的正面冲突，采取息事宁人的态度。所以，有了这身阿卡人的装扮，肯定是利大于弊，多了一层保护色。"

杨波团长与大庆分别的场景，大有一番"风萧萧兮易水寒，壮士一去兮不复还"的悲壮意味。杨波感到鼻子有些发酸，几滴雾雨滑下脖子，不由得连着打了几个冷战。第一次把这样一个重要任务交到一个新兵的手里，他有着说不尽的担忧，可是，当看到张大庆木桩似的稳立在自己面前时，他的情绪又马上镇定了下来，心里暗骂自己："真他妈的窝囊废，一个曾经在越南丛林中冲锋陷阵的团长，一个指挥若定的指挥官，怎么能陷在这软绵无力的儿女情长之中？"有时候，军人少不了冷血和铁面。所谓"无毒不丈夫"，他理解的这个毒，并不是心生阴谋诡计的毒，而是必要的冷酷无情！

相比之下，大庆反倒显得要自然些，似乎早已泰然处之，有一种初生牛犊不怕虎的坦然和自信。大庆挺着腰杆，"啪"一声，两脚并拢，做了个立正动作，随即举起右手，敬了个标准的军礼，信心满满地说："团长，到这片原始老林中去，完全是我张大庆心甘情愿的事。进森林，钻山沟，是我从小就会了的，我就像一只独来独往的公狼，不会无端生出恐惧来。再说了，在我的身后，有您杨团长和筑路队成百上千的弟兄们在为我助威呐喊，纵是走到了天涯海角，我也不会退缩的。"

"是啊，一个人的能力毕竟是有限的，可是有一股强大的集体力量在支撑着你，排山倒海般地推拥着你，给你源源不断的信心和动力。你所做的事是为了解除别人的痛苦，所以定能无往而不胜。你这次的神秘行动就像曲波的长篇小说《林海雪原》里的主角杨子荣上威虎山一样，重任在肩啊。不过，得再说一遍，这次走进森林的所作所为，你出来后一定要管好自己的嘴巴，给它贴上个牢不可破的封条，千万不要把事情泄露出去，因为此事非同一般，等同最高机密，牵扯到我们中国民工的对外形象。此事只限在你我之间，出国前首长特别宣布过的，每一项规定都需要遵守，任何一条都不得触碰，绝对不能随意更改，越雷池半步。"

其实，不用团长过多强调，大庆也深知其中的利害关系。出国前，在边境的孟阳基地，筑路民工集中培训三个月时，教官就不止一次地说过这些耳熟能详的纪律。那天早晨，上千名筑路队队员都换上了统一制作的橄榄绿服装，背上背包，整装待发。突然，营地里风驰电掣地开来了一辆身披草绿色伪装网的北京吉普，车刚停稳，门开后，走下来一位手持绿色半导体喇叭的大个子首长。据说，他是刚从老挝第一线实地考察回来的，掌握了大量的有关老挝的第一手资料。大个子首长站到了队伍前面一个搭起不久的木板台子上，脖子一伸，对着话筒，像只报晓的公鸡，放大了嗓门，把半导体喇叭的声音放到最大音量，使得喇叭不时发出嗡嗡的炸响。他向队员们反复交代了几大条钢铁般的纪律。

他说："除了'三大纪律，八项注意'之外，还得加上最为重要的一条，就是你们到了老挝，除了能喝那里的水、能动公路所经过之处的草跟树木和能够在那块土地的一定范围内自由行走活动外，其他无关的一草一木、一石一丘，都不得随意乱动、乱走。特别需要强调的是，在老挝上寮地区的大森林中，野生动物非常多，东南亚一带有的，它几乎都有，大的有大象、老熊、麂子、马鹿、老虎、豹子、野猪、蟒蛇；小的有穿山甲、竹鼠、果子狸。你们每个民工的手里都配发有冲锋枪和手榴弹，我知道你们这些从农村来的小伙子，有不少人做过猎手，看见猎物，就像小偷见到金元宝，手痒，心更痒。可是，你们千万要牢记：枪是用来对付敌人的，不是对付野生动物的，不要见了这些东西，嘴巴流口水。它们纵然从你们面前成群结队、大摇大摆地经过，也要不为所动。还有江河里的鱼，同样是一条也不能动，更不能用雷管炸药或手榴弹去，反正你们的脑子要用在正处，尤其这项技术危害很大，大鱼小虾通杀，我看早晚得制止。总而言之一句话，谁敢违反，没有什么话可讲，求爹告爷都不行，武装押送，遣返回国！情节恶劣的还得去坐三五年的大牢。这不是在吓唬你们，而是一条天王老子也动摇不了的硬性规定，即使孙悟空违反了，也要依法拿下。"

站在下面的民工大笑起来。大家都知道孙悟空是技法高超的神话人物，有着神秘莫测的七十二变之法术。

有人小声说："我看，连猪八戒也拿不下，它有三十六计啊，大口马牙的，你有这个本事吗？孙悟空有着通天入地的高强本领，别再瞎吹牛了。"

大首长自始至终铁青着脸，从额头到下巴仿佛能刮下三寸厚的锅底黑灰来。他的每一句话，无不透出了一种对民工们的极度怀疑和不信任。大庆觉得这位与人为敌、高高在上的大首长，毫不费力地就把一大批民工推到遥远的天边去了。在他的眼里，站在面前的仿佛不是一批有觉悟的出国民工、一批充满着朝气的热血青年，而是一群在山野里围绕着倒在地上的死牛烂马嘎嘎乱叫的臭雕和乌鸦，一批蠢蠢欲动、存心出国捣乱搞破坏的乌合之众。

谁知道，民工中竟有一个不知天高地厚的倔小伙子，好像根本没有看清大首长铁青的嘴脸，在没征得同意的情况下，竟口无遮拦地放起了大炮来："大首长同志，要是一条大蟒冲到了面前，张口要吞人，难道也要不为所动吗？听说那里山坡上、林子里、小河边，各种大小不一的水蚂蟥、旱蚂蟥、小咬、蚊子多得是，糠秕一样密密匝匝，伸手就能薅下一大把，要是它们飞到身上来吸血，也要不为所动吗？"

这个愣头愣脑的年轻人没有经过脑子的话，还真的带有几分刁钻，他这里刚一擦火柴皮，"唰"一声，就把大首长的怒火给点燃了。大首长立即冲着这个"坏"小子，伸出了一个不起眼的小拇指，做了个不屑一顾的动作，劈头盖脸地教训开来："刚才冲着我说话的臭小子，别太看重自己了，再不成，也别把嘴巴当放臭屁的肛门来使用，知道吗？肛门还有一个文雅的称呼，叫谷道，五谷之道。我看，你就是一个连谷道都不懂的人，说出的话充满着一股子浓烈的农村二流子的无赖气息，大粪加蒿草的味道。蚂蟥、小咬、蚊子、苍蝇，统统都是全人类都要共同消灭的害人虫、吸血鬼，难道连这个你都不懂？知道吗，一个人要靠的是脚踏实地的真本事，不是油嘴滑舌的二皮子功夫，你要是不愿意出国为世界革命做贡献，我现在就可以批准你，让你立即滚蛋，从哪里来滚回哪里去。不过有一条，你真的打了退堂鼓，你就是一条灰溜溜的丧家之犬，或者叫，人人喊打的过街老鼠。一个贪生怕死的逃兵，脸上是没有什么光彩可言的。大家都要知道，你们表面上是筑路民工，实际上是一支钢铁般的队伍，一支拿起枪杆能作战、驾起机械能开路的先锋，一切管理，都要按照部队的纪律来进行。"

大首长尊口一开，机关枪似的倾泻了所有能够攻击别人的子弹，把这位粗枝大叶、不假思索就放了"大炮"的筑路队员，吓得大气都不敢出，脸色由红变白、由白变青、由青变灰，他大汗淋漓，身子不停地摇晃起来，几乎扛不住了，要晕倒在地上。站在一旁的张大庆扶住了他。好在这时候，广场上响起了一片汽车马达的轰鸣声，几十辆披挂着绿色伪装网、拆除了牌照的解放牌汽车，接连按响了催促的喇叭，大首长不好意思再唠叨下去了，摆摆手说："是英雄，是软蛋，老挝公路上试试看！"

两天以来，从早到晚，除了吃饭、喝水，张大庆一直在密不透风的竹海里艰难穿行。本来，他完全可以沿着那条被当地老挝人叫南卡的小河，顺着左岸的森林边一直往上走的。因为那里有一条被大象和猎人踏出来的隐秘小道，可以顺利到达他要到达的那片原始老林。可是，就在出发前的头一天晚上，团长杨波从邀请到营地里来看电影的村民口中打听到，附近阿卡小寨的一个年轻猎人在那里被炸断了一只腿，流血过多，死在了爬回家的路上。可以肯定，美国和老挝的敌特势力，已在筑路队的四周频繁活动，在这条小路上布下了无数的地雷。事实上，大庆所在的筑路队进入老挝八个多月以来，已有几十个兄弟，死于美军突如其来的轰炸和来历不明的特务袭击。有时，一个队员跑到路边的树丛里行方便，几分钟却不出来，找到时，已是一具血肉模糊的尸体了。虽然，总部派出了小分队，加强了公路沿途的武装巡逻，可是依然防不胜防，筑路队员被害的事件还是时有发生。其他工程团也有类似的情况。为了减少不必要的牺牲，防止人心惶惶，没有对外公开。筑路总指挥部不得不发出了"一个人绝对不能单独行动"的命令，即使在行方便时，也得有两个人，一人持枪放哨，一人行方便。

为了以防不测，无奈之下，张大庆在冒着踩中地雷的危险与受到毒蛇猛兽攻击的两难之间，纠结了片刻，毅然做出了决定——穿越莽莽竹海之路。他知道，这样的选择，虽然危机四伏，充满着无数不可知的危险，但只要始终保持高度警惕，一切可能发生的恶性事故都可以得到避免和阻止，做到逢凶化吉。

又想起和自己奋战在一线的民工兄弟们以及家里的奶奶，大庆消除了惧怕，似乎获得了一种崭新的力量，若真的有了一束红光在前面升了起来，所有的叶子都在闪闪发光，照耀着他毫不畏惧地往前走。

一个礼拜前，有当地曼金兰傣族寨的老百姓到筑路队来报说，寨子里的一个十二岁的放牛小孩已经失踪两天了，请筑路队派人帮助他们寻找。杨波团长立即派出了三十多个带枪的队员，整整用了两天的时间，在离山寨两公里的竹海里，搜寻到了一条鼓胀着水桶般大肚子的缅甸花斑巨蟒。它一动不动地耷拉着脑袋躺在地上，人们对着脑袋的位置用大棒把它敲打死了，破开肚子一看，乳白色的液体里，果然包裹着一团黏黏糊糊的东西，拨开黏稠的胃液，里面的包裹物已经面目全非了，耳朵和鼻子早已抹平，整个头部像个削了皮的冬瓜，只能从穿着的衣服上来加以辨认，发现果然就是那个傣族寨子丢失的小孩。

据说，在这片方圆二十多公里的野竹海里，潜伏着不少于上百条的缅甸黑花蟒，其他大大小小的毒蛇更是不计其数，最多的还要数青竹飙、蛇铁头、眼镜王蛇等几种剧毒、杀伤力巨大的蛇。别说外人，就是当地的土著，都无不谈蛇色变。按理，进入了深秋，应该是蟒蛇在山洞和土洞里蛰伏的季节，可是，因为老挝上寮地区属亚热气候带，这片竹林又最适宜竹鼠和穿山甲生存繁衍；加上，还有不时造访的麂子、野猪、马鹿，这里便成了大蟒丰美的粮仓肉库，它们依然四处出没，搜寻着随时可以到口的食物。

过往的日子，大庆几乎每天都可以听到邻近的三个营和村民与大蟒相遇的消息。

在两天马不停蹄的穿越过程中，大庆丝毫不敢放松自己的警惕，手里始终紧握着那把锋利的军用匕首。这匕首是团长前几天送给他的，据说是团长从越南战场上带回来的战利品。每迈出一步，大庆都处于如履薄冰的紧张状态。竹林之密集，超出了大庆的想象：不少竹蓬在面前竖起的就是一道难于逾越的隔离高墙；这棵竹子与那棵竹子之间，紧紧地拥挤在一起，相互夹抱着，中间没有可以穿过一个指头的空隙；最为可怕的是，到了竹海的深处，居然没有一声小鸟的啼鸣，可以给你带来宽慰，每一分每一秒，神经都绷得铁紧。从上至下，左盼右顾，横在前面的每一根枝条、每一段发黑的糟木头，都要停下来张望一会儿，确信无潜在的危险后，再往前走一步。他也得随时提防突然袭来的大蟒、毒蛇，因为这些大蟒和毒蛇都奸狡无比，随时出现。有时，他要在几丛竹篷之间，绕来绕去，兜大半天的圈子，才能找到一条仅能容身的夹缝，从中提着肚子，挤过去。有几次，夹缝过于褊狭，他不得不把身上的背篓取下来，像非洲妇女那样，把背篓顶在头上，侧身而过。

在惊魂未定的气氛中，大庆终于钻出了竹林，踏入了这片他所要到达的原始森林。拿下挎着的军用水壶，挺起腰，抬起头来，一口气喝干了刚才在小溪里灌的大半壶水，把一直背着的、沉甸甸的大背篓放下，前胸后背已被大汗浸透了，两个腋窝底下还在渗着汗水，浑身仿佛散了架子，他宛若一堆软弱无力的稀泥，身子一斜，靠着一棵粗大的麻栎树，一屁股瘫坐在了地上。他估摸，离开筑路工地已有八九公里远了，因为此时已经听不到一声空袭警报，也听不到一丝推土机的轰鸣声。

不可抑制的倦意，阵阵袭来。哈欠一个接着一个，实在难于坚持，坐下不到两分钟，背上还在呼呼地散发着热气，他竟不知不觉地呼呼大睡了。一小时后，一只爬到树梢枝上采摘麻栎果，吃饱了下树来的松鼠，拖着一条栗红色的尾巴，像一颗果球一样，把他的脑袋误判为树桩，轻松地降落到了头顶上面，把大庆惊醒过来。松鼠"吱"地惊叫一声，丢下嘴巴里含着的麻栎果，拖着蓬松的尾巴，重新爬回到了树枝上。

大庆揉揉眼，站了起来，朝着松鼠招招手说："小家伙，谢谢你了，要不是你把我弄醒，还不知道要睡到什么时候呢。"作为回报，大庆从背篓里找出一块压缩饼干，朝树枝上抛去，想不到，这松鼠居然跳起来，把它接住了。

森林暗淡了下来，所有吊挂在大树枝上的光线突然收起，到处响起了一片小鸟归巢、枝叶摇动的噗噗声。眼看，天很快就要黑了。大庆摇晃着身子，扶着树干，勉强站起身来，本能地张大眼睛，四处搜寻，不一会儿，就在不远处发现了一丛长得密密匝匝的野芭蕉林。他鼓起劲来，跑过去，拔出匕首，割下了十几片阔大的叶子，像那春日里筑巢的小鸟一样，从树下到树上，来来回回地攀爬、搬运，好不容易在刚才他倚靠过的大麻栎树离地十几米高的地方，搭建起了一个可以容身过夜的小棚子。苍茫的暮色中，大庆站在树下，抬头看了看自己的杰作，心里感到了一丝安慰。

森林里已有雾气升腾了起来，若一条条白蛇袅袅娜娜地缠绕在树枝上、藤蔓上，就连脚下的叶子堆里，也有雾气升起。大庆必须抓紧时间，分秒必争，尽快把放在地上的背篓和里面的东西全搬到树上去。

用了一个多小时，大庆才把一切做好，安然地坐到了搭好的窝棚里。吃了块压缩饼干，阵阵寒气袭来，他急忙裹上毛毯，很快就进入了梦乡，应该说，这是他进入老挝以来，睡得最安稳、最踏实的一个好觉。

一阵喧闹，把大庆吵醒过来，他身处的这片森林里，仿佛全世界所有的小鸟都集中到了这里，该来的，不该来的都来了。叽叽喳喳，吱吱嘎嘎，它们放开歌喉，把大森林搅起无数看不见的旋涡，就连头顶的小棚顶上，也落满了黑压压的小鸟。他认真倾听，仔细分辨了一下，有自己从小打过交道，模仿过它们声音的画眉鸟、山呼鸟、黑头翁、马大头、鹦鹉、大绿翠；不远的树枝上还有原鸡、斑鸠和鹧鸪；叫不上名的就更多了。

这时，窝棚里依然一片模糊，他打亮电筒一看，手表已经显示是上午十点十六分了，朦胧的森林，到处充满了一片窸窸窣窣的雾雨声，仿佛真的来了一场大雨，居然还看不到五米外。他掀开冰凉的芭蕉叶帘子，伸头往外一看，一股雾气涌了进来，湿漉漉地扑打在他的头上和脸上，不一会儿，头发就变成了一丛带着雨露的野草。他急忙摇了摇，站起来，向着树下撒了一泡长尿，双手接了一捧芭蕉叶上流淌下来的雾雨洗了脸，从带着的军用水壶里倒出水漱了口，缩回身子，关上芭蕉叶做成的小屏风，把寒冷阻拦在外面。可以肯定，还有两个多小时，浓雾才会逐步消散，森林里的风物才会明晰透亮起来，现出本真的面目，到时，他才能下树来。要不，他所要寻找的东西，肯定是一团糊涂，就连蜂巢与蚂蚁巢也容易产生误判。在老挝丛林里的物种，与国内西双版纳的雨林有着更多的相似：你在林中行走时，不时会遇到一个山丘一样高高耸起的蚂蚁冢，上面少不了盘踞着一条藤条一样的眼镜王蛇；一种名叫黄皎黎的蚂蚁和葫芦蜂的习惯几乎完全一个样，它们都喜欢在树上筑巢……大庆起身从吊挂在树枝上的背篓里拿出"红宝书"和笔记本来。离家时，大庆的妈妈，从灶窝里掏了一包烧成了红块的灶心土让他带上，大庆知道，妈妈是担心他到了外地水土不服时，让他用来泡水喝的。奶奶从教堂刚回来，将这部伪装的《圣经》和一部同样伪装过的《金刚经》交到大庆的手里。

奶奶语重心长地对大庆说："奶奶知道，你从小就是一个爱读书的人，捧着一本小说，纵然天塌地陷也全然不顾。你在上中学时，就读过法国作家雨果的经典名著《悲惨世界》和《九三年》这两部小说。现在要你带上的两部书，一部是基督教的经典，一部是佛教经典，都是当年传教士巴沙姆留下来的，你一定要好好读。之所以这样做，奶奶并不是要你皈依哪一个宗教。人可以没有教派，也不一定要皈依哪一个宗教，但一定要有自己坚定的信仰，要从所有经典中，领悟到人生的智慧和哲理，做一个懂敬畏、知退进，有大胸怀、大包容的旷达之人。人不能只吃一样的饭菜，荞麦、绿豆、白菜、萝卜，都要掺杂。《金刚经》是一部智慧书，是可以解除烦恼的心灵大智慧，虽很难读懂，但只要有耐心，一定会慢慢悟出其中的道来。本来，我想让你把老子的《道德经》也一起带上的，抽空好好品读。可是现在的形势……可以肯定，你到了国外也是一样的，带上这样的书，肯定会给你招来不必要的麻烦，我就打消了这个念头。当然，你带着的这两部经典，你也要悄悄地读。"

此时，在电筒光亮的照耀下，大庆把夹在《圣经》中那封奶奶的来信拿出来，这是离开时团长在工棚里交给他的，当时根本来不及看，打开来一抖，里面掉出了一封同学的来信，信封保留完整，还没有被剪开。大庆相信，奶奶连拆的念头都没有产生过，因为奶奶刘伊亚是个明事理的人。这个同学是他的好朋友，叫李建成，他的家在城里，户口也在城里。来信中，奶奶告诉他说，有那份刊登着领袖讲话的《人民日报》紧贴在大门上，福音堂总算保住了。而且，就在一个月前，在上级多次催逼之下，寨子里把"忠字屋"移到了福音堂正对面的开阔地上，"忠字屋"还在门前竖起了一根栎木杆，挂着一个银灰色的高音喇叭。每天"天天读，早请示，晚汇报"的时候，高音喇叭被开到最大音量，先声夺人，强大的声浪，如同带着一阵萧瑟的大风。

孔雀坪和全国各地一样，每天早晚，寨子里的男女老少都要无条件地到"忠字屋"来，在生产队队长的带领下，进行早请示和晚汇报。

福音堂的大门只好关闭了，门头上很快就布上了几道挂上灰尘的蜘蛛丝。孔雀坪附近几个寨子里的几十个信教之人，都被红卫兵严格地监管、控制。有时，奶奶以到教堂唱红歌为由，到各个寨子把兄弟姊妹们召集在一起，把一台有些破旧的脚踏风琴搬到了挂着十字架的台子上，开了大门，在一道尘埃飞舞的红亮光线照耀下，沉稳地指挥着大家一起唱起了时下最流行的《大海航行靠舵手》，接着，恰到好处地插入那支《幸福是只布谷鸟》的歌。

　　大庆知道，《幸福是只布谷鸟》这支多声部的大合唱歌曲，是奶奶年轻时专为福音堂而作的。每逢礼拜天，福音堂几十人组成的唱诗班都要演唱这支原创歌曲。小时候，在月光朗照的夜晚，大庆就会和伙伴们一起，坐在教堂外的大榕树下，倾听这天籁之音，所有的音符，像一只只带着翅膀的夜莺，环绕在他们的身边翩翩起舞：

　　　　太阳红了，月亮白了，雨水顺了，
　　　　年成才会好；
　　　　风儿暖了，桃花红了，火塘旺了，
　　　　人们才欢笑；
　　　　谷子黄了，鱼儿跳了，秧鸡叫了，
　　　　日子才热闹；

　　　　嘿呀呀，
　　　　说一千道一万，
　　　　幸福是只布谷鸟。
　　　　一声布谷草木青，
　　　　二声布谷山花红，
　　　　三声布谷气象新，
　　　　人勤快了春就早，
　　　　青山绿水样样好。

　　　　嘿呀呀，

>   说一千来道一万，
>   幸福是只布谷鸟。
>   人勤快了春就早，
>   绿水青山样样好。
>   ……

接着，大庆拆看了李建成的来信。他得到了一个消息，他的班主任，带着二十几个男女同学，以到边疆傣族地区插队落户为名，越过边境小河，集体投奔了缅共游击队。据说，他们把"天天读，早请示，晚汇报"这种形式也带到了那片土地上，发出了"誓叫全球一片红"的最强音。

大庆回忆起那天要到县武装部报名参加抗美援老筑路工程团的场景，家里人包括爷爷、父母在内的所有亲戚，都持观望态度，大家都颇为担心大庆的安危。从不断传来的美国轰炸越南的消息中，他们知道，老挝的邻居柬埔寨也被卷入了这场硝烟弥漫的战争之中，在这样的形势下，老挝肯定不能幸免。只有奶奶刘伊亚一人，表示鼎力支持。其实，她支持的原因，除了老挝有她的父母和兄弟姐妹外，她还担心，大庆继续留在家里，会卷入县城那场浪潮中去。小城里分成了公开对立的两派，激烈的争斗还在无休无止地进行着，已经达到了白热化的程度。他们拳来脚往，仿佛两头斗架红了眼的公牛，难分难解。后来，不知道造反派从哪来弄到了枪，居然，噼噼啪啪地打响了武斗的第一枪。那时，经常有城里的造反派到家里来拉拢、煽动大庆说："逍遥派是最可耻的，你是赴京代表，是受到主席接见的，我们要返校闹革命，誓把这场触及灵魂的革命进行到底。"

奶奶对家里人说："目前是个鱼龙混杂的时代，要是让大庆搅到这个深不见底的旋涡里去，捞出来的时候，肯定是一个昏头昏脑的糊涂虫，一个道不清、活不明的人了。让大庆避开这样一个忽大忽小、忽起忽落的风暴，去见识一下外面异彩纷呈的世界，脑子里多一些东西也好啊。往大处说，叫国际主义，往小处说，帮人也是帮自己呀。现在，老挝虽是个积贫积弱的小国家，是一门相互走动却带不来任何贵重礼品的穷亲戚，但都说，人不可势利，穷亲戚要认，枯庄稼要收。不定在什么时候，穷亲戚也能帮上大忙呢。一棵大树身边要有无数小树簇拥着，才能构成一个绿意葱茏的大世界。小时候，爹妈常对我们讲，要想看到远处平坦的坝子，看到奔涌不息的湄公河，最好就是爬到山顶上去看。主席在诗词里不是写了'无限风光在险峰'这样的经典诗句？到老挝去，大庆肯定不会寂寞的，那里有风俗无异、语言相通的哈尼同胞，他会像一只入林的小鸟，听到同胞们的亲切呼唤。"

在奶奶的一再说服动员下，全家人都高高兴兴地让大庆到县武装部报了名。

随着目光在书页中的移动，大庆奶奶刘伊亚晃动的身影，若淡淡的雾气从书中漫了起来……

在孔雀坪，大庆的奶奶刘伊亚，一直是个充满神奇和具有大智慧的人物。寨子里的大小事，包括夫妻吵架、邻里不和等，只要经过她出面调停，总能大事化小，小事化了。走到她面前，人总感到有一股子热气在喷发。人们都敬重她、信服她……

有一位在孔雀坪做过私塾的教书先生说："刘伊亚就是孔雀坪的'圣人'啊。"

六十多年前，张大庆的奶奶刘伊亚——一位老挝华侨客栈老板的大小姐，跟随大庆的爷爷——一个青春年少的赶马哥头，翻山越岭，经过了二十多天的长途跋涉，从远在数百公里外的老挝乌多姆塞来到了这个叫孔雀坪的寨子,和爷爷组成了一家。有同去的马帮弟兄说,是大庆的爷爷用动听迷人的赶马山歌,让他奶奶神魂颠倒地跟上了他;还有的说,是大庆的爷爷向奶奶施放了迷药,把她骗了回来……

有一次,大庆十分好奇地问奶奶,奶奶不屑一顾地说:"会唱山歌,对一个常年出门在外,在野山野水间奔走的赶马人来说,不稀奇,更算不上什么大本事。能征服你奶奶的人多吗?难道你还没有看出来,你爷爷是个多聪明的人呀,现在都跨进七十岁门槛的人了,一颗心像高空里的大星星,透明发光,没有蒙上一丝尘埃。他不但心好,还有广阔的胸怀,年轻时,他带的马帮,驮着盐巴、布匹到我们老挝的集市上去,从居住在高山上的苗族、阿卡、瑶族人的手里换取熊胆、鹿茸、鹿胎胶、鹿筋、象鼻、象皮、麂皮、黄草等,从来都是公平公正的交易,童叟无欺。我家在小镇上开了个马帮客栈,你爷爷他们的马队,每次都到我们家来歇脚,这样我们就认识了。再说了,我们中国老家还有不少亲戚,几个舅舅和叔叔们都还在,我爹妈看你爷爷是个一心向善、富有同情心、有着大智慧的聪明人,就同意我跟着他踏上了返乡之路。"

据说,大庆的奶奶来到了寨子后不久,没出三天,就走进了寨里建盖不久、能容下三百多人的福音堂。这座基督教堂是一位叫巴沙姆的美国传教士筹资建盖的。大庆的奶奶刘伊亚走进教堂后,成了巴沙姆的得力帮手。生下大庆父亲一年后,她就被巴沙姆推荐到缅甸仰光的神学院学习了。这一次,又是大庆的爷爷亲自赶着马,沿着那条陆上的古丝绸之路,经大理,过保山,出畹町,穿过缅甸九谷,一直送到了腊戌,刘伊亚由此乘火车到达了缅甸仰光。三年后学成归来,刘伊亚已经学会了一口流利的缅甸语。说来,刘伊亚有着别人不具备的语言天赋,从小就会老挝语和汉语。在老挝,刘伊亚小学时就进了法国人办的一个教会学校。直到中学毕业，她已经学会了用法语与人交谈，能看法语版本的《圣经》了。刘伊亚所在的孔雀坪是个哈尼族、彝族、汉族杂居的寨子，是茶马驿道上一个重要的交会点，这里常有老挝、越南、缅甸、泰国的商队进进出出。遇到在客栈里歇脚的老挝和缅甸的马帮，刘伊亚就主动热情地帮他们翻译。刘伊亚到孔雀坪还不到一年的时间，就能娴熟地运用哈尼语传教了。她像条在语言的河流中恣意游动的鲤鱼，熟练地运用老挝语、汉语、缅甸语和哈尼话、彝族话，因而得到了巴沙姆牧师的高度赞赏。她逢人就夸刘伊亚，说刘伊亚是在全世界的教会里，她所知道的最优秀的。

1950年初，巴沙姆把牧师和管理福音堂的任务，一起交到了刘伊亚的手里。大庆的爷爷赶着几匹马，驮上巴沙姆的行李，带着大庆的父亲把巴沙姆安全护送到了缅甸腊戌。

事实上，大庆的成长深受奶奶的影响。大庆的奶奶刘伊亚肚子里藏着无数的故事，中国、外国的都有，如同一条源源不断的江河，哗哗流淌。她把从缅甸仰光带回的神猴哈努曼到海岛上救出国王罗摩和他妻子悉多的故事，用了两个多月的时间给大庆讲完。后来，奶奶告诉大庆说，这故事出自一部名叫《罗摩衍那》的古印度史诗，至今已有几千年的历史。完成这部伟大作品的人叫蚁垤，他为了写好这部书，在山洞里一待就是几十年，蚂蚁把巢筑到了他身上也浑然不觉。《罗摩衍那》这部史诗的浩繁、博大和浪漫，对大庆产生了深刻的影响。

1966年7月，大庆在县中学作为根正苗红的红卫兵代表被推荐到北京，接受主席在天安门城楼的第二次接见。谁知，在学校政审的时候，有人提出，大庆的爷爷和父亲把美国牧师巴沙姆送出国的重大历史问题。还说，这个牧师是只披着羊皮的狼，是个以宗教为掩护的大特务。消息传回了寨子，刘伊亚跑到学校说："大庆的爷爷和父亲送巴沙姆出国，是有这件事。要是有错，责任全部在我身上，与他人无关，人是我叫他们父子俩送出去的，再说，巴沙姆是不是大特务要有确实的证据，绝对不能信口雌黄。还有，大庆的爷爷和他的父亲在解放军消灭大黑山土匪的时候，还冒着枪林弹雨，赶着马队，给解放军送弹药，这个你们忘了吗？大庆的父亲还受了伤，身上挨了一颗子弹，直到现在，阴天下雨还经常疼痛。因为支前有功，他们爷俩还成了全县的民兵英雄。难道这样的一段红色历史，你们也要一笔勾销？"这一说，那几个有意找碴的造反派，无言以对。在8月31日前，大庆和大批红卫兵一道，顺利到达北京，和来自全国各地的五十万红卫兵一起，受到了伟大领袖的亲切接见。

1968年，大庆所在的县中学形成了势不两立的两大派，校园里出现了小规模的摩擦和武斗冲突。大庆的奶奶得到消息后，带着大庆的父亲赶到县城，把大庆接回了孔雀坪。当时，大庆对县城里出现的情景，还埋在雾水中。

寨子里的基督教堂和大庆的奶奶刘伊亚早就进入了红卫兵的视线，他们一直在私下里密谋着，想把福音堂毁了。

这天，刘伊亚到小镇上赶集回来，突然从路边跳出几个戴着红袖套的红卫兵和持枪的民兵。他们横挡在小路中间，要刘伊亚背诵语录。刘伊亚理了理头发，毫不犹豫地背诵了起来："伟大领袖教导我们说，共产党对宗教采取保护政策，信教的和不信教的，信这种教的或信别种教的，一律加以保护，尊重其信仰。今天对宗教采取保护政策，将来也仍然采取保护政策。"

这些红卫兵和民兵一听，张大嘴巴，一个个都愣住了，相互看看，一个个干瞪眼，谁也判定不了真假，因为红宝书里，根本没有收入这样的语录。

有红卫兵大叫起来:"捏造、荒谬、反动、一派胡言!语录里怎么可能有这样的话,信教不就是搞封建迷信吗?"

刘伊亚不愠不怒地对这个红卫兵说:"红卫兵小将,你不可以开口乱骂人,更不能说我在放毒,这真是伟大领袖讲过的话,它包含着治国平天下的真理。不能说你们手持的语录里没有,领袖就没有讲过,这就不是他老人家的最高指示了。书里面没有收集的论述多了,要不相信,请你们随我到教堂里去看看吧。"

这些红卫兵干的本来就是吹毛求疵、借题发挥的勾当,他们本以为,把柄已经抓在手里,就可以打倒刘伊亚这个顽固不化的牧师,也可将她所在的福音堂来一个彻底干净捣毁,连根拔掉。事实上,他们已经准备好了两瓶引火的汽油,只要把它浇到福音堂的木头墙壁上,再丢上一把火,和那些他们参加过的烧毁寺庙和庵堂的行动一样,福音堂在顷刻间就会不见踪迹。

跟随刘伊亚到福音堂的人,起初只有十几个,后来从路边的树丛里又跳出了几十个隐藏着的武装民兵,于是跟随的人在弯弯曲曲的小路上,越来越多,气势汹汹。孔雀坪的人们知道,外来的红卫兵和民兵包围了教堂。大庆的爷爷急忙把寨子里的人都招来,高举着大刀和斧头,浩浩荡荡地赶到了教堂外,随即,把那些外寨来的人全部围到了中间,他们相互怒视着对方,剑拔弩张。眼看,一场严重的冲突不可避免地就要发生了。

刘伊亚大声地对寨子里的人说:"你们都放心吧,这些外来的红卫兵和民兵都是知书达理的,都是读领袖的书、听领袖的话、照领袖的指示办事的好人,只要他们亲眼见到领袖的话,一切都会真相大白的。"

刘伊亚显现出一副临危不惧的样子,从容地打开了福音堂的大门，大步走到里面，不一会儿，就拿出了一张纸质有些发黄的报纸，打开来展示在大家面前。这是一张1952年11月22日的《人民日报》，上面刊登了领袖在10月8日接见西藏致敬团代表时讲过的话。这是在场的所有人谁也没有料到的事。报上是用竖体排版的繁体字。这些内容，红卫兵谁也看不懂，有些将信将疑，但是又怕真的触犯了伟大领袖，不好轻易说不。刘伊亚见状，大声把大庆找到身边说："张大庆，你是认识繁体字的，把领袖刊登在上面的话，给大家读读吧。"大庆跑到奶奶身边，接过报纸，大声把领袖的话读了一遍。

孔雀坪的大多数人都能够看懂繁体字，多年前，孔雀坪曾经办过私塾，围在大庆身边的人都伸头看了大庆所读的内容，知道刘伊亚牧师并没有说假话。一群外来的红卫兵和民兵的嚣张气焰被压了下来，那个刚才骂刘伊亚放狗屁的红卫兵，一直红着脸，低下了头。不到一小时，一场疾风暴雨便烟消云散了，红卫兵和民兵一个个灰溜溜地走了。

那以后，刘伊亚就把这一份纸质发黄的《人民日报》粘贴到了福音堂的大门上方，她别出心裁地用大红油漆添加了一道红色的外框，再用清光漆覆盖在上面。这样一来，几十米之外就可以看到它鲜红透亮的标志。她满怀信心地对大庆说："穿山甲有硬壳，刺猬有箭羽，看来，我收藏这份《人民日报》是对了，它就是我们福音堂的护身符，是庇护我们的门神呀。"

一阵尖叫声在耳边炸响起来，奶奶刘伊亚的影子一晃，好像一只白鹇鸟飞入了苍茫无际的丛林，消失不见。

大庆立即放下手中的书，不远处，突然传出了一个女孩惊恐万状的呼叫声。显然，这肯定是遇到了不可应对的险情，大庆连忙站起来，把手中的书连同刚才的信，一起丢到背篓里，带上手枪和匕首，掀开芭蕉叶，像只灵巧的猕猴，迅速连攀带滑地下树来。就在他的双脚刚要落地的时刻，他低头一看，下面居然盘着一条簸箕圈般的大蟒蛇。他想稳住自己迅速下滑的身子，可是根本来不及了，两脚重重地踩落到了大蟒滚圆的身上，还没等它作出任何反应，张大庆已经拔起腿来，一阵风似的朝着叫声处奔去。

此时，林中的大雾已经完全消散，他宛若一只飞快奔走的快鹿，不断地起步跳跃。一道飘忽不定的光影，在森林中飞快地闪跳着，以惊人的速度，在大树中奋力穿越。不出六分钟，就出现在一位尖叫不已的姑娘面前。

姑娘手里挥舞着一根手臂粗的树枝，声嘶力竭地咆哮着，正全神贯注地与包围着她的几只黑熊，进行着一场殊死搏斗。此时，她两眼喷着火星子，像一只愤怒着的刺猬，全都爆炸开来。看她这身短衣短裙，打着绑腿的装束，大庆知道，是位当地的阿卡姑娘。因为在筑路工地附近的竹海密林中的几个山坡上，分布居住着七八个阿卡人的大小寨子，每隔几天，就会有到工地上来看稀奇的阿卡人，其中有不少年轻姑娘，就是如此的装束。

事不宜迟，大庆立即把子弹推上膛，抬起手来瞄准。刚才的剧烈运动，使得他的手有些微微颤抖。黑熊和姑娘又不分你我地纠缠在了一起。两只高大肥硕的公熊居然人一般站立起来，挥动着毛茸茸的大巴掌，来拍打姑娘的头脸。姑娘灵活地跳动着，忽左忽右地闪避。

在这样的情况下，大庆没有十分把握，担心误射了阿卡姑娘，于是把枪丢在一边。好在，前面的地上正好掉了一根手臂粗的木头大棒，显然，这是姑娘抢起来打熊时失手抛甩出来的。他赶紧拾起来，握在手里，木棒大概有十多公斤，轻重适宜，很好发挥。他直冲上前去，对准靠姑娘最近的黑熊，横扫竖打，把在边境训练基地学会的那一套拳脚棍棒功夫，全用上了不算，还活学活用，加以创新发挥，左右开弓。黑熊突然腹背受敌，一时难以招架，有几只挨了打的，领教过大棒的滋味，嗷嗷叫着，闪到了一边，扭头观望，不敢轻举妄动。瞬息间，形势出现了出乎意料的大逆转，大庆一鼓作气，发起了一阵猛攻。身陷困境的阿卡姑娘看到了希望，她手中的树枝也连连落到了黑熊身上，她还用阿卡话大声对大庆说："揍它的鼻子，揍它的鼻子！"

姑娘的阿卡话，大庆竟然全听懂了。他依着姑娘的指挥，高举着大棒，对准扑到面前的两只黑熊的鼻子，狠狠打了下去，准确无误地打到了鼻子上，其中一只捂着流血的鼻子，倒在地上直打滚，还有一只拖着受伤的腿脚，袋鼠般地颠跳着，遁入了附近的密林。最后，剩下了两只不知好歹的半大熊伸出掌来企图挡住飞来的大棒，但收效甚微，他们张皇四顾，发出了呜呜的求救声，最终发觉自己势单力薄，忍着疼痛，头也不回地逃了。

云开日出，转危为安，大庆和姑娘手持的大棒和树枝几乎同时落到了面前的地上。过度的紧张与兴奋，使姑娘一时回不过神来，她像一棵风中的小树，虚晃着身子，朝大庆走了几步，如一根忽然离架的豆藤，软绵绵地倒在了地上。

大庆大步过去，想把她扶起来，可是，她已经紧闭着眼，昏迷过去了。他赶忙把姑娘抱了起来，走进了附近的榕树洞里。树洞里壁上斜靠着一只大背篓，里面放了一只加了盖子的木桶，除外还有一把苍黄的弩弓、一圈苎麻麻绳、一个鼓鼓囊囊的大包；地上铺了一层厚厚的山草和枯叶，上面摆放了一床宽大的棕皮蓑衣。大庆赶紧把姑娘轻轻地放在蓑衣上面，好让她休息一会儿。

此时，大庆早已是大汗淋漓，十分疲惫。他在姑娘面前坐了下来，立马就闻到一股带着大山森林和草木芬芳的浓烈气息，不用说，这味道是姑娘身上散发出来的。说来，大庆还真佩服眼前的这位姑娘。他在心里感叹道：这里的阿卡姑娘真是被大山和森林养大的，所有的力气与勇气都得益于大山和森林，要不，一个小姑娘怎么能与七只黑熊拼杀搏斗？要换个城里人，早被这些黑森森的魔爪撕成碎片了。

坐了一会儿，大庆想到了丢在地上的那把小枪，立即起身，把它拾了回来，别在腰间。现在他感到又累又饿，看了手表，已经快到下午两点了，他想回到那一棵大麻栎树上，把那里的东西取下来，可是，他担心被驱散的黑熊经过短暂的休息后，又会卷土重来。小时候，奶奶和爷爷的故事里就有许多有关黑熊、豹子和老虎的故事，黑熊从来都是颇有心计、难于对付的家伙。阿卡姑娘既然还没有醒来，他只好尽一个男人的责任，耐心地守护着。

几道透进树洞里的金色光束搭在了姑娘的脸上。她的脸色有些发青，保留着刚才受惊的状态，丝毫没有要苏醒过来的迹象。

正在仔细端详着，大庆听到了一阵唰唰的声音从不远处传来，好像有人拖着一条带叶的竹梢在地上行走。他本能地警惕起身。那响声由远而近，渐渐向大树洞拢来，大庆抬头一看，原来是条大蟒，它扭动着身子在滑行，很快就到树洞口。大庆一惊，急忙推了推身后的姑娘，拔出枪，推上子弹，这时，蟒蛇很快就到了洞外，它突然像根树干一样竖了起来，对着树洞张开了鲜红的大嘴巴，眼睛闪动着两道咄咄逼人的幽光，摆出了一副准备进攻的架势。大庆的脑子里突然闪出了奶奶讲过的那条吞下过猴王哈努曼的巨蟒。阿卡姑娘没有醒，大庆抱起了躺着的姑娘，本能地后退了两步。他知道，大蟒很快就会从嘴巴里喷出一种白色的液体，要是沾染上这种液体，人和动物就会进入一种软弱无力的迷幻状态，在不知不觉中休克，束手就擒，到时大蟒再张开大口，从容不迫地把人或动物吞到肚子里去。

大庆放下姑娘,准备朝着大蟒的嘴巴开枪,正瞄准刚要扣动扳机时,姑娘忽然一跃而起,劈手打了一巴掌,把他的枪打掉在地上。还没等大庆反应过来,姑娘已从地上的草堆里抽出一根缀满绿叶的藤条,跳到洞外,挥舞着,像蒙古人的套马杆一样,朝大蟒抛去,只见大蟒高昂着的头顿时匍匐下来,立即调转了身子,朝着刚才黑熊逃跑的方向滑动几米,之后一动不动地躺到了地上。姑娘捡起藤条,非常镇静地缓步走到大蟒身边,弯下腰,对着大蟒念念有词,那大蟒竟没有做出一丝反抗,依着指令规规矩矩地抬起头来,任由她把那枝带叶的藤条套到了脖子上。她把藤条结了个活扣,反手牵着走在前面,大蟒则左右摆动着尾巴,带着一地的落叶,顺从地跟在后面滑动,姑娘就这样从空地一直把大蟒带进了森林。几分钟后,她的手里拿着那条带叶的葛根藤条出来了。

一条气势汹汹的大蟒瞬息间就被一个阿卡姑娘给征服了。如此,一场不可避免的恶斗,竟然化险为夷。对此,大庆惊叹不已,要不是亲眼所见,他真是不敢相信。

这时候,姑娘彻底回过神来了,脸上总算有了一抹红润,她告诉大庆,其实刚才她根本就没有睡着,只是在闭目养神而已,那一阵厮打、呼叫,让她已经浑身瘫软,一丝发声的力气都没有了。

大庆非常不解地问姑娘:"刚才那条来势凶猛的大蟒,怎么竟然被你手中一条细小的毛藤子给治住了呢?简直不可思议!"

这一问,姑娘腾地站了起来,眉毛一扬,非常警惕地盯着大庆问道:"难道你不是我们阿卡人,怎么连用葛藤治蟒蛇这样的方法都不懂?我还要问你,你身上怎么带有一把小枪,是不是为反政府武装效劳的特务?"

大庆知道,眼下的老挝,情况非常复杂,除了爱国战线外,还有一支美国在暗中扶持的势力，他们奉行美国为其制定的"游击队对游击队，当地人打当地人"的政策，妄图搞乱国家。本来，大庆并不想轻易暴露自己的真实身份，但看姑娘一脸真诚的模样和清澈见底的目光，他要不说，姑娘肯定还要刨根问底。大庆抬起头来微笑着说："姑娘，实话告诉你吧，我虽然穿的是你们当地阿卡人的衣服，却是一名中国筑路队的普通民工。"

姑娘呼地吐了一口气，神情松弛了下来："我说呢，看你把我吓的，要是站到我面前的是个受过训练的老挝特种部队的特务，麻烦就大了，我一个小姑娘，一头还离不开父母呵护的娇弱小马鹿，一只还脱离不了母亲翅膀庇护的绒毛鸡，怎么能对付一个威猛如虎的彪形大汉呢？你居然是一位来自中国的民工，你怎么独自一人窜到深山老林里来了，是不是吃不消苦头的逃兵，还是一条没有能力奔跑的稀屎狗？"说话间，姑娘那两道火辣辣的目光，一直在大庆的脸上扫来扫去。

大庆不好再隐瞒了，把自己到森林来的目的讲了。他说："你是知道的，老挝的雨季漫长而又持久，走出雨季的人，身子就像吸饱了水的木头，每一个毛孔都充满了湿气。眼下，好不容易进入了旱季，正是我们工程团筑路队突击修路的大好时光。可是，我们不少人却上不了工地，不是肚子干疼拉不出来，就是满身虚汗长不出力气来，严重的，上吐下泻，不出两天就退下阵来了。这影响了修公路的进程，工程团上上下下都很着急，越南那边的炮火，一直还在响着，要是我们的公路早通了，就多了一条连接胡志明小道的供给通道，你们出行也方便多了。出门时，妈妈给我带了包灶心土，她说，要用灶心土加生姜、蜂蜜熬水喝，可以治水土不服。我们筑路队缺少的正是蜂蜜，从中国带过来很不现实，只好就地取材，这样为了寻找蜂蜜，我只好偷偷地溜进大森林里来了，不想，在这里遇上了你。"

这一说，姑娘彻底放松了警惕，眼里重新泛出纯真的光亮，声音也变得分外温柔起来："我的阿哥，你们大老远地从中国内地来到我们这深山密林中，为我们老挝人修路架桥，别说大树上缀着的一挂野蜂蜜，就是要我们牵猪拉牛来犒劳你们，也是我们阿卡人心甘情愿的事，人总要互通有无嘛。刚才，就算我娅檀小妹不懂事，说话大声大气的。实话告诉你吧，制服这条大花蟒蛇，我用的是林中遍地疯长的野葛根藤，我们阿卡人都说葛根是蟒蛇的舅舅，只要碰上葛根藤，蟒蛇就不敢无法无天了，当然，还得念我们阿卡人专门制服和镇住大蟒的贝玛经，这样它才能不反抗，规规矩矩地听从你的话。刚才我没打招呼，就把你的手枪给打掉了，一是距离太近，就算你打中了，它也会扑上来，把你扭倒在地，不吞下你，也会把你的骨头缠绕断成几截；再说了，蟒蛇是一种报复性很强的动物，要是你把这条打死了，身上染上了它的气息，其他的大蟒伙伴闻到了，就会伺机找你报复，所以能饶就饶过它吧。这片竹海森林不仅仅是我们的，本来就是它们生活的地盘，你要是不来打扰，它也不会无端地找上门来。我爷爷告诉过我们，上一辈的老人传下的话也说，阿卡人不可以吃大蟒，因为在祖先们的迁徙过程中，曾遇到过一条湍急的河流，就是一条巨蟒横在河面上，他们才得以通过。不过，说来也怪，前些年大蟒与我们阿卡人一直相处很好，可是近年来，人与蟒蛇的冲突却时有发生，前几天竟然还有吞下小孩的事发生。阿爹说，一切都是因为战争把大蟒的脑子给搅乱了。"

"战争把大蟒的脑子搅乱了，还有这样的说法？"

"我想，阿爹说的肯定是有道理的。你想，到了阿卡人过年的时候，我们有人放炮仗，寨子里的狗都会跑出寨子外，躲到山洞里，几天都不敢归家，难道大蟒就不会被轰炸的响声搅乱脑子吗？"

接着，姑娘告诉大庆，她名叫娅檀，家就在森林外的班海大寨子。班海，是这一带阿卡人居住的十几个山寨中最大的，有一百二十多户人家，九百八十多人。她家世代都是马帮，到现在家里还有四十多匹骡马，她爹除了是个走南闯北的马哥头外，还是附近一带几个阿卡寨子有名的大贝玛，就是个能与鬼神对话的通天之人，什么看卦；念经；驱赶恶魔；赌咒；反咒；为亡人的灵魂指路，回到祖先们出发的地方等，他都无所不能。大舅加坡是负责整个寨子内部管理和对外事务的首领，对内，寨子里发生的牛马糟蹋庄稼、猪鸡被盗、夫妻吵架这些大小事，全部都交由大舅来调停处理；对外就负责与政府打交道、派年轻人对外援助、解决与外村寨人的土地山林纠纷等等。

听娅檀这么一介绍，大庆伸出大拇指夸赞道："这么说来，整个班海大寨，都是你们娅檀一家的'天下'了，上管天文地理，下管夫妻关系，一呼百应啊！娅檀姑娘，你肯定就是班海大寨的头号公主了。"

娅檀理了理纷乱的头发，指着在一束光照下的有些发亮的额头，不无得意地说："也可以这样说吧，其实，所有的这一切，都不是我家去争夺来的，都是大家信任，人心换人心的结果。我们阿卡人喜欢说这样的话：一座山上一尊神，一个寨子一个人。从我们家人脑袋里涌出来的都是一道道洁净明亮的山泉水，大贝玛是世代传承的，到了我爹这一代已经是第十五代了。一百多年前，我们这一支阿卡人从中国迁徙到老挝，在靠近中国边境最近的丰沙里住了二十多年，又继续往下走，到了现在的班海寨。这个寨址，就是老高祖和一位老松族的首领一起选定的。"

大庆也把自己的名字告诉了娅檀姑娘，还告诉她说，他是中国哈尼族人，和阿卡人同属一个民族，族源同出一个。祖先们本来是甘肃和青海一带的游牧民族，后来带着人马，一路往西南迁徙，经四川雅安，过大渡河，到昆明安宁小住了几十年，又继续南下，在元江、墨江一带有过上百年的停留，还曾建立过一个名叫加滇的小酋长国。后来，有的留下来了，成为了现在的碧约和卡多两个大的支系。其中的几个支系，又沿着红河、李仙江、澜沧江—湄公河顺江而下，有的到了老挝和越南，有的进入了缅甸和泰国的北部山区，到了19世纪末，才逐步固定下来，基本停止了大规模迁徙的脚步。哈尼族在不断的行走和迁徙过程中，完成了蜕变和转化，悟到了大地上的生存智慧，一个游牧民族也演变成了稻作民族，与高山、森林同谋，与天地和谐共处，万物有灵，美化大地，歌颂山川、河流，创造了举世瞩目的梯田文明。

这一来，大庆与娅檀相互的距离顿时拉近了，同气相求，自然生出了一种血肉相连的民族认同感。

娅檀打开了话匣子，滔滔不绝地讲了起来："大庆哥，你说的这些，在阿爹为送那些去世老人诵读的贝玛指路经里，不断地重复出现过，他们都烙印在脑子里了，特别是那个有着盐巴的青海湖，还有雅砻江、大渡河、加滇国。我们从老辈人那里，知道了阿卡人自己的历史。爷爷告诉说，我们哈尼是棵枝丫纷披的大青树，阿卡人就是大树上一条婆婆娑娑的枝丫；哈尼是条奔腾不息的澜沧江—湄公河，阿卡就是一条林中流淌出来的溪流小河了。"

到了中午，森林里的气温骤然升高，树洞内很难刮进风来，变得又闷又热，于是，大庆和姑娘移步到洞外，在落满叶子的地上坐了下来。娅檀拿出一只编织精细的小篾盒，打开来，一股子烤肉和糯米的香气弥散开来。一看，里面放了两团拳头大的黑糯米饭，还有几小块烤得焦黄的肉干。娅檀把篾盒抬到大庆面前，请大庆下手抓了吃，大庆本来就饥肠辘辘，于是抓起一团，狼吞虎咽地吃了起来。娅檀还把一块肉干递给了大庆。

"麂子干巴。四天前，我爹用铁夹子夹了一头三十多公斤重的大青麂子，给肉揉上盐巴、花椒，烤成了肉干。"

姑娘自己并不急着吃，笑眯眯地看着大庆，要大庆放心吃。麂子在家乡的森林里也有，大庆吃过，它是山里最好的美味。

大庆以为，娅檀姑娘是在省嘴待客，为了招待朋友，她自己却在忍饥挨饿，心里实在过意不去，立即劝娅檀说："娅檀姑娘，吃呀，你手里不是还有一团米饭吗？别担心不够吃，我也带了不少干粮，就在前面不远的大树上，足够我们吃上几天的。"

突然，附近的森林传来了异样的响动，飒飒的，肯定又有什么东西在行走。大庆立即拔出枪来，注视着声音起处。娅檀踮着脚，向前走了几步，观察了一会儿，摆摆手，示意说："别担心，这声音，就是刚才那条大蟒发出来的，看来它彻底恢复了神志，已经动身离开了。其实，它应该跟踪你好几天了，要不，怎么会突然出现在树洞面前呢？"

"这个我不太清楚，我只是用了两天的时间，穿过那一片竹林。"这一说，大庆想起了下树时踩中的那条缅甸大花蟒。

娅檀说："算你福大命大，真是太危险了。你说的那片竹海，那是蟒蛇窝子，妖魔鬼怪的世界，就是我们土生土长的老挝人，也没有胆量独自一人蹿到里面去。既然你是从中穿过的，肯定在不经意时，招惹上它了，要不是它已经跟踪了你两天，没了上树的力气，等你醒过来的时候，肯定已经在它的肚子里了。"

"这么说，还真是吉人天相了，幸亏听到你遭到黑熊袭击的呼救声，否则我就不会这么快下树来。说来，我就是为了防止野兽和毒蛇，才把窝棚搭在十几米的高处呀。"

"这个你就不懂了,别说十几米,就是你把窝棚搭到二三十米高的望天树上去,甚至,搭到云端里,遇到缅甸黑花蟒,它照样能毫不费力地爬上去,那些筑在高枝上的鸟巢也经常受到它们的袭击。"娅檀的一番话,说得神乎其神,大庆感到毛骨悚然。

"这么说来,你们老挝大蟒上树的本领,比林中的猕猴还要高强多了,难道拿它就没有一点办法了?"

"办法肯定是有的,要没有,我们这一带的人不是早躺到蛇皮口袋里了?要有空,你抽时间到我们班海寨实地看一看,就会明白过来的,我们这一带的阿卡人、老松族人都得学会跟这些毒蛇猛兽打交道,稍有不慎,就会使自己掉到坑里去。"

"娅檀,你说的那条缅甸黑花蟒是跟踪我来的,那刚才包围你的这群黑熊呢?这到底又是怎么一回事?"

娅檀笑笑,指着头顶上的大榕树枝说:"阿哥,这一群黑熊和我俩都是一个目标,为了树上的蜂蜜。还有,你猜猜我们已经坐到什么地方了。你先不要看,闭上眼睛,好好听一听。"

大庆依着娅檀的话,闭上眼睛倾听了一会儿,捕捉到了一阵嗡嗡声,若有若无、忽大忽小的天籁之声。

"娅檀,难道上面有蜜蜂?"

"对,就是蜜蜂,而且不是一般的蜜蜂,是世界上酿蜜最甜最香的大蜜蜂,被我们阿卡人尊为蜂神的酿蜜大王。告诉你吧,我们已经坐到了这一带最有名的蜂神树下,你抬起头来看看,一切就都明白了。"

大庆站起身来,抬起头一望,顿时惊住了,在大榕树巨伞一般撑开的枝丫上,不论东南西北,每一根粗大的枝条上,无不缀满了一团团、一簇簇的蜜蜂群,熙熙攘攘、嘤嘤嗡嗡,密密匝匝。蜂群在金色的阳光下出出进进,愉快地飞舞着。大庆大喜过望,仰着头，不停地转动着身子，用了十几分钟的时间，才逐一把树枝上的蜂巢一个不落地数清了。上面坠挂的蜂巢，竟有三百二十三团之多，如此集中庞大的巢群，他还是第一次见到。

在家乡孔雀坪，大庆的爷爷除了是有名的大马哥头外，还是有名的养蜂人和寻找野蜜的高手。他家后面的山坡上安放着二十几个蜂箱，大庆不止一次地跟着爷爷进山采蜜，在悬崖壁上和深山沟壑的大树上，就有这种土名叫马唪蜂的大蜜蜂。据说，洋名叫喜马拉雅蜂，是各类蜜蜂中体型最大的，具有很强的攻击性。在动物中，只有善于攀高的猴子，才能采到它的蜜，纵然如此，总有一些猴子被蜇得从高处跌落下来，身子像块香蕉皮一样紧贴在地上，砸得脑浆迸流，一命呜呼。

娅檀告诉大庆，每年到了旱季，在雨季飞走了的几百窝蜂群，都会选择在一个阳光灿烂的日子，一群接着一群，一窝接着一窝，簇拥着身躯瘦长的蜂王，在空中连绵成一条几公里长的金黄色带子，继续到这里来筑巢酿蜜。到了这个时节，班海大寨的贝玛要选一个黄道吉日，带上一枝芳香四溢的染饭花，到这里来献祭，与蜂神树进行对话和交流，安慰所有的蜜蜂，表示一定会善待它们，绝对不会惊扰；蜂神树也会用自己的语言告诉贝玛，什么日子是采蜜的最佳时节。

娅檀说得神乎其神，大庆似乎进入了一种迷幻状态，他感到头顶上的枝丫和身后的大树，都一起摇动、旋转了起来。他闭上眼，陶醉在娅檀讲述的世界里。

随着气温的升高，空气中弥漫起了带有山花芬芳的蜜香。

"这么多的蜜蜂，发出的声音怎么竟然这般微弱呢？"

"阿哥，声音不是往高处走的吗？要是树上蜜蜂的嗡嗡声都朝下来，只怕我们两个说话都听不清楚了。"

闲聊了一会儿，娅檀提醒大庆说："阿哥，现在得赶快到你搭窝棚的大树上，把东西带下来，要不，遇上了好奇的猴子，里面的东西都会被拿跑。还有，这里不定有一群老熊，抓紧最后的时光，到这里来一饱口福呢。"

这么一说，大庆不敢怠慢，赶快起身前往，娅檀紧随其后，在她的手里，依然带着刚才用过的野葛根藤。他们一起来到了大麻栎树前，就在快要靠近的时候，娅檀突然把大庆拉住了，指着树上示意大庆看。大庆目光一扫，还真是不可思议，刚才那条大蟒正一个劲地往上爬，都已经快爬到窝棚门口了。

娅檀从地上拾起一段枯树枝，用力打去，不偏不倚，正好打到了大蟒的身上。她出手并不算重，树枝被瞬间弹飞了。其实，她并不想真打，只是吓唬而已："背信弃义的家伙，快给我滚下来，要不，我叫大庆哥开枪打碎你的脑袋！"

听到声音，大蟒似乎感到了事态不妙，立即停止了攀爬，迅速掉转头来，把一颗扁平的大脑袋耷拉到了树枝上，倒挂着，喷吐着蛇芯子，前后晃悠了一会儿，盯着地上，一动不动地瞄了片刻，好像在选择一个落脚点，或者在目测自己所处的高度。突然之间，它翻卷过身来，"嘭"！从高处直接砸到了一层落叶堆，它搅动着有力的尾巴，在地上扒拉出了个不小的圈子，之后就不再动弹了。大庆以为，刚才大蟒在垂死挣扎，纵然不死，也是伤筋动骨的了。谁知，还不到五分钟，它竟蠕动了起来，以惊人的速度，甩开身来，划出了一道影子，箭一般直朝前方的竹林射去。

娅檀把手里的葛根藤飞快地绕了几个圆圈后，用力朝着哗哗摇动的竹林抛去，随口骂了一声。

大庆爬到树上，飞快地取下上面放着的东西，背起背篓，和娅檀一起，迅速离开了这个危险之地，回到了刚才离开的榕树洞前，他们四处张望了一会儿，好在没有什么野兽前来光顾。这时候，大庆想起来，娅檀还没顾得上吃东西呢，之前她拿出的一盒黑米饭，早被自己狼吞虎咽地吃了个精光。大庆急忙从放在背篓的挎包里，拿了两块压缩饼干递给了娅檀，娅檀接过了其中一块，把另外一块还给了大庆。

"怎么，都到下午三点多了，肚子还不饿？"

娅檀皱着小鼻子，笑笑说："看见你爱吃我做的黑米饭，我不吃也就饱了。"

"快吃吧，哪有不吃也会饱这样的道理！都说一人嘴动，十人嘴馋，你不是见到了吗，我的挎包里还有的是！里面的三十多块饼干，足够我们吃上一个多礼拜了。"大庆又把那块压缩饼干递给了娅檀。

娅檀没有拒绝，把一块饼干的外包装纸撕开了，立马里面露出了诱人的米黄色，她凑近闻了闻，一股淡淡的大豆和奶香味沁人心脾，她又对着太阳看了看，之后轻轻地咬了一小口说："好香啊，要是你不来，我还不知道世界上有这么好吃的东西！难道你们中国筑路队的民工们天天都能吃上这么好的东西吗？"

"娅檀，我们吃的主要还是大米饭、白面馒头和包子，这样的压缩饼是外出时才带的，里面掺有黄豆、花生这些高蛋白、高脂肪的东西，吃下去挺耐饿，味道也不错，营养丰富，不过，要是吃多了，就会在肚子里膨胀开来，嗓子也会发干。所以，一定要多喝水。"

"嗨，阿哥真好，舍得把这么好的东西拿出来给我吃，这样吧，我只舍得吃一块，剩下的一块，我想给爹妈和弟弟带回去，让他们也尝一尝中国的味道。"

"晴带雨伞，饱带干粮"，还真是经验之谈。出发前，团长要他多带吃的，除压缩饼干外，还特意要他带上了几桶补充体力的午餐肉罐头。

"你就吃吧，除了饼干，我们还有其他吃的，再说了，包里的压缩饼干肯定会剩下一些，到时全都让你带回去就是了。"

听说大庆让她把剩下的食品带回家去，娅檀掩饰不住自己内心的高兴，站起身来，凑到大庆的脸上，连着亲了几下，大庆的脸马上就红了，脸颊上立即沾上了一点点喷香的饼干沫。

"这样好了，其实我还带了些黑米，我们先把米煮着吃了，要是不够，再吃饼干好吗？"

大庆忘了害羞，立即发出疑问："煮饭？你带锅了吗？"

娅檀神秘兮兮地说："我们阿卡人到山里是不用带锅的，就地取材，到时自有办法。"

刚才娅檀烙在大庆脸上的几个吻，一直热烘烘的，他打心眼里喜欢上了眼前这个善解人意的阿卡姑娘。

一来二去，已近傍晚了。要采蜂神树上的蜂蜜已经来不及了，看来，晚上得在树洞里过夜。

娅檀看着暮霭四起的森林，若有所思地说："阿哥，你就先歇着吧，趁着太阳还没有完全走出林子，我得到林子里搬些枯枝树桩回来。天一黑，气温就降下来了，得烧起堆大火来，要不，就会把我们手脚冻僵；还有那些深夜出没的毒蛇猛兽，见了大火也会让开的。"

"娅檀姑娘，找柴火这样的事，是男人干的活，让我去吧。"

"那我们就一起去找吧，多一个人，多双手，这样来得要快当些。"

好在，大森林的地上，到处落满了横七竖八的枯树枝条和一些可以摇动的老树桩子。还不到一个小时，他们已经在榕树洞外码起了一垛高高耸起的柴堆来。接着,娅檀背上背篓,带着大庆,来到了不远处的南卡河边。娅檀从背篓里拿出了一张小渔网。大庆往军用水壶里灌水的时候,娅檀已经解掉了两只绑腿,走进了蓝莹莹的小河里,水深刚及她的短裙。她站在水中,似乎毫不在意,撒下一网去,收拢,抱上岸,打开来,网眼上已经有一些大小不一的鱼,有几公斤之多,有大庆熟悉的湾丝、木刻、长胡子和江鲤等。这些鱼大的有巴掌宽,小的有拇指大小,娅檀把那些大的和太小的统统丢回河里,只留下了十几条三指来宽的。

大庆有些不解:"都说鱼要吃大的,娅檀姑娘,怎么只留下不大不小的呢?"

她告诉大庆:"今天我们没有锅,肯定只能烤来吃,那些大的烤半天都不会入味;太小的呢,就留河里让它自由成长吧。这种三指宽的,可以把骨头和小刺都烤得酥脆,一起吃下去。在我们老挝的上寮地区,江河奔流,小溪不断,最多的就是鱼,只要想吃,备好佐料,把锅烧开,等候着就行;背上渔网,走出家门,不到半个小时,准能把活蹦乱跳的鱼带回来。就是天下最笨的人,也绝不会空手而归的。"

神秘而又恬静的夜晚,一切都意犹未尽,充满着浓情蜜意。天快黑的时候,大庆和娅檀早已燃起了一堆熊熊的篝火。大庆从挎包里拿出了两听午餐肉罐头,用匕首划开来,把它放到炭火上烘着。娅檀破、洗好了鱼,将在小河岸上找到的野芫荽和从家里带来的辣椒、小葱、香茅草,用一把小刀切碎了,搅和在一起,放到了鱼肚子里,再用葛藤把它包扎好,放在炭火上烘烤着。那些黑米则已放到了一个青竹桶里,加了水,慢慢地烘烤着。

一小时后,菜熟饭香。他们在篝火旁把芭蕉叶铺开来,把喷香的烤鱼和烧好的竹桶饭放到了芭蕉叶上,两个人在红朗朗的火光面前有滋有味地吃了起来。吃好饭，时间还早，大庆在树下跳荡了一会儿，照惯例，趴在地上，接连做了几十个俯卧撑。

婭檀则从背篓里拿出了一只小纺线锤来，不停地在修长的大腿上搓动着，这样，一条细长的棉线在她的手里延长了又收起，延长了又收起，不一会儿，纺锤上就缠绕上了一道白乎乎的棉线。阿卡女人的勤劳，大庆曾经目睹过，前些天，一群阿卡女人到工地上来看电影，他就看到了她们手提纺线锤，边走边纺的情景。

婭檀看大庆一直在眯着眼关注自己，闪动着迷人的黑眼睛说："我们阿卡姑娘，谁都是这样的，其实，靠中老边境那一带的中国阿卡人和我们也是一样的，嫁衣一定要由自己纺线织布，还要自己一针一线地来做。你看见我们阿卡女人穿的都是膝盖以上的短裙，为的就是方便纺线呀。有句话说，勤快的阿卡姑娘腿脚上没有毛，脚毛刚露头就被裹到棉线里去了。"

"边走边干活，这是一门阿卡人值得世代往下传的绝活，它带着一个迁徙民族行走的文化和记忆。可是我爹说，再过几十年都要消失了，前些年寨子里来了两个法国人，他们也说过同样的话。"

天完全黑了，大庆抬起头来，一颗颗繁密的星星点缀在浓密枝叶之间，若春节的灯笼，在笑盈盈地闪动着，风一吹，又如点点飘忽的流萤。正在他们赞叹之际，一道道妖魔般的雾气从林子的地上、大树的枝丫上和丛丛的芭蕉叶间生发出来，不一会儿，就把整个大森林笼罩了。雾气越来越浓，越来越厚，好像一堵密不透风的大墙，把他们紧紧地挤到了中间，给人带来一种喘息的压迫。

婭檀往火堆里添进了几根粗大的枯树桩，关切地对大庆说："阿哥，我们进树洞里去吧，阵阵雾雨，很快就要洒落下来了。"

他们起身进洞。以防万一，大庆在洞口拦上了几根粗实的木棒子，婭檀从包里拿出两片干黄的旱烟叶，揉碎，撒在洞外的地上，在那里布上了一道明显的绳子。

之后,大庆和娅檀一起坐到了那床带着弹性的厚蓑衣上,大庆把带来的军用毛毯打开,一起披盖到了两个人的身上。大庆是第一次和小姑娘挤挨在一起,他收紧了自己的身子,显得特别拘束,而娅檀好像更坦然些。

"阿哥,到了下半夜,呼呼的寒气起来时就像地里冒出了一条条狡猾的小蛇钻进洞来一样,两个人要紧挨着,才能抵抗寒气。"

"要不,我到外面烤火,你好好躺在洞里,这也算放上个岗哨,有什么风吹草动,好作对付。"

"阿哥,没有这个必要,要是有毒蛇来,闻到旱烟味,它就折头溜走了,那些碎烟叶绳,把危险都隔在外面了;至于老虎、豹子,它们看到一团红红的火光,也不敢轻易挨近;老熊从今天太阳落山后,它们就再也不会出现在森林里了,旱季时节,早寒晚冷,黑熊已经在它们的皮毛上抹上一道防寒催眠的油霜,都躺到树洞里睡觉去了,到了明年,才会醒过来。"

"我担心,那些美国特工看到了火光,跟踪而来。"

娅檀轻轻地笑着,荡漾着两个圆圆的小酒窝说:"别说美国特务,就是地道的老挝特务,谁也不会贸然闯到这片黑森林中间来的。这么大的雾,几步开外,就什么也看不见了。你是不是找借口,不想和我待在一起?放心吧,我娅檀姑娘,可不是一条缅甸大花蟒,更不是老虎、豹子,吞不下也咬不了你的。"

大庆有着被人揭穿谎言的窘态,红着脸,极力掩饰自己说:"娅檀姑娘,还真不是你说的这个意思,有你这位阿卡小妹在,整个树洞都是热烘烘的,我心里也就不会空荡荡的了,感谢都还来不及呢,哪还有嫌弃的道理?"

"这样就好,我知道,你们中国的工程团筑路队,有铁的纪律管束着,这纪律是根牵着人走的牛鼻绳呀。听说,在你们筑路队,一个小伙子是绝对不能和一个小女孩单独在一起的,否则,就要被打棒子的。可是,在这深山密林里,大树又没长眼睛,谁能看得到?"

"我们中国筑路队的纪律肯定是严而又严的,不单是一条牛鼻绳,还是一条高压线。"

"高压线?你说的是什么东西?"

"就是连接电灯的,人要是触碰了,立马就会死去。"

"这么说,我就是让你惧怕的一根高压线了,你稍微触碰一下都不行,就会变成一堆灰?"

娅檀这样一说,大庆反倒觉得自己太那个了,显得有些小家子气。其实,真要说不清,他和娅檀——一个青春年少的阿卡姑娘,单独在这荒无人烟的地方,就是有口难辩的了。进入老挝后,筑路队还有一条不成文的新规定:凡有老挝女人路过工地时,任何人不得靠近,也不得主动上前打招呼,要做到"心不想,目不斜视"。所以,凡是有女人路过,大家只能埋下头来干活。在大森林这种特殊的环境下,只要能够控制好自己,就什么都不会发生。大庆把毛毯掀起,一头钻了进去,娅檀拉了他一把,说了一声"好冷",就紧紧地把身子贴了上来。大庆一直觉得娅檀是个内敛、文静的姑娘,不想,在经过几个小时的接触后,她那火辣辣、奔放、不拘一格的个性,逐步彰显了出来。

这一夜,大庆和娅檀一直捂着毛毯说话。一开始,大庆总是在不知不觉间,想把身子挪开一点点,而娅檀总是佯装不知,把身子向大庆一点点地贴近,像两个黏在一起的糯米糕。她向大庆介绍了阿卡人的风俗,讲了贝玛,讲了自己的弟弟车塔,讲了大舅加坡寨老,讲了老挝人对中国工程团筑路队的印象:"我们不少老挝人总把越南人比作自己的舅舅，把中国人比作自己的叔叔。表面看来，舅舅要比叔叔亲近得多，可是相处的结果，总感到叔叔要比舅舅好，叔叔帮助我们最多，是大方、无私、不讲条件的；而舅舅是小气、有条件、要回报的。老挝政府从越南请了些舅舅来，让他们指导我们的革命和生产。不久前，我们班海大寨来了两个舅舅，他们张开嘴巴，飞出的不是一只美丽的小鸟，而是一群讨厌的苍蝇。他们提出的第一个要求，竟然是要寨子里派姑娘去给他们洗衣服做饭。两个舅舅要两个漂亮的姑娘，白天洗衣服，晚上陪着睡觉。他们要管事的寨老把寨子里所有的漂亮姑娘招来，由他们自己来选定。我加坡大舅坚决不干，不但不给派姑娘，还要他们走人。我加坡大舅说：'美国人攻打轰炸越南北方，舅舅有灾难，我们班海大寨立即派出马帮，冒着枪林弹雨，驮运弹药，到了第一线，到现在一队马帮还没有撤回来。'舅舅还用了一个比喻说，'我们老挝人的窝棚都还在洒洒地漏雨，知道越南舅舅的房子通了大洞，心甘情愿地抽出自家屋上的茅草送去给补上。舅舅到我们老挝来，理应亲密无间、不分彼此才是。古话说，天上雷公大，地下阿舅亲，难道还要自己的侄女来陪伴？'两个舅舅铁青着脸，勉强住了一晚，第二天一早，他们骑上马，骂咧咧地出了寨子。后来听说，两个舅舅住到了山下坝子里，每人要了一个傣族姑娘陪着，整天干的是下河洗澡、上山打猎的勾当，就是不干正事；而你们中国叔叔来，谁也没有到寨子里抓过一只鸡，手里的枪没有打过一只飞过头顶的肥斑鸠。"

大庆听说过这样的事，也遇到过这样的越南人，越南人不止一次到工地上来参观，他太了解越南人的德行了。那时，大庆陪同团长招待过他们，陪吃陪喝，走时，还大大咧咧地要走了几箱罐头和饼干。在他们看来，中国已经富得冒油了，拿走这些，是理所当然的。其实,他们根本不知道,中国人是在勒紧裤腰带支持他们。如大庆的家乡孔雀坪,有时大半年还缺少口粮呢。一个还处在硝烟弥漫的民族,一个倍受外来民族践踏和侵略的民族,怎么转过身来,就六亲不认,蹂躏起自己的友好邻邦了呢?世上哪有这样的舅舅?不过,这样的话他一句都没有说出来,面对一个老挝阿卡小妹,他不能对当下的越南人作任何议论和评价。

不知不觉,已经是下半夜了,火光有些暗淡,只有红红的炭火在继续燃烧着。

娅檀起来,往火塘里加上了几根牛头大的树疙瘩,又重新回到树洞里。她借口说好冷,钻进了毛毯里,无所顾忌地伸出双手,把大庆紧紧抱住了,还把脑袋靠到了他的胸口上,做出一副亲密无间的模样。这次,大庆已经习惯了娅檀的这种亲热,他自己也伸手搭在她背上。他们两人没有丝毫睡意,陶醉在这绵绵无尽的交谈里。自从踏入老挝的土地后,特别是当他知道附近有阿卡人居住的寨子后,大庆一直想获得他们在老挝生存的有关知识,还产生了要到寨子里看看的强烈欲望。这种念头,一旦产生便经久不息,如篝火越烧越旺,这次还真是天赐良机。

他们正在叽叽咕咕地谈论的时候,突然,大雾中传来了说话声、脚步声,而且似乎正朝着火塘方向靠近,声音越来越大。大庆拿出手枪来,警惕地张望着,娅檀急忙出手把他按住了。

几条模糊不清的人影,渐自从雾里一个个地显现出来。大庆数了,来人共有三个,他们每人身上都披着一床防雾雨的棕皮蓑衣。带头的是个高个,手里举着大火把,身上挎有刀枪;后面跟着的两人,每人身上也带了一把火药土枪。到了火塘边,带头的高个把手中的火把丢进了火塘里,其他两人也把身上的枪和带着的一捆准备作火把用的干竹子,放在火塘边。三人不约而同地伸头朝树洞里瞟了一眼，接着就在火塘边坐下来，伸出手，手心手背地变换着烘烤。

其中一个小伙子扭头看着树洞，朗声说："娅檀姑娘，刚才好像听到嘀嘀咕咕的说话声，现在怎么变哑了？"

娅檀把嘴巴贴到大庆耳根下，喷了一口热气，小声细气地说："阿哥，是我们的阿卡小伙来了，一定没事的，我出去，把他们打发走。"

大庆担心，娅檀中了别人设下的阴谋陷阱，想把她拉住，可是她已经站起身来，把拦在洞口的大棒和枝条扒开，款款走到来人中间。

之后，传出了娅檀与来人的热情招呼声。

一个小伙子问："娅檀姑娘，难道树洞里已经有个小伙子抢先一步，占了喜鹊的窝巢？"

娅檀笑了笑，非常坦诚地回答："是啊，你们稍稍来晚了半步，这个阿卡小伙子也是刚到的。"

"阿卡小伙？他是哪一个寨的？名字怎么叫？"

"他怎么叫，我都还没来得及问，他头发上的雾水还没有干，你们就脚跟脚地赶到了。"

小伙子不相信，皱着鼻子朝着树洞闻了闻后说："这气息好像有些陌生，不像我们阿卡人身上发出来的。"

娅檀非常狡黠地说："难道阿哥是在猎狗窝子里长大的，鼻子这么灵，连是不是阿卡人的气息，都能够闻得出来？"

大家一起笑了起来。

"都说骡马跑一天，比不上马鹿跑半个时辰，还是人家腿脚比我们的长啊。"

"几位阿哥，走了这么远的夜路，肯定饿了吧，吃点东西吧？"

其中一个小伙子拍拍自己的肚子，不无遗憾地说："我们三个也是傍晚到你家时才碰到一起的。你爹贝玛大叔很是高兴，说我们是你戴上小花帽后到家里探望的第一拨小伙，又是杀鸡，又是烧鹿肉干，又是备酒的，还把一罐藏了十几年的糯米酒搬出来招待我们。我们把肚子吃了个撑。你到了这里的消息，就是尔车大叔告诉的。我们担心你一个人在这深山密林里，孤独寂寞，就邀约着看你来了。本想给你做床暖心的毛毡，可是你已经有了。"

好像为了证明自己所说的真实性，小伙子还拿出一个沉甸甸的酒葫芦，在娅檀面前反复晃了晃。接着，他拔去葫芦口上的木塞子，自己先咕了一口，在葫芦嘴上抹了一把，递给挨近他的第二个小伙子，小伙子也抬着葫芦大喝了一大口，抹了一把，又递给了第三个。最后，传到了娅檀的手里，娅檀凑上去一闻，果然真是阿爹酿制的旱谷子酒。她清楚地记得，阿爹酿这罐酒的时候，对阿妈说过，以后开坛的时候，就说明我家的娅檀已经长大成人，可以出嫁了。现在想来，还真是温馨。娅檀也仰起脖来喝下了一大口。

没出半小时的工夫，他们轮流着喝光了葫芦里一公斤多的酒，之后把葫芦口子朝下摇了摇，大半天没有掉下一滴酒来，才把这个空了的葫芦，交还给娅檀。

"娅檀姑娘，酒葫芦还给你，回家后你把它装满，待明月把进寨子的小路照亮的时候，我们就会来了。"这个小伙子对着树洞，有意把声音放大，好让大庆听到。

说完，他们知趣地打上火把，起身要走。有一个小伙子还直起脖子冲着无边的森林，大吼了一声，发泄自己的失意和扫兴，随后被身边的小伙制止了："这是在蜂神树下，半夜三更的，要是惊扰了蜂神的美梦，成百上千的大蜜蜂糠皮一样撒落下来，只怕你的头脸变成胖猪了，还有那些四处游动的毒蛇猛兽也会朝你拢来。"

吼叫的小伙子也不是个油皮厚脸的人，知道自己情绪有些过分，听进了伙伴的警告，马上止住了声。

可以想见，几个小伙子失望的心境。娅檀往前走了几步，满面春风地说着"下次到家去"。成不成，情谊在，这是阿卡做人的规矩。

没出几步，大雾就把三个小伙子的身影彻底隔绝了，就连火把的光亮也看不到。后来，他们的脚步渐行渐远，完全淹没在一片滴答的雾雨之中。

娅檀与三个小伙子的对话，大庆一句不落，都听清了。娅檀说话非常得体，没有暴露大庆的身份，一颗悬着的心总算放了下来。

有了这样一个意外插曲，他们俩睡意全消。

娅檀生怕大庆多心，坦诚地解释说："阿哥，阿卡人从来就有这样的风俗：小姑娘到了十七岁，阿妈就要做一顶小帽子，上面插上五颜六色的小鸟羽毛，让姑娘戴上，并为她举行一个成人礼，之后，阿爹在大屋子旁边搭上一个小棚子，算作闺房，让姑娘单独住到里面去，接待前来求爱的小伙。刚才三个小伙子就是为这而来的。"

"这个，我不止一次地听说过，在我们中国云南的勐海、澜沧、孟连、勐腊边境一带爱尼人聚集的山区，也保留着这样的传统风俗。没想到，在老挝亲眼见到了。这么说来，刚才来的那几个小伙都同时爱上你了？"

"爱不爱，暂时还谈不上，恋爱总得有一个相互认识的过程，我们阿卡人在结婚前，不论男女都是自由的，包括试婚在内，都是允许的。小姑娘戴上小花帽去赶集，小伙子要是看中了，就会一直跟踪到小棚子里来。"

大庆心里隐隐地生出了一丝醋意："这么说，你已经在小棚子里接待过上门来的小伙了?"

"没有,三天前,我刚走进十七岁的小屋,小花帽也是才戴上的。没听到我阿爸说吗,小伙子是第一拨到家里的客人。怎么,大庆哥,你不高兴了!"

"没有,只是问问而已。"

娅檀又一次把大庆抱住了,使出了全身的力来,两只手铁箍子般的,搂得大庆的身子有些生疼,不由得张大了嘴巴。

娅檀的两瓣脸颊,被兴奋的大火烧得一片通红。

之后,她把热烘烘的小嘴巴贴在大庆的耳根上,喃喃地说:"大庆阿哥,现在告诉你一个秘密吧,我们阿卡姑娘戴上小花帽以后,就可以把藏在衣服下右边的奶子,山毛桃一样袒露出来,任由到访的小伙子轻轻地捧它。以后,右边的奶子就永远属于朋友,左边的属于自己的丈夫。"她边说,边解开了紧身衣上的纽扣,把右边的奶子轻轻地掏了出来。

这一举动使大庆呆住了。他木愣着,张大惊讶的嘴巴,半天没有合拢。

娅檀不由分说,把大庆的一只手拉了过去,轻轻地按到了微微颤动着的奶子上。

一种青春的温暖和蓬勃,一种不可遏制的颠跳和骚动,从大庆的手上迅速扩张到了全身上下。

往下,娅檀还说了什么、讲了什么、嘀咕了什么,大庆全都没有丝毫察觉,他听到的,只有两颗咚咚跳动的心……

2

几天来，团长杨波几乎都是彻夜难眠，此刻，他把两个枕头加在一起，靠坐在纱布蚊帐中，陷入了无边无际的冥想。其实，送走大庆，转过身的时刻，他就有些后悔莫及了，他最为担心的还是大庆的人身安全。这天，回到团部的时候，杨波接到了指挥部来的电话，说有五个训练有素的中国边防军人，出逃到了老挝境内，投靠了一支美国人豢养的反政府武装，伺机对这一带的中国工程筑路队进行破坏，好向主子邀功请赏。这一消息，好像在杨波的头上丢下一枚炸弹。最让他想不通的是，在这个东风压倒西风、红旗漫卷的年代，竟然还有出卖灵魂的逃兵和叛徒，而且还是出自人人羡慕的军队这一所大学校里。军队是被革命和纪律反复浸泡过的呀，他知道，逃走的五个人，对筑路队熟门熟路，因为他们中有人参加过筑路勘测任务，所有的山川河流、地形地貌都烂熟于心。真是家贼难防啊，万一，他们在暗处盯上大庆呢。转念一想，大庆到森林里寻找蜂蜜的事，除了自己外，其他人并不知道，心里才又安定了下来。

不过，杨波还是有些自责，一个经历过抗美援越战场枪林弹雨的老兵，一个指挥过数十场激烈战斗的团长，怎么能轻易相信一个民间的土方子呢？要是成了，算大庆立下一个大功；要是出了事，大庆没能走出森林来，岂不是落个人财两空吗？说什么大庆也不能出事的呀。

这天下午，杨波到指挥部开防空会。在会上，首长通报了一个大好消息，说半月后，有三支高炮部队要从越南转移过来，专门对付美军对筑路队的空袭。每天面对美国飞机的骚扰，他已经感到万分憋闷了。杨波听了，一阵欣喜，因为其中的302，就布防在杨波直属营附近的一个高地上；302是杨波在越南时指挥过的部队，有着丰富的对空作战经验，有他们来，他就放心了。不过，问题也随之来了，那就是，在高炮部队到来之前，得打通一条通往阵地的山路，好让炮车通过。这条路虽然不到两公里，但正好穿过的是一段竹林，竹根盘根错节，只有靠炸药和推土机才能清理。这时，直属营又有六十七人因水土不服而撤了下来。

杨波回到团部，立即给在五公里外野战医院工作的妻子魏海敏打了电话。海敏刚从手术室出来，就受到了杨波怒气冲冲的质问："你们野战医院是怎么搞的，连一个水土不服的毛病都医治不了，我们工程团直属营又有六十七人躺倒了，上不了工。"

魏海敏不紧不慢地回答说："杨波团长，你是不是发烧了才说出这些不着边际的话？水土不服不叫生病，而是叫不适应症。当年诸葛亮渡泸水七擒孟获的时候，不也有过同样的遭遇吗？一大批跟随他征战的士兵割草般倒了下来，后来不就是一个小偏方救了军队吗？告诉你吧，有说，这小偏方是一片叫含笑的叶子，也有说就是茶叶，还有说叫藿香。这些东西老挝有没有，我还真不知道。"

"藿香正气水，我都给指挥部说了不下一百遍了，可是人家说，内地藿香正气水早不再生产了。"

随后，魏海敏还埋怨道："你也真是异想天开，竟然把一个人生地不熟的民工，派到大森林里去。这里的大森林里都潜伏着什么，你不会不清楚吧！要是出了问题，你得自己兜着。"

妻子魏海敏这么一说，杨波的头有些大了，他担心话务员听到，马上刹住了话头。

"这样带着负能量的牢骚，你就不要再发了。主席都说了，'牢骚太盛防肠断'。"

妻子不无幽默地调侃说："是啊，'风物长宜放眼量'。既然这样，以后你就不要再把牛气出在马身上了。告诉你吧，我是外科医生，是主管开刀的，是野战医院外科的第一把刀子。不适应症属于内科的事，正如你现在是工程团的团长，管不了指挥打飞机一样。"接着，她沉了一下，又说，"以后，有事没事不要往这里打电话。我到这里的事，对你的下属不是还一直在保密着吗？在我们野战医院也很少有人知道。馋了，你可以到我这里来偷嘴；那些民工呢？一个个都是气力蛮壮的小公牛呀。"

"打飞机的事，我当然得管，要不，还要我这个团长干啥？要是只管土石方、打隧道、架桥梁，从国内的那些公路部门随便调一个来都比我要强出十倍。"

妻子魏海敏的话把他说得脸红心跳，是啊，年轻的民工也是人呀。说来也是，杨波现在还是现役军人这件事，对所有人都处于严加保密之中，自己的妻子魏海敏在野战医院，除了事务长张大庆外，其他一概没人知道。一个礼拜前，指挥部给他配发了一辆嘎斯车，有天晚上，他有些熬不住了，叫上大庆，偷偷到医院和妻子幽会了一个小时。

水土不服不是病。杨波似乎感到了一种安慰，要是大庆能够平安归来，整个团不就可以转危为安了？

第二天早晨，直属营的四百多号人集中在工地的忠字大棚里进行出工前的半个小时"天天读"。结束后走出大棚门口的时候,一个叫苏天宝的推土机手凑到杨波面前小声问道:"杨团长,张大庆到哪里去了,怎么见不到他的踪影?"

"张大庆到指挥部后勤处帮忙去了。"

"这不对呀,昨天晚饭,我们在一起的时候,大庆都没有提起呀。"

"天宝呀,不该问的就不要问,这也是纪律。大庆是个后勤干部,所做的事,有些也在保密范围的呀。我知道你苏天宝、苏天虹兄弟俩和大庆是同一个寨子孔雀坪出来的,是形影不离的好朋友,你们相互关心、相互爱护、相互帮助,但是绝对不可以相互打听,特别是张大庆和你哥苏天虹所做的事。你哥苏天虹是团部的话务员,他的工作性质属于绝对保密,连他的身份也要保密,切不可向外泄露。"

苏天宝是筑路工程团直属营最优秀的推土机手,是个老实厚道之人,用当时的话,就是只知道埋头干活、不知道抬头看路的人。本来,指挥部要工程团推荐一个出席上级表彰会的先进分子,机械连的所有队员几乎都投了苏天宝的票,可是,连长李东海坚决不同意,接连说出了苏天宝够不上先进的种种理由:这样只知道埋头干活、不知道抬头看路的人,跟先进是压根儿沾不上边的。先进分子,就先进在带头读红宝书上,先进在"天天读,早请示,晚汇报"上,先进在能够把书当粮食和空气上。苏天宝分明知道了,但并没有去争,在他看来,一个开推土机的驾驶员,就是要把推土的活干好了;当不当先进分子,出不出席什么先进分子表彰大会倒也无所谓。先进分子、积极分子并不是他所追求的,他的奋斗目标很简单,就是在老挝奋斗几年,回国后能够到公社农机站得到一份开推土机或者拖拉机的工作,省点口粮捎回家去就心满意足了。

这天早晨，杨波轻松地把天宝忽悠过了，以后，天宝再也不提张大庆的事。

吃过晚饭，所有民工都集中到了忠字大棚，杨波带着做晚汇报。因为这是至高无上的政治任务，民工们一个个神情严肃，端坐在自己的位子上，即使无处不在的花脚蚊子叮咬在脑门上，也没有人伸手拍打一下。杨波挺着腰杆，扎着腰带，双脚并拢，右手举着语录，把这天直属营出工和公路进程的情况，向领袖汇报："伟大领袖，今天我们工程团直属营的四百六十八位队员，有八十九人因水土不服落下了。本来，水土不服的只有六十多人，近两天又迅速增加。其他队员，人人都发扬了一不怕苦、二不怕死的革命精神，奋战在抗美援老的第一线，用自己的青春和热血谱写了……"

大棚里一片寂静。杨波庄严的汇报还没结束，突然有人声嘶力竭地扯着嗓子惊叫起来："敌机来了！"

"敌机来了！"

坐在第二排长条木凳上的所有民工，"哗"一声站了起来，撒腿就要往外跑。靠在门边的十几个人已经跑到了门外。

吼声却戛然而止了。

突如其来的声音，使杨波立即终止了汇报。他转过身来，看到大家神情纷乱的样子，感到莫名其妙。坐在第一排的推土机手苏天宝心安理得地歪斜着身子，坐在木头凳子上，还在点头打着瞌睡。无疑，刚才的惊叫就是他发出的。杨波无奈地摇了摇头，接连打了几个手势，示意跑到外面的民工都进来，回到原位。所有人明白真相后，都忍不住哈哈大笑起来。刚落座的机械连连长李东海发觉了打瞌睡的竟然是自己连的队员，立即从凳子上弹了起来，咚咚两大步，冲到苏天宝面前，忍不住抬起巴掌，开口便骂："妈的，狗日的傻儿，给老子丢脸。"说着，抬手就要打。

杨波朝前跨了一步，手一挥，把他挡住了。李东海抬起头来，满脸疑惑地看着。

"团长，苏天宝这个狗日的，真是个地地道道的傻儿，一匹出了名的害群之马，'晚汇报'这样的时间，居然胆大包天地打起了瞌睡。团长，这下你总算看到真面目了吧，上次你们还要推荐他作为先进分子出席指挥部的表彰大会呢。"

喧闹把苏天宝弄醒了，他揉了揉眼，睁开眼，有些莫名其妙地看着站在面前的团长和连长。

李东海不看则已，一看根本控制不了自己，怒不可遏地把手指点到了苏天宝的鼻子上，大声斥责："你妈的，苏天宝你这个傻儿，还不给老子向伟大领袖请罪。"

苏天宝还没完全从刚才的惊梦里走出来，就遭到了李东海劈头盖脸的一顿辱骂，他的怒火不由得升了起来。

本来，杨波对李东海就没有多少好感，觉得他浑身散发出的都是凉飕飕的寒气。这会儿，他咬牙切齿地抓牢了苏天宝晚汇报打瞌睡这条小辫子不放，真是有些小题大做，杨波正想批评几句。

就在这当儿，苏天宝却不合时宜地站了起来，直着脖子，鼓着惺忪的红眼睛，不可遏制地怒吼起来："李东海，你这个狗日的东西，为什么骂我妈，我妈惹你了？你要是条汉子，对着我来就是了。"说着，挥起拳头，朝着李东海直扑了过去。

谁知，李东海早有防备，把身子一斜，避开了苏天宝的攻击，借势猛地拽了一把，苏天宝朝前滑出了两步，打了个趔趄，"啪"一声，扑倒在地上，只差几厘米，下巴几乎就撞到了铁硬的木条凳上。大家都一起伸头来看，以为出人命了，空气紧张得好像要爆炸。

杨波把红宝书往空中用力一挥，直指李东海，厉声批评道：

"李东海，你这只歇落在枯树枝上的恶雕，眼里所见的就只有臭烂的东西，一举一动，实在有些过分，快把苏天宝给我扶起来！要是出了事，今天你就给老子吃不了兜着走！"

李东海宛若一只惊呆了的兔子，没有丝毫反应，木愣愣地站在那里，直到一分钟后，他才直起脖子，鼓着眼睛，强词夺理地反驳说："杨团长，一个屁股分两瓣，今天我要看你究竟坐到哪一边，你分明看得一清二楚，是他，苏天宝这个狗杂种、龟儿子先出手攻击的，难道我正当防卫也错了不成？"

"你是连长，大小也是个领导，怎么一开口就日爹骂娘的？知道吗，嘴巴不是屁股，怎么可以臭气连天的！难道不骂人就过不了日子？大家都是一个战壕里的战友，难道非要动手动脚地展示自己的威力？说小了，是没有教养的表现；说大了，这是地道的军阀作风、流氓脾气！"

显然，杨波对李东海已经毫不留情地拉下脸来了，这种暴雨加冰雹的批评，是他进入老挝来的第一次。

可是，李东海半句话都没有听进去，依然直着一个公鸭的脖子，不依不饶地争辩道："苏天宝这个傻帽儿，从来都不提高政治觉悟，只知道埋头干活，不知道抬头看路，这就是不忠于伟大领袖。在'晚汇报'这样一个非常严肃的场合，居然恬不知耻地打起瞌睡，还发出了搅乱人心的空袭警报，这不是在有意捣乱破坏吗？"

"李东海，得了得了，我非常严肃地警告你，不要动不动就大帽子满天飞，什么叫不忠于伟大领袖，你自己都没有搞明白，就学芦苇丛里的秧鸡，叽叽嘎嘎地来训导别人了。"

李东海摆出一副得理不饶人的架势，跃跃欲试，根本没有想到出手去拉还在地上的苏天宝一把。

看着李东海怒眼相向的神态，杨波脑子里突然跳出了"寒风透骨"这个北方人常用的词汇。老挝可是在亚热带，是个丛林密布的国家啊，队伍里出现这样不合时宜的举动，还真是令人匪夷所思。

苏天宝被一旁的队员拉扶了起来。本来，大家对李东海这种趾高气扬的恶霸作风，早就有些看不惯了，现在又遇上了他这副作威作福的派头，大家一起被激怒了，不约而同地喊出了："李东海，再不收起你这一套癞皮狗的作风，我们就把你当成帝国主义的分子，一人踩上一脚，把你给踏扁了，让你永世不得翻身！"

众怒难犯，谁也没有料到会出现这样的场面，形势急转直下，这是作为团长的杨波最不愿意看到的。

李东海没料到，大家竟对自己积存了这么多、这么大的怨恨，竟然像一颗手榴弹一样集体爆炸开来。可是，他却不愿意为此就范，虽然一时下不了台阶，依然摆出理直气壮的派头说："我不是机械连的连长吗？难道管教一个违反了纪律的下属也有错？"

"苏天宝在'晚汇报'这个非常重要的时刻打起了瞌睡，肯定是不对的，可是，这也是事出有因的呀。难道你不知道，两天以来，苏天宝忍受着水土不服的痛苦，坐在又闷又热的驾驶位上，加班加点，一干就是七八个小时，脑子里还得随时提防空袭，你李东海能做到吗？换个人，早就累趴了，以后，你不要动不动就给人扣上不忠于伟大领袖的高帽子，把脏水往别人身上泼。我们做人不能专门盯着对方的脑门子，纵然有了缺点，也要善意地指出、批评。"

李东海看到平时一个个非常熟悉而又亲切的面孔霎时间都变了脸。看着每个人对自己都表现出一副嗤之以鼻的神态，他虽然心里极其不服，可是，不得不在团长和群众面前软了下来。

杨波见过世面，有着丰富的带兵经验，接着，他放缓了语气，不无遗憾地对苏天宝说："你这个苏天宝呀，也有自己的不对之处，纵然疲劳了,再坚持一下有什么不好?'晚汇报'时打瞌睡要说起来,也是个问题。李连长骂人也是四川人的口头禅,不是心底里发出来的真骂,完全不要放到心里去的!嗨,快一年了,大家都还处于磨合阶段,这样的过程也太漫长了。这样吧,明天把推土机的钥匙交给我,你就待在工棚里,给我好好地写出一份说得过去的检查来。听说在你们孔雀坪,连一只树上的鸟叫起来都比其他林子里的动听,你就把检查当一篇声情并茂的文章来写。"杨波如此对两人不偏不倚地各打了五十大棒。

李东海听了,哼了一声,硬顶硬地回了杨波一句:"还团长呢,你这哪里是在批评,分明是大声夸奖,在偏袒苏天宝嘛。"

队员们忍不住会心一笑。杨波装作没有听到,对大家说:"今天的'晚汇报'到此结束,既然李东海连长已经意识到了自己的错误,大家都不要把它放在心上。"

呼啦啦,队员们全都走了。李东海还想说什么,只见团长冷了他一眼,手连摆了几下,示意他赶快走人。

杨波把苏天宝留了下来,让他坐在一条木凳上,推心置腹地进行了一番长谈。

苏天宝红着脸说:"团长,其实我不是不想听您向老人家作的晚汇报,我实在是太累了,一坐下,瞌睡虫就跟着来了,脑子里晕晕乎乎地就幻出了八一那天,美军飞机大轰炸的场面,甚至还看到了弟兄们的手脚挂在树枝上摇来晃去的情景。跟着,也就不由自主地发出了'敌机来了'的喊叫。"

"天宝,刚才当着大家的面,我是批评你了,我不得不这样做呀,以后,不论遇到任何事都不要过于冲动。自古以来,不是这样说的吗,退一步,海阔天高。还有,穷寇勿追,其实这是有道理的。一定要冷静,尤其是在国外,大家一定要齐心合力、团结一致。从明处讲，一个人的行为，大家都在相互看着，情绪也在相互感染；从暗处讲，附近的草窝子里、竹林中，也有潜伏着的敌人，隔墙有耳。有德之人，鬼神敬之，我们要用道和德的力量来相互影响，而不是没有教养地大吵大闹。我知道，这些天来，你一个人顶替了两个人的工作，真是辛苦了，我要向你学习、致敬；至于你大声吼叫'敌机来了'的事，别说你，我在梦里也发出过这样的叫喊，大家不是都紧张嘛，飞机轰炸像根弦，一直在紧绷着，炸弹落到头上，是要死人的呀，谁都怕，不怕肯定是假的。那天美国佬八一大轰炸带来的悲剧，每个人都记忆犹新。其实说起来，我是有罪的，不动脑筋，就盲目听从了上级的指挥。明天把你留下，不是要你写什么书面检查，是要你好好休息、好好睡觉、养精蓄锐。你是我们工程团的开路先锋，是主力军，是一不怕苦、二不怕死的样板和英雄，说什么也不能垮了身体，我们需要的是活着的模范，而不是倒下的英雄。李东海连长的臭毛病，大家都知道，鸡毛当令箭，狐假虎威，可从根本上看，他还是一个好人，你不知道，他是从越南战场上转到这里来的，现在还是现役军人，他在战场上，是个冲锋陷阵的勇士，你不要跟他一般见识。"

苏天宝知道，团长说的都是大实话。就在两个月前八一这天，好不容易碰上了一个没有大雾的晴朗天气。这天指挥部通知，除通信班和高射连负责战备的值班外，工程团的所有干部、民工统统放假休息一天，让他们在附近的小河里洗澡、洗衣服，再换上新服装，精神抖擞地过上一个建军节。两天前，后勤部从国内运来了一批肥猪和黄牛，分送到了工程团的各个营，让大家好好改善一下生活。指挥部的领导给杨波的工程团下达了一道特殊命令：在杀猪宰牛之前，一定要用竹条树枝下狠手抽打，使其发出一片嚎叫之声来；把猪、牛宰好后，连脚带尾巴地统统丢在大路上。开始，杨波有些不解，杀猪宰牛，怎么还要抽打？指挥部说，你们附近的山头上，不是有两个观测点吗？一个是苏联人的，一个是台湾反动派的，你们要知道，我们宰杀的不是一般的猪牛，是为我们增光添彩的猪牛，要让修正主义和反动派都明白，我们中国筑路工程团的后勤供应是充足的，是源源不断的。他们一伙苏联修正主义分子能吃上新鲜肉吗？台湾的反动派能吃上新鲜肉吗？他们一个都不能，他们只能吃罐头、吃饼干，而我们呢，除了罐头、饼干，都能吃上新鲜肉，那些猪脚、牛脚和尾巴，我们根本就不吃。这一说，杨波自然明白了，这样做是为了与苏联人进行一番面对面的较劲，他脑袋一热，不假思索，就执行了命令。一大早起来，民工们都一起来帮忙，抽打着几十头要被屠宰的猪牛，这些垂死中的猪牛一起叫喊，声嘶力竭，响彻全团。整个工程团的屠宰行动一直经久不断地进行了两个多小时，虽然是几十头，却达到了上百头的效果，一片声震云天的喧嚣，惊动了附近几公里外所有的村民，毫不例外也惊动了苏联人和中国台湾人，只是没有见到他们的动静。开始，大家虽然觉得这种形同儿戏的做法，未免滑稽可笑，但在可以理解的范围，和苏联修正主义、台湾反动派斗一口气，也是应该的。可是，想到要把猪尾巴猪脚、牛尾巴牛脚毫不可惜地丢到大路上去，心疼至极，这分明在糟蹋粮食吗？暴殄天物，是要遭天谴的。这些猪牛的头脚富含胶质，都是好吃的东西呀，农民养胖养壮一头猪牛多不容易，要付出多少辛劳！工程团的民工几乎都是从农村来的，他们知道，现在农村都还在严格执行国家的吃卖各半的政策，春节杀年猪，自己只吃一半，另一半要上交到供销社。当着团长的面，张大庆讲了一番自己的看法，据理力争。可是，团长一反常态，非常固执，没有采纳他的半点建议，还反过来板着脸对大庆说："面对帝国主义和反动派，一定要挺起腰杆，拿出我们中国人的大国气派来。我们对上级领导的指示，要绝对服从。要做到理解的要执行，不理解的也要执行。"面对杨波团长不过脑子的盲从，张大庆感到非常无奈，只好偷偷地把那些猪脚、牛脚、尾巴拾起来，放到几个大篮筐里，并藏到了工棚前面的一丛小灌木下，准备到了晚上，发动几个弟兄，一起来帮忙，把它们刮洗干净后，熬汤给大家喝。不想，却被到那里撒尿的连长李东海意外地发现了，他叫了几个民工，把这些脚和尾巴一只不剩地抬了出去。

大庆躲藏在一棵大树下，眼睁睁地看着，一只只猪脚、一根根牛尾巴，被十几个身强力壮的民工，如同杂耍一般，用力抛向了空中，甚至还看到牛尾巴和猪脚纠缠在一起，噼噼啪啪在空中打架碰撞，掉到地上还继续跳跃的奇观。

李东海张大嘴巴，带着大家叫着、笑着、吼着，摆出一副吃不完用不完的派头。

家里分明还在过寅吃卯粮、以瓜菜代粮食、半干半稀的日子，在外人面前，居然打肿脸充胖子。看了他们的所作所为，大庆实在忍不住了，又一次跑出去，想把这些抛落在大路上、树丛里的猪脚、牛脚捡回来。还没动手，就被杨波叫住了。

杨波带着极其赞赏的口吻说："这一次，李东海没有错，不折不扣地执行了上级的指示，终于干了一件大事，这正是我们所要达到的效果。"

一群前来看热闹的老挝阿卡和傣族村民，交头接耳地议论纷纷，非常不理解地看着这群中国人极尽疯狂的行为。

有人说："这些抛猪脚的中国人，八成是脑子出了问题，要不然是喝醉了酒变成了发情期的大公鹿，就连横在面前的枝丫都看不到了。"

杨波听了，哈哈大笑说："他们这些老挝百姓，根本就不懂得什么是挺直腰杆。他们哪里知道,当年苏联人翻脸不认人,要中国人勒紧裤带、逼中国还债的情景,更不知道,他们开着坦克,欺人太甚,竟然入侵珍宝岛。"

这天,整个工地笼罩在一片喜气洋洋的气氛里。中午十二点到了开饭的时候,搞炊事的,把饭菜都摆到了放满折叠桌椅的停车场上,杨波手提半导体喇叭,不停地移动着方向,分别对着苏联人和台湾反动派盘踞的两个山头,大声喊了起来:"过节了,大块吃肉了,大碗喝酒了,大家都来打牙祭吧!"

杨波上中学时,中国和苏联两个社会主义国家正在蜜月期,相互以弟兄相称,学的也是苏联老大哥的俄语,想不到现在还派上了用场。杨波手持喇叭,把它放到了最大音量,对着苏联人盘踞着的山头,激情昂扬地用俄语喊了几声"达瓦里希",叫他们同志。

杨波喊出的其中几个单词,大庆也听懂了,因为他上中学所学的外语也是俄语。大庆听了,捂着嘴巴笑了起来。团长啊,苏联都修正主义了,和中国吵翻了,还达瓦里希呢。

把修正主义称为同志,尊为"达瓦里希",杨波突然发觉,自己一高兴就出了这么个天大的纰漏,他倒吸了一口凉气,急得心里直冒大汗。他知道,这是特殊时期,稍有不慎,就会触到政治这根高压线上。要是讲出来,授人以柄,招致的不是被开除党籍、军籍,就是要写深刻反思、所谓的触及灵魂的大检讨。可是,已经覆水难收,要纠正根本来不及,好在,大多数队员都敬重杨波这位脚踏实地、身体力行的团长,纵然有一两个听懂了,也不会轻易说出来,大庆自己就更不会讲了。

直属营的四百多个民工都围坐了下来,有的已经端起了盛满清酒的大碗,正准备动筷用餐。突然头顶响起了飞机巨大的隆隆声,大家抬头一看,一架飞快搅动着螺旋桨的黑鹰直升机,已经斜着身子，挨着台湾反动派占着的小山头，低空飞了过来。抬着酒碗的杨波一看，不好，把碗一丢，立即发出了命令，拉响了空袭警报。黑鹰有恃无恐地绕着人们的头顶，搅起一阵大风，盘旋着。措手不及的高机阵地上发出了一串咚咚的射击声，可是，没有打中，黑鹰立即上升高度。就在大家都还在抬头观看的时候，一架美军的B-52轰炸机的厚重黑影，乌云般压到了他们的头顶上，在一片连续不断的爆炸声中，停车场上摆好的所有饭菜，连同还没有来得及撤离的人员，一起被炸上了天，其中，有两人的手脚都挂到了十几米外的树枝上，其惨状目不忍睹。

这一次轰炸，造成了直属营包括高机连在内三十六人的惨重死亡，受伤的多达六十四人。五公里外安营扎寨的野战医院，一时人满为患。

大家都哑然了。有人说，这叫乐极生悲；有人说，这就是古人说的，大意失荆州；有人猜测，这是台湾反动分子给美国飞机报的信、导的航。真实情况如何，大家都没有搞清楚，成了一个解不开的谜团。

杨波大步跑到高机连，把连长劈头盖脸地臭骂了一顿，说："美国的直升机都擦过头顶了，怎么摸都摸不着，难道你们把高射炮当成晾衣竿了？"

八一大轰炸，是工程团筑路队进入老挝以来的第一场大悲剧，也是美国人给工程团的第一个下马威，给直属营所有民工带来了挥之不去的厚重阴影。高机连竟然让一架飞得很低的美国直升机，毫发无损地逃之夭夭了，在当地老挝人中也带来了极大的负面影响……

现在提起此事，杨波都感到脸红心跳，无地自容。不过，这件事，说来有些蹊跷，上报指挥部后，再也无人追查，也无人提起，在后来所有的总结里，也没有相关记录，好像蓝天里悄然飘过的白云，根本没有留下一丝痕迹。八一大轰炸成了一件秘而不宣的悬案。

第二天，吃过早餐，杨波带着大家进行了雷打不动的半小时"天天读"。之后，他从苏天宝的手里要来了推土机的钥匙，到总机室对正在当班的话务员苏天虹作交代说，要是有首长电话，就接到工地机械连的岗亭上，还要他注意弟弟苏天宝的动静，特别是注意防空警报。

苏天虹知道了"晚汇报"时弟弟打瞌睡的事，摘下戴着的耳机，抹了一把沾在耳机上的汗水，十分诚恳地向团长求情说："团长，还是让我弟弟上工地第一线去吧，让他用实际行动来挽回所造成的恶劣影响。现在工程很紧，一个人要使出两个人的干劲来，昨天他纵然累了，睡上一觉，力气自然就长出来了。"

团长不干，他头也不回，上了工地，爬上苏天宝驾驶的那一台红旗100型的大马力推土机，突突地就发动起来。他手持操纵杆，把推土机的铲子推向一团竹根的时候，发觉纹丝不动，他只好倒推回来，加足马力再一次冲上去，这样反复折腾几次，才把这个盘根错节的竹根推掉一半，这团竹根还是昨天傍晚用烈性炸药炸过的。他稍稍休息了一会儿，接着又干，另外一团竹根还没有推翻，但已经到午饭时间了。吃过午饭，休息了一个小时，一点半又接着干。这时候，气温急剧上升，已经飙升到了40摄氏度左右，工地四周到处晃动起了飘忽不定的热焰，那些油毛毡上覆盖着茅草和伪装网的工棚，居然滴下了柏油来，空气中散发出了一股难闻的焦煳味。杨波把外衣和长裤脱了，穿着大卦子和裤衩，就要走进驾驶位，站在一边的李东海提醒说："团长，大白天的，常有附近一带的老挝村民来参观，看稀奇。你还是把衣服、裤子穿上吧，要不，岂不是有碍观瞻?"

　　杨波无可奈何地苦笑了一下，李东海的提醒也是有道理的，筑路工人必须注意形象。这一规定，是总指挥部向各个工程团发出的。他只好把橄榄绿的标准民工服重新穿上，直到傍晚收工，杨波走下推土机的时候，浑身上下都被汗水湿了个透，他再一次体验到了推土机手在驾驶室里冒着闷热操作的艰难。在饭堂大棚里吃晚饭的时候，他居然打起了瞌睡，要不是想着还要带着大家进行"晚汇报"，他会一直呼呼大睡下去。

　　这天，团长为了让苏天宝不受干扰，好好休息上一天，让他到大庆单独的小工棚里去。苏天宝还真是过度疲劳了，加上一直吃不下东西，没有力气，在大庆的床上一躺就是一个上午，到了吃午饭的时候，话务员张华把他叫醒了。苏天宝吃了午饭还想继续再睡，回到小工棚刚准备躺下，张华就气喘吁吁地跑来，非常紧张地说，通往指挥部的电话线断了，其他人都上工地去了，要他跟着去查线。苏天宝一听，没有什么好讲的，带上冲锋枪，和张华一起朝着一片黑森林走去，那条通往指挥部的电话线就隐蔽在沿公路一线的大树和藤蔓之间。

　　出了团部，不到一公里的森林边，张华依照在总机室里测试过的距离判断，线路所出的毛病肯定就在这一带，不会出二十米左右的范围。这里的森林边有一条通往傣族寨子曼金兰的小路，这天，正是当地的赶集日，不时有三五成群的傣族男女，有说有笑地从小路上经过。

　　张华踩着攀登电杆和树木用的铁脚钩，腰间扣着保险带，沿着一棵挂满藤蔓的水冬瓜树，一步一步地往上攀爬，路过的人是不会注意到的。张华在往上爬的时候，苏天宝手持冲锋枪，警惕地观察着四周的动静。就在张华离开地面三米多的时候，在前方小路尽头的拐弯处，天宝发现，有什么东西在路边的灌木丛中时隐时现地闪动着。他抬起头来，手指着前方，小声招呼树上的张华，要他在高处，看一看有什么不对劲的。张华随便看了一眼，毫不在意地说："我看到一个傣族少妇打着雨伞，背着娃娃，赶集归来了。我们傣族，不管是老挝的还是中国的小媳妇，走起路来，都喜欢扭动着水蛇一般纤细的腰肢，像电影里公主小姐们所走的猫步一样。"张华是傣族，他的话，苏天宝相信。

接着，张华又高抬着头，移动着铁脚钩，继续往上攀登。

苏天宝继续观察，越看越觉得不对劲，感觉后来那个不断闪现的不明物体正飞快向他们靠拢，他甚至看到小灌木丛仿佛起了风，在一片飒飒声中，摇摆不停。不一会儿，距离他们只有八米的距离，不明物体突然加快速度，带着瑟瑟之声，直朝他们飞奔而来。天宝终于看清楚了，它竟然是一条小水桶粗的大黑蟒，那雨伞般撑开的模样，正是它不时昂起来的、有些夸张的大脑袋。

与此同时，树上的张华也接连发出了"大蟒来了，大蟒来了"的惊呼。

天宝立即端起冲锋枪，毫不犹豫地朝着它那口袋大的嘴巴，扫出了第一梭子弹。可是，那中弹的蟒蛇并没有停止勇往直前。苏天宝又迅速拾起张华放在树下的枪，再次对着大蟒的嘴巴，射出了另一梭30发的子弹。大蟒呼地扑倒，缩起身来，搅动起了几米长的身子，起伏翻腾，仿佛变成了一把利锯，所到之处，几棵碗口大小的树木哗哗倒下。

张华急忙下树来，和天宝并排站到一起，相互壮着胆，站在原地观望。大蟒翻身滚到小路旁边，突然传出了一声撼天动地的轰响，一股强大的气流带着碎片，冲了过来，把苏天宝和张华推倒在地上。大蟒的身子被掀起了一米多高，显然是一颗威力巨大的地雷爆炸了。在纷纷扬扬的弹片和树枝落地的同时，大蟒的躯体也像一段木头，重重地砸落了下来。

响声惊动了施工队，不到半小时，张华和苏天宝就被包围了。来人正是李东海连长。听到声音，他带着三十几个手持冲锋枪的民工，快速赶来了。

李东海看着身子还在地上抖动不已的大蟒，指着苏天宝，不失时机地嘲讽说："怎么，苏天宝，又是你这个工程团的大红人，不好好待在工棚里创作团长交给你的华美诗文，流窜到这里来了。大蟒是你打的？"

"是我打的。"

这样一来，李东海向前一步，跨到苏天宝的面前，挥动着手里的冲锋枪，恶声恶气地说："不损伤老挝的一草一木，你记住了吗？"

"可是，倒在地上的不是一草，更不是一木，而是一条凶相毕露的恶蟒！"

张华走了过去，指着躺在地上遍体鳞伤的大蟒，拍拍胸脯说："东海连长，我也放枪了，它都朝我们扑来了，难道还要我们等死不成？"

"只要还没危及自己的生命，都不能开枪，这是铁的纪律。难道你这个整天待在团部首长身边的人也不懂？那一声轰天的地雷爆炸，又是怎么一回事？"

"这还没有危及生命？大蟒的大嘴巴都张到面前来了，要是条毒蛇，毒液肯定喷到我们眼睛里了。难道要它把我们的身子连同毛发一起吞进去才算数？真要那样，我们可没有孙悟空钻进铁扇公主肚里的本事。"

"你张华是团部的，是簇拥在首长身边的大红人，我李东海只是小跳蚤一般的连长，嘴巴说不过你，管不了你，更不敢惹你。而苏天宝可是我手下的一名士兵，我有权指挥，他必须用主席的最高指示来对照自己，作出触及灵魂的深刻检查。"

"这触及灵魂的深刻检查该怎么写？你就耳提面命地教教我这个小兵吧。"

"还要我教你？团长不止一次地夸赞过你们三个从孔雀坪来的，说从一个有私塾、有教堂的地方走出来的人，就是不一样。"

"我的李东海大连长，是的，一切听从主席的指挥，可是在红宝书里翻遍了所有的内容，主席他老人家并没有说杀气腾腾的蟒蛇来了不能消灭呀。"苏天宝装出一头雾水的样子。

李东海还想再说什么，团长杨波带着几个持枪的民工出现在了面前。没等李东海开口，张华抢先向他作了汇报："团长，要不是苏天宝出手快、枪法准，一枪打中了要害，今天绝对出大危险了。想不到的是，大蟒被打中后，竟然翻压到了有人埋下的地雷上面。因为在那棵树上的电话线被人为切断了，肯定他们是要炸死来查电话线的人。"

团长一听，大喜过望，拍拍苏天宝的肩膀说："这次，你苏天宝可是立下大功了。张华、天宝你们两个人真是吉人天相，这大蟒翻腾打滚，竟然引爆了地雷，无形中救了你们的性命。"杨波当着大家的面表扬他们，起到了一石双鸟的作用，这一举动，非常清楚地告诉李东海，不要纠缠在"大蟒该不该打"的细节上。

几个赶集路过的傣族汉子，看到了这场景，停下了脚步，惊奇地看着地上被炸成几段、还在不停蠕动的大蟒蛇，立即抽出了随身携带的腰刀，各自割了几公斤重的一截，采了几片刚才被气浪震破的野芭蕉叶包上，放到随身的背篓里，高兴地说："这大蟒肉和老母鸡一起煮来吃，是一道有名的龙凤配，又香又甜，有祛风除湿的作用，还能够医治皮肤瘙痒。你们中国修路队不吃，我们就带回去了。"

张华把他们的话向团长作了翻译。杨波点点头说："对大蟒作这样处理是最好不过的了。张华，请你告诉几位傣族朋友，要是有人问起，你们就给解释一下，这条大蟒实在有些猖狂，我们筑路民工完全是出于自卫，才出手把它打死的。"

几个傣族汉子听后说："打死了恶蟒，是为民除害。你们中国工程团的为人风范，是摆在光天化日之下的，大家都看到了，你们可不像我们那些头戴贝雷帽的越南舅舅，他们到我们老挝来，吃香的喝辣的少不了，还要不干不净地骂人，仿佛是借了白米还了他们粗糠一般。"

3

　　花开两朵,各表一枝。到了下半夜,阵阵寒气不断灌进树洞来,大庆和娅檀都相互搂紧了对方,彼此胸贴着胸,脸对着脸。有一只好奇的小夜莺扑棱棱地飞进洞来,安然无事地歇落在他们盖着的毛毯上,待了十分钟的样子,又缓缓飞走了。

　　娅檀撮起了小嘴巴,在大庆的脸上又吻了一下,细声说:"看到了吗?夜莺都来祝贺我们了。"

　　"它肯定是嫉妒我们了,要不,怎么就停留在我们附近的大树上不走了?"

　　娅檀伸出手,在大庆的脸颊上扒拉了一下,不由得哼起了一支童谣。

　　这童谣,通俗易懂,大庆从小就熟悉,孔雀坪的人们,不论是彝族、汉族,还是哈尼族,男女老少大家都会唱,那些带小孩的还把它当成了摇篮曲。

　　大庆跟着娅檀轻轻地唱了起来:

　　　　姑娘小伙拉起手,
　　　　燃起红红的火塘,

围拢来，唱起来，跳起来，
　　哈尼人面前的山坡像天上的星星一样多，
　　大家一起来开挖，
　　大家一起来撒播，
　　种出饱满的谷子，
　　酿出醇香的美酒，
　　每一串音符都飘逸着芬芳，
　　每一行舞步都摆荡着幸福，
　　上苍和大地保佑我们，
　　哈尼的日子越来越红火。
　　……

　　小夜莺，这位在大树上居住的抒情诗人，在密叶和星空下，站在一棵大树的高枝上，似乎受到了娅檀和大庆歌声的感染，也不知疲倦地和唱起来。
　　伴着小夜莺溪水般悦耳的歌声，大庆和娅檀几乎嘀嘀咕咕地说了一个晚上，他们是在天亮前才入睡。大庆一觉醒来，附近的大森林里已经披挂上了条条道道粉红的光带，斑斑驳驳的光影在地上晃动。娅檀早已起来了。火塘面前的地上，晃动着三塘琥珀色的阳光，大庆起身一看，地上已经被刨出了三个明镜般的洼塘，每个塘里都盛满了清泉水，为了防漏，洼塘的底部事先都铺垫上了宽大碧绿的芭蕉叶，不用问，里面的水，肯定就是娅檀赶早起来，来来回回地走了几趟，用竹筒从南卡河里舀来的。
　　此时，娅檀已经把自己仔细收拾打扮了一番。她用搓揉出的皮哨子果浆液把脸庞洗得干干净净，头上戴上了鲜艳夺目的小花帽子，两只脚缠上了绣着晚香玉花的绑腿。此时，她的嘴巴在蠕动着，反复咀嚼着什么东西，两只黑而亮从来没有被污染过的大眼睛，变得格外有神。娅檀活脱脱就是一位刚从粉红色的童话里走出来的山妖。

她对大庆说："大庆哥，过了正午，我们就要开始采蜜了。在采蜜之前，得按照昨天晚上告诉你的做一遍，要不你不会听懂蜜蜂语言，采蜜的时候也就无法与它们进行交流了。"

大庆想起了娅檀对他说过的话。昨晚，在娅檀把他的手按在她右乳房的时候，同时还把贝玛能听懂的蜜蜂语言和与它们对话的秘密传授予他。按照程序，他得起来，刷牙漱口，洗干净脸，再进行这种仪式。其实，娅檀早上起来，一直在不停咀嚼着的，就是洁口的蜂胶。

一切就绪，娅檀回过头来，朝着大庆莞尔一笑，并扶了扶戴在头上的小花帽，抬起修长的腿来，跨入了温暖的大树洞。娅檀的言谈举止，显现出了万般的温柔。她向大庆轻轻地招了招手。大庆紧跟着走了进去，娅檀斜靠在树洞壁上，身子缓慢地滑了下来，坐到了柔软的毛毯上，扑闪闪的大眼睛一直看着大庆。之后，从上到下，一颗一颗地解开上衣发亮的银纽扣，让那只隐藏在右边的乳房，从里面探出头来。乍眼看去，极似一只伏在巢里安静歇息的斑鸠。娅檀慢慢地闭上了眼睛，两撇长长的黑睫毛不时闪动着，她小声地要大庆俯下身去，伸出一双搓热的手来，把那只奶子小心翼翼地从半开着的衣服里捧出来。

大庆到了娅檀面前，温顺地俯了下去，呼呼地喘息着，带着神秘和不安，战战兢兢地把双手伸了出去，一点点挨近，就在他的手刚要触碰到的时候，那只展翅欲飞的斑鸠，突然弹飞了出来，活灵活现地展现在他面前。

昨晚上，大庆第一次完成了人生的甜蜜梦幻般的神秘探索，此时，他又第一次挨得这么近，他看到了娅檀姑娘这只属于朋友、成熟耸立着的奶子，它成长得如此生动丰满，在丝丝的光亮中，宛若一枚顶着朝阳、带着雨露不断向上成长的春笋，一朵荡漾在清波之上、含苞欲放的小荷花，一只盛满了蜜酒的小葫芦，一个高挺在胸前的紫檀色陀螺……看着，看着，这陀螺似乎在面前飞快地旋转起来……

今天中午过后，就要开始采树上的蜂蜜了。娅檀说，能够听懂蜜蜂的语言，能够与蜜蜂进行对话交流，是娅檀的贝玛家族特有的一种本领。本来在家族内部有着严格规定，传男不传女，尤其绝对不可以传外人。可是，因为娅檀的弟弟喜欢结交朋友，长了一张破瓢似的嘴巴，心里藏不住秘密，特别是喝了几口酒后，更是把持不住自己，所以，娅檀的爹尔车带着娅檀到了寨边的神林，跪拜在一棵大树下，燃起了三炷香来，用贝玛经口授了这特有的密码。娅檀又把这个秘密毫无保留地传给大庆，说来，这是她反复思索的结果。她想，一个为了集体，能够冒风险、吃苦头，义无反顾地闯荡深山密林的勇士，是可以永远结交、成为生死不渝朋友的，让大庆多一种本领，一种神秘之术，就会降低蜜蜂对他攻击的可能。想来这样做，山神是会同意的，蜂神也绝对不会拒绝。对于阿爹尔车来说，肯定也会支持她这样做的。不过，这种传授必须用阿卡人自己独有的方式秘密进行。

娅檀最初告诉大庆的时候，大庆并不是十分相信，他觉得这个故事有着丰富的想象，是充满浪漫的天方夜谭。

娅檀说，当年她的老祖戈比，作为迁徙的先头部队的酋长，到了班海一带，停止了往前的步伐。他站在一个山头上，面对苍苍茫茫的大林莽，感慨万千，他想，数千阿卡人就应该在这一带安营扎寨。为了寻找寨址，在一片漫天的朝霞中，他请了附近寨子里的一位老松族的长者一起喝酒，抽烟锅，吃熟落花生。其实，这位老松族也是刚从中国贵州石门槛迁徙来的苗族，到了老挝，被划入了山地民族，统称老松族。

老挝把几十个民族，以居住地来划分，山区的苗族、瑶族为老松，半山区和平坝的，包括傣族和布朗族在内的为老听族，平原地带的为老龙族。老龙为老挝的主体民族。

这位苗族老人和娅檀的老祖如此说起来，很亲近，苗族老人同意了娅檀老祖戈比的请求，只要有他看中的地块，就可以让阿卡人安营扎寨，落地生根，变成永久的居留之地。两位老人这次长谈从早晨到傍晚，他们你一口，我一口，喝干了摆在面前的一大葫芦糯米酒，面前的地上落满了一堆高高的花生壳。在西下的夕阳中，两位老人站了起来，娅檀的老祖戈比，面对森林，念动了贝玛经，半个小时后，空中响起了嘤嘤嗡嗡的声音，只见一群蜜蜂在晚霞的映照下，从远方的天际向着他们飞来。那响声越来越大，形成了一道声音的洪流。老祖戈比唤来的是数百群聚集在这一带森林里的喜马拉雅蜂，它们聚集列队成了井然有序、三米多宽、长达半公里长的可移动带子，它们扇动的翅膀像点点闪烁的金箔。如此阵容庞大的蜂群，成了任何鸟雀都不敢阻拦的强敌，它们路过时，就连空中的雄鹰也要赶快避让。到了山顶，它们从高处降下，擦过两位老人的头顶，带来了一股舒爽惬意的凉风。娅檀的老祖戈比伸手在空中薅了一把，轻轻地展开来，一只翅膀闪动、腰身细长的蜂王，它收拢了翅膀，撑着腿，稳站到了手掌中间。戈比一看，笑了，说了声："好蜂，你是一只敢于赴汤蹈火的蜂王。"他急忙从系在腰间的口袋里，拿出了一小撮千百年来老祖宗钻木取火时就会使用的艾绒草，用一根白色的马尾拴上，把它系到了蜂王的腰上，又用钢片做成的火铃子，碰擦出了火星子，把它点燃了。戈比站起来，左手托着蜂王，右手指着远方两公里处，长满了枯黄茅草的山坡说："去吧，看看那一面山坡，合不合适我们阿卡人世世代代居住！"

蜂王得令，"呲"的一声从他手中升腾起来，朝着山岚浮动的前方飞去；那些在空中振翅停留的蜂群，也呼啦啦地紧随其后，在空中划出了一道流星雨似的闪亮轨迹。

就在太阳落山的这一瞬间，一道火焰从前方的坡上浩然腾起，两位老人站在山顶上看得清清楚楚，那一团焰火最先是从一蓬枯黄的茅草丛中燃起，在山风的助推下迅速蔓开，越烧越旺，燃成了浩浩荡荡的大势，在竹子和森林包围着的草坡上烧出了一片方圆四公里多的空地来，远远看去，像一个巨人硕大无比的脚印。

天从人愿，两个老人看到了这样美满的结果，开怀大笑。这就是阿卡人现在居住的班海大寨和附近的一连串阿卡人居住的小寨子。

开始，大庆对娅檀所讲的这一切，有些将信将疑，他觉得过于离奇。不过，她所讲的情节却是活灵活现，像她的老祖用艾绒燃火的细节，在老家孔雀坪就一直保留到了现在，那些上山放牧的老人就是用这样的方法取火抽烟的。再一想，每个民族，都有自己遵从的神灵和秘密。据说阿瓦人就有不少长者能够听懂小鸟的话，有一种叫布莱英的，出门在外，只要听到它啼鸣就要马上返回。

现在，他就要接受娅檀给他传授可以与蜜蜂交流的语言了，大庆怀着激动、慌乱和不安的心情在期待着。

娅檀已经完全躺倒了下来，她闭着眼睛，一副似睡非睡的模样，她的胸脯起伏着，那只袒露在外的右乳房，渐渐变得丰满生动。

大庆的动作还稍显犹豫和迟疑。事实上，大庆早已做好了充分准备，他把嘴巴一点点地凑了上去，但真要挨近的时候，似乎被猛灼了一下，他的脸上乍然开出了两朵通红的山桃花。

娅檀的小嘴一撮，刮出了一绺春风："大庆哥，时辰不早了，我的耳边，已经传来了蜂神催促的声音，能快一点吗？"

大庆没有回答，再次行动起来，此时，大庆和娅檀的脸上已经喷出了一道彼此相互映照的霞光。

这会儿，大庆活像一头初生的牛犊。最开始，大庆听到了自己阵阵狂乱的心跳。后来，他好像回到了稚嫩的孩提时代，感到有一股麻酥酥的电流进入了自己的身体，再后来，他完全沉浸在一种迷迷糊糊的状态之中，弄不清是幻觉还是真相。可是，没过多久，他脑海的天幕上就跳闪出了一个个星星般明亮的词：甜蜜、饱满、芬香……

事实上，在不知不觉中，大庆已经开始接受娅檀传导的信息了，娅檀一直闭着眼睛，嘴里念叨着父亲传授的那些密码，这些密码在娅檀这里，像一个中转器，把大庆和蜂神的话，非常清晰地连接在了一起。

大庆把这些语言经过一番梳理，连接成了这样的一些句子："今天的蜂蜜，芳香饱满，森林里不会起大风，将垂挂的蜜线条子摆荡。人心，要像山花一样舒展开放，就会有甜蜜的小溪流淌……"

真是不可思议，大庆彻底被阿卡贝玛的神秘密码征服了，传授仪式不间断地进行了一个多小时。

……

事后，大庆拿出了装在背篓里的笔记本，写下了他人生的第一篇日记：

1969年11月3日，农历九月二十四

今天，我情不自禁地记下这在老挝密林中发生的一切。

　　作为初涉人生的开篇——一个中国工程团筑路队的小伙与一位土生土长的老挝阿卡姑娘，经历了最为激动人心的时刻。从昨天11月2日中午到今天11月3日中午，时间跨度不过短短的24个小时，娅檀和我，已经成了密不可分的朋友，或者说，一对情投意合的恋人。事情的发展有些超乎想象，要不是亲身经历，我自己也绝对不会相信这是真的。所发生的一切，来得太突然，仿佛一个甜蜜而悠长的春梦，带着缠绵和困倦。开始，娅檀给我传授了阿卡人的秘术，在这个迷幻的空间里，我接受了娅檀带给我的所有秘传，听到了来自附近森林和大树上的声音，当然，也听到了近在咫尺的蜂神的亲切提示，听到了来自远古的阿卡贝玛的诵经声。我的脑海突然变得浩荡无边，眼前晃出了一位站在星空下，双手展开、向着苍穹承接甘露的孩子——这个孩子，就是我张大庆。

　　娅檀源源不断地向我的脑海输入她储存的所有密码，我们一起从迷幻中走了出来……

　　这时候，娅檀低下头来，像山羊羔一样，在我的头上拱了一下，我的嘴巴只好依依不舍地离开了。娅檀站起身来，把短衣短裙一起扒了，随手丢到了一边，宛若一棵亭亭玉立的小树……

　　娅檀微笑着说："大庆哥，现在，两只停在树上的小鸟，两个结在树上的果子，都是你的了，不论现在还是将来，朋友是你，小伙子是你，男子汉是你，最亲的丈夫也是你。要怎样，就怎样，一切由着你。"

　　事实上，该发生的，都发生了，我们像《圣经》里的亚当和夏娃一样，偷尝了伊甸园里的禁果。

后来，我们谁也没有说话，摊开身体，躺在毛毯上，兴奋着，喘息着，幻想着。我的脑海里，不由得呈现出十五岁以来那些少年梦里的煽情片段：一对翩翩起舞的孔雀，一只在小河里嘎嘎欢叫的绿头公鸭，一只在院子里奔跑追逐的大红公鸡……

想到这些，我们的激情几乎在同一时刻，再一次爆发了，娅檀突然站起来，像只展开翅膀的白鹇，挥动着手臂朝我扑来，把我紧紧搂住了，想不到，她竟有如此强大的力量，直把我的肋骨箍勒得生疼，仿佛断裂开来。后来，我们像两条巨蟒、两根藤条，交织在一起……我们的每一根毫毛都在兴奋中频频颤动，我甚至看到了几丝飞升起舞。

小溪里喷涌着生命的热流，十八年来聚集起来的青春能量，得到了肆无忌惮的释放。

那一块被揉得皱巴巴的军用毛毯上，仿佛撒下了许多斑斑点点的血红花瓣。此时，我真是有些惶恐不安了，刚才，是不是发生了不可控制的野蛮？娅檀带着一脸未退的红颜，安慰我说："阿妈说过，女孩子的第一次，都会这样的，往后就不会了。"

……

娅檀和大庆抱着衣服从树洞里走出来的时候，已经是下午两点多了。娅檀对大庆说："就要采蜜了，我们得到河里把身子洗得干干净净。"

大庆想把衣服穿上，被娅檀姑娘阻止了。他们俩，赤裸着紫檀色的身子，像两头幸福欢快的小马鹿，相互追逐着、嬉戏着，穿过森林，绕过一棵棵硕大无比的大树，在地上寻找野果的一只只野鸡、斑鸠被他们的脚步惊飞起来。

到了河边，站在赤热的河岸边，娅檀选中了一个深水湾，就把衣服丢了，身子像一只青蛙扑通一声跳了进去，大庆跟着也跳了进去，两个发烫的身子浸到了碧蓝蓝的河水里，变成了两条畅游的小鱼。

在水里，他们看到河岸两边的花皮树已经换上了新绿油亮的叶片，野樱花正在含苞待放。

后来，娅檀走出水来，回到林中，不一会儿就找来了一种落在地上叫皮哨子皂角的，搓揉出白色的浆液来，把大庆的衣物、毛毯洗涤干净，铺晒到了河边几块褐色的大石头上。想不到这些石头接纳了很多的阳光，衣服刚铺上去，马上就冒出了一股热气来。娅檀站在一边，不停地里外翻晒着，两个小时后，居然把所有的衣物和厚毛毯一起晒干了。

大庆感慨地说："老挝的太阳真好！"

他们开始采蜜的时候，已经是下午四点了，这时候的森林里，阳光充足，通红透亮，每一片光影里的叶子都看得清脉络，外面的酷热，都被密密匝匝的枝叶过滤了，更好的是，森林里没有起大风。

娅檀从背篓里找出了三炷自制的线形香条，面对头顶上的蜂巢，点燃了起来，之后，又拿出了几块草白色的干黄牛粪在地上燃了，一道泛白的香烟，笔直地升了起来。

娅檀带着大庆，对着头上的蜂巢下跪磕了三个头。娅檀站起来对大庆小声说："过几分钟，待香味达到高处，这些蜜蜂们闻到了，就会主动避让开来，我们就可以动手了。"

果然，不到三分钟，他们头顶上的蜂巢就出现了一阵不小的涌动，开始是一窝，接下来，十几窝蜜蜂在它们蜂王的带领下，喧闹无比地飞向了竹蓝色的空中，一扇扇米筛大小的蜜饼，在阳光的照耀下金黄透亮，空气中飘荡起了浓郁的山花芬芳。

娅檀拿出了一把弩弓，到了树下，用力拉开弓来，搭上了带着麻绳的箭镞，胸有成竹地瞄准其中的一个蜜饼，嗖地射了上去。大庆一直在抬头观看着，只见娅檀射出的箭，从蜜饼的下端插了进去，那一条麻绳立即掉了下来，娅檀急忙把这条麻绳，接到了大庆带来的大桶里，一会儿，一股蜂蜜就顺着麻绳，汩汩地流进了桶里。开始，只是一小股的，后来，蜜汁在麻绳中渐渐变大，有大拇指这么粗，醇香的蜜汁哗哗流淌，源源不断地从上面流了下来，不晃不摇，垂直成了一条溪流。

娅檀始终没有说话，神情十分严肃，眼不眨动地仰着脖子，一直看着上面，待蜜流进桶里大概有六公斤的时候，她马上把这根带着蜂蜜的麻绳拉扯了下来，让它直接落回到桶里。这一窝在空中等候多时的蜜蜂，很快就拥了下来，把刚才采过的蜜饼围得严严实实，点点滴滴流着的蜂蜜，马上被它们想办法止住了。接着，娅檀又换上第二支带着麻绳的弩箭，憋着劲，把弩弓用力拉开，眯着眼对准，扣动了扳机，大庆非常默契地把大桶移到了正下方，把垂挂下来的麻绳放到桶里。这时，大庆终于有了一种神奇的感应，麻绳上的蜂蜜流到一定的时候，耳边就会响起几声细微的声音，好像在说，要他把麻绳拉掉，可以肯定，这声音就是头顶那棵树上发出的蜂语。大庆悟到，娅檀之所以一直不说话，全都是为了让自己能够清楚地听到这一切。

这天，当他们把两只大桶盛满蜂蜜的时候，已经是挨近傍晚时分了，大庆心算了一下，娅檀前后射出二十九支弩箭，每一支箭都打在蜂巢中央,两只桶里的蜜都不少于六十公斤。

娅檀说:"明天我把蜂蜜送回寨子后,还得反复来上几趟,得让寨子里所有的人都吃上这里采到的蜜。待到五月底,大雨到来的时候,这些树上的蜂群全都飞走了,就把剩下的空蜜饼全部割回家去,把它熬制成寺庙里供奉佛祖用的蜡条,并将他们送到山下坝子里傣族居住的寨子。有的还要送到百里之外的古都琅勃拉邦去,那里大小寺庙很多,蜡条的需求量最大,他们非常喜欢我们这里的蜡条,尤其是用这种大蜜蜂蜡制作的蜡条,是世界上最好的,烧得时间长,还有着迷人的芳香,每年都有订货。要是不把寨子里的人都发动起来,把散落在森林各处的蜂蜡都采集回去,根本就完不成所需要的货。做蜡条成了我们阿卡人的主要经济来源。"

把大桶里的麻绳清理出来,抹掉粘在上面的蜜汁,压上大桶盖子的时候,娅檀才说出了事情的真相。其实,她在射出麻绳后,一直抬头向天,嘴里不停地念叨着感激的话,一直保持着与蜜蜂沟通。她还告诉大庆,采蜜时,不要贪,一定要为蜜蜂着想,要为每窝蜜蜂留下足够吃的粮食,每个蜂群都是成千上万的啊,它们每天只吃一顿饭,时候都是在中午十二点,一只吃一小勺,整个蜂群得消耗一海碗的蜜汁。好在,它们每天都在忙碌,都在采花,都在酿蜜。

这种独特而又新颖的采蜜方式,充满了阿卡人的想象和智慧。一根麻绳作为引导,把蜂蜜导向桶里,在蜂蜜的重坠之下,竟然也掉不下来。

娅檀说:"这就是与蜜蜂商量的结果,一切交往都需要商量、需要协调,就像雄鹰在空中飞行,它一定得和蓝天商量,鱼儿在水里游动,也少不了与江河协调一样。"

"是啊,天下所有的大小事情,都应该商量。"

娅檀带着忧伤的口吻说："说来，我们创造出这样的方法也是被逼出来的。昨晚，我给你说过，我的舅舅，养了七头大象。原来，我们到这里来都是骑着大象来的，把接蜜的大桶放到大象的背上，这样距离蜂巢就近了，到了树下，做了一切仪式后，就回到大象背上来，用一根捅掉了节巴的竹竿，戳到蜂蜜饼里，再把蜂蜜接到桶里，蜂蜜就在管道里流淌，不论刮多大的风都不会受到影响。可是近年来，经常遇到美国飞机的轰炸，我们养着的七头大象，受到了惊吓，舅舅只好把它们放归森林。舅舅一路护送，让它们随着附近一带生活着的野象群，渡过湄公河，逃到了泰、老、缅三国交界的金三角丛林中去了。都说'神仙打架，百姓遭殃'，看来，在战争中，大象和所有的野生动物，包括小鸟飞禽在内的，都难以幸免啊。说到美国，我就不懂了，他们打了越南打柬埔寨，打了柬埔寨又来打我们老挝，一直都没个消停，难道世界上的事，只有靠刀枪才能解决？我只知道，人要过上好日子，一定要有自由明朗的天空、绿色的森林、平安的大地、清洁的河流。"

"娅檀，自由的天空和大地，你这话说得好，要是我们每一个人都有这样的思维，这个世界就会一天天变好。"

已经到了晚饭时间了，娅檀抬起头来，看看大树枝丫里的天空，这个时节，天上没有月亮，几颗明亮的星星已经跳到了深蓝的天幕上。

她不无遗憾地说："大庆哥，看来我们今天出不了这片大森林了。"

本来这样最好，大庆和娅檀又可以在榕树洞里度过一个无限温馨的夜晚。可是，大庆想到了那些水土不服的弟兄们，想到了在急切盼望中的杨波团长，他变得有些焦躁不安了，因为这已经是他出门的第五天了，到了团长与他约定走出森林回到营地的日子。

娅檀看见大庆有忐忑不安的神情，轻轻地把手伸了过来，扶在他的肩膀上，安慰说："因为天很快就黑了，月亮躲到太阳的翅膀下面睡觉去了，不到天快亮大公鸡啼鸣的时候，它是不会起床的。"

"月亮躲到太阳的翅膀底下睡觉？"大庆忍不住大笑了起来。

"你笑什么，难道这样的说法有错？"

"没有错，娅檀，我真佩服你的想象力，实在太生动了，太天才了，月亮躲藏的，怎么不是太阳铺出的红毯子，而是张开的翅膀呢？其实，我知道，今天晚上纵然有月亮，也会被浓雾遮住了。"

"我们的背上都有几十公斤重的蜜桶压着，还有几个小时的上坡路，我们得在密林中慢慢行走。山风推倒的大树，寻找食物的野猪，正在设伏的蟒蛇，什么险恶情况都可能遭遇上，倒不如明天大雾消散后再走吧。"

想想也是，要是路上遇到这些突如其来的状况，把好不容易采到的蜂蜜弄洒了，岂不是犯大错了？再说了，一天下来，娅檀张弓射箭，已经够劳累的了，现在还要上路，实在于心不忍。

大庆看着娅檀，舒心地笑了起来，"这叫天成好事，或者叫天赐良机！"

"看把你美的，今晚只能看，不能动手动脚的。"

森林在朦胧中沉出了一团团影子，枝叶荡漾着多情的摩擦声，如梦如幻。

火塘烧起来了，他们正准备吃点东西，谁知，不远处响起了一阵细碎的马铃声，那铃声是朝着他们而来的。

娅檀站起来，有些大喜过望，朝前跑了几步，发觉自己忘了扣好上衣纽扣，急忙把它扣好了，显然，她不想把与大庆交往的事，过早地暴露。"这是我家的马铃声，肯定是我弟弟车塔来了，出去都快一年了，一直没有他的消息，一家人都在日夜牵挂。"

果然，还不到一分钟，一个高挑个子的小伙子出现在了面前，他头上戴着绿色的贝雷帽，赶着四匹个头不大的老挝山地马，有三匹的背上放了鞍子，其中一匹小白马是没有鞍子的滑马。娅檀跑上前去，拥抱着这个小伙子，抑制不住自己的泪水，小伙子也把她抱住了。

显然，这个小伙子就是她说过的弟弟车塔。

姐弟俩一见面，有着说不完的话。出乎意料的是，娅檀的第一个动作，就把弟弟的贝雷帽摘了，随手丢到了地上。接着，仔细地把弟弟从上到下打量了一遍。因为每个到越南的人，都是从炮火里走出来的，弟弟都去了一年了，身体能不留下几个大大小小的伤疤？

不想，她的弟弟却有些得意地说："姐，这个你就不用担心了，我们阿卡人不是有山神、大树保佑吗？加上出门时，阿爹念过的经文一直在庇护着我，有几次都埋进了炮灰里被呛得喘不过气来，以为要死了，可是大轰炸过后，爬出来，抖掉满身的灰尘一看，居然没有一个指甲壳大的伤疤。这还不算，我们家出动的四十六匹骡马，竟然没有一匹在轰炸中倒下来，也没有一匹受重伤。"

娅檀的弟弟车塔所说的阿卡话，大庆几乎都听懂了，他知道，车塔是到胡志明小道帮助越南共产党游击队驮运弹药，出去了一年，能够毫发无损地平安归来，着实是一件非常幸运的事。他相信肯定是天上地上所有的神灵一起出来保佑的结果，不然根本无法解释。

娅檀指着这个高挑个子的小伙子说："大庆哥，我对你说过我们阿卡人是父子连名，老祖戈比，爷爷比尔，父亲尔车，弟弟车塔，以后要是弟弟有了男孩，就接上'塔'这个字，这样世世代代像一串珠子连接下去，千秋万代永不终结，纵然过了几百年、上千年，一个家族的历史都清清楚楚。"

显然，车塔是个十分灵活、机智的年轻人，他告诉姐姐娅檀说："昨天刚从越南的长山回到了家，一路走了十几天。"

"车塔，越南那边的战争不是还没有结束吗？"

"大哥，是还没有结束，不过好像快了，越南人加强了前所未有的攻势，美国人有些招架不住了。听说我们家乡一带出现了美国人的大轰炸，心里急了，就跟越南的舅舅说了情，吆上骡马，火急火燎地赶着回来了。"

车塔从地上捡起贝雷帽，拍拍上面沾上的落叶，就要戴上。

娅檀摆摆手说："不知怎的，我看见这样的帽子，好像看到了一只突然从牛粪堆里冒出来的拱屎虫，臭烘烘的，浑身都会起鸡皮疙瘩。再说了，戴着这样的帽子，要是被那些流窜来的美军和老挝特务看到了，就知道你是刚从越南战场上回来的，这样岂不是无事找事，招蜂子叮吗？"

"我在胡志明小道上赶着马当了一年多的搬运工，不拿一分钱，那些越南的舅舅们有些过意不去，就送了这一顶崭新的贝雷帽，算作犒劳和奖赏。"

"送什么不好，就是一把勺子也比这样的帽子要好，贝雷帽本是法国士兵带到这块土地上来的东西，戴上这样的帽子，不是主动把一段受殖民的耻辱，压到了自己的头上吗？现在看到它，眼前自然会晃起一个充满傲气的舅舅形象，有一股萧杀之气就会冲着你来。"

车塔一想，姐姐说得不无道理，人什么都可以接受，就是不能够接受强加给你的耻辱。他毫不怜惜地把手中的贝雷帽用力抛了出去，这帽子在空中旋转着，呼呼地落到了不远处一根大树枝上，挂到了上面。

因为有了车塔的出现，娅檀和大庆在树洞里再住一夜的美梦被打破了，他们加快了走出森林的步伐。

在火塘边，娅檀把一块压缩饼干递给车塔，车塔咬了一口说："这样的饼干，在长山吃过，也是中国叔叔送给越南舅舅们的。"

这天，车塔又把带来的一盒子喷香的紫米饭和几块烧熟了的马鹿肉干拿出来，他们分得吃了。

在火塘边吃饭的时候，车塔不时抬起头来，目光扫在大庆的身上，可是他欲言又止。娅檀看出了弟弟心中的疑问，毫无遮拦地说："弟弟，不用看了，实话告诉你吧，大庆哥不是我们老挝的阿卡人，是从中国来的筑路民工，可是，他是我们同根相连的哈尼同胞。回到寨子后，你千万不可把大庆哥到森林来的事说出去，要说出去了，伤害到了大庆哥，我会闭上眼睛狠下心来动刀子，毫不留情地割掉你的狗舌头。"

车塔大笑了起来，"姐姐，面对你的亲弟弟，你真的下得了这样的狠手？"

"车塔弟弟，姐姐真的不是开玩笑，今天我说的是认真的，你是一个大好人，可是你长了一张关不住风的烂嘴巴。"娅檀板下脸来，一本正经地说。

"大庆哥，你就放心吧，我出去后，绝对不会把这里的一切说出去，虽然小弟我从来就是见景生情的青蛙，可是，青红皂白还是能够分清楚的，你是我娅檀姐姐的大救星，是驮着福气来的白象，其实，有人和娅檀姐姐在一起，我赶来的四匹马都已经告诉我了。"

"马已经告诉你了，竟然有这样的神奇之事？"

"是啊，本来出门前，只上了三匹马的鞍子，打算驮蜂蜜用一匹，我和姐姐，每人骑上一匹。可是，刚走进森林边的时候，这一匹小白马就主动跟了上来，我怎么吆喝，甚至用树枝抽了也不管用，它就是不回去，眼睛里露出了一种不可言说的暗示。说来，我家的骡马从来都是有灵性的，我想它坚持这样做，其中必有蹊跷，就让它跟着来了，到这里，果然遇上了你。"

弟弟所说的，娅檀绝对相信，其实，作为一个马帮世家，这样的故事并不鲜见。

吃好饭，车塔对娅檀说："姐姐，要不，你和大庆哥明天再回来，今天晚上，我先把蜂蜜驮出林子。"

娅檀看了大庆一眼，要大庆表态，大庆没有同意。

这样，娅檀和大庆分别骑上了一匹马，车塔自己骑了那一匹没有鞍子的滑马。回到班海大寨的时候，已经是深夜时分了。走上娅檀家的木楼，她的爹妈和舅舅早在那里等候了。

娅檀一家，对大庆的到来，丝毫没有感到惊奇，好似走进来的就是一个出远门归来的家人，就连趴在火塘边的那条小黑狗，也十分友好地摇起了尾巴。

"人亲骨头香，小黑狗闻到你身上的香气了。"娅檀说了一句在老家孔雀坪也经常听到的话。

大庆笑笑，心里升起了一种回家的温暖。

娅檀的爹尔车站起来，插上了一句："这样的话，老挝没有，是老祖们从中国带来的，后来附近一带也传开了。"接着，他从屋角里抱出了一个三公斤多重的大黄皮瓜，嘴里咬着一把短刀，放下瓜，拿着短刀，对大庆说，"这是我们山地里长出的地黄瓜，是个好东西，我杀了给你吃，清凉解渴。"

"大叔，这么好的东西，你们留着自己吃吧。"

"嗨，到了夏季，山地里，地黄瓜、南瓜、冬瓜多的是，要是到地里，稍不注意，一脚下去，都要弄翻十个八个，没有什么稀奇的；再说了，你这样一个有福之人，光临我家的破旧茅窝棚，真是满堂有光了。"娅檀的阿爹尔车边说边切,双手恭恭敬敬地把一大瓣地黄瓜递到了大庆的手里,大庆连忙站起来接了。

走了三个多小时,还真有些渴了,大庆咬了一口,这地黄瓜果然又脆又甜。自然,他想到了那些工程团的弟兄们,其实,中国筑路队,缺少的正是新鲜蔬菜。平日里,上面配发的几乎都是木耳、粉丝、干菜、海带、花生、腐竹、腊肉、罐头这一类的干货,十天半月才能够吃上从国内运送来的南瓜、洋丝瓜、莲花白。可是,因为没有保鲜的设备,一团头大的莲花白,从边境小城到了工地,外面的叶片大部分都腐烂了,层层剔除后,就只剩下拳头大的一小坨了,其他的绿菜根本吃不上。所以,队员们看着每天几乎相同的饭菜,敲着碗,对着花生和海带说:"啊呀,吃的又是子弹头,又是皮带了。"大庆听了,很难过,绞尽脑汁,管后勤的要了一盘石磨,在直属营带头做出了豆浆、豆腐脑、花生汤,还别出心裁地捂出了绿豆芽、花生芽。尽管这样,还是满足不了大家的需求。更为严重的是,不少民工胯下发痒脱皮,干活时得不时停下来挠痒。

娅檀把带回来的压缩饼干分发给了爹妈和舅舅,舅舅舍不得吃,把它捏在手里,娅檀知道舅舅的所想。

娅檀说:"舅舅,饼干还有的,带给舅妈和大哥的已经留下了。"

舅舅笑笑说:"我现在烟瘾发了,过一会儿再吃吧。"

这时,在楼下卸下鞍具的车塔分两次把两只蜜桶背到了楼上,看到家里人都在津津有味地吃压缩饼干,忍不住插话说:"这是大庆哥带给你们的中国饼干,他是……"

话没有说完,娅檀狠狠地冷了他一眼说:"不说这些,会成哑巴吗?"

车塔自知说漏了嘴,不敢再作声。一直在埋头抽着旱烟的加坡舅舅，看大庆虽然一身阿卡小伙子的装束，可是总觉得有些不对劲，听车塔这样一说，心里自然明白了过来。

既然被弟弟道破了秘密，娅檀只好对家里人说出事情的真相：大庆是中国工程团的，他们在蜂神树下不期而遇，还从黑熊群中救了她。这么一说，娅檀全家人对大庆感激不尽，都表示，一定要为大庆保密。

娅檀的阿妈米蒂，看到姑娘带回来了一个有知识、懂礼貌的中国英俊小伙，心里充满了说不出的喜欢，忙出忙进，给大庆倒水，还在火塘的三脚架上放上了锣锅，要给大庆做夜宵。

娅檀的舅舅加坡寨老说："客人来了，照我们阿卡人的待客之道，还是先倒酒吧。"

不一会儿，娅檀的阿妈拎出了一只刚灌上酒的葫芦和几只盛酒用的小土碗，娅檀的阿爹站起来，亲自给大庆倒了一碗漂着酒花的糯米酒递上，大庆把它恭恭敬敬地接过来，高举起来，转递给了娅檀的舅舅。

娅檀的舅舅乐呵呵地说："看一眼，就知道你是肚子里有光明的人，像你这样知书达理的，人缘广，前途宽阔啊，要是娅檀以后能嫁上像你这样一个大好人，她这一辈子，就是'左肩膀上背金，右肩膀上堆银'的有福之人了。"

大庆红着脸，一时找不到该怎样回答的话语。

车塔接上了话题说："大舅，我看姐姐肯定会这样的。"

内屋响起了一声小孩子的哭声，娅檀的阿妈米蒂急忙站起来，不一会儿，娅檀的阿妈抱着一个小孩出来了，孩子长得瘦骨嶙峋，大概有一岁多的样子。孩子还在一个劲地哭，声音带着嘶哑，似乎没有气力，伸着枯瘦的小手，在娅檀的阿妈胸前乱摸乱抓，孩子肯定是饿了。娅檀的阿妈起身，端出一小碗奶，小孩马上不哭了，双手抓了过去,埋下头,咕咕地喝了起来。

娅檀的阿爹说:"这是车塔从越南长山带回来的一个孤儿。"

"姐姐,忘了告诉你,这个小男孩全家八口人,被一颗落在屋顶上的炸弹炸死了,小男孩在阿妈的怀中吃奶,被她用身子护住了,我路过,看到他从地上爬出来,看着可怜,就把他带了回来。"

娅檀的阿妈笑眯眯地带着几分幽默的口气说:"我家这个车塔,个子像夏天的竹子不停地长,都快可以做钓鱼竿了,可就是没有长出心来,奶都没有准备好,就把孩子带回来了。我还不知道要这个孩子做儿子好呢,还是孙子好。"

"阿妈,我不是还没有弟弟吗,就让他做你们的小儿子吧。你说的奶水,生孩子的小媳妇随便找找,十个八个总是有的吧,有的人的奶水,比大山里涌出的泉水还要多,给这个小兄弟讨上一口,肯定没问题。"

尔车狠了车塔一眼说:"没有小弟弟?我们不会自己生吗?你妈和我都还不到五十呢,筋骨强壮,精神十足,别说一个弟弟,就是再生三个、四个,也是有可能的。"

一家人无拘无束地大笑了起来,充满了一种无老无小、无高无低的和谐。

车塔说:"这些年来,越南共产党游击队,一直在丛林里与美国人作战,森林里的葫芦蜂、竹签、陷阱、吊杆、捕野兽的铁夹子都用上了,美军和越南南方的军队受害不小,他们非常恼火,可是又无可奈何,绞尽脑汁终于想出了一个办法——在森林上空用飞机喷洒枯叶剂,越南北方人把它叫'橙黄',喷洒几天后,森林的叶子全部就掉光了。枯叶剂还真是个厉害的东西,据说越南北方的大部分山林、田野、江河都被喷洒了,那些山坡上、坝子里的稻谷和玉米全部都枯死了,几乎颗粒无收。那些在森林里隐藏着的游击队和大小寨子，统统暴露无遗，美国人就在天上轰炸、在地上追杀。这个小孩子原来的寨子一直隐蔽在森林中，这次，就没能逃过美国人的眼睛，不久前遭到了大轰炸。"

车塔所说的，大庆隐隐约约听说过。车塔这么一讲，他生出了一种浓重的担忧。

娅檀的阿爹说："唉，美国人真是造孽啊，难道这个世界上，真没有什么可以阻止美国人的行动？关键是，我们不知道它会带来怎样的后果。"

"每一块土地都有自己的尊严，每一条江河都有自己的规矩，美国人不打一声招呼，就窜到别人的土地上横行霸道，天怒人怨，兔子急了也要咬人，现在美国的大寨老是谁呀，怎么连这个起码的道理都不懂啊。"

这么一说，车塔大笑起来，"舅舅，不是寨老，一个寨老有多大呀，人家叫总统，统领一个国家的大元帅，现在的总统，好像叫尼克松，大庆哥，你说是吧？"

"对，现在的总统就叫尼克松，他的上一任总统，叫约翰逊，越南战争就是那个总统发起的，现在的总统又接了上来。"

"唉，居然总统比寨老还要大，为什么当上总统的，还不比我这个小寨老，多懂一些做人的基本道理呢？杀人放火，从来都是强盗和流氓们的所作所为。一个有良心的正常人，能够做出来吗？"加坡寨老，从嘴巴里拔出了旱烟，往火塘里吐了一口唾沫后说。

之后，大庆把工程团缺少蔬菜的事讲了，可是上级有着严格规定，中国的工程团，不得以任何理由、任何借口，在老挝购买一棵蔬菜，哪怕是一片菜叶都不行。

"嗨，你们这样的规定和管束，真是不近情理。出门在外，谁会背着菜园子上路啊。不过，鸡有鸡路，鸭有鸭路，只要开动脑筋，办法总是有的。要青白小菜，现在没有，老挝的山里人，从来没有种菜的习惯，都是靠山吃山的，雨水来了，这块土地上生出什么我们就吃什么。到了雨季，地上的洋丝瓜和南瓜藤蔓，加上山茅野菜有的是，那都是味道不错的东西呀；还有小河里的鱼，捕了给你们送去，你们不可以买，难道我们就不可以送吗？你们中国人这么好，我们的寨子里有人生病了，到你们那里拿药，都不要钱，还不时给我们送来盐巴、白糖、肥皂、香皂这些我们出钱也买不到的东西。"

这么一说，大庆还真是有了意想不到的收获，他准备回去后对团长说，看能不能在私下里逃过人们的目光，偷偷地用盐巴、白糖与班海的阿卡人来换取蔬菜和鱼类等食物。

4

　　事实上,这天晚上,大庆和娅檀一家老小谁都没有睡觉,在高高兴兴地说话与喝酒之间,寨子里的公鸡都亮开嗓子叫了起来,接着,房前屋后树上的那些小鸟也跟着叫开了。娅檀家住在寨子中间,出出进进,要穿过十几户人家,为了不招人耳目,趁着寨子里的人没有起来,大庆就要出发。娅檀的阿爹要大庆把娅檀给寨子里采的那一桶蜜也带上。他说:"你们上千人就一桶蜂蜜,肯定不够的,就算是做药,也要一定的数量。"

　　娅檀说:"寨子里需要蜂蜜,过两天我带上弟弟再去采就行了,反正,蜂神树上的蜜足够我们班海寨用了。"

　　面对娅檀一家人的一片真诚,大庆没有再作推辞,笑纳了这份珍贵的礼品。娅檀和她弟弟车塔赶着两匹马,驮上蜂蜜,走了四公里多的路,一直把大庆送到了直属营所在地不到两百米的地方。搬下大桶后,他和娅檀说了一阵悄悄话,在恋恋不舍中离别。之后,他分两次搬回了帐篷里。

　　这些天以来,一直处于小猫抓心的团长杨波,每到凌晨四点,林子的小鸟还没有啼鸣,他就醒来了,心中有事,想睡也睡不着。醒来后,就披上大衣,带上冲锋枪,在营地四周巡查一遍,对岗哨的每一个细节，他都注意到了，因为这个时候，最容易疲劳、打瞌睡，让敌人有机可乘。他隐隐约约地感到，有一股敌对力量正像美洲豹一样在四周游动，他必须抢人一步，主动出击，在他们下手之前，斩断魔爪。在工程团的会议上，他把三个副团长都派到了下属的三个营，跟近指挥，并给他们规定：包括自己在内，只许成功，不许失败。这天巡查完后，杨波就在一棵大树下蹲守了半个多小时，到了六点，站起来，不由自主地到了送走大庆的山口上。

大庆一晚没睡觉，回到自己住的单独的小工棚里，打开有些发潮的被子躺下，睡了起来，过了好长时间，一觉醒来，发现团长已经站在了面前。其实，团长也是刚进来的，因为挂在他长眉毛上的露水一颗都没掉，一串地连在一起，带着的长枪上也挂着雨露。

团长不经意地扫了一眼，看到了放在地上的两只大桶。一只白色的塑料大桶自不用解释，是大庆带去的；另一只娅檀家的攀枝花做的木桶，占满了他的眼睛。大庆的心里猛地被划拉了一下，他知道，团长一定看出了端倪。本来，他想在队员们吃过早餐并在结束了半小时"天天读"以后，到厨房里找几只小桶，把大桶的蜜腾开了，把它藏起来，再去向团长报到，这样就可以不留痕迹地把事情掩盖过去，不想，团长这么早就出现在他面前。

团长像一只嗅觉灵敏的猎狗，突然凑上前来，在大庆的身上闻了闻，又到了木桶前看了看，直截了当地说："大庆，你沾惹女人了，是个野地里的姑娘，这摆放着的攀枝花木桶肯定就是这个女人的。"

大庆事先编好的故事，全被团长给毫不留情地一语捅破了。他红着脸，什么也没有说，只是点了点头，表示承认。好在团长见好就收，没有再继续追逼下去，大庆安全归来，还带回了能够让全工程团四个营、一千六百多民工做药用的蜂蜜，这已经使他喜出望外的了。

"天天读"的时间到了，大庆把"五四式"手枪交还给了团长，杨波把一直带着的冲锋枪放在大庆住的小工棚里。

"团长，你给我的二十发子弹，一颗都没有少。"

"就是少了，也不会追究的，把蜂蜜都带回来了，难道我还在乎这几颗子弹？"

杨波看都没看，就把它别在腰杆上走了。

团长刚一出门，大庆就急忙把身子靠在门上，用拳头拍打起了胸口，一个劲地骂自己：一个典型的笨蛋，一个到了天亮还在床上拉屎的脓包。

本来，只要拉上门闩，一切都还来得及，可是，他疏忽了这一细节。现在，他下意识地转身想把它拉上，手都放上去了，可是一想，已经到了白天，为了防止空袭，团里有不得拉上门闩的规定。

半小时后，杨波回来了，放下女人问题不提，当下就叫大庆把蜂蜜平均分配给其他三个营。大庆把那团藏着的灶心土拿了出来，每个营只得到了核桃大的一小坨，打碎了，做个引子。大庆有些担心蜂蜜的来源暴露出去。团长说，这仅仅是你我两人知道的事情，只要我们不说，谁都不会知道的。要有人问，你说从指挥部的后勤处拿来的。"天天读"过后，杨波带着大庆亲自驾驶着嘎斯吉普，把蜂蜜送到了其他三个营。一小时后，就让炊事班把它熬了两大锅，让所有民工都喝上，那些出不了工的，还多喝了两碗。

这天，直属营的炊事班把加上生姜和灶心土的蜂蜜水熬好后，杨波率先喝了一大碗，不到十分钟，他全身就发起热来，冒出了披身的大汗。他边擦额头，边唱着《日落西山红霞飞》的歌曲调，喜滋滋地上工地。每个民工都与他有着同样的反应，不用问，他知道大庆的土方子起效了，达到了驱寒除湿的作用。到了第二天，所有躺在病床上的民工都起来了，精神抖擞地上了第一线，其他三个营也传来了水土不服的民工都上了第一线的大好消息。团长纠结多日的浓眉终于打开了，一高兴就跑到办公室里给野战医院的老婆魏海敏打了电话，告诉她，大庆的一个简单秘方帮助全团解决了大问题，水土不服的民工全部振作起来，走上了施工第一线。

魏海敏笑着说："还用说吗？蜂蜜是个好东西，百花之精华，怎么不给我送点来呢，女人要靠养的呀。"

杨波说："是啊，有了好吃的，我怎么会把你这个贴心贴肝的老婆忘了呢？实话说吧，我那个张大庆，还真会办事，特意用罐头瓶给你留下了一瓶。"

"我的杨波团长，多大的罐头瓶啊。我们的野战医院，可是有着两百多医生、护士的大队伍呀，一瓶蜂蜜，一人一口，都还不够润嗓子呢。我一个外科主任，总不能吃独食吧。"

"嗨，我的魏海敏主任，蜂蜜我是可以再想办法给你们送去的，几十公斤一点问题都没有，可是，你得教教我，要怎么去封住一百多人的口，要是遇到一个少了门牙的，或是牙齿不关风的，把真相泄露出去，这可是犯了大罪的呀。"

魏海敏想了想，又说："那，你们工程团上千人的口，你又是怎么封的？"

"我这个团的人不会追问蜂蜜的来源，你们野战医院的医生们每个都不是一般的人呀，谁都不是省油的灯。"

"想来也是，我这个做老婆的，总不能叫自己的团长老公去犯一个小兵所犯的低级错误吧。看来，要大公无私地去做一件为人民服务的事，还是挺难，我只能关上门来吃独食了。"

这天晚上，杨波叫上大庆，开着车把那一瓶蜂蜜给老婆送去了。本来还想多待一会儿，可是医院值班室来电话说，工程团送来了三个受枪伤的，得马上做手术。杨波想到了自己的工程团，再也坐不住了。

大庆回到小工棚，不一会儿，团长就带着一瓶杨林肥酒、一听云腿午餐肉罐头和一包花生米来了。跨进工棚，他就对大庆说："这次你张大庆是立下大功了。一桶野蜂蜜，解决了大问题。可是，现在我不能够公开表扬你，不论你有多大的功劳，也只能做个无名英雄了。今天晚上，我们俩喝上一杯，算我这个做团长的，对你的最高奖赏。"

"团长，这还真是我应该做的。看到那些身体不适的弟兄们解除了痛苦，我比得了什么大奖都还要高兴。"

"要这样说也行，不过，这个功劳我是给你挂在心上了，有那么一天，一定要把它变成一个光荣牌，挂到你的胸前。我知道，只身一人，到大森林里所要遭遇到的凶险，实话告诉你吧，自从你进入森林的那天起，我无时无刻不在担心啊，要是出现什么万一，我怎么向你奶奶交代呀。"

"团长，你知道我奶奶？"

杨波自知说漏了嘴，立即改口说："怎么向指挥部交代。"

喝下了两口酒，杨波把埋在心里的话呼啦啦地倒了出来，仿佛面对的不是一名普通的民工、一个下级，而是一个推心置腹的好友、一位情同手足的弟兄，大庆听了，十分感动。

过了一会儿，杨波突然板起脸来说："大庆，我这样说，也不是一好遮百丑，今天你得对我说说在森林里遇到女人的事，最为关键的是你违规了没有？"

几天以来，大庆所担心的事，终于爆发了。他知道，隐瞒肯定不行，团长洞察事物的敏锐力，真的像他看过的一部名叫《渡江侦察记》中电影里的一句台词那样："我的眼睛比夜猫子的还亮。"

大庆只好老老实实地说:"团长,是这样的……"

"一切从简,不要说细节,直说是,还是不是,就行。"

"是有这么一回事,在森林里遇到了一个班海寨的阿卡姑娘。世界上还真有这么多的巧合,她也到森林里采蜜。要不是遇上她,我不会这么快就找到蜂蜜的。"

"她是一个人,还是两个人?"

"一个人。"

"这姑娘也真够胆子大的,还真应了那一句,一方水土养一方人。在别处,就是一个小伙子,也不敢独自到一片虎豹出没的森林中去啊!"

"是啊,当时我也是这么想的。"

"都是青春年少的男女,你们像春天里歇落在一根树枝上的两只斑鸠,难道没有相互吸引?"

"……"

"唉,不说也就不说了,吞吞吐吐的,分明心中有事。不过,今天我要问你的是,既然在森林里遇到了姑娘,又让人家送了蜂蜜,人家能够保证不把事情张扬出去吗?"

"团长,这个你尽可放心,我已经反复向她交代过了,这位阿卡姑娘是个非常懂事的,她超乎想象地明白事理。"

"相信你说的,这样就好,不论什么事,都要防患于未然。"

杨波在工棚里一扫,发觉少了那只攀枝花树做的木桶。从他的目光里,大庆敏感地意识到团长下面所要问的话,马上对团长说:"团长,那是借别人的木桶,我昨天晚上就送回去了。"

"送回去了?手脚还真快,既然是人家送的蜂蜜,我们也不能有来无往、吃白食呀,以后,遇上这样的事,我们可以主动送他们一点所需的盐巴、白糖之类的东西,平等互换,不占人家的便宜。

我们中华民族历来是礼仪之邦,用我们的老话来说,就叫吃人三餐,敬人一席。来而不往非礼也。"

讨得了团长这样的好口气,大庆一下子放松下来了,不失时机地把自己想用盐巴、白糖这类的物品,从班海寨阿卡人那里换些鱼干和新鲜野菜来改善伙食的想法说了。

团长皱着眉头想了想说:"大庆,其实你说的,我也不止一次地想过,每天到了开饭的时候,当我看到民工弟兄们对着几乎天天出现的海带、木耳、豆腐皮之类的干菜发愣的时候,心里像针扎一样地难过。我知道,你张大庆,为改善我们直属营的伙食,已经做出了最大的努力,绞尽脑汁想尽了一切办法,把豆子变成了豆腐、豆芽,把花生变成了让大家欢迎的可口汤料,这个经验还在出国的几个工程团中加以推广。既然这样,我支持你,人总不能在一个大坑面前把自己难死了。不过,一切还得偷偷地进行,只能保证在直属营的范围,其他几个营先不要管。按说手心手背都是肉,其他营也属于我辖下的,但是,真要碰上一个嘴巴不牢的传扬出去,那可是天塌地陷的事了。我们自己不说,那些游移在四周的魑魅魍魉,一个个都是鼻子通灵的家伙,不得不警惕。直属营是攻坚营,最难的路段都在这里,保证民工们的体力,于情于理都是说得过去的。"

因为明天还要早起,杨波说了一阵话,就站起来走了。离开小工棚的时候,杨波对大庆说,让他学会开车,这样能够把上面分发来的物资,及时送到各个营去。

第二天,杨波就从指挥部请来了一个教练员,教大庆开车。一个月下来,大庆完全能够熟练地驾驶了。此时,杨波坐到副驾驶位上,算是路考,他盯着大庆,开了二十多公里,技术还不错,肯定是过关了。之后,杨波把嘎斯车的钥匙交到了大庆的手里。

一星期后,娅檀带着弟弟车塔,赶着骡马偷偷地送来了十几篮散发着清香的野菜，和烤得半干的小河鱼干片。

娅檀的舅舅加坡，真是个经验丰富、能够顾及大家的老人。他给寨子里的每户人家进行了明确分工，让每一户人家都有下河捞鱼、上山采摘野菜的机会。这样一来，寨子里一家不落地都能得到一份生活必需的盐巴和白糖，做到了公平、公正。为了不暴露真相，娅檀带上弟弟车塔，每隔三天，在夜晚的时候，就悄悄送来烤得半干的上百公斤鱼片。把这些东西送到后，车塔自己赶着骡马知趣地走了，把一匹马给姐姐留下来，为大庆和娅檀创造一个幽会的机会，因为他们活动的地点，都是在距离营地一公里的地方，可以说，做到了神不知鬼不觉。给工程团送菜，寨子里都知道是怎么一回事，可是，娅檀的舅舅有交代在先，谁也不得多嘴多舌，冒犯了规矩的，用村规民约来处理，该怎样就怎样，铁面无私，六亲不认。所以，自始至终没有把事情张扬出去，直属营的几百号民工每隔几天就能够吃上新鲜的蔬菜和鱼，个个脸上都有了亮色。

大庆与娅檀一直保持着密切联系。只要不下雨，娅檀就会骑上一匹毛光水滑的小黑马，踏着夜色，赶来大树洞里等候着。大庆会抓上三两颗接待用的大白兔奶糖，及时赶来。当时，这是国内对出国人员特供的最好的奶糖，多一颗大庆都不敢拿。娅檀得到了这样的好糖，只舍得自己含一颗，剩下的一颗，她要把它带回家，给车塔带回来的那个越南小弟弟吃。

团长杨波分明知道，大庆在私下里与一个阿卡姑娘幽会，他也没有多说，只是有一天，他在大庆面前仿佛不经意地提醒说："不管怎么浪漫，也不能把姑娘的肚子搞大了，到时候，只怕小猫抓糍粑脱不了爪子。"

毕竟心中有鬼，有着一片阳光照不到的背阴地。大庆并没有争辩，他也觉得要尽量控制自己，不要到时收不了场。大庆把相约的时间改为每星期一次，娅檀没有什么意见，爱一个人，一切都要为他着想，她想到了大庆比喻过的高压线，有些不寒而栗，她也担心万一事情败露，把大庆害了。

那条通往炮阵地的路和一个钢筋水泥铸成的地下工事，在直属营的日夜奋战下，终于修好了。杨波亲自到指挥部，给整装待发的302高炮部队，发去了一封加密电报。回答说，三天后，部队就要开来了。

这天，杨波请指挥部派来电影队给营区及附近居民放上一场电影，他的用意就是想感谢班海寨阿卡人的暗中支持。因为防空的炮兵到来后，为了安全起见，以后不好再让更多的人到营地里来，观看电影，也要有所控制。直属营要放露天电影的事，不能事先走漏消息，到了下午五点半的时候，杨波让大庆脱了橄榄绿的民工服，重新换上那套进山时阿卡小伙的衣服，要他小跑到四公里外的班海大寨，通知老乡们都来看电影，大庆听了心中暗喜，因为，这样一来，他又可以跟娅檀见面了。大庆跑到厨房，往衣袋里揣上了几个馒头，顺便带给娅檀家。他打听过，娅檀和她的阿妈只会做玉米饼，从来没有做过馒头、包子。正要走，团长杨波到了厨房外，小声对他说："听说，阿卡寨里，所有大姑娘、小媳妇都是开着衣襟、露着乳房的。来这里看电影的时候，能不能要她们都扣上纽扣？另外，不能开着车去，为什么要这样，你应该懂的。"

真是心有灵犀，大庆在往班海的路上还没跑出两公里，就碰上一起赶着马到附近的林子里摘野菜的娅檀和车塔。他们让大庆骑上马，和他们一起回了寨子通报。寨子里的人听说要到工程团看电影，立即提前吃饭，把家养的猪、牛、马关进圈，有的人还在山上干活，家里的小孩跑去叫了回来。最兴奋不过的还是那些年轻的小姑娘、小媳妇和小伙子，因为看电影对他们来说是非常难得的机会。说实话，老挝自己的电影，他们还从来没有看过，年老的人看过的也是法国电影。大庆要娅檀去对姑娘、媳妇说了到工地上看电影时要把衣襟扣上之后，一个个都极不情愿，嘟起了嘴巴。

有人说："到工地上除了看电影，不就是要让中国来的小伙子们，看一看我们阿卡人的姑娘嘛，一个个长得多丰满有力啊，一只只葫芦一样的奶子，是可以喂养出小牛犊子一般强壮的娃娃来，以后，不定能拉上几个中国修路的小伙子做老公呢。"

大庆自己不好出面，只好再让娅檀的大舅加坡寨老出面说服。

毕竟是德高望重的老人，寨子里几百号人推举出来的一寨之长，且不说呼风唤雨，肯定是个一呼百应的人物。他站到阳台上，挺直腰杆，对集中在下面的上百个小姑娘和媳妇大声说："按理，到工地上看电影，照我们阿卡人的习俗，露着奶子去，不是什么害羞的事情，不论是哪一国的人，不论做官的，还是百姓，无不是阿妈的一对奶子吊大的。可是，这是中国来的民工啊，他们筑路团的大寨老，肯定是怕小伙子们看了，乱了心性。我们就入乡随俗，进门看相，依照工程团寨老的要求做，现在要紧的是，大家都能去看我们喜欢的中国电影。再说了，到了晚上，一片漆黑，大家都把眼睛盯准了银幕，谁会注意到你胸前摆动着的这对大奶子，就是眼睛最亮的看家狗，也看不见的。你大开了衣襟，也算白开了，不定还有蚊虫咬了，起个大红疙瘩呢。"

加坡寨老的话，把大家都逗乐了。大家非常开心，笑得前仰后合。说服了班海大寨的姑娘媳妇们，这天晚上，班海寨除了二十多个走不动路的老人外，老老小小，几乎倾巢出动，不用说，娅檀一家全都参加了。娅檀让舅舅和爹妈都骑着马，她和弟弟跟着人群，一起浩浩荡荡地来到了直属营的停车场上。

这是直属营第二次放电影，第一次放映的是《地道战》，这次放的是《南征北战》。正片放映前，加映了二十分钟的领袖第二次接见红卫兵的片子。

这天，班海寨来看电影的不少于八百人，加上附近一带阿卡寨的，把停车场挤得满满当当。团长动员直属营的把自己的小马扎都让给了老乡们，坐到了前面。因为来的大都是阿卡人，杨波把原来说老挝话的翻译换成了张大庆，让他用与阿卡人相通的哈尼话做现场翻译。

正好，放映的领袖接见红卫兵，正是大庆所参加的那一次。他知道娅檀一家都在，情不自禁地指着银幕说："你们看，那些走过天安门广场的人群里，就有我张大庆呢。"

一直在台下聚精会神看的娅檀听到了，站起来，身子朝前大声问："大庆哥，人太多了，像蚂蚁仔一样，密密麻麻的，根本分不清哪一个是你呀。"她说的是阿卡话，只有大庆、苏天宝和苏天虹弟兄俩听懂了。

大庆不好回答，装出一心用在翻译上的样子，把事情掩盖过去了。

正式开始放映电影。《南征北战》是1952年上海电影制片厂拍摄的第一部反映解放战争的故事片，胶片反复放映，过于老旧，在放映的过程中不停地出现断带现象，放映员不得不停下来，折腾上几分钟，接着又放，这样走走停停，把电影放映的时间一直拖延到了两个多小时。放映结束后，班海寨的人还没有走的意思，一个个意犹未尽地看着银幕。大庆见状，手持话筒，一遍又一遍地对大家说："班海寨的阿卡弟兄姐妹们，电影放映结束了，大家都回去吧，下次放映时再通知你们。"

可是，大家好像没听见，屁股仍然粘在了小马扎上，不少人还在盯着银幕，放映员也不敢把幕布扯下来。

娅檀的舅舅加坡找到了杨波团长，要求再看一遍那部有领袖的"电影"。大庆把加坡的意思向团长翻译了，好在，他说的是这个，放映的时间不长，只要二十分钟。杨波让放映员重新倒带，重放了一遍，所有民工也没有散，都待在原地，心甘情愿地陪着看了一遍。电影放完了，娅檀的舅舅加坡还是不想走，好像有一肚子的话要对团长说。大庆一看，急了，生怕老人家说出什么不利自己的话，暴露了自己与娅檀一直保持着交往的关系。因为两天前，他和娅檀偷偷见面的时候，娅檀告诉，舅舅想找你们工程团的寨老，把你招做上门女婿。虽然，他马上要娅檀前去制止了，可他仍然担心老人，管控不了自己，一高兴就捅了大娄子，连忙用哈尼话对加坡说："老人家，明天工程团筑路队的小伙子们，还要上工地干活，我们的团长也有事，和我们团长说话机会有的是，改在以后吧。"

不想，杨波看了情形，急忙制止了大庆，要他对班海寨的其他人说，让他们先走，他和加坡寨老和尔车贝玛，还有话要说。

为了防止意外，不让那些居心不良的坏分子制造事端，杨波要二十多个民工全副武装，护送班海寨的人回去。

加坡老人说："不用的，我们人多势众，就是出来几只老虎也会被吓跑的，别说几个不成气候的毛贼；再说了，我们班海大寨大家团结一心，每人吐出一口气来，都可以吹倒一片森林，谁也不敢轻举妄动的，除非不想活了。"

话虽这样说，杨波还是派了李东海连长，让他带上了二十多个身强力壮的民工，混杂在人群中，一路护送。

想不到，班海寨的人们，在回家的路上，唱起了刚才放映片里的《大海航行靠舵手》的主旋律，他们舞动着手中的火把，一路欢歌地回到了寨子。

据说，几天后，这支歌就在寨子的每一个角落流传开了，就连山坡上放牛的小孩、小河边洗衣服的小姑娘也在唱了。

这天晚上，加坡老人和娅檀的阿爹尔车，一起被团长杨波邀请到直属营的一间接待贵客的小屋子里。杨波要炊事员开了两瓶红烧肉罐头，炒了一盘花生米，又让大庆回到小工棚里拿来了两瓶杨林肥酒。杨波亲自给两位客人斟满了，他们边喝边聊。

加坡看着酒碗里散发着一种独特浓香的酒液，闻了闻，轻轻地吸吮了一口说："啊呀，好香呀，这是我喝过的天下最好的酒了。"

杨波说："这是我们云南的一个传统老品牌了，里面用了十几味中药浸泡而成，这绿色是用豌豆叶、小茴香、金竹叶染成的，它也是指挥部特批我们出国人员接待贵宾的专用酒。"

接着，杨波请两位班海寨的首领注意，那些在工程团周围出没、鬼头鬼脑、来历不明的外人，防止他们捣乱破坏。

加坡说："你们放心吧，你们中国人来帮助我们老挝修路，总有人眼红嫉妒，就像坡地上的玉米挂上了喜人的红缨准备打包的时候，少不了森林里的野猪、老熊出来糟蹋。提防坏人的事，我们早在寨子里通知和布防了，谁家来了陌生人都要进行盘查，弄明白来龙去脉。"

此时，加坡和尔车两位在寨子里极有号召力的人物，一直沉浸在幸福和兴奋之中，刚才看过的成了他们的话题。

加坡说："中国有个伟大领袖，我们十几年前就知道了，今天，终于看到了他像棵站在山巅的大树一样的高大形象。在我们阿卡人心中，他是一个大能人，一尊能给我们带来幸福的神啊，你们筑路队到我们老挝来，肯定是他派来的吧。"

中国派出十几万人的筑路队支援老挝修路的命令，正是主席在1968年8月16日签发的。具体的情节尚在保密之中，他不便于具体讲，只好点点头说："是这样的，我们的一切行动都听从伟大领袖的指挥，他是一轮照耀我们前进的红太阳，我们如金黄的葵花紧紧地围绕在他身旁。"

大庆一字不落把团长的话进行了翻译，有的地方还用了浓郁的文学色彩进行了渲染、加工，做到了诗意盎然、极富感召力，因为这样的话，他真正做到了烂熟于心。

娅檀的阿爸尔车听后，张着兴奋的脸孔，非常激动地说："主席是你们中国人的，更是我们老挝阿卡人的，你们所说的葵花不就是我们的朝阳饼吗？你们围着他转，我们也要围着转呀。其实，在一百年前，我们也是中国人，你们帮助我们老挝修公路，把幸福的红毯子都铺到了我们家门口。"

说到电影的事，加坡说："二十多年前，法国人到班海寨放过一次，那一次是因为法国人不知道为什么，昏头昏脑地到班海的上空丢下了几颗炸弹，有两颗在距离寨子一公里外的山坡上爆炸了，炸死了几头黄牛。我带着人到省里抗议，为了缓和局面，不把事态扩大，他们到寨子来放了一部法国电影，电影里净是光着大腿跳舞的女人，看完了，也不知道说的是什么。寨子里的人得出的结论是，法国女人的腿太长了，腰也细了些，不是干活的料，只会唱唱跳跳。"

杨波团长就此机会，表扬了这一带的阿卡人和傣族老百姓，说他们支持了工程团的工作，有时放炮炸土石，惊扰了山坡的马牛也没有来。

加坡闪动着一双放亮的眼睛说："我们阿卡人和附近的傣族邻居，都是明事理、知感恩的民族。在老挝，我们阿卡人是个少而小的民族，就得学会在夹缝里生存，要做到天和地和人和，上下联动，左右沟通；就不说附近坝子里的傣族兄弟了，就是山上的瑶族、苗族同胞，我们也要相互走动，交个朋友，走个亲戚，常来常往，遇上什么大事，能够相互照应。每个阿卡人都尽量做到，身上不长刺，嘴里生春风，里里外外，和睦相处。"

这天，他们说了两个多小时的话，杨波让大庆开了车，他自己一道陪着，把加坡和尔车两位客人送回了寨子，上坡下坎，大庆有意放慢了速度。

回家的路上，杨波对大庆说："大庆啊，刚才加坡寨老的话，你肯定注意听了，一个统领一千人还不到的寨子的首领，一位寨老，他的聪明才智却远远超出了我们，他可是个深谋远虑、脑子灵动的人啊。"

加坡一直称杨波为寨老，让工程团的大寨老请去喝酒说事，加上加坡平生第一次坐了车，这真是天大的面子，三十年遇到的火烧天，一个难得的好日子啊。他觉得，应该为工程团做点什么有用的事，为其排忧解难，想来想去，想到了蔬菜。第二天，加坡就组织起寨子里的人在水源地边撒播蔬菜种子。

放过电影两天后，杨波悄悄通知大庆，要厨房里准备五十多人的饭菜，有好吃的可以多增加上一些。正好，前一天晚上，娅檀带着弟弟，送来了一百多公斤的鱼干和刚采来的野水芹菜。这一会儿，全派上了用场。

傍晚时分，太阳落山后，营地里开来了二十多辆罩了防护网的解放牌汽车，这些车由一个班的解放军士兵护送，不过，他们都穿上了出国民工的服装。这些车辆除了高炮部队的炮车外，还有十几辆拉了柴油和各种物资的炮车，当天晚上，就开到了山头的高炮阵地上。杨波派出了工程团的八十多个民工搭帐篷，安置了雷达车的秘密位置。之前，杨波对高炮部队入驻的工作，做了全面的动员和布置，从今往后，只要高炮部队跟随工程团一天，所有的安全保卫、后勤供应，包括驻守人员的伙食都由工程团来负责。这是上级的命令，没有什么可以讲的。自然，杨波把这些任务都交到了直属营来具体负责。

这天晚上，安排布置完所有的工作后，已经是凌晨两点多了。然而，停车场上的十多辆车上的货物，根本没有来得及分配到各个营，那些汽油、柴油和粮食油料、干菜也没有来得及卸下来。所以，当晚的重点就是加强保卫，做到万无一失，绝对不能发生重大事故。他特意把李东海叫来，把他的工作进行了调整，让他把主要精力放在对炮阵地和后勤供应车队离开前的安全保卫工作。因为那些护送高炮的解放军士兵另有任务，在吃过晚饭后就连夜返回了。

大庆知道团长所焦虑的事，主动向团长提出要求加入巡逻站岗的队伍。杨波当下就同意了，说："我正想找你呢，你这个人做事心细，做后勤付出的体力相对少些，不容易疲劳。还有，你那个做话务员的老乡苏天虹正好也不值夜班，他也是个做事认真的人，不拖泥带水，枪法也好。我要李东海安排，最好你们两个老乡都在黎明之前参加值班巡逻。"

作为在战场上受过锻炼、经历过真枪实弹的老兵，还是一个现役军人的连长，李东海深知团长交代的任务的重要。本来，他只要把人员安排好，秘密下达了当晚的口令后，就可以从紧张里解脱出来，回到工棚里休息一会儿，到时起来带上两个人查岗就行了，可是，他觉得这样做，有些放心不下，连换了两个班的岗哨，他仍一直坚持巡逻。

这天，破例地没起大雾，能见度比以往显得清晰多了，给站岗巡逻带来了极大的方便。

黎明时分，森林里传来了第一声清丽的鸟鸣，张大庆和苏天宝一前一后，拉开了五米左右的距离，跟在最后面的李东海也有意拉开了几米远。张大庆小心翼翼地来到了一辆装有柴油的汽车面前，还没站定，本能地感到有些不对劲，好像有一股子陌生人的气息。他低下头来，往车底下一看，隐隐约约感觉好像有一个蹲伏着的黑影在闪动，他立即警惕起来，轻轻地转过身，换了一个角度，把手里的电筒往里一照，在强烈的光照下，他清楚地看到了一个人在车下，车子大梁上捆绑着一团黑色的物体。突然间，他看到了一束惊慌的目光，大庆脑子里飞快地闪出了"炸药"这个名词。

在射出的强光里，大庆看清对方是一副年轻的面孔，他端起来的枪颤抖了一下，不由得喊出了一声："缴枪不杀！"

话音未落，就有一梭子弹扫了过来，那子弹都是擦着大庆的右耳嗖嗖穿过的，连毫毛都没有碰到一根。

大庆本能地闭上眼睛，朝着对面开了一枪，那人惊叫一声，并没有立即倒下，低着身子逃了。

早在发现前面的张大庆打亮了手电筒，后面的李东海和苏天虹快步跟了上来。大庆在那人的脸上晃了几下，光柱似乎刺伤了他的眼睛，使他一时难于看清眼前的景物，他抬起一只手来，企图挡住光亮。

这当儿，苏天虹在光亮里也发现了在另外一辆车底下出现的人影，还没等他抬起枪来，一梭子弹就从背后面朝他扫来，李东海大叫一声"趴下"，苏天虹当即卧倒，迅速瞄准，朝着面前的人影开了枪。与此同时，李东海也打开了自己的手电筒，看清了站在不到十米远处的提着枪的家伙。他立即抬起枪来，凭着感觉开了一枪，那人立即倒了下来。

团长杨波正要跨出门，听到从停车场方向接连传来的枪声，知道发生了紧急情况，他立即从床头柜里拿出了小枪，跑着赶来了。

苏天虹发现前面的家伙已经被打死，李东海打的那人也受了致命的重伤，趴在地上呻吟着。李东海跑到前面，一把抓起地上的那人，将其翻过身来，看见胸前咕咕地涌出了一股股带着泡沫的鲜血，还没来得及问话，他很快就断气了。

苏天虹和张大庆分别从两辆车底下，拿出了已经捆绑好了的、马上就要点燃的烈性炸药包，再看看地上掉着的打火机，他们都倒吸了一口冷气，说了一声："好险！"

天亮了，在离停车场不远的森林边的地上，发现了一条带子似的血痕。

沿着痕迹，李东海带人进到森林，不到五百米，就在一丛野毛竹下发现了这个倒在地上、哼哼唧唧、捂住伤口的家伙。看到李东海带着人到了面前，他动都没动一下手边的半自动步枪，也没做出任何反抗，跪在地上一个劲地求饶。

本来，李东海几次举起枪来，对准他的脑袋，想当场把他干掉，但因为还有另外两个民工在场，没有找到一个合理的开枪理由。

李东海要一个民工把这个受了重伤的背到团部。杨波团长一审，这人马上交代了，他们正是几个月前叛逃的五个边防军。他们已经在工程团的驻地四周侦察了一个多月，完全摸清了工程团的活动规律，看到直属营修了一条通往山头的公路，观察了地理位置，就知道一定有炮兵要来。这天，果然让他们等到了，终于有了这么个下手的好机会。五个人中，有一个是连长，他指挥三人去停车场，其他两人去往高炮阵地。这个受了伤的还说，他自己是身不由己，被连长欺骗挟持来的，因为连长和他是老乡，说要到老挝来执行特殊的任务，他就轻易相信了。

事实上，就在停车场上响起枪声的同时，高炮阵地上也发现了两个破坏分子的踪影。他们发现事情败露后，转身就逃。两个多小时后，他们出现在班海寨，但两人冒充工程团的民工，身上的服装和魂不守舍的样子露了马脚。加坡站起身来，装作热情，给他们倒了酒，请他们俩坐下来，就在他们放下枪接酒碗的时候，加坡大叫一声，抓起火塘边的木柴，把他们打倒在地上。两个坏蛋还没弄明白是怎么一回事，就被一个貌不惊人的阿卡老人制服了。加坡缴了两人的枪，让车塔带上两个小伙子，把他们捆绑起来，押送到了工程团的营地。

这天，在"天天读"活动结束后，杨波代表指挥部，宣布了对李东海、张大庆、苏天虹的表彰令。就此机会，杨波对直属营的全体民工进行了一场爱国主义的教育，说五个叛徒多行不义必自毙，终于得到了应有的惩罚；两个被击毙的死有余辜，三个抓到的被押送回国，交由军事法庭处置。

私下里，大家还是议论开了。五个中国的边防军人，其中一个还是连长，按理能够参军入伍的，都是根正苗红的贫下中农子弟。他们到解放军这所大学校里锻炼了几年，学习雷锋好榜样，一个个都应该是立场坚定、斗志强的人物，怎么还要背叛祖国和人民，充当帝国主义和反动派的走狗？在部队里，日子过得好好的，不管怎样，饭是能吃饱的，更用不着穿补丁衣服，况且，老百姓对解放军是敬仰的，部队所在的墙壁上都写着"军民团结如一人，试看天下谁能敌"，他们怎么还要出逃？

这样的言论，被李东海听到了，他一刻也不敢耽误，立即找到了团长汇报："团长啊，有些民工的思想出了大问题，居然有人说，这五个边防军人，要是在战争期间，遭到了拷打，做了叛徒，还情有可原，这不是敌我不分、贪生怕死的论调吗？发展下去，怎生了得？"

杨波听了，先是大吃一惊，后来一想，有这样的言论实属正常："民工们对这样的叛徒行为还是非常鄙视的呀。"

"团长，我们老家有句俗话是这样说的，'小时不补，撕开了一尺五'，说的是衣服裤子上出现的洞，要及时补上，要不，就会越来越大。其实，思想上的漏洞也是如此的呀。"

杨波非常谦虚地接纳了李东海的意见，十分诚恳地说："东海，有你这样的提醒，说明你是一个觉悟很高的连长，得向你学习。这样吧，我一定要对民工们再进行一次爱国主义的教育。是啊，千里之堤，毁于蚁穴。针尖大的孔，会漏进豆大的风啊，我们不得严加提防啊。"

这天，李东海到小工棚里找到了张大庆。当时，苏天虹也在场。李东海有些想不通，问大庆：这么近的距离，把枪伸出去都可以抵到这个家伙的脑门了，为什么没有把这个人当场击毙，让他逃了。

大庆自我检讨说："第一次，经验不足，忙中出错，枪法也不准。"

李东海摇摇头，充满疑问地说："你可能是想枪下留人吧？你的枪法我是知道的，在基地培训时，你可是出了名的神枪手。"

大庆没有为自己申辩，只是笑笑说："东海连长，打枪的事也要有个过程，靶场上的神枪手，到了作战现场，就不一定了。老鹰抓小鸡，也有失手脱落的时候呢。"

李东海极不相信地说："你这样说，分明就是为自己开脱。我当时听到你喊了一声'缴枪不杀'，这样一来，你不是错失了最佳的射击机会了吗？对这样的破坏分子、十恶不赦的叛徒，还存在什么缴枪不杀？应该是杀无赦，来一个，杀一个；来两个，杀一双。"

站在一旁的苏天虹觉得李东海有些咄咄逼人，根本不顾事实，就顶了两句："我们的东海连长，头功算你的不就得了，要说起来，你这个经验丰富的老兵，也没有当场把那坏蛋一枪打死啊。你连我这个从来没有上过战场的人都不如呀,我是不是也可以说你有意放纵的。"

"唉,你们三个孔雀坪来的,总是穿一条连裆裤,相互帮腔、相互照应,不管应该不应该,也没有个原则。其实,我这样说,绝对不是无缘无故。你苏天虹整天待在总机房里戴着耳机,像个两耳不闻窗外事的书生,平常肯定不会听到你这个大庆老乡在民工面前都叨叨了些什么,他总是在对人讲'仁慈、宽恕、忏悔',这都是些封资修,发臭的陈词滥调。听说,他的奶奶还是一个基督教堂的牧师,莫不是中毒太深了?要知道,对敌人的同情,就是对革命的犯罪!"

苏天虹还想和他理论一番,被大庆制止了。

苏天虹不服气地说:"不就是个小连长吗?怎么总喜欢踢左脚呢!不要自以为除了自己,其他人都是不革命的。动不动就是封资修,难道革命就要板着一块冷脸?"

其实,李东海对张大庆有气,是因为在送那个受重伤的坏家伙到野战医院的路上发生的一件事。当时,张大庆开着车,当路过一个弹坑,那人哼了一声,被李东海劈手打了一巴掌,他下手很重,让那人半天没有回过神来。

大庆扭头看了说:"都成俘虏了,身体还受伤了,怎么还要打他?"

"俘虏?要是他的枪法好,临危不乱,倒在地上的肯定就是你张大庆了。不是我对他残暴,对这样的人,我一眼都看不下去。大庆,你不是挺会讲故事的吗?那个东郭先生和狼的故事,不会忘了吧?"

"东郭先生和狼的故事,我是没有忘,可是,我还记得一个放下屠刀立地成佛的故事。"

"这样的故事,我没有听过。听了,我也不会相信什么立地成佛的鬼话。我坚定不移地相信'龙生龙,凤生凤,老鼠生儿会打洞'的道理,更懂得'对敌人要像严冬一样,残酷无情'。"

"是的,'对敌人要像严冬一样',这不是雷锋日记里出现的吗?"

"是雷锋讲的,正是我们的队伍所需要的对阶级敌人的态度和立场。"

这天晚上,张大庆在小棚子里写下了这样的日记:

1970年2月16日,农历正月十一

我真是有些心烦意乱。上午,机械连的李东海连长找上门来,用极其严厉的口气批评我,说我对投敌叛变的五个中国边防军人,有着错误的同情倾向,心慈手软,这不是简单的认识问题,而是立场问题:是站在革命一边,还是反动派一边。现在,革命还在轰轰烈烈地进行着。难道,我还没有触及自己的灵魂,在灵魂深处革命,居然相信"放下屠刀,立地成佛"的谬论?说真的,要是我发现那个企图偷袭炸毁后勤运输车辆的反动分子就立即开枪,这个家伙肯定立马倒地身亡了。就像李东海所说的,只要抬起来对准,我的枪尖都可以顶在这人的脑门上了,在这么近的距离开枪,真可以做到百发百中。在孔雀坪时,我就跟随阿爹上山打过麂子,枪法还不错。有一次,还在芭谷地里打死了一头正在啃芭谷的野猪。在基地培训时,我还真是上千民工中有名的神枪手。可是,当面对一条年轻生命、一棵青枝绿叶小树的时候,我的心软了、动摇了,一种悲悯油然而生。说真的，我不希望，一个人在我面前突然倒下。

是的，出卖灵魂、背叛国家，肯定是一种不可饶恕的罪恶行为，用现在流行的话来说，是不齿于人类的狗屎堆，应该踩上一千脚、一万脚，千刀万剐，永不得翻身。可是，我觉得应该宽恕其中那些不明事理者，允许其悔改，让他们洗心革面，把他们拯救过来。被我打伤的这个士兵，他说是受连长欺骗和蒙蔽，糊里糊涂地上了贼船，后来，明白真相，想回头已经来不及了。从他的目光中，我看出了这话是真的。在送他去医院的路上，他还爆出话说，对着我放枪时，他是有意偏离的，要不，我肯定中弹牺牲了。还说，他手中的炸药包，在我发现之前，实际上早已捆绑好了，可是，一直在犹豫不决。他手持打火机，凑到了导火索面前，可是，又退了回来，因为心中产生了一种不可饶恕的犯罪感，就这样反复几次，都没有引爆。我想，另外一个安放炸药被苏天虹打死了的伙伴，肯定和我是一样的心境。因为，他和我一样迟迟没有下手。这些话，当时李东海一句不落地听到了，他这么一交代，给了李东海一个铁证如山的把柄和口实，我的错误仿佛变得更大了，由一只小麻雀变成了一只大山鸡，由一只小豺狼变成了一头大灰象。

后来，在审讯这个连长的时候，他交代了自己策划已久的阴谋：两个在车场安放炸药的士兵，一旦得手，肯定是在震天动地的轰响中血肉横飞，他们根本无法安全撤离，必将葬身于爆炸之中，走上一条不归之路。因为他们把导火索放得很短，还不到两尺长，依火药引爆的速度，他们转过身来,还没有跑出两米远就爆炸了,显然,这连长真是个不可救药、蛇蝎心肠的家伙,他分明是在用骗术、诡计和圈套,蒙蔽了同伙,让他们用自己的手把自己毁灭。恶人之恶,可见一斑。

5

说来也奇怪，自从高炮部队到来后，美军的飞机只出现了一次，飞得很高，不在射程之内。但从指挥部传来消息说，其他两个工程团的工地遭到了大轰炸。杨波到了高炮阵地，一再提醒：雷达兵要全神贯注，不放过蛛丝马迹；炮兵一定要提高警惕，枕戈待旦。

为了保密，每次班海寨的娅檀和弟弟车塔送菜到直属营，都是在晚上十点左右，大家都熟睡之后。大庆的行动非常隐秘，就连几个站岗的都没有发觉。直属营隔天都能吃上新鲜蔬菜，民工们胯下不再发痒了，个个脸上都有了神采；开饭的时候，再也没人敲着饭碗说"吃的花生米是子弹头，海带是皮带"的风凉话了。

杨波几次向大庆伸出了大拇指。大庆悄悄地对他说："班海寨的阿卡人让我们吃上新鲜鱼不成问题，南卡河附近有几条小河，里面的鱼也很多，就是再供给几个营几个团都绰绰有余。只是森林里的水蕨菜、大象耳朵叶之类的野菜和小瓢菜几乎都被搜光了。好在，他们在水源附近园圃里种下的青菜、白菜、芹菜、茴香、芫荽，已经长大了。加坡寨老已经派人到各个寨子收购新鲜的土鸡蛋，也准备送来。"

杨波对大庆说："班海寨的老百姓这么帮忙，我们自己也要有所限量、有所控制，每星期能够吃上一两次新鲜蔬菜就可以了，不要加重他们的负担；还有，我们一定要算出一个合理的价格，不要让班海的阿卡人吃了亏，该交换的物品，数量一定不能够少了。"

团长所说的，大庆都注意到了。这天晚上，他交代娅檀，要她对舅舅说，尤其不要到外面的寨子去收购鸡蛋，免得人多嘴杂，把事情张扬出去。

这天吃晚饭的时候，李东海有意坐到了大庆旁边的凳子上，指着大庆面前摆放着的一盘炒鸡蛋，用筷子敲打着碗边问大庆："我的总务长，请问，盆子里的炒鸡蛋加了什么料？"

大庆愣了一下，放下手中的碗，看着李东海问："怎么，吃不惯吗？"

"非常好吃，我要问的是加了什么料。"

"臭菜。"

"好，臭菜，你们云南人都非常喜欢的一种野菜，像臭豆腐一样，闻来臭，吃来香，就连我这个喜欢挑嘴的小四川，也爱上了的东西，那我现在要问你，这臭菜究竟是从哪来的？"

"哪里来的，地里冒出来的，后勤部的车子从国内送来的呀。"

"撒谎！我们什么时候有了保鲜冷冻设备，能够保存这么新鲜的蔬菜？还有鸡蛋也是刚出窝没几天的。"

大庆心里非常明白，李东海是有意找碴、挑毛病来了。他十分镇静地对李东海讲："我的李东海连长，实话告诉你吧，还真是从国内运送来的，这种野菜，在我们边境的西双版纳一带的傣族人家周围的小路边、篱笆上，到处都有，就算采下来几天也坏不了的，一直新绿如初，要不相信，下次你再来看。"

"那我问你，除了我们直属营以外，其他三个营是不是一样的供给？我们有的，他们也有吗？"

"应该是一样的吧，具体的我也不太清楚。"

大庆的话还没完，李东海腾地站了起来，指着大庆的脑门，放大声说："你又在吹牛了，实话告诉你吧，休息天，老子到附近的几个营走访调查过了，他们每天吃的都是老四样——海带、花生、木耳、豆腐皮，哪来的什么干鱼片，还有臭菜炒鸡蛋？你肯定是违反了出国纪律，私下里暗箱操作……"

一时，把张大庆给呛住了，周围吃饭的民工听到李东海在直着脖子大叫大喊，都跑过来看热闹，苏天宝也在其中，他冲着李东海说："李东海，别血口喷人了，要说起来，你还真是一条无情无义的野狗，吃上了好东西不认账，还要到处汪汪乱叫，张口咬人，分明是鸡蛋里挑骨头。一个鸡蛋，你也能够区分出是今天的还是昨天的，要不想吃，就抬着饭碗走人。"

大家一听，哄然大笑，纷纷站到了张大庆一边，炊事班的几个民工也站出来证实说："后勤部送菜来，都是大庆和我们一起下的车，吃到你的嘴里，怎么就成了假的了呢？"

大庆知道，大家都是在暗中帮忙，这些蔬菜是怎么得来的，其实大家都在猜测。炊事班的肯定心知肚明，只是不说而已，因为大家都觉得，大庆这样做并没有什么大错，都是为了直属营的几百号人，他自己并没有吃独食。

一时，把李东海弄得下不来台，想说什么却感到语涩。

苏天宝走上来，气愤地对大庆说："大庆哥，要是我俩换个位，今天我非把一盘炒鸡蛋砸到他李东海的脸上不可，真他妈的，又吃人又羞人的白虱子，嘴巴上的油还在亮光光的，得了好处不说，反倒害人来了。"

这话说得过重了。

张大庆坦然地笑了笑说:"天宝兄弟,东海连长也没有生什么坏心肠,他也是为我好,把自己的怀疑说了出来,不让我违反了出国纪律,这是一件好事。"

杨波听说大棚饭堂里发生了争吵的事,急忙赶到了现场。还真是怕什么来什么,为了不扩大事态,他急忙把李东海和张大庆一起叫到了办公室。

不知道杨波用了什么办法,半小时后,李东海和张大庆已经握手言和,有说有笑地走出了团长办公室,根本看不出红过脸的样子。

一直在大庆住的小棚子里等候着消息的苏天宝,终于等到大庆安然无恙地回来了。他这才松了一口气,有些不解地问:"大庆哥,今天,你怎么这样软弱啊,对李东海这样的小人,就不能给他好脸色,唯有的就是,以牙还牙,水来土掩,兵来将挡。要是你生成一副病猫的样子,小老鼠也会爬到身上来拉屎撒尿的。"

"天宝,你说的也对,也不对,要是李东海真是个不可救药的恶人,这样对他没有错,可是,他只是说话的语气过重而已,本质上,他还是一个好人。上次那件事,他虽然对我有怀疑,可是,并没有上告,挑起更大的事端。像李东海这样革命口号满嘴跑的人,当下是最吃香的,他只是有些一根筋,转不过弯来,喜欢与人较劲罢了。古人说,大道无形,道在口中。给你讲个故事吧,有一次,老子的老师商容生病了,老子前去探望,商容问老子,是先有舌头,还是先有牙齿。老子说,肯定是先有舌头。商容张开自己的嘴巴问,我的牙齿还在吗?老子说,掉光了,满齿不存,舌头犹在。商容说,你知道为什么牙齿晚生而早落吗?因为它过于刚强,舌头为什么得以长存,因为它柔软。"

天宝点点头,似乎有了领悟:"这么一说,我懂了。"

其实，李东海的怀疑一点都没有错，事后，团长到了大庆的小棚子里说："大庆啊，像臭菜这样容易引起别人怀疑的食物，就不要了。"

"团长，你不知道，班海寨的老乡们为了让我们能够吃上一口蔬菜，还真是大动了心思，本来这个时节臭菜是不发芽的，班海寨的人们就挑水浇，提前催出芽来。你说，这样得来的东西，我能拒绝吗？"

"说来也是，既然这样，只好把李东海使劲压住，唉，有些冤枉，也是无奈之举。"

这天，杨波告诉大庆，指挥部同意了他提出的送仔猪到每个营饲养的请求，反正民工都是从农村来的，出几个养猪的，问题都不大。

几天后，后勤运输队真的送来了一批半大仔猪，整个工程团分到了六百多头，直属营分到了一百二十三头。大庆带着炊事班，用修路时砍倒的竹子搭好了猪圈，在营地附近开辟出了一块地，种上了红薯藤、芭蕉芋、洋丝瓜之类的青饲料。还有，经过请示，修路沿线的野芭蕉和蒲公英可以采来喂猪。杨波知道，这里的野芭蕉很多，蒲公英也不少，这样一来，就解决了青饲料的问题。他还要后勤部从国内调来了些米糠，工程团民工的粮食标准是每人每月四十五斤，开始不够吃，后来就有了多余，尽管强调了要节约，可是总有些抛撒，一个数百人的大厨房，少不了一些剩菜剩饭，正好都可以派上了用场。

6

　　李东海那天在饭堂里向大庆突然发飙，倒不是他有意挑刺。其实，让工程团其他三个营都能够吃上新鲜蔬菜，一直是团长杨波考虑的大问题，他请求指挥部从国内调来了一批菜籽，让他们都在工地附近的空地上播撒下去，之后，大家的抱怨不再发出。就是，文化生活比较单一，电影反反复复就是《地道战》《地雷战》《南征北战》这"老三战"，大家都能把台词背诵出来了，想换几部新的来，像《上甘岭》《打击侵略者》之类的战斗故事片，可是，又生怕触及什么大毒草。

　　有一次到指挥部开会，杨波提出了要放《早春二月》和《洪湖赤卫队》的要求，立即受到了首长的严厉批评："你这个杨波，想把工程团往哪一条路上带呀，《早春二月》不是充满着小资情调的东西吗？正是我们所要警惕的糖衣炮弹，是资产阶级腐朽发臭的东西，你居然也敢提出来，看来，加强思想教育，洗清资产阶级思想的流毒，是个大问题啊。《洪湖赤卫队》也一样"

　　他知道，两部电影不是首长所说的那样，但是面对上级，他无话可说。在大家的强烈要求下，国内派来慰问团，给每个民工带来了一部崭新的语录、一本烫金封面的活页笔记本、一个印着语录的口缸，还给每个民工都发了一袋三两重的大白兔奶糖。后来又说，一人三两重的大白兔奶糖，是对吃苦攻坚、啃硬骨头的直属营的特殊待遇，其他营的民工每人只是送了一块普通的方糖。

最喜人的是，还来了一支三十多人的毛泽东思想宣传队。据说，这支宣传队是某军区文工团派出来的，他们在各个工程团巡回演出，虽然跳的都是忠字舞，唱的除了《大海航行靠舵手》以外，多了《毛主席来到咱农庄》和《北京的金山上》等几支歌曲。看演出的时候，杨波发现，不少人伸长了脖子，张大了嘴巴，情形仿佛干涸的稻田里那些大小不一的裂缝。杨波心里非常明白，其实多数人不是在看演出，而是在看人。不管怎样，宣传队浇洒了一场及时的春雨。

后来，民工们无不赞叹说，宣传队里走出来的姑娘，身材好，胸脯高，嘴巴乖巧洪亮，个个都像林子里飞出的黄鹂鸟，迷人而又漂亮。

这天吃过晚饭，休息了一个小时后，杨波带着大家"晚汇报"。开始之前，他习惯性地把目光在人群中一扫，发觉少了一个名叫许正旺的民工，问了修理连的连长。连长说他吃过晚饭都还在的呀。

杨波叫来张大庆和苏天宝，要他们两人出去看看，是劳动太累在工棚里睡着了，还是在工地附近散步看风光呢。

大庆和苏天宝带上枪，到工棚里看，没有人；问了站岗的，说看到他背着枪朝着不远的一片黑竹林那里去了。

苏天宝说："这个许正旺是个有名的闷头公鸡，平时，腔不开，气不出，最近收到了家里的来信，更是变得不同往常。大家和他开个非常一般的玩笑，他竟然暴跳如雷。"

"这样的人也不好，遇上什么烦心的事，自己捂在心里，他需要人开导。"

他俩说着话，在走到离那片竹林还有两百多米的地方，听到了几声枪声。张大庆和苏天宝立即把子弹推上膛，一阵小跑，快接近的时候，只看见许正旺独自一人，趴在一个小土包上，正对着前面二十多米处的一个红色蚁冢放枪。大庆看到那个高高突出的蚁冢上，除了一片巴掌大的野姜叶以外，什么东西也没有。

许正旺看到有人走来，抬头瞄了一眼，又俯下身去，丝毫没有停下来的意思，朝着红土蚁冢又放了一枪，打碎了那片叶子。

张大庆赶紧跑到蚁冢面前，枪声过后，一群白蚂蚁从深藏的洞穴里爬了出来，密密麻麻，很快就把一面红土覆盖了。他不知道，这些蚂蚁的行为，是在本能地自卫，是对自己居所的有意隐蔽。

苏天宝走到面前，大叫了一声："许正旺，你是哪股筋扭了，平白无故跑到这荒山野地来放枪？是不是脑子出了毛病，不能随便开枪，难道你不知道？"

许正旺站了起来，拍拍衣服上的泥土，似乎蛮有道理地回答："苏天宝，你别在这里张牙舞爪地吼了，天上的晚霞都要被你震下来了。我这几天正烦着呢，那个村子里的小妖精来信说，我们的钱太少了，一个月11元的代金券，在国内只能兑换5元人民币，买一件普通的新衣服都不够，就和我吹了，哪有心肠去搞'早请示，晚汇报'？谁不知道，我们的目标就是赶快把老挝的公路修通，铺上从山鹰之国阿尔巴尼亚进口来的柏油，让老挝人民开上中国出的解放牌汽车在幸福的大道上奔驰。就算政治挂帅，能不能来点新的内容，玩个新的花样，天天都是老一套，再好的风景也发腻了。"

苏天宝听了，摆摆手说："得了，得了，想不到，你这个闷葫芦原来是只装满烈性炸药的铁桶，一旦爆炸开来，还真是惊天动地啊。正旺，以后这样的话，当着外人的面可不要胡说乱讲了，你这不是自己找鞭子抽吗？一个小妖精跑了，天下的好女人多得是，你何必在这里生自己的闷气,自己跟自己过不去?"

张大庆说:"正旺兄弟,你说的关于政治学习的建议,不无道理,你可以去提呀,怎么可以在这里放枪?要不是这是个洼地,枪声传出去,你就违反纪律,犯大错了;再说了,一个人独自行动,要是遇上了特务坏人怎么办?四周的森林里游动着许多虎狼豹子,你又不是不知道。"

"嗨,特务?虎狼豹子?他们不来找我,我正想找他们呢。老子平时暗地里练出的那一套腿脚功夫,还正愁没个发挥处呢。你张大庆已经是个人人羡慕、杀敌立功的大英雄了,我许正旺还什么都不是。是啊,整天听杨团长在大棚里炒冷饭,叨叨些老掉牙的东西,倒不如到这里来,平心静气地练一练枪法呢,不定哪一天也像你一样,逮到一个杀敌立功的机会呢。"

还正如大庆所言,许正旺所在的蚁冢位置,地处山洼,声音传不出去,要不,惹的麻烦就大了。

这天,大庆和苏天宝把许正旺带回去,"晚汇报"刚结束,大庆找了个借口对团长汇报说:"这些天,出毛病的推土机还真不少,正旺过于劳累,在工棚附近的竹林里睡着了。"

这些天来,杨波也注意到了,民工们对"天天读"和"晚汇报"似乎产生了一种厌倦和疲劳,就连李东海那样的人,有几次也打起了瞌睡。可这样全国上下都在流行的形式,要取消,他肯定不能,也不敢。别说一个小团长,就是一个军区司令,也得毕恭毕敬地遵守。忠不忠看行动,指挥部每次开会,都在这样强调。听完汇报后,他把张大庆和苏天宝叫到了办公室。

杨波说:"在我这里,我们肯定不打棍子,不戴帽子,我们尽可以像主席说的,知无不言,言无不尽。你们两个最能够听到来自基层民工队员的声音,他们对'天天读、早请示、晚汇报'有什么意见，你们俩都可以讲出来，特别是合理化的建议。"

"团长，我知道，现在全国人民都在这样做，可是，我们能不能换一种形式呢？比如，我们都知道，领袖所倡导的'一不怕苦，二不怕死'的精神，可是，不知道具体的珍宝岛自卫反击战的实际内容，是不是可以对我们讲一讲，作为学习内容呢？还有除了号召我们学习雷锋以外，还有邱少云、黄继光、董存瑞的故事，加上重庆集中营渣滓洞的革命先驱和烈士们的故事，也值得学习。我还记得那一次从北京回来后，我到了重庆，参观了集中营遗址，真的被那些为了人民和理想而抛头颅洒热血的革命志士们所感动。陈然、江姐，包括小萝卜头在内的人都是永远值得我们学习和敬仰的。当然，最好能够讲这些英雄成长的历程，我们都正走在成长的大路上，听了这些，肯定收获不小。"

这天，大庆几乎把自己的想法都说了出来，他只是没敢讲自己在偷偷阅读《圣经》和《金刚经》的事，因为说出来，实在太冒险了。

这是个霞光万道的早晨，吃过早餐，民工们排队来到了忠字大棚面前，高炮部队那里没有美军轰炸的消息传来，杨波知道，这是暴风骤雨到来前的前奏，中间一定埋伏着一场大的阴谋。不过，他可以抓紧时间，把民工们的思想来一个大的提升，这样一来，不管风云多变幻，都能够做到我自岿然不动。

这天，杨波微笑着，亲自打开了忠字大棚的大门，站在门边把一个个队员迎接进去，做了简单的"早请示"后，他清了清嗓子，准备开始讲珍宝岛自卫反击战的故事。为这事，昨天晚上，他特别在电话里请示了指挥部。首长说，这是公开了的，珍宝岛自卫反击战打出了国威，当然可以大讲特讲。

刚要开口，突然从大门叽叽咕咕地落下了一大群鸟来，它们毫不惊慌，相互叫着，大着胆子走进了棚里。大庆数了一下，这些各类各色小鸟，不少于一千只，把所有的通道都挤得严严实实，这些小鸟中有人们非常熟识的斑鸠、黑头翁、画眉、喜鹊、山呼、鹩哥、鹦鹉、绿翠，还有难得一见的太阳鸟，还有些他叫不出名来的。这些五颜六色的小鸟，把大家的目光都吸引住了，杨波也只好停了下来，好奇地走上前去，蹲下来，伸出手，亲切地招呼起来："咕咕，咕咕。"

小鸟们好像听懂了杨波的友好表达，一只只频频点头，看着他，并没有离开的意思。

大家都开心地笑了起来。不过，杨波感到十分奇怪，怎么会出现这样的奇观呢？

大庆解释说："这些鸟都是吉祥鸟，它们的出现，意味着今天是个好日子。"

杨波说："此话怎讲？你是农村长大的，你在家时见过这样的景象？"

大庆说："没有见过。我们中国筑路队不畏艰险、披星戴月地在这里为老挝人民造福，感天动地，山神就把小鸟派来了，它们肯定是要来听团长讲珍宝岛自卫反击战的生动故事的。"

李东海实在有些听不下去了，他感到这是大庆在团长面前吹牛拍马，斜瞟了一眼，把目光紧紧地盯在了大庆的脸上："张大庆啊张大庆，什么事到了你的嘴里，都要和封建迷信、上帝鬼神粘连在一起，难道还要把耶稣基督、释迦牟尼、穆罕默德一起搬出来不成？依我的解释，我们工程团这个仁义之师从来都不伤害小鸟，听到我们每天都在'天天读，早请示，晚汇报'，他们也来接受思想的教育来了。"

"东海连长，你这样的说法我也赞同呀，接受教育也好，看稀奇也罢，跟我说的并不矛盾呀。"

杨波笑了起来："但愿如此，让这些小鸟沐浴着主席思想的春风在森林里到处歌唱吧。"

于是，杨波开始讲珍宝岛自卫反击战的故事。

当讲到我军勇敢反击时，大棚里响起了一阵掌声，李东海站起来，带头喊起了"向珍宝岛英雄学习，向珍宝岛英雄致敬"的口号。

那些小鸟听到了大棚里回荡不已的声音，居然没有一只惊跳和慌张，站在地上，滴溜着珍珠一样亮闪闪的眼睛，看着前面神采飞扬的杨波，眼里透出一种无比友善和深情的光芒，一只只仿佛都有话要说。

鸟眼有神，目光炯炯，神采奕奕，像泛光的红宝石，杨波第一次对小鸟有了这样的亲切感。

接着，杨波又讲了3月2日早晨的那次战斗中勇往直前的战斗英雄于庆阳的故事，以及最高领导发出"一不怕苦，二不怕死"最高指示时，大棚里又一次响起了"一不怕苦，二不怕死"的响亮口号，谁也没有想到，这一次带头高举起手来的，竟然是闷头葫芦许正旺。

这天"天天读"的活动，一直进行了一个半小时，超过了以往的时间，从始至终，大家情绪都非常饱满，没有一个打瞌睡的，就连从来都是精神涣散、哈欠连天的许正旺，也聚精会神地听完了杨波的整个报告，而且被激动得热泪盈眶。

当人们走出大棚的之前，上千只小鸟一起扑腾着翅膀，拥出了大门，几乎在同一时刻展翅高飞。走出大棚，大家抬起头来，看到了一片带着呼呼声的五彩缤纷的云朵，在空中涌动歌唱。

杨波的身上，聚集了直属营民工的四百六十八道目光，大家前所未有地叫了一声:"团长好!"

大家都上工地的时候,杨波让大庆陪着,上了高炮阵地,在那里他见到了雷达站站长,站长汇报说:"今天早上,荧光屏上出现了几个鬼鬼祟祟的闪点,最后又消失了。"

杨波说:"不论怎样,我们都要做好严阵以待的准备,敌人不会停止捣乱的。"

这天的"天天读",高炮阵地除战勤值班的几位外,大家都去参加了。有几个老兵是杨波熟悉的,他们对杨波说:"团长,像今天这种形式的'天天读',还真过瘾,改天,你就对大家讲讲越南那边的情况吧,要不,大家都不明白现在的国际形势了。"

"你的这个提议好。说实话,今天这种形式的'天天读',还是采纳了大庆他们建议的结果。对我也是一种锻炼啊,心里不仅要装下那么多的故事,而且还要与革命、理想、红色紧密联系在一起。"

从高炮阵地上回来,杨波又到工地上走了一圈,民工见了他,一改过去那种爱搭不理的冷漠,正在做工的连忙站起来,喜笑颜开地叫上一声"团长好"。有的说:"杨团长,以后的'天天读,早请示,晚汇报'都能像今天上午这样的就好了,这样的'天天读'我们最喜欢,要不,老吃一样的饭菜,就没味道了。"

驾驶着推土机的民工见到了杨波,从驾驶室里伸出了大拇指,大声地说:"杨团长,'晚汇报'能改为故事会吗?你肚子里的故事一定很多,要不讲多可惜呀。"

杨波大声回答:"你的这个建议很好,你们喜欢什么,都尽量提出来,让我好准备。"

到了维修班的许正旺面前,他正好手持扳手从一台推土机下面出来,见到杨波,他嘿嘿地干笑了两下,一副想搭话的样子,可是他什么也没有说,杨波主动问:"正旺,今天你的表现不错,在大棚里没有走神。"

"走了，团长，我都跟着你走到珍宝岛去了，眼前看电影似的看到了你说的这些英雄，孙玉国还真是条了不起的东北汉子，面对那些武装到牙齿的老毛子，没有当缩头乌龟，站在自己的土地上说话，底气足，下一道命令，声震敌胆。像他这样的人，值得我许正旺好好学习他两辈子、三辈子，他是一位值得效仿的真神。"

这个闷头葫芦说出了这番有水平的话，还真是不鸣则已，一鸣惊人，这也是杨波万万没有想到的。说实话，这是他自从当上团长后，最为得意的一次演讲。他喜滋滋地回到办公室，立即给老婆魏海敏打去了电话，说了他讲当代英雄故事所产生的巨大魅力，想和她分享一下自己的快乐。魏海敏接过电话，压低声音说："是啊，这种东西早应该刹刹车了，到底是谁出的馊点子，都两年多了，每天都这样，没有变化，耳朵都起老茧了，小和尚念经都要翻篇呢。做了手术下来，不论怎么疲惫不堪，也得跟着去，有口无心地念叨一番。所谓的政治挂帅，像原子弹、氢弹，压得空气都要爆炸了，还成了一顶无形的、沉重无比的铁帽子，在某些别有用心的人手里，又成了一根打击迫害异己的大棍子，打一个，倒一个。真要这样继续下去，肯定会出现一批不堪忍受的神经病。你干脆申请调到我们医院做政委得了，也把你一肚子的珍宝岛的故事给我们讲讲。"

杨波耐心地听完老婆的一番牢骚，该说的不该说的，全都倒了出来。当然，要是面对外人，她绝对不敢说这些的，因为这不是一般的问题。

最后，魏海敏加了一句："今天晚上来吗？你都一个月没有上门慰问来了。告诉你，我在野战医院，可是个回头率很高的人物呢，你不来，别人可牵挂着呢。"

"我就那一亩三分的自留地，还有谁敢践踏，我打断他的狗腿。"杨波和老婆幽默了一把，开了点夫妻间的小玩笑。

"得了吧，自留地，你什么时候用心认真管理过，都杂草丛生了。记住了，自己来，别再带上你那个张大庆兄弟了。带上他，总觉得窗外有双偷窥的眼睛，要愉快地说点体己话都不能。"

"不都是为了安全吗？我们所处的环境你又不是不知道，老虎睡觉还得睁一只眼睛，何况我们四周的森林里、草丛中无不潜伏着虎视眈眈的豺狼。"

"唉，安全不安全，我看都是由命管着的。再说了，黑天黑地的，几步外就什么都看不清了，一个人来应该是最安全的。"

"要是你的身上不依托着什么、不代表什么，走遍世界，都可能是安全的。可是，我们现在有不一样的身份。"

"嗯，你是一只站在山顶上俯瞰世界的雄鹰，在你眼里，山丘能够变成高山，小河能够浩荡成大江，一切都是高远而又开阔的。"

这天晚上，熄灯号响过后，杨波走出宿舍，一个不落地查看了所有的岗哨。这是他多年来养成的习惯，从连长到营长到现在的团长，只要不外出开会，每到晚上，他都要这样做，要是遇上风雨，到了深夜，他还要再去一次。

用了二十多分钟，查完了所有的岗哨，杨波到大庆的小棚子里拿了汽车钥匙。他看到大庆已经换上了阿卡人的衣服，正准备外出，还没有开口问，大庆就对他说："团长，今晚上，班海寨要送一些鱼干来。听说，这次的鱼又肥又大，最大的竟有五公斤，是加坡寨老亲自带人到一个河湾的深潭子里逮来的。"

"既然这样，明天一早，就给直属营以外的其他三个营送些去吧，要不，我们自己吃独食，总会鱼刺卡脖子的。都是同甘共苦的好弟兄。我们这样做，就连我手下的两个副团长都蒙在鼓里呢。再说了，我们吃掉一些江河里的鱼，按照生物学的观点，只会刺激它们加倍地生长,所谓的'野火烧不尽,春风吹又生'。"

"不怕露馅吗?"

"要是有人问起,就说国内刚送来的,再说了,只要能够吃上鱼,谁还会刨根问底?除非脑子有水,像李东海一样,长了一根筋的脑袋。"

这是个黑夜,没有月亮,天上流动着一条星星的河流,河面上翻腾起了微微细浪。抬起头来,好像能看到无数的小鱼在河里穿梭游动。一只夜鸟在低空里拉长了声音的带子,大声嘶鸣着,缓缓从头顶飞过。

杨波从大庆的小棚子走出来,轻轻地吹了几声口哨,走到岗哨面前,打了个招呼,发动起车子,出了营地大门,打开了车灯,朝着野战医院的方向驶去。

大庆走出小棚子,跳到门外一块大石头上,看着团长的汽车在山弯处消失了。他突然感到了一种前所未有的不安和慌乱。奇怪,团长分明是到野战医院去的,今天怎么没有叫上自己?难道就因为他知道自己要去取那些娅檀和车塔送来的鱼干片,就不好开口?向来团长总是把自己的事,摆在公事的后面。所谓的先公后私,出来都自觉遵守,每次开车到医院去,回来的时候,他都不会忘记让大庆记下一笔自己所消耗的油料。有一次,团长查看了账目,看到少了一笔,自己还动手把它记上了。

大庆回到小棚子,打开抽屉,拿出了那一袋慰问团给的大白兔奶糖。打开来看,包装得很好,喜欢甜食的小黄蚂蚁没有进去,他拿起了一颗,凑着闻闻,又把它放了回去。今晚,他要把这些奶糖送给娅檀,共有四十八颗,可以让她高兴一阵子的了。

大庆小跑着,到了距离营地半公里不到的地方,娅檀和车塔已经赶着十几匹骡马,打着电筒在那里等候了。还没有靠近,大庆就闻到了一股干鱼片的腥香味扑鼻而来，显然，他们想得周到，已经撒上了花椒和辣椒之类的佐料。

看到大庆手里拿了东西，车塔有意伸手过来想把它抢夺过去，娅檀不让，伸手挡掉了。

车塔说："姐姐，要是不让我吃大庆哥送来的东西，下次送菜，我就不跟你来了。"

娅檀笑笑，打开了袋子，把一颗大白兔递到了弟弟的手里："你呀，哪一次少得了你这一只喵喵乱叫的小馋猫。"

这天送来很多，有十几篮筐，如果在这里卸货，大庆一个人来来回回得搬运许多趟。想不到，娅檀姐弟俩早有准备。为了不引人注意，到了营地附近，他们给每匹马的脚上都包裹上了厚软的棕衣，骡马踏在地上，就悄无声息了。有了这样的充分准备，大庆带着娅檀他们，把十几匹马一声不响地赶到厨房仓库面前，把鱼干卸了，腾出了篮筐。要是以往，车塔自己先赶着马回去，把其中的一匹马留下来给姐姐，可是这天，大庆老是走神。娅檀从大庆的脸上看出了他的焦虑和不安。

娅檀小声说："大庆哥，遇上了什么麻烦，还是有什么不开心的事情，可以告诉我吗？"

"娅檀，今天晚上，团长一个人开车走了，我总感到要发生什么大事情，有一种看不见的东西一直在告诉我。"

"你这一说，我想起了出门的时候，阿爹突然对我们说，要你转告杨波团长，这些天，一个人千万不要轻易外出，特别是晚上的时候。"

"对的，大庆哥，阿爹怕娅檀姐忘了，还特意要我提醒姐姐。"车塔接上了娅檀的话。

"尔车大叔，是得到了什么不好的消息，还是自己有什么预感？"

"嗨，我爹早上起来就到神林那里祈祷去了，他所说的从来都是很准的。四年前，他说过，林子里半夜三更要起大风，果然，寨子里茅草屋的脊梁上压着的石头统统都滚落了下来。"车塔不失时机地吹捧了自己的阿爹。

娅檀有些不耐烦地说："车塔，现在没有刮大风啊，可是，你嘴巴里出来的风，真可以把阿爹吹到星空里去。"

"好，既然这样，娅檀你就先赶着马回去，让车塔跟我去走一趟，我感到现在团长已经开着车子离开医院，在回来的路上了。"

"这样吧，我们家的骡马都是认路的，让它们自己回去。听说，你一个人住一个小棚子，要是可以，干脆让我在那里等你们。"

事不宜迟，娅檀留下了两匹马，把其余的吆走了，大庆把娅檀带到小棚子里，带上冲锋枪，和车塔一起拉着马，在营地大门外，解掉了马脚上的棕衣，朝着野战医院的方向飞奔而去。

正如大庆判断，团长在老婆魏海敏那里待了一个小时，做了该做的事，就急着要走。对于魏海敏来说，她已经习惯了这种速战速决的夫妻生活方式。她推了推躺在身边的杨波，催促说："快走吧，到了，别忘了来一个电话。"考虑到她的工作，医院在她房间破例地装了一部手摇电话机。

"电话，就不打了，深更半夜，我不想搅扰守总机的。"

"一分钟也用不了的事，不打，我睡不着啊。"

不知怎的，今晚魏海敏突然感到了不同以往的不安，好像一头在山坡上悠闲吃草，被虎狼盯着的母鹿。她十分后悔，真不该把杨波叫来。杨波走后，她一直站在门外，眼看着车灯出了大门，直到被森林遮蔽。回到屋里，她再也无心睡觉，起来急忙穿上衣服，把上级配发给的一把五四式小枪拿了出来，插上了弹夹，握在手里，拔腿就朝着杨波去往的公路上飞奔。

　　天上虽然没有月亮，可是，脚下的公路好似一条闪动的带子隐约可见，这条沙石路是在几个工程团开来之前就修通了的，到直属营七公里多的路程，不用说哪里有个弯道，就是路边的一块大石头她都非常熟悉。

　　杨波驾驶着车，在离开医院大概有三公里的一个洼地，右眼突然眼皮一起跳了起来，使他忐忑不安。他的眼睛盯着前方，仿佛看到了几个影子魔鬼般地跳来跳去，他不由得放慢了速度，一手把着方向盘，一手把小枪拿了出来，推上子弹。吉普车颠簸着，过了一条小河沟，前面有一个弯道，杨波刚转过来，就看到了前面的公路中间有几个大石头，他来的时候并没有，肯定是有意设置的障碍。他摇下车窗，伸出头去，看看是否能够加足马力冲过去，正在这时候，他看到了几条黑影朝他飞快逼近。他赶快停下车来，打开车门，跳了下去，还没有来得及避开，几道强光朝他射了过来。他抬起手，打了个眼罩，立即卧倒，同时，开了两枪。这时候，公路那边，响起了一阵急促的马蹄声，接着就听到有人朝着打手电筒的方向接连开了火。突如其来的枪声，把来人搞糊涂了，转身朝着黑黝黝的森林跑去，好像还有人跌倒后又爬起来。

　　不出三分钟，两个骑马的就飞奔到了杨波的不远处，从声音里他听出了其中一人是张大庆。总归是经历过战斗场面的，杨波很快就镇定了下来："嗨，大庆，是你们啊。"

　　"团长，几个毛贼被吓跑了。"

　　"好，此地不宜久留，走吧。"

　　大庆和车塔下了马，把挡着的几块大石头用力挪开了，杨波迅速上了车，发动起来，开亮大灯。大庆和车塔，一前一后，护卫着团长的车，不到二十分钟，他们回到了营地。

在小棚子外，杨波停好车，下来拍着大庆的肩膀说："长本事了，在马上都可以开枪了，还真是个百步穿杨的好射手，以后修完公路后，跟着我到部队干吧。"

大庆转过身来，指着车塔说："骑马打枪是我这个车塔兄弟干的，我不是马背上的，没这个本事。"

杨波说："谢谢了，车塔好兄弟，救命之恩，永远不忘，过两天，我请你到这里来喝酒。记住，回到寨子，替我谢谢你的大舅加坡寨老和你的阿爹尔车，到时把他们两位一起请来。"

这晚上，娅檀没有在大庆的小棚子里多作停留，车塔跟着大庆进去喝了一碗凉开水，就和姐姐娅檀牵着马走出了营地，骑着马走在了通往寨子的土路，绝尘而去。

这天晚上，通信班的总机室里，正好轮到苏天虹值夜班。过了十一点，没有任何电话来，他打开了交换机的夜铃开关，正准备伏在机台上迷糊一会儿；刚趴下闭上眼，尖锐的铃声响了起来，交换机的牌子倒了，他急忙关了铃声，拿起交换绳来，电话是团长从办公室打出的，要他接野战医院。出于好奇，他监听了几秒钟，电话通了，是个女的，他马上关上了监听键。

喘息刚定的魏海敏拿起话筒的一句话就是："怎么样，遇到情况了吧？"

杨波淡淡地说："大路通天，平安无事！"

"别粉饰太平了，我都听到枪声了。"

"灯光下看到前方两只眼睛发出了光亮，以为是坏人，打了一枪，结果岔了眼，原来是前方大树桩上的一只猫头鹰发出的。"

"阿弥陀佛，吉人天相。"说完，魏海敏打了一声哈欠，放下了话筒。

娅檀和车塔走后，大庆并没有睡。他看到枕头上放了两颗大白兔奶糖，兀自甜甜地笑了，娅檀真是个细心的姑娘呀，她肯定想到了，这一袋大白兔奶糖，他根本就没有舍得吃上一颗。她放两颗的用意非常明显，就是意味着心心相印吧，因为他给娅檀说过，自己是属兔的，在一个绿草漫坡的春天出生。

现在，大庆得把今晚上娅檀他们送来的鱼干记在账上，做到日清月结，不出纰漏，到了月底，好向团长把来往账目作具体汇报。明天，他还得到班海寨，向加坡寨老打听一下，他们缺少什么物品，搭配好了，好让下次娅檀和车塔来时，驮运回去。这次送来的鱼干，不少于八百公斤，是最丰润的一次，工程团四个营，每个营都能分到两百多公斤，他打算明天一早开着车送去。

杨波带着大家进行了"早请示"后，进办公室不到一个小时，就接到了通讯员从医院带回来的一封信，打开来，魏海敏直截了当地写着：

> 杨波，本来早上起来就要给你打电话，稍微一想，不敢占用，生怕耽误了重要电话，不论你我，只要打来的电话都是不一般的。昨天晚上，别以为我相信了你美丽的谎言，平安无事是假，有惊无险是真。其实，你刚走，我在电话机旁枯坐了一会儿，耐心等候你报平安电话的到来。突然，有一只夜蛾子从门缝里钻了进来，到了电话机面前，赖着不走，频频扇动起了两只似乎带着眼睛的翅膀，纷纷扬扬，抖落下一堆荧光闪闪的粉尘，把整个电话机都覆盖住了，真使人纳闷。最使人想不到的是，这只翅翼宽大的蛾子，突然飞起，一头朝电话机直撞下来，无力地扇了几下，死了。一种不祥之兆，在我身边弥漫。眼皮跳，大蛾子带来的无疑是你要出事的信息，我根本来不及多想，拿

起了手枪，开了门就跑，因为走得急，回来的时候，我才知道宿舍门没有关。我像长了翅膀的山鬼，扑腾着向你的方向追去，三公里半的路程，我仅用了三十分钟不到的工夫。你的车子刚停下，我就赶到了距离你不到三十公尺的一棵大树下，就在你开枪的同时，我也放了两枪，我们的枪声和解救你的枪声混杂到了一起。要不相信，你明天带人去查看一下，那地上肯定留下了一道醒目的血痕，有人肯定被打伤了，不是我射出的子弹，就是你的，因为我清清楚楚地听到了子弹穿进身体的声音。这种感觉就像猎人打中野物的那一种。告诉你吧，我是飞着出去，飞着回来的。我相信急中生智，更相信急中生翅，我从河谷回到宿舍，度过了世界上最漫长的三分钟，你的电话终于来了。想不到，你竟如此沉静、从容不迫、处惊不慌，还真是个做团长、做师长、做军长的大料，真的服你了！从里到外，我愿意陪你一辈子，或者两辈子、三辈子。实话告诉你吧，这些日子，我特别想你，这种想，是撕心裂肺地想，火烧火燎地想，这是一道冲天而起的生命烈焰。碰上不值夜班的夜晚，我真的想提着枪，从宿舍里飞出，一口气跑出了好几公里，气喘吁吁地跑到你的宿舍外，在那里停留上五到十分钟，耳朵贴着门窗，从你的呼吸声里，判定你的轻松与紧张、舒展与紧缩。我多想轻轻地敲开你的门，扑入你那宽阔无比的怀中。然而，这也只是想象，我也只能如一只不知疲倦的夜鸟飞了回来。说来，这一切肯定你都不会知道的，甚至没有想过。天哪，什么时候，才能够结束这种公开婚姻秘密幽会呢？我们的婚姻本来是一颗高挂在天上的太阳，怎么就变成了半遮半掩的月牙了呢？

杨波的眼睛有些发潮了，结婚到现在已经八年多了，这还是第一次看到老婆在来信中，有了这样深情厚谊、充满着诗意的表达，他相信这一切都是真情的抒发。海敏在中学时是学校的长跑运动员，上大学时，还在一家全国有名的大刊物上发表过诗歌。

看完信，杨波一直沉浸在回味之中，走出办公室，他看着远方在太阳下波光粼粼的小河，突然想一个人去走一走。他往总机室里打了一个电话，告诉了话务员他的去向。正好是苏天虹值班，苏天虹提醒他说："团长，你上午不是还要到二营去的吗？二营长刚才还有电话过来，问你什么时候动身呢。"

杨波想到这回事，本想叫上张大庆，想起他和许正旺被派到指挥部去了。好在，从直属营到二营只有三公里的路程，走小路，还要近些，于是就带着枪上了小路。走了一公里多，他听到工地的喇叭里发出了放炮的警告。这警告用老挝语和汉语连着播了三遍，他立即跑到小路边的一堵崖石下避让。

一群小鸟扑棱棱地从前方飞来，它们秩序井然，好像是一群要到远方的候鸟。

三分钟后，一阵震耳欲聋的排炮响了起来，大地颤动起来，一股股带着土块的烟尘漫天而起，杨波本能地闭起了嘴巴。

到了崖石上面的小鸟彻底被打乱了阵脚，有的朝前，有的掉头往后，有几只竟然掉落在地上。

排炮过后，解除警报的喇叭响了起来，杨波跑出去一看，那几只掉在地上的小鸟居然全部死了。他把其中一只拾起来，翻动它的羽毛，仔细查看了一下，身上居然没有一点被土块打伤的痕迹，又把其他六只拾起来看，情况大同小异。这一种小鸟的背部是绿的，喉部呈现出一抹栗红色，尾巴像一把张开了的剪子，他想起了那一年，部队在金沙江演练渡江时，在沙石壁上见过这种名叫栗喉蜂虎的小鸟。每天早晨，它们就在江岸的上空翩翩起舞，好似无数个风筝忽起忽落，在碧蓝的天空下现出了一幅美丽的画卷。

想不到的是，在六只小鸟中居然有两只是红襟知更鸟。这种小鸟是他在大学图书馆里看到的。他得知这种鸟在英国最多。这两只红襟知更鸟的飞行能力肯定不及栗喉蜂虎鸟，它们为什么要混杂在这种候鸟群里？不管怎样，它们和几只栗喉蜂虎一起，夭折在这隆隆的炮声里。

不用问，杨波也知道这小鸟是被炮声吓破胆而亡的。

杨波在路旁的树林中找来了几片棕子叶，把一只只鸟理顺了羽毛，用叶片捆扎好了，再用树枝刨了个坑，小心翼翼地把它们埋葬好了，还用土堆成了一个个小坟茔。之后，他脱下了帽子，带着沉痛和忏悔的心，向这些年轻的生命默哀了三分钟。

那些惊散的鸟群，在杨波头顶的上空重新整理了队伍，它们降下高度，环绕着坟茔低低地飞了几圈；之后，留下了一串哀鸣的歌，拖着身子擦着树梢飞走了。

结果，杨波到二营时，比预定的晚了四十分钟。

第二天，杨波就以工程团的名义，向下属的各营发出了一个加盖了公章的红头文件：凡是能够用推土机开挖的地方，绝对不得使用炸药，尤其是排炮，理由是老挝的雨水太多，用炸药炸过的公路，最容易造成路基的下陷和坡壁的坍塌。这个通知，理所当然地遭到了不少人的抵制，有营长直着脖子和他争辩起来，大家都认为这样做肯定会影响工程进度。

杨波力排众议说："百年大计，质量第一，我们修的公路，代表着中国形象。还有要是遇上空袭，也容易造成混淆。"

这样一来，大家无话可说。真实的原因，只有杨波知道，当然后来，他也实话实说，道出了事情的真相。

7

这天，指挥部突然来电话通知说，一个由老挝人、越南人组成的公路检查团，要到杨波所辖的工程团来。据说，里面还有两个黄头发白皮肤的苏联人。杨波听了有些生气，老挝的检查团来了，里面有越南人非常正常，只是两个苏联人为什么要混杂在其中，是不是有什么不可告人的目的？他把自己的想法向指挥部的首长表达了。首长说："开始我也是这么想的，后来一想，苏联人和我们闹翻了，这是政府与政府、首脑与首脑之间的问题，老百姓彼此间没有什么深仇大恨，老挝与越南人一直在和苏联人称兄道弟，苏联人在中间插上一脚，实属正常，可是，我们一定要把握好自己的定力，持一种不卑不亢的态度。哪些该说，哪些不该说，自己要好好斟酌一番，免得祸从口出，不过，他们在珍宝岛吃了大亏，想来不至于那么嚣张了。"总归是指挥部的首长，认识问题能够站到一个高位。

"伙食呢，需要我们准备吗？"

"这个还用说吗？到时我们指挥部也有人陪同，你们自己喂养的猪，每个营不是都有十几头可以宰杀了吗？就拿出我们中国人热情大方的气派来，摆出个样子来，让他们看看咱们是怎么待客的。

说来，这些老挝兄弟过的也是清汤寡水的日子，不定肚里早没有油了，要不，这个时候，上下不靠，没有什么节庆假日的，就想着带人检查来了。"

接完电话，杨波急忙叫上大庆，到其他的三个营转了一圈，看了他们喂养的猪。各个营推广的糖化饲料，让这些猪吃了睡，睡起了又吃，还真起了催肥的作用，每个营真的有一群膘肥体壮的猪可以宰杀了。他当即下达了命令，明天一早起来，"天天读"后，把大棚里里外外的卫生打扫干净，再上工地；还让各营都准备好一块"热烈欢迎检查团到工地视察"的红布标，上面打上中国和老挝两国的文字。到时候，让几个人拉扯着，站到营房的大门外。本来，红布标今天下午就可以挂了，每个团都配有老挝语的翻译。可是，这样做肯定就有隐藏在森林四周的特务给美国空军通风报信，引来不必要的麻烦。

大庆问："团长，宰猪的时候，还要抽打让它们发出声音来吗？脚和尾巴还要朝着天上抛撒？"

"你这个张大庆，别哪壶不开提哪壶，这一次，咱们是偷偷地进行，只要检查团的大爷们能够吃个嘴巴冒油就行。"

检查团要来，杨波最为烦恼的是，万一碰上美军的轰炸，出了什么意外，这是谁也担当不起的，臭了名声不说，他所带领的工程团的成绩就大打折扣了。他不得不到高炮阵地上做了一番强调，还把自己在越南战场上对付美军飞机的一套经验，全都搬了出来；和几个炮手一起讨论，设定了几套方案，要他们提高一百倍的警惕，遇上美军飞机出动，只要它刚起飞，就发出警报，一旦靠近营地上空，枪炮齐发，打不中也行，敲簸箕吓雀，让它不敢靠近。为了做到万无一失，他还到每个防空洞都认真查看了一遍，而且向每个连队作了交代，遇到空袭，优先带领检查团的人员进入指定的几个防空洞。民工们把防空洞进行了合并，由原来一个班一个，变成了两个班一个，而且要做到临危不乱，有秩序地进入。

在工程团四周的森林里，让李东海带了十几个人在一些小路口上防守，看看有什么居心叵测的家伙在蠢蠢欲动，要有，一定要毫不手软，彻底搞定。

到了下午一点，民工们都换上了新衣服在门外等待着。但过了开饭时间，还不见检查团的踪影，民工们都饿了。准备接待用的菜，一直不敢下锅，炖着的肉一直用文火煲着。杨波心里有些急，让大庆开着车，一起到前面看看，开出了十几公里，还是见不到来人的影子。杨波突然想到，他们可能绕道从野战医院方向来，因为那里有两条路可行，立即要大庆掉头回到直属营，还正如杨波判断，果然，不远处扬起了几道红尘。

几个民工很快拉好了"热烈欢迎检查团到工地视察"的红布标，几个炊事班的小跑着回厨房准备去了；几百号民工列队排列到大门外的两边，几辆吉普车就开到了。在指挥部首长的陪同下，一个二十几人的检查团到来了，其中还有两个女的，她们都很漂亮，身上挎着照相机。

检查团的从欢迎的人群中间通过，大家都鼓起了掌，看到了队伍中的两个漂亮女人，大家齐刷刷地把目光对准了她们，好在两人一直低着头，看情形好像是晕车。一直站在队列中的大庆看到了，急忙跑出去。

进了大门，两个女的真的蹲到一个角落里，哇哇大吐。大庆从厨房里拿着几片生姜跑来了，他后面跟着两个端着洗脸盆、手上搭着白毛巾和漱口缸的，大庆让她们洗漱后含在嘴里。

一行人洗漱完后，指挥部的首长说："本来都修好了的路，被美国佬炸出了些大大小小的弹坑，一路颠簸，肚子都空了，还是先吃饭吧。"

检查团的其他人都在等待"开吃"这句话了，大庆带着他们进了一个小饭堂，一看，里面摆了满满当当、热气腾腾的三大桌菜饭，香气扑鼻；每桌上有三瓶酒，大家看了，无不乐呵呵的。按照中国待客的规矩，杨波陪着坐到了指挥部首长和检查团团长身边，据说检查团团长是老挝交通部的一个官员；两个苏联人也安排了座位；两个女的含了大庆给的几片生姜，居然不再呕吐了，大庆招呼她俩洗漱完毕走进饭堂的时候，已经变得神清气爽、容光满面了，她们也坐到主桌上，两个副团长分别坐到了其他桌陪同。

指挥部的首长给杨波介绍两个女的，说她们两位是老挝巴特寮通讯社的记者，负责这次检查团的采访工作，回去后，要在报上和广播里刊发介绍中国工程团筑路的文章。饭后，她们就要单独采访你这个奋战在第一线、靠前指挥的团长。

看到桌子上的酒，两个苏联人各自拿起了一瓶，看了看商标，摇摇瓶子，又放了下来，其中一个用非常地道的普通话问："有伏特加吗？"

杨波本来就对这两个苏联人没什么好感，摇摇头说："没有，那是你们苏联人的烈酒，怎么会摆到我们中国人的餐桌上来？"

"那，有你们中国的茅台吗？"

"没有，今天就只有这个品牌的，是云南最好的老品牌，叫杨林肥酒，是一种健康养生的好酒。它产生于1880年清朝末年，到现在已经有九十多年的历史了。"

其实，苏联人也不想想，中国人现在都还在艰难中过日子，茅台岂能放到一个工程团来？

"好吧，肥酒就肥酒，我们马马虎虎，勉强对付吧。来一点点，这桌上的猪肉是今天一早宰杀的吧，空气里散布的都是新鲜的肉香味道。你们中国人还真的富有呀,什么猪脚、猪尾巴都不要,还有牛尾巴那样的好东西,你们毫不可惜地抛向了空中。"

除了杨波和指挥部的首长知道苏联人在有意揭短外,大家听了都有些摸不着头脑。

杨波心里有些不快,一个上门来的客人,哪有开口就说三道四的。

"嗨,我们的杨林肥酒,绝对不会输给你们伏特加的,不是朋友还喝不上呢;至于你说的朝空中抛猪脚、猪尾巴、牛尾巴,大家不是都高兴嘛,像有的国家相互打番茄战一样,难道说他们是吃不完?那是一种游戏呀。"

这个苏联人不依不饶地笑着说:"朝空中抛猪脚分明是在显摆,后来不是让美国人给揍了吗?"

指挥部的首长看到杨波与苏联人交上了火,他自己没有开口。在来的路上休息的时候,其中一个苏联人告诉他,曾到中国留过学,另外一个苏联人则准备长期留在老挝工作。

另外一个苏联人接上话头说:"你们中国人来这里修公路,不是在世人面前声明过,不动老挝的一草一木,你们做到了吗?"

"不动一草一木,指的是公路沿线两侧十米以外的,要是公路沿线的草木都不动,这公路怎么开挖啊。"

这个苏联人指着桌子上一大碗热气腾腾的红烧肉说:"据了解,这些猪是你们自己在这里饲养出的,难道它们吃的草料也是从中国运送来的吗?"

"这个我得纠正你一下,喂猪用的主要是青饲料,猪是不太喜欢草料的,这些青饲料,我们是用了公路两边的野芭蕉。这些野芭蕉,我们严格控制在公路两米左右范围内的,因为这些野芭蕉到了雨季,就会疯狂成长,它宽大的叶片遮蔽了公路的视线,所以,通车前得把它们除掉。这样，一举两得。"

"杨波团长，你把一切都解释得合情合理、天衣无缝，这里我问你一个有关公路质量的问题，据说，公路修好后，你们还要铺上柏油，成为一条风雨无阻的高等级公路。"

"是这样的，肯定要铺上柏油，要不一个雨季过后，就被冲刷得坑坑洼洼的了，我们的柏油已经开始运送了，以后，这条公路不论是旱季还是雨季，都畅通无阻。"

"据说你们所要用的是阿尔巴尼亚的柏油。"

"是，到目前为止，阿尔巴尼亚还是我们的朋友。"

"你们怎么不用我们苏联高质量的柏油呢？要是我们苏联人来承揽老挝的公路，我们肯定会铺上世界上最好的柏油。"

"我们中国人到老挝来修公路，不是承揽工程，而是援助，不收一分钱的援助，你们苏联人能够做到吗？我知道，你们有人说过，要是你们来老挝修路，不但有柏油路，还要下面摆上钢筋、上面铺上高标准水泥，筑成四车道的宽阔大路，可是你们做到了吗？别说没有一寸钢筋铺放在老挝的土地上，就是一勺子的柏油你们也没有带来。用我们中国的老百姓所说的，就是，'说大话，使小钱，吹牛×，放空炮'，一切都是一分不值的空头支票。"

一席话，把这个刁钻古怪的苏联人的气焰压了下去。

因为大家的肚子都饿得咕咕乱叫了，都想快些吃饭，这样针尖麦芒的怒怼如果持续下去，只怕到了下午也没个完。首长示意，赶紧开饭。两个苏联人脸皮还真厚，一说开饭，就大块吃肉、大碗喝酒，后来，两人都有些醉醺醺的了，那个自称"中国通"的苏联人还把手搭在了杨波的肩膀上，但被站在一旁的大庆拉开了。

这顿饭，一直吃到下午三点多钟。两个苏联人还真是伏特加泡大的，不到一小时，两人居然清醒过来，而且醉意全消。那个被杨波的气势打压得抬不起头来的苏联人，似乎找到了新的话题，突然问杨波："你们中国筑路队带枪吗？按照国际公约，任何国家都不得派军队带枪进入老挝。"

"我们带枪了，可是，我们不是军队，是民工，你肯定会提出民工怎么要带枪？我现在就回答你，因为经常有一群美国特工和一小股老挝的反动势力，不时向我们发起偷袭和破坏，所以不得不进行自卫反击，难道你们苏联人在老挝就不带枪吗？"

"那你们的工程团有军队介入吗？"

"这个问题，我不想回答。我只想问你，你知道我们中国在老挝的几个筑路工程团几乎每天都面临美军飞机轰炸的威胁吗？我们肯定要组织反击，要不是训练有素的炮兵，能够把敌机给揍下来，我们就不能帮助老挝修路了。"

下午检查团由杨波陪同，还要到其他的三个营进行检查，其中一个记者向杨波提出要留下采访张大庆的请求，于是检查团由另外一位记者跟随。吃饭的时候，这一位记者自我介绍，说她有个中国名字，叫张茜瑶，父亲是福建人，母亲是地道的老挝人；她曾到福建厦门大学上过学，后来到法国留学。

杨波同意了她的请求，他对大庆交代说："巴特寮通讯社是1968年才成立的国家新闻机构，相当于我们的新华社。老挝和我们是朋友，想说什么都可以，当然要把握好主题，话题要集中在我们怎样修公路上，采访地点就到忠字大棚里去吧，那里要好些。"大庆明白，那里距离防空洞近，遇上空袭，可以及时撤离。

到了忠字大棚，张茜瑶立马举起照相机对着正面墙壁上的伟人像连着拍了几张。大庆向她简单介绍了筑路队坚持"天天读，早请示，晚汇报"的情况。开始，张茜瑶有些迷惑不解，大庆解释说，中国现在全国上下都掀起了学习主席著作的新高潮。所谓的"天天读",就是每天都要读主席的书;"早请示,晚汇报",就是今天你要干什么,要向主席做请示,晚上收工回来要汇报当天的工作,包括有多少人出工、工程进展如何。

这么一说,张茜瑶终于恍然大悟了:"这么说来,你们这些中国的民工之所以能够抛家离舍地到我们老挝,一心一意地投入到开挖公路中来,完全是读红宝书的结果。"

大庆套用了目前国内非常流行的话说:"应该是这样的,主席著作是粮食、是空气、是方向盘,更是我们前进的动力。我们到老挝已经一年多快两年了,面对意想不到的困难,我们的民工毫不动摇,在艰难中坚持,在艰难中努力推进。"

张茜瑶说:"张大庆先生,在修路期间,有什么具体生动感人的情景和细节吗?不要那些抽象而笼统的。只有这样,写出的文章来才会形象生动,产生无穷的魅力。"

其实,有些套话,大庆是最不愿意讲的,只是,他担心违反了有关的规定。张茜瑶这么提醒,他马上开窍了。

大庆说:"这个我懂了,现在我们先出大棚走一走,看一看,最好到我们热火朝天的施工现场,你一切都会明白的。"

张茜瑶随大庆走了出来。

大庆指着公路两边的山坡说:"你看看,这些竹子林,它们密密匝匝,竹子连着竹子,竹根连着竹根,我们每往前一步,都是要付出极大的代价。先要在竹根下开凿出一个洞来,埋进雷管炸药,引爆后,推土机才能上去,一两小时才能够清理出一兜竹根来,特别不容易。还有,你到这里来,应该体验到了上寮地区的湿热难耐,民工们上工地干活不到半小时,衣服都湿透了,好在我们工程团的民工大都是来自农村,吃惯了苦头,已经习惯了这里的艰难困苦。"

说话的当儿，张茜瑶已是浑身大汗了，他们不得不赶快跑进了忠字大棚。随着气温的升高，大棚里没有风进来，成了一个大蒸笼，又闷又热。大庆灵机一动，把张茜瑶带到了附近的一个防空洞里，这样要舒爽多了。坐下后，张茜瑶突然问起了国内的革命情形。

大庆笑了笑，绕开了话题："我们只说公路好吗？因为我们都出来这么久了，对国内发生的一些重大事件，都不太了解。我们只知道埋头干活。老挝与中国是山水相依的好邻居、唇亡齿寒的好同伴，我们要患难与共，相互依存。"

张茜瑶对唇亡齿寒有些不太理解，在厦门上大学时，中国历史和古文，学得不太好。

大庆说："这话来自中国的一个典故，一本叫《左传》的书里有这样的记载：春秋时期，晋国的晋献公为了扩充自己的势力，借口说邻居虢国经常进犯晋国的边境，要派兵把它灭了，可是中间隔着一个虞国。有人出主意说，虞国的国君目光短浅、愚昧无知，喜好宝马美玉这些东西，只要送他，肯定答应借道。于是，晋献公立即派人送去，当下虞国国君就收下了。有大臣对虞国国君说，唇亡齿寒，嘴唇没有了，牙齿就失去了保护，也保不住。虞国国君不听，同意借道，最后，晋国把虢国消灭了，返回的时候，一口气也把虞国消灭了。"

张茜瑶说："这个故事好，有警醒作用。"接着又问，"中国民工们身在异乡，平常大家是怎么度过的，难道不枯燥寂寞吗？"大庆说："吃了晚饭，只要不下雨，大家都喜欢散步到不远处的一条小河边，趁着气温还没有下降，在那里洗澡，把汗湿的衣服裤子洗干净。因为没有女人，大家无拘无束，脱得赤条条的；有不下水的，就在河边打水漂。有的坐在地上，看着落满晚霞的清清河水，吹牛、聊天。"

张茜瑶说："有人说，附近村寨里的姑娘、媳妇会躲在树丛里偷看民工洗澡。"大庆说："这样的事肯定有的，人们不都是好奇吗？我们到了这里也是外国人，正如中国人见到外国人充满好奇一样，你别见笑，有老挝姑娘说，中国的小伙子怎么不到村寨里找小姑娘、小媳妇，是不是没有长男人的东西，不会想女人？都是人，一个正常的男人哪有不会想的？只是我们有纪律，所有活动都在一定的范围内，就像孙悟空给唐僧画的一个小圈子一样，大家出行，距离营地不得超出五百米，不是为了限制，而是为了安全。上级还有规定，别说绝对不能到寨子里乱窜，就是有老挝姑娘从面前走过，都不能从正面观看。我们是有纪律的筑路团，有一支叫《三大纪律八项注意》的歌，我们不但要会唱，而且要照着做。"

张茜瑶听了，哈哈大笑起来："这样不是太压抑了，有些不近情理、不近人性了吗？不是说爱美之心人皆有之？"

大庆说："其实，人只要熬过了傍晚，思乡也好，思春也罢，很快就过去了。我们集中到忠字大棚，进行'晚汇报'后，大家回到宿舍，倒头就呼呼大睡了，因为太累，家乡和姑娘都很难进到梦里来的。"

听到"忠字大棚"，张茜瑶把刚才想到了却没问的话提了出来："你们的忠字大棚是什么？"

大庆愣了一下，反问道："你说呢？你是记者，见多识广，肯定会有自己的结论。"

张茜瑶敏感地意识到她的问话触及了一个不该问的话题，打了一个饱嗝，有些自我解嘲地说："你们今天的菜饭实在太丰盛了，筷子一提，就收不了场，一桌的菜饭让我一人吃了三分之一。"

大庆笑笑说："你自己说得也实在太夸张了，其实，我们平常哪有这样好的呀，我们吃的都是从国内运来的干菜，上午你们吃到的青菜白菜，是最近才种出来的。"

张茜瑶说："这个我知道，你们真的不容易。我们老挝也真是太穷了，能力也弱，加上这里的山地民族没有栽种蔬菜的习惯，唉，要不，你们来帮助我们修公路，吃的、用的，我们是应该无偿提供的呀。走遍天下，哪有自己提着蔬菜和肉去做客的道理呀。今天那两个苏联人实在太不是东西了，你们的杨团长回答得好啊，我们老挝没有一寸铁路，他苏联人放下了一天一地的大话，怎么就不伸出援助之手来帮一把呢？真朋友，还是假同情，是要看行动，要用实际行动来兑现的。"

下午的采访，一直进行了两个多小时。三天后，两个记者回到了首都万象，在报上和电台都刊登和广播了她俩的通讯报道，可惜，工程团的包括团长在内，竟没一人知道。一个月后，杨波到总部开会，得到了一份来自马来西亚槟城华侨办的《光华日报》。这份报是由孙中山先生在 1910 年创办的，在东南亚一带影响很大。杨波在上面读到了这篇报道，回到营地后，把大庆好好地表扬了一番。当然，这是后话。

走马观花地走完了三个营，已经到了晚饭时间。本来，检查团的所有成员包括团长在内的都想吃了再走的，一顿饭又抽烟又喝酒的，要折腾大半天，考虑到安全保卫工作，指挥部的首长说，指挥部已经安排好了丰盛的晚餐，那里的住宿条件比这里要好⋯⋯好不容易才把他们说动带着走了。临走的时候，工程团给检查团成员包括驾驶员在内的，每人送了一块两公斤重的剔除了骨头的新鲜猪肉，还擦抹上了防止变味的盐巴。这一来，两头胖猪的肉没了，民工们知道了也没有抱怨，大家都说，能够冒着被轰炸的威胁深入施工第一线来检查工作，其精神还真是难能可贵的。两个苏联人还没有忘了要上几瓶酒带走,那个一直与杨波针锋相对的家伙,满脸微笑地用俄语向杨波表达了自己的诚意:"杨波同志,你非常地友好。"

杨波心里一愣,难道两个家伙中,其中一人是驻守在附近山头的军事观察员,要不,对工程团和自己的状况怎么这样了解和熟悉?

送走了检查团,杨波感到一身轻松,这天,最让人高兴的是美军的飞机没有来骚扰。

杨波要大庆开车到班海寨,把加坡寨老、尔车贝玛和他的儿子、姑娘接来,就着杀猪有新鲜肉,与他们共进晚餐。

大庆说:"团长,车塔的阿妈呢?也要叫上吗?"

"是啊,听说他们还收养了一个越南的小男孩,全家人,统统把他们请来吧,没有一个好母亲的调教,怎么会有一个有着侠肝义胆、遇到事能够拔刀相助的好儿子呢。大庆你可别说,这个名叫车塔的小伙只看了一眼,我就喜欢上了,要他是一个中国人,我一定要想方设法把他弄到部队里,这样踏实可靠的年轻人,经过部队这个大熔炉的锤炼锻造,几年后,就是个难得的人才了,带兵能够言传身教,作战能够勇往直前!"

半小时后,大庆就把团长邀请的这些客人一起带来了,把他们请到了厨房里用篷布隔开的一个小包间里。杨波拿出了自己一瓶保存了几年、绿汪汪的杨林肥酒,打开来,瞬间,屋子里弥漫起了一股特殊的郁香。

第一碗酒,杨波首先敬了加坡寨老;第二碗酒,敬了尔车贝玛;第三碗酒,敬了娅檀的阿妈米蒂。

杨波说:"借用我刚从你们阿卡人这里学到的一句话,小苗好了,好一棵;种子好了,好一山坡。娅檀和车塔姐弟俩成长得这么好，除了你们阿卡人的传统和家教好外，都是你这个做阿妈的言传身教的功劳。都说，玫瑰地里长出的小草都是香的，两个孩子的身上重叠着你米蒂大婶勤劳善良的影子，所以，这一碗酒得单独敬你。"

米蒂把手中抱着的越南小孩小心地交到了娅檀的手里，双手在衣襟上抹了抹，站起来，双手接过杨波递来的酒，一口气喝了下去，把碗反转过来，做到了滴酒不漏。

大庆把团长称赞米蒂的话进行了翻译，她忍不住掉下了兴奋的泪水。

米蒂说："想不到中国的杨团长，把我抬到了高高的云彩里，是啊，我们阿卡人做爹妈的，就是两只在屋檐下做窝的燕子，飞出飞进觅食含水，不都是为了孩子健康成长吗？它们咿咿呀呀欢叫时，我们就在它们的身边唱歌，祝愿它们快快长大。"

这天的晚餐，大家都非常尽兴，平常不喜欢喝酒的娅檀也大碗喝了不少，脸庞上映出了两朵通红的攀枝花。大庆因为要开车把他们送回寨子，所以只是把酒放到嘴边舔了一下，象征性地做个表示而已，酒后不能驾车，这是工程团的硬性规定，不论天王老子都不能违反。从娅檀的言谈举止中，印证了杨波的判断，娅檀就是那次大庆到森林里采蜂蜜所遇到的阿卡姑娘。事实上，从娅檀进门开始，杨波就闻到了那天大庆从那只攀枝花木桶上带回来的特有的姑娘的气息。此时，他不愿想更多，他是团长，过多地去揣想自己的下属——一个为了整个工程团敢去赴汤蹈火的好兄弟的私密，真有些说不过去。不过，他还是暗自感慨了一声，大庆这个小子，面带桃花，艳福不浅呀。

大庆送加坡他们返回时，杨波还在饭堂里等着。看到他，他当即掏出几十元的代金券，自己把招待费开了。开始，大庆稍有犹豫。

杨波说:"大庆,做团长的,公私两笔账是要分明的,假公济私总有一天要犯大毛病,用汽车送加坡几位回去,算公费开支说得过去,没有违反公事公办的纪律。支持工程团筑路队,他们是有功之臣啊。"

第二天早上,指挥部的首长给杨波打来电话说:"杨波啊,让你做一个团长,小了,真应该把你调到外交部去,你有理有据地与那个苏联人论战,让所有人都伸出了大拇指,包括两个苏联人在内,也是心服口服的呀。"

杨波笑笑:"到外交部的事就靠首长推荐了,唇枪舌剑,还真是我杨波的一大特长!两个苏联人是不是我们附近山头上的军事观察员?他们对我们的了解还真不少啊。"

首长说:"正是,我也是回到指挥部才搞清楚的,有些老挝兄弟啊,一直摇摆不定的。"

"穷人无志气,法国人走了,日本人来;日本人走了,法国人又想重新殖民。老挝人坚决不干了,组织了反抗,可是,没过上几天清静日子,美国人又搞破坏,捣乱来了,战争使他们满目疮痍。目前老挝还是一个积贫积弱、百废待兴的国家,他们要不脚踏两只船,也真是难啊。"

8

  这天，大庆收到了奶奶的来信，拿了信，他回到了小棚子里，把门闩插上，迫不及待打开来。奶奶在信里告诉他，原来叫过"区""乡"的，都改为人民公社革命委员会了，孔雀坪生产队改为孔雀坪革命领导小组。"苏天宝的爹，当上了革命领导小组组长，因为有两个儿子参加了抗美援老，我们家和天宝的家，同时收到了立功的大红喜报。问公社武装部来送喜报的，你们立了什么了不起的大功，他们说不知道，喜报是上面发下来的，肯定处于保密。因为有了你的大红喜报，他们对我的监控解除了，我可以把福音堂的大门打开，让它吹进革命的春风。大庆，不知道你们那里的公路要修到什么时候？奶奶想你了，美国的飞机还来轰炸吗？按理，越南那边的战争好像要接近尾声了，这场战争从美国人插手介入，到现在都十几年过去了，美国总统换了几任，难道还不歇手？据说，美国各大城市不断有反战示威，最大规模的有三十多万人参加。我也不知道真假。但这战争的制造者，真应该好好反思了。耶稣说过：'拿剑之人，终将死于剑下。'我们中国也有这样的说法：'恶有恶报，善有善报，不是不报，时间未到。'"

  "还有，奶奶告诉你，你们的团长是个有仁慈之心的好人，是一个有德之人，这样的人是能够以命相托的。你一定要尊敬他、爱护他，有事多向他请教。"

看了奶奶的信，大庆产生了一个疑问：难道奶奶与团长曾经有过交往？至于家里收到的立功喜报，肯定就是那次保护运输车辆、枪击破坏分子的事，要不，哪来的立功喜报。

信中奶奶还说了，苏天宝的父亲为了想办法给寨子里的五保户张换弟洗被子，特意要她为寨子里写一份报告，居然因格式不对、不符合要求，被打回来重写，奶奶特意把后面通过的那个报告在信里誊了一遍：

向阳人民供销社革命领导小组：

　　最高指示，伟大领袖教导我们说，"关心群众生活，注意工作方法"。

　　向阳人民公社攀枝花大队孔雀坪小组贫农社员张换弟是一位忠于伟大领袖的好社员，她瘫痪在床多年，一直坚持背诵语录，唱《大海航行靠舵手》等革命歌曲。因为我们革命领导小组要组织社员为她打扫卫生、清洗被褥，特请供销社革命领导小组批准供应肥皂一条。

　　此致
敬礼

向阳人民公社攀枝花大队孔雀坪
革命领导小组
1971年3月16日

奶奶还说，第二天，寨子里将这份严格按照当下的公文形式重写的报告送到了供销社，顺利得到了批复，并买回了一条黄灿灿的带着香味的肥皂。后来，奶奶在家里捉了一只鸡到供销社，想办法要回了这份加了批复的报告，保存起来。奶奶还说，她代替革命领导小组写的这份报告，虽然达到了目的，可是，还是深感不安，因为里面说的张换弟实际上已是嘴眼歪斜、直流口水、不能说话的人了，不能背诵，更不能唱歌。

奶奶从来都是一个有"心计"的人，她要回了报告，并把它保存起来，肯定自有她的道理。大庆知道，国内的生活物资供应一直是个大问题，现在各种物资奇缺，就连起码的生活用品也满足不了，城里的居民每人每月凭票可以买到二两白糖、半块肥皂、二两菜油，农村户口就什么都没有了，洗衣服只能用苦荞灰澄清后来代替，白糖就不用想了，好在不管人们的生活怎样艰难，山上的野花依然开放，蜜蜂们依然在辛苦地酿蜜，那些在山里的可以找到一些蜂蜜补充食糖的不足。本来，他要给家里寄白糖和肥皂了，因为出国民工每个月可以用代金券购买两块肥皂、一公斤白糖。只是上级一再强调过，所有的供应，都是针对出国人员的，因为民工们的劳动强度大，一定要注意营养，就不要往家里寄东西了，免得增加运输压力。他不得不把这样的想法强压了下来。

奶奶提到耶稣说过的话。大庆想到，已经有好多天没有阅读《圣经》和《金刚经》了。昨天，他开车到指挥部去，给他们送去了两头胖猪，回来的路上，遇到了三营的两个民工在施工时被从高坡上滚落的大石头砸伤，他赶紧送他们到野战医院抢救，一直照料了大半天，团长特批他休息一个下午。他站起来，到门上看了看，门销确实插上了，回过身来，打开抽屉，拿出一本语录放在桌子上，从里边再把《金刚经》拿了出来。正准备打开来读，防空警报呜呜地响了起来，他急忙放下书来，拉开门销，朝着后勤处的防空洞跑去。他和厨房里的几个炊事员刚钻进防空洞，工地上的多数民工还没有跑到防空洞面前，山头高炮阵地上的高射炮就咚咚地轰响起来了，接着就是高射机枪的声音，大家都静静地躲在洞里，能够听到彼此心跳。

尽管在直属营的上空，高炮组成了密集的火力网，美军的三架飞机还是在抛下几颗重磅炸弹后，一溜烟逃离了。好在，几颗炸弹都丢到了森林里，没有造成人员伤亡。

三架美国飞机毫发无伤地逃之夭夭，当天就传到了指挥部，上级当即下达了指示，一定要彻查事件背后的真实原因，写出一个有说服力的检查报告来。其实，美军的飞机消失后，杨波就要大庆开着车上了高炮阵地，炮营长向他汇报了具体的情况。开始，雷达显示，三架飞机都是朝着工程团的上空而来的，五分钟后突然转向，消失在屏幕里。到了拉响警报前的一分钟，它们又贼头贼脑地出现了，搞得人有些措手不及。显然，美军的飞机是在进行火力侦察，这次轰炸是他们有意释放的烟幕弹，说明有更大的行动在后面。在越南，这样的情景杨波没少经历过，吃过的亏也不算少。

营长的汇报完全是经验之谈，指挥部也同意了杨波的分析，没有再追究，当夜，高炮阵地很快转移，把它布置到另外一个小山头上。

这天，森林里的几颗大炸弹轰然爆响之后，营地的工棚里，忽然跑来了三头惊慌失措的麂子，它们一头钻到工棚里，躲藏在里面，有一头居然钻到了床底下。直到民工收工回来，它们依然赖在工棚里，不论怎么赶也不出来，浑身还不停地打着抖，上牙打着下牙，嘚嘚作响，好像掉到冰冷的水里捞出来的样子，显然，它们彻底被吓坏了，还处于失魂落魄的状态。

有人动了心思说："送上门来的下酒菜，杀了它们算了，反正吃了也没人知道，听说麂子肉是山里最鲜嫩的，三头大青麂子已经够我们直属营好好吃上一顿了。"

大庆说："这样的话说出来都是罪恶，你们看它们都抖成一团了，要多可怜有多可怜。今天，别说是从林子里跑出来的麂子，就是天上掉下条大龙来，我们也不能吃。再说了，野生动物我们是绝对不能杀害的，出国纪律不是有严格规定吗？"

这样一说，大家不再议论，觉得还真要善待它们，只是，三头麂子不能老待在工棚里不走呀。

一小时后，三头麂子停止了颤抖，那头钻到床底下的也从里面爬了出来。大庆在每头麂子的头上抚摸了一下，轻声说："走吧，跟我走。"它们似乎听懂了大庆的话，毫不迟疑地跟着他，走出大棚，寸步不离，大庆只好把它们带到了自己的小棚子里收养起来，这样一来，小棚子里充满了一种浓烈的山野气息。

第二天下午，在大庆的小棚子外，又跑来了两只瘦骨嶙峋的黑土狗，模样和家里养的中华田园犬差不多，正好是一只公、一只母，好像还是一对恩爱夫妻。经过长途跋涉，它们的爪子上带有红土和紫血，一副疲惫不堪的模样，它们在小棚子外站了大半天，还伸着舌头不停地喘息着。两只狗身上的毛，东一块、西一块地现出了焦黄色，到了面前还散发着一股浓烈的硝烟味，显然，它们是从战火里跑出来的，是从邻近的越南还是柬埔寨，就不得而知了。大庆用刚学会的几句越南语叫了声，试图与它们交流，可是，没有任何反应。改用柬埔寨语，也没有什么明显感觉。最后回到老挝语，两只狗一起摇起了尾巴。

大庆到厨房里，要了一点菜饭，又用一个大碗盛满了水，端到两只狗的面前，它们马上拥来，头也没抬地吃了起来，没出三分钟就喝了大半碗水，饭菜吃得干干净净，把大碗舔得泛出光来。

一下子，大庆的小棚子里又是麂子又是狗的，挤得满满当当，充满着浓烈的腥膻。本来，麂子和狗从来都是一对冤家，麂子是猎狗的追捕对象。奇怪的是，狗和麂子到了小棚子里，居然能和睦相处，而且表现得亲密无间，一头麂子的大腿上，有一道拉开的伤疤，两只狗轮流去给它舔。麂子闭着眼，心安理得地接受了这种亲切的同情和安慰。大庆看了，发出了同是"天涯沦落人"的感慨。

第二天晚上，大庆和娅檀在树洞里相见的时候，就把收养麂子和狗的事告诉了她。

娅檀说："按理，麂子跑进寨子里，并不是什么好事，都说麂子进寨会带来火灾。可是，它们是被美国人的炸弹吓来的，麂子是林子里胆子最小的，都说麂子自己放的一泡屁，都会惊吓了自己，这样一来，它们的小魂都飞上天了。我得回去告诉阿爹，让他为这些麂子招招魂，要不，它们长久不了的。还有那两只土狗，也得这样做，狗是带着财富来的，是大吉大利的好事。"

娅檀所说的还真灵验，开始的两天，三头麂子并不出门，只是要拉屎撒尿的时候，才走出门外，完事后，急忙跑进来，而且神情萎靡，眼看着它们一天不如一天。娅檀的阿爹尔车为它们招了魂后，它们才来了精神。一头跟着一头跑出去，回到了大森林中，只不过，它们始终围绕在营地一带活动，半径不超出一公里。傍晚，它们会从森林中跑出来，到小棚子面前"哎哎"地叫上几声，要大庆出来，跟着一起去散步。晚上，它们又回到森林里居住去了。两只黑狗成了忠实的看家狗，不离不弃地守护着大庆的小棚子。有时，大庆外出，两只黑狗一前一后地伴随着，每隔五天，大庆就用肥皂给它们洗干净身子，还给它们梳理了乱毛。几天后，两只黑狗彻底变了个样子，身上有了光泽，仿佛抹上了一层油，在太阳下发出光亮。有时，它们会一起跑到工地上看热闹，推土机推翻了一兜竹根，总要接连跑出几只肥胖臃肿的大竹鼠来，它们便不顾一切地跑上去，把大竹鼠扑翻在地，民工们前去制止的时候，早被它们折腾得气息奄奄了。竹鼠是个好东西，把它丢掉实在舍不得，就让黑狗叼回小棚子里，大庆看了，这只竹鼠纵然把它放了也会立即死去，只好把它剥了皮，清理了肠肚，煮熟了让它们吃。不想，两只狗这一吃，还真上了瘾，自己跑到竹林里逮起了竹鼠。一次两只、三只不等，最多的一次，居然逮到了六只，实在有些太过。

有几次，李东海看到大庆在厨房的水管面前清洗开肠破肚的竹鼠，就对大庆说："张大庆，你是后勤处的干部，这样对待老挝的小动物，是不是违反了出国纪律？"

大庆笑笑说："东海连长，你批评得对，只是这小动物是两只流浪狗自己到森林里叼回来的，回来时已经死了，我只好弄好了给它们吃。按说老挝的狗，吃老挝的竹鼠，也没有什么大错。"

跟着，李东海也笑了起来："你这个张大庆多读了几本破书的人，总是动不动就引经据典，每次说话，我都说不过你呀。"

"这叫，有理走遍天下，无理寸步难行。"大庆笑着，用一种半真半假的口气回答说。

不过，李东海的批评还是提醒了大庆，他觉得不能给两只狗养成看见什么就逮什么的坏毛病。在门外打了个木桩，用绳子把它们拴了些日子，开始几天，两只狗并不服管束，在面前的地上刨出了两个大坑，前爪都流出了血，大庆看了有些不忍，只好装没看见，任由它们又刨又叫的。十天后，它们终于规矩了，见到竹鼠也不为所动，大庆才把它们放了，恢复了随意奔跑的自由。

三头麂子、两只狗给民工们枯燥无味的生活，添加了一抹亮色，仿佛平静的湖面上突然跃出了一条闪闪发光的大鱼。直属营的民工们吃过晚饭，一起到小河边洗澡散步的时候，三头麂子加上两只狗就跟着他们,直到河边一片开阔的草地上。有的民工在地上捡起一块小石头,往前面抛去,三头麂子就会和两只狗一起奔跑起来,争先恐后地把石头找到,叼着回来。两只狗也有些聪明到了家,看到人们在河边打水漂,看着小石头在水面上起伏不停,它们就到沙滩上寻找些扁平轻巧的小石头叼来,放到人们面前,看着自己捡来的石头在水里飞行,它们也显出了得意的神情。

有时,杨波也跟着大家到这里来,一起挑逗三头麂子和两只黑狗,自己好像也变成了它们中的一员,忘情地在欢呼、跳跃。

杨波触景生情,对大庆说:"工程团遇上了这样的事,要是能够把上次那一位记者请来,做一个人与动物和睦相处的报道,是非常有意义的事情。"

大庆说:"那次离开时,这个记者给我留下了电话和联系地址。"

"就是知道了地址,与外国新闻媒体打交道也是一件大事,一定要与指挥部联系,由他们来决定。"

杨波向指挥部做了汇报,指挥部破例地开了绿灯,答应主动与记者联系。两天后,指挥部来电话说,这位叫张茜瑶的记者,在一次采访中,遭遇上了美军大轰炸,因为救一条惊慌失措的小狗牺牲在距防空洞不到一公尺的地方。小狗得救了,人却倒下了。

大庆知道了,难过了好几天,这是一个多有同情心的记者呀,上帝保佑,愿她纯洁高尚的灵魂,像一只善良的白鹇鸟在空中飞翔。

随着公路的往前推进,国内运送柏油的车辆也加快了速度,每隔两三天,就有二十多辆解放军的后勤车来到这里,当然,他们也是穿着民工橄榄绿服装。直属营新搭了一个接待用的大棚子,以安排他们的食宿;在营地的森林里开辟出了一块堆放柏油的场地。杨波把接待运输队的全部工作都交给了张大庆，他没有叫苦连天，把几十个驾驶员照料得非常体贴周全，只要他知道运输队要来，就一直守候在厨房；运输队到了，马上摆好热菜热饭，烧好洗澡水。运输队的队员给大庆送了两面表彰的锦旗。

经过再三考虑，大庆还是用代金券到团里的小卖铺，用自己平常积攒下来的供应指标，买了三公斤白糖、十条肥皂、一条昆明卷烟厂出的金沙江香烟、三块贵阳日用化工厂出品的龙菊牌香皂，请与自己相处得很好的一位后勤部驾驶员，将这些物品连同写给奶奶的信，一道带了回去。而且这样做，信里所说的内容可以逃过检查。因为后勤运输车队要运送的柏油，就放在大庆所在的县公路养护段的一间战备大仓库里，这位驾驶员非常负责，利用星期天的时间，来回走了四个多小时的山路，把这些东西安全送到了大庆的家里。一星期后，这位驾驶员再送柏油回来的时候，同时带回了奶奶的信，还有一本没有被禁的《新华字典》。奶奶告诉他，白糖给了瘫痪在床的张换弟大婶送去了半斤，给福音堂留了一公斤，其余的都留在了家里，有朋友来时，用来待客。奶奶在信里表扬了他收养麂子和流浪狗的事，说时局动荡，硝烟弥漫，涂炭生灵，人和动物生存都不容易，按照佛的说法，渡自己，渡众生，这是能带来福报的大好事。其实，不论什么，同情和善良都是非常重要的。

9

这天下午，杨波让张大庆开着车和他到二营的工地上，看看高炮转移到附近山头后的布防情况。因为每天都有其他几个工程团被轰炸的消息传来，而这里，情况有些反常，那天出现飞机后，又变得沉寂起来，愈是这样，他愈不放心。刚到高炮阵地坐下，营长倒来的水还没喝，值班室来电话说，来了两个苏联人，指名要见他，杨波只好要大庆开车往回走。

回到团部的时候，杨波一看，坐在大门外一条长凳上的，竟然是随检查团来过的两个苏联人。见了杨波，两人一起站起来，一副格外谦卑的样子，大叫着："达瓦里希，杨波，我们又见面了。"

杨波不冷不热地伸出手去，与他们握了手。

跟随他俩一起来的，还有一个穿着军装的老挝士兵，他打着光脚板，挎着一支半自动步枪，腰上扎了一条三指多宽的皮带，皮带上吊挂着一双草绿色的解放牌胶鞋。

杨波把他们带进了墙壁上挂有伟人画像、粘贴着语录的接待室，语录上写的正是"一不怕苦，二不怕死"与"大海航行靠舵手。"

那个"中国通"的苏联人看了，笑了起来，说："这种精神，不就是珍宝岛打出来的吗？开始，我们都以为，中国这样的对抗，是以卵击石，想不到你们大获全胜了，一个小小的局部战，居然震动了整个世界。"

杨波说："站在自己的家门口，抗击侵略者，当然理直气壮了，用主席的话说，帝国主义和一切反动派都是纸老虎。"

这个苏联人说："用你们的话说，叫做不打不相识。"

两个苏联人这天显得规矩多了，还现出几分讨好献媚的样子，大庆给他们倒来了茶水，其中一个苏联人站起来说："请问团长，有上次我们喝过的杨林肥酒吗？要有，就喝酒算了，这样解渴过瘾。"

杨波对大庆说："大庆，去拿几瓶来吧，到厨房里做几个下酒菜，朋友来了，有好酒；豺狼来了，有猎枪。看来，我们的达瓦里希又饥又渴了。"

大庆应声出去了，二十多分钟后，他带着一个炊事员，抬着一个不锈钢的台盘，端来了一盘炒牛肉干、一盘午餐肉、一盘炒豆芽和一盘花生米，一起把它们摆放到了茶几上。大庆将拿来的两瓶杨林肥酒也放到了上面，那个老挝士兵一直持着枪，警惕地站在门外。

杨波要大庆把这个士兵弟兄叫进来一起吃："到了我们这里，还需要他站什么岗？"

一个苏联人站起来说："他只是一个普通的勤务兵，外出时负责警卫，是老挝政府给我们派来的。"

杨波笑笑说："在我们中国，官兵一致，你们都饿了，难道勤务兵就不会饿？你们放心吧，你们到了工程团里，绝对保证你们安全，毫毛都不会让你们掉下一根的。"

这个老挝士兵被大庆叫了进来，他依然把那双鞋子挂在腰杆上，光着大脚板，凹凸不平的趾甲盖上沾满了红泥土。大庆把他带去冲洗了脚，穿上鞋子后，又进来坐下。

几杯酒下肚，两个苏联人的话自然多了起来，像破了洞的高压水管喷涌而出，那个和杨波对着干的家伙，承认自己那天来检查时是有意挑刺的，请团长不要放到心里，其实，他们是非常敬佩中国筑路队的敬业精神，虽然现在中国与苏联有着重大的矛盾和分歧，但中苏友好的潮流是谁也阻挡不了的，两国友好的大门永远也不会关上。

杨波说："这样的话我爱听，不过，今天我们就算交个朋友，外交部的事，就交给外交部去做吧。"

苏联人听了哈哈大笑，说："其实，要说来，我们每一个公民都应该是外交部的一员，做的都应该是团结友好的大事情，中苏之间的这种冲突，总有一天是要打破的。"

说了半天，这两个苏联人是来要吃的东西，他们已经快没有食物了。杨波要大庆给他们两箱面条和两瓶菜油、一箱压缩饼干，还有一箱杨林肥酒。那位老挝士兵，杨波一看就知道，他之所以把鞋挂在腰杆上，平常是肯定舍不得穿的，因为他们两年才发一双新鞋，离开的时候，杨波要大庆到仓库里给他找了一双39码的高腰解放鞋。

带了这么多的东西，全要压在勤务兵一个人的身上，杨波要大庆开车绕道，把他们送回了山头上的观察所。

一个月后，两个苏联人又下山到营地来了，这一次，他们是开着一辆崭新的嘎斯69来的，这辆车刚从苏联国内运送来的，车身上的油漆还在太阳下泛出不合时宜的亮光。那个老挝勤务兵也跟着来了，他穿上了上次杨波要大庆送他的那双崭新的高腰解放鞋，再不是原来的那一副萎靡不振的窝囊样，显得很神气。因为他们的出现是在上午杨波带着大家"天天读"后，上工地路过的民工都看见了两个黄头发的苏联人。

杨波想，上次与他们的交往没有向上级汇报，要是有人抓辫子、打棍子，会惹出不必要的麻烦，这一次，肯定要汇报了。他把客人带到了接待室后，要大庆招呼着，借口说有事要处理，请他们稍等片刻；溜出来后，他立即到办公室给指挥部打了电话，

电话里首长说："来了就来了，又不是猛虎下山、豹子出林。看来，两个苏联人不是什么顽固不化的修正主义分子，我们是可以交往的。按说，堡垒最容易从内部攻破，知己知彼，百战不殆，我们完全可以主动出击交朋友的。有时，国家间的矛盾，需要民间来化解，其实，不远的将来，中国和苏联肯定要结束这种对峙状态，友谊与和平是两国人民所需要的。不过，你得留一手，不要单独接触，叫上一个作证的，这个人最好不是你身边的，而是一个貌似有原则的犟种，这样对你要好些，不至于引火烧身。"首长与杨波不谋而合，与苏联人交谈的时候，他要大庆把李东海也叫来了，多了一个证明人。

有了上一次的交往，两个苏联人敞开了心扉，那个中文很好的自我介绍说，他叫伊万，另外一位叫波罗。当然，他们的名字前后都还有一长串连缀的词。杨波想，记住了这个就行。看来，两个苏联人并不是小气鬼，出手还算大方，一下子就带来了一箱二十四瓶的鱼子酱，一箱十二瓶装的伏特加。

杨波依然热情招待了两个苏联人，几次之后，两个苏联人爱上了杨林肥酒，杨波与他们边喝边聊。

杨波说："你们说的每个人都应该是外交部部长，或者是外交家，这个话说得非常好。我们都要一起来做中苏友好的工作，上面做不通的，民间来做。不能火上浇油，要把愤怒的干柴，一根一根

地抽掉。用中国的一句话，叫釜底抽薪，字面上的意思就是把锅底下的木柴抽掉了，水自然就涨不起来了。只要我们两国人民团结起来，美国佬就不会这么猖狂了。"

伊万说："是啊，我们苏联人是个战斗的民族、英雄的民族，而不应该是一个挑起事端的民族。像珍宝岛那样的事件是绝对不应该再发生了。沙俄时代，从1858到1864年，沙俄帝国以调停有功的借口，从你们中国割去了包括库页岛在内的一百多万平方公里的领土，应该知足了。"

杨波说："是啊，英法联军火烧圆明园，沙俄帝国割去了中国上百平方公里的领土，已经是一个永远的耻辱，那样的事，绝对不会再发生了。用主席的话说：中国人民从此站起来了。"

伊万说："是的，中国人民，也是一个有骨气的民族。"

杨波还承认说，那一次，自己带着人朝空中抛猪脚和牛尾巴的行为，完全是一种轻狂和无知，或者说一种没有根底的嚣张，他感到非常后悔。

伊万说："看来，你们工程团所有的成员应该都是当兵的现役军人吧，只是为了掩盖，没有穿上军装而已；工程团肯定就是架桥修路的工程兵、英勇善战的铁道兵，要不，一个普通的民工队伍怎么能有如此严明的纪律和操守？"

杨波说："不是军人，胜似军人。当然，你要把工程团说成是一支训练有素的部队也没有错，我们的伟大领袖说过，提高警惕，保卫祖国，要准备打仗。我们就来一个'全民皆兵'，出国每个也是兵嘛。"

伊万说："全民皆兵？中东的以色列也是这样的，据说，他们不论男女，中学毕业后要先当兵，之后再考大学或者寻找工作。"

后来，两个苏联人下山来，已经成了一种常态，团里杀猪宰牛的时候，杨波也会派大庆把他们请来，自然没有惹出什么政治风波，一条公路摆在光天化日之下，无论如何是保不住什么秘密的。

有时，杨波也会带上张大庆和李东海，一起到苏联人的观察所去做客，和他们一起喝酒、聊天。其实，说白了，苏联人的工作就是在密切观察中国筑路队的行动，他们也不愿意把这些民间交往的事上报回去，因为上司们是不会理解孤守阵地的寂寞与无聊的，人毕竟是一种群居动物，需要交流和沟通。

而盘踞在另外一个山头的中国台湾人，有说是国民党的残余部队，有说是准备到老挝来承包公路的开发商，实际上，大家到最后都没有弄清楚他们究竟是在那里干什么，听说，驻扎的人数还不少，大概有三百多人的规模。苏联人告诉杨波说，他们在山头上修了一个小型机场，不时有直升机降落，还运来了开挖土石的小型机械。杨波知道，台湾反动派当局是与美国狼狈为奸的伙伴，事实上，在越南战争中，他们也是参加了的，三百多人的队伍摆在那里，总不是闹着玩的。杨波的脑子里多了一根弦。可是，直到工程团完成任务，开拔回国，他们竟然没有轻举妄动过，而且与老挝政府间似乎也没有什么交往。有关他们在一次交谈的时候，杨波问过老挝政府的一名官员，官员两手一摆，用了一个俄语单词作了回答"涅特（不知道）！"，就再也没了下文。

直属营的高炮阵地转移后，这里只留下了一挺高射机枪和一门低空射击的小炮，可是，这些消息对外都是严格保密的，阵地上仍加强保卫，每天，都由直属营派出枪法好的民工三班倒进行站岗巡逻。为了防止误打误判，李东海带着十几个参加巡逻站岗的民工，到炮阵地各个点，认真查看了一遍，并要每个人把那些极容易造成错觉的竹子、树桩、石头毫无遗漏地记在心上，同时，还标出了遇到情况时，几个岗哨相互照应的方位图，应该说，这是一个万无一失的方案。

　　这天早晨，终于轮到了许正旺到阵地的一道出入森林的口子前值班站岗了，说是山口，并不是人们经常出入的地方，只不过是一个放牧人和野兽出没大森林的通道。

　　这天，依然是个大雾天，雾气不算太浓，能见度可达二十多米。对于许正旺来说，这是一个难得的机会，因为大家心目中已经给他打上了闷头葫芦的标签，谁都没有看好他的枪法，也没有看好他的灵活机动，所以在挑选值班人员时，第一次没有他的份，他找到了团长，要求给一个杀敌立功的机会，团长看他一脸虔诚，找到了李东海。李东海极不情愿地对团长说："我还没有看到过许正旺放过一枪一弹，就把他放到这么一个重要岗位上来，难道你这个做团长的放心？"

　　许正旺说："东海连长，不要毡帽底下看人，把人看小了，若不相信，我到山洼里打几枪让你看看，要是打中了，就要我站岗放哨，要不中，我心服口服。"

　　"那好吧，团长都替你求请说话了，我还有什么可说的。走，是骡子是马拉出来遛遛看。"

　　要不是团长的着力推荐，像许正旺这样的人，纵然你是个神枪手，李东海是压根儿看不上的。他们背着枪正要出发的时候，碰上了张大庆，李东海要他一起去，他说："大庆，你跟我一起去见证一下许正旺的枪法，免得到时说我冤枉了他。"

　　正好，大庆处理好了这个月各营的物资分配，忙乎了两天，有些晕乎乎的，正想出去走走，就跟随着去了。一路上，李东海嘀嘀咕咕地唠叨开了："许正旺呀许正旺，我只知道你有事没事的时候，用一支铅笔在笔记本上画大屁股、大奶子的女人，才二十岁的小伙子，就因为一个失恋都快疯了，值吗？你要求什么不好，却到团长面前要求站岗值班，你以为这是去喝酒吃席呀？"

不管李东海怎么冷嘲热讽，许正旺闭紧了自己的嘴巴，一句话都没有反驳。

张大庆实在有些听不下去了，他引用了主席在《为人民服务》中的一段话，毫不客气地批评李东海说："东海连长，伟大领袖教导我们说，我们都是来自五湖四海，为了一个共同的革命目标，走到一起来了。我们的同志要相互关心、相互爱护、相互帮助。对许正旺同志，你有什么就说什么，不可以这样吃鱼带刺地对待，人都有个面子，大人有大脸，小人有小脸，说些打脸的话，是非常伤人自尊的。"

张大庆之所以把主席的话搬出来，完全出于一种无奈，因为像李东海这种习惯于把政治口号挂在嘴上的人，是不敢对此有任何异议的。

大庆都这么说了，李东海也觉得自己有些过分，没有看到结果就妄加评说，显得自己过于浅薄。

这天，他们来到了许正旺常一个人出来打靶的洼地，把一个金沙江香烟的外壳撕开，紧贴到了潮红的蚁冢上，纸靶显得非常鲜明。

许正旺退到了五十多米处的一棵大树下，他问李东海，这样的距离是否可以，李东海点点头，许正旺连放了三枪，都打中了。之后，又换了一张香烟壳子，后退到了一百米处，许正旺没有卧倒，把枪倚在一棵树上，连打三枪，都正中了靶心。李东海跑去看，有了这样的结果，实在找不到什么借口，只说了一句："正旺，你这个闷头葫芦，算你交上狗屎运了，今天没有刮大风。"

既然许正旺通过了李东海的亲自考核，枪法肯定没说的，李东海不好再设障碍阻拦。何况，他是团长同意了的人，刁难他，岂不是给杨波团长难堪吗？

　　说来，站岗放哨最怕的就是遇上这种不阴不阳的鬼天气，李东海带着许正旺到小草棚搭成的岗亭上，接过了班。许正旺睁大眼睛看着前方，早晨，一股股的雾气，呼呼地从坡下涌来，一会儿浓，一会儿淡，那些树木和草丛不断地变化着自己的形象。雾浓时他不得不往前走几步，雾淡了又退回到原来的岗位上，还真是有说不出的紧张。不单是眼睛，自己的两只耳朵也张开了，细心地捕捉着每一种声音，他担心自己的疏忽让敌人有可乘之机，造成重大的损失。两个小时后，雾气依然没有消散，也没有什么情况发生。正旺紧张的心有些松弛下来，他从衣袋里拿出了一个小本子和一支铅笔，就是李东海之前看到过的，画着女人的大腿和胸脯的速写本。其实，上面所画的画，都是从他偷偷带来的一本画家出版的画册上学来的，并不是他自己的独创。昨天，李东海攻击、嘲讽他的时候，他一句都没有反驳，任由他说三道四。据说，这一位大画家已经被造反派打倒了。现在，趁着没有什么情况发生，他想勾勒一下前方不到五米的一棵香樟树在雾中的形象。刚把笔记本打开，前方传来了一阵细碎的响声，他连忙把本子放回衣袋里，拿起身边的冲锋枪来，朝着响声处轻轻往前移了几步，倾着身子往前看，一团雾气又从山下升了起来，他勉强能够看到二十米处，有一棵小树枝在晃动，不用说，敌人已站到了树枝的后面等待时机。他心怦怦跳动起来，他在原地蹲了下来，努力镇定自己，慢慢地端起枪来，朝着他判断的方位，接连开了两枪。枪声中，他听到了有物体倒下的声音，不用说，肯定打中了，而且是体量较大的家伙。在附近哨所上站岗值班的民工，也听到了这一声重响，还听出了在地上蹬脚蹬手的垂死挣扎声。

　　许正旺抑制不住自己的兴奋，提着枪，连跑带跳地跑了过去，接着，附近两个岗哨的民工也跑了过来。到了前面一看，大家都惊呆了，倒在地上的并不是人，而是一头草黄色的大公鹿，它的头上顶着一对毛茸茸的大犄角，胸脯上正往外喷着血，正用一双哀求的眼睛看着他们，挣扎着，企图爬起来。

枪声很快就把李东海和几十个带枪的民工招来了，就在他们到达的同时，公鹿发出了最后一声绝望的嘶鸣，身子完全倒在地上，一动不动地死了。

许正旺眼睁睁地看着自己失误所带来的后果，刚才的这一声撕心裂肺的惨叫、一双死不瞑目的大眼睛，像一把锋利的匕首直插进了许正旺的心脏和灵魂，他提起冲锋枪走到一棵大树面前，高举起来，就要砸下去。可是，又把它丢到了地上。眼泪无声地涌了出来，不是为自己，而是为眼前的这条无辜生命。

李东海怒气冲冲地跑来，一把拉来许正旺，抬起手，朝着他右边的脸颊就是一巴掌，接着，又是一巴掌，连着打了三巴掌。

许正旺的脸立即红肿了起来，几个清晰的巴掌印在上面。可是，他并没有任何反应，一言不发地呆站在那里。

"你他妈的，还真是一根枯朽的烂木头、一具死硬的僵尸，别以为闷声不出气，就可以蒙混过关了。老子今天就要让你知道我李东海的厉害。"

李东海朝着他吐了一口唾沫，对着他的外衣，"嚓嚓嚓嚓嚓"地从上到下，撕扯起了上面的纽扣。几颗纽扣实在钉得太牢了，用的又是尼龙线，每扯下一颗，都要使出很大的力气，把衣服拉扯出一个缺口来，才撕拉下一颗来，五颗纽扣，呼哧呼哧，用了十多分钟。之后，咬牙切齿地把五颗纽扣，一起丢到了不远的树丛里。

这样一来，李东海的火气变得更大了："杂种，你他妈狗日的害群之马，你给老子滚蛋，滚回你那拉屎不生蛆的穷山沟里去，永远不要到老挝来。难怪女朋友和你吹了，你这样的人，到现在都没有活出个人样来，是个地地道道的窝囊废。"

站在一旁的二十几个民工，看着许正旺披着被捅了五个洞眼的外衣，好像战场上逃出来的伤兵，大家觉得又可怜又可笑，有人忍不住哈哈大笑了起来。

李东海以为几个身边的民工是在嘲笑他，转过身来，没好气地说："你们笑个锤子，还不从这个狗杂种的身上吸取教训，以后你们谁出了这样的事情，老子照样毫不留情地收拾。"

这天上午，团长杨波到三营去了，回来的时候，那头大公鹿已经被抬到了直属营的值班室，放在大门外的地上。

许正旺已经被李东海收缴了枪，押送到了装着铁锹、大锤的工具棚里，门外还让一个持枪的民工站着岗。本来，李东海想把他关到大庆住的小棚子里去，可是那两只黑狗牢牢把住门口，死活不让他们进去。

杨波看着大公鹿那一双含冤的灰黑眼睛，愣怔了片刻，要大庆立即开车到班海寨，把加坡寨老请到现场来。

不到半小时，加坡被接来了。老人看了，挥舞着手里的烟锅，笑起来说："这是谁打的呀，枪法真好，一枪打中了要命处，这样的神枪手，要是在我们班海寨，带人打猎的事，肯定全部交给他了。"

杨波说："加坡寨老，这都是我们的民工没有经验，错把大公鹿当成了敌人，才发生了这样的情况。"

"嗨，大雾弥天的，谁也没有能够穿透雾障的火眼金睛，这公鹿自己撞到枪口上来了，说明它就该死，不明事理，像一条自己跳到油锅里的鱼。说来，公鹿这家伙有好有坏，特别是到了六月，正值山坡上的旱稻扬花的时节，公鹿闻到稻花的香味，就会带着一群大大小小的鹿，拥到地里来，连吃带踏，把一片好端端的庄稼给糟蹋了。防不胜防啊！既然有民工兄弟把它打死了，你们就留下自己吃吧，它的肉很好的，够几百号人吃上一顿了，还有头上顶着的这对大角，正是气血最足的鹿茸，把它拿去蒸后晒干，切成片放着，还是一副不可多得的大补药，拿到城里能卖上好价。"

"加坡寨老，你的好意我们领了，我们工程团是有纪律规定的，不管是鹿还是其他野生动物，大到大象，小到一只竹鼠都不得随意伤害。"

站在一旁的李东海插话说："老人家，这个打死马鹿的人，已经被我们关押起来了。"

大庆本来不想把许正旺被关的这件事当着老人的面捅开，李东海自己讲了，他干脆向加坡寨老作了翻译。

加坡一听，脸色变了，把手中的烟锅往空中一挥，非常不客气地说："你们是怎么搞的呀，打死了一只森林里跑出来的鹿，就把人关起来，人又不是猪牛，怎么能这样对待呢？"

要不是李东海这么一说，杨波到现在都还不知道，自己也吃了一惊，两撇浓眉一动，板起脸来对李东海说："李东海，把许正旺关起来，是谁给你的权力？快把他放了。"

加坡一直在竖着耳朵听杨波与李东海的对话，他心直口快地说："杨团长，你们要是真的不喜欢这样的民工，就让他到我们寨子吧，跨进寨门，我就要亲自为他献上一大碗酒。"

杨波笑笑说："加坡老人，这样的民工，我们肯定不会排挤的。你都听到了，我不是批评李东海连长了吗？"

加坡有些不放心，他们是否真的放了人，用商量的口气对杨波说："打死公鹿的这位了不起的神枪手，能让我去见识见识吗？"

"当然可以，您老人家都提出来了，我这个做团长的朋友还能不满足吗?"杨波痛快地答应了老人的要求。

可是,李东海却犯上了牛劲,仿佛没有听到杨波的命令,一动不动地站到了一边。

杨波看了,皱了皱眉头对大庆说:"大庆,你去把正旺带到这里来吧,让加坡寨老看看这位打鹿英雄。"

李东海觉得团长的话是冲着自己而来的,毫不客气地补上了一句:"要是打死了老虎、大象,也要称他英雄吗?"

杨波一笑:"知道吗?这里的大象是亚洲象,虎是孟加拉虎,它们的体形大,动静也大,老虎出行千山动,许正旺再怎么愚昧无知,也不会误打的。"

大庆到了工具棚,看到许正旺还穿着被李东海拉扯坏的破洞衣服,模样和要饭的乞丐差不了多少,大庆要他立即回到工棚换上一套新民工服,把他请到了加坡面前。

为这头公鹿的事,整整折腾了一个小时。

最后,张大庆打开车门,让许正旺和几个民工七手八脚地把这头上百公斤重的公鹿搬上了车,发动车子,把它直接送到班海寨。路上,坐在副驾驶位上的加坡寨老对大庆说:"大庆啊,你们的李东海连长,一个青年人,身上怎么竟冒出一股子腾腾的杀气呢?这样下去,其实对他自己并没有什么好的。对人,不要总是怒气冲冲,怒火是先烧了自己,再烧别人的。你回去后一定要告诉他,不用说我们普通的凡人,就是神仙也有犯错误的时候。真的,为了一头鹿而大打出手,伤了别人,更伤了自己。一棵树的影子倒在地上,第二天就站起来了,要是一个人的影子倒了,就很难站起来了。"

对于李东海在工具棚里私自关押许正旺的事,杨波觉得问题不是一般的严重,此风不可长,若是传扬出去,几个营长、连长、排长遇到此类事件也照此处理，岂不是乱了套吗？他立即把李东海叫到了办公室。

李东海在一声进门的报告之后，没有等杨波说话，就咚咚地开炮了："杨团长，这一次，我觉得，全部的错都在许正旺，他真是一匹害群之马。"

"许正旺，一个好端端的民工，转眼间，怎么就变成了害群之马？难道就这么怕他把你们机械连的先进帽子给吹掉了？"

"肯定是这样的。"

"李东海啊李东海，我非常佩服你有这种集体荣誉感，可是，你想过没有，许正旺是第一次单独站岗放哨，在一个云来雾往的时辰，谁能够看清响动处是敌人还是鹿吗？在部队里，一个新兵蛋子，第一次站岗是要有人带的，你怎么让一个从来没有站岗经验的人，就独自上了最重要的岗位了呢？来的要不是一头鹿，而是一个敌人呢？这个敌人被他打死了，许正旺不就立功了吗？打死鹿，肯定是个问题，但是，你怎么可以随便动手打人，还私自决定关押呢？这样目无法纪的事情你也干得出来。"

"难道说，许正旺打死鹿无过，反而还有功，我反倒成了违法分子？我要反问一句，杨波团长，天理何在？"

"我说过，打死鹿是个问题，但绝对不是敌我矛盾，难道这样的人就应该挨你的巴掌？打人不算，还把人家的衣服拉扯破了，遇上你，比峨眉山的猴子还要难缠，这是哪一家的理？李东海，你要搞清楚了，工程团不是造反派，不是草寇，而是一支有思想、有纪律的队伍。就像许正旺这样的民工，一个技术精良的工匠，你口口声声要他滚蛋、走人，没人开推土机，难道你要用牙齿去啃！"

"一个只专不红的人，技术再好，有个屁用，走在什么道路上都不知道。"

"李东海，你每天都在刷牙吗？"

杨波突然冒出这样的话，把李东海闹蒙了："团长，怎么问起刷牙的事情？"

"你说出话来，怎么这样粗糙呀，散出一种没有刷过牙的腐臭味，一个口腔打理得十分干净的人，是不会发出这种气息的。记住，我们是在工程团的办公室里说话，不是在山坡上、厕所里说话，要是在那样的场所，你想说什么是自己的事情。"

这天，杨波叫上大庆亲自到出事的地点，去寻找被李东海丢掉的纽扣。好在五颗纽扣上都连带着一块巴掌大的碎布片，标志还算明显。杨波和张大庆用了半个多小时，就找到了散落在草丛中的五颗纽扣。下山来，杨波要大庆找到许正旺，把那一件被李东海撕扯破了的衣服拿来。大庆要代替团长补，杨波不干，他用了一晚上的时间，把它补好。细密的针脚，几乎看不出缝补过的痕迹，之后，他要李东海拿去交还，李东海死活不干。

杨波说："你不去，我去。"

"你去？衣服又不是你拉扯破的，你有什么错？"

"怎么没有错？一个做了团长的，连自己下属的一个连长都管不了、管不好，难道还没有错吗？虽然都说，理发匠不会理自己的发，医不自治，我们也不能穿着一件背上沾了牛屎的衣服穿街过巷啊。"

杨波要大庆到仓库里拿了一件同型号的衣服带上，他自己把补好的衣服抱上，一起到大棚里见了许正旺。

许正旺看到杨波和他手上的衣服，真是激动不已。其实，他已经准备好写上一份误打公鹿的检查交到团部去。

许正旺说："团长，别这样，千错万错，错在我许正旺一人身上。李东海连长骂我是害群之马，我无话可说，承认不承认，都是一样的结果,年终评比,机械连先进连队的称号肯定泡汤了。可是,团长,不论怎么说,要送衣服也应该是他李东海连长来呀,怎么能由你代人受过呢?"

"正旺,东海是我的部下,他开口骂人,动脚动手,这一出乎寻常的举动,把我也惊醒了。出手打一个战壕里的战友,还真是匪夷所思,所以,我今天特来向你认错来了。"杨波说得真诚,没有丝毫矫揉造作。

事实上,李东海也跟在杨波的后面,屁颠屁颠地来了,只是他在大棚外站住了,他想看团长是怎么把这一件补好的衣服送上的,又是怎么向许正旺赔礼道歉的。直到现在,李东海一直认为,这是杨波团长在用一只无形的手抽他的脸庞。

最后,杨波问许正旺:"正旺,李东海打了你、骂了你,难道你不恨他吗?这样的耻辱你也能够忍受?"

"团长,要照我以往的脾气,早闹翻天了,可是,我想起大庆给我讲的一个故事。"

"什么故事?"

"一个有关牙齿的故事,老子上门,向他的老师商容求教,商容张大嘴巴,让老子看了他的牙齿。"

"这个故事,大庆也对我讲过,对我们处世为人,有很大的启发作用。是啊,柔软是有力量的,从某种意义上说来,舌头比牙齿要更刚强,就因为它从来都是柔软的,没有和牙齿一争高低,没有一味地刚强,一味地战天斗地,一味地勇往直前,它知道柔软的奥秘所在。柔软是克敌制胜的法宝。说起来,李东海连长还是个好人,只是他对事情的处理方法有问题。他曾经向我提醒过'小时不补,扯大了一尺五'的道理,我听进去了,而他自己却只是说说而已,并没有去好好领会。今天,我代表李东海连长来向你认错,就是要把巴掌大的这个破洞补上,不要开裂成了一尺五、一丈五的大洞,如果那样造成不必要的损失,则悔之晚矣。"

几天后,许正旺病了,而且病得不轻,忽冷忽热,热时满头大汗,冷时颤抖不已,几乎和疟疾一模一样。工程团的民工已经经历过老挝上寮地区的两个雨季。有民工在小河里洗澡时受到了钩端螺旋体的入侵,有的也感染过疟疾,有的被恙虫叮咬过,大家都以为正旺得的是疟疾。可是,吃下了几片奎宁并不管用。有人出主意,到营房周围找来青蒿,给他熬水喝了,依然不管用。杨波赶紧让张大庆立即送他到野战医院治疗。

大庆发动了车子正准备出门,加坡寨老来了。大庆摇下车窗玻璃,伸出头来与老人打招呼,并且告诉他,要送人到医院。加坡问:"谁生病了?"

大庆如实告诉他说:"打死公鹿的民工许正旺生病了。"

加坡听了,招招手说:"大庆,你停下来,让我看看,不定能够看出个所以然来。"

大庆熄了火,开了车门,让加坡老人上了车。大庆叫了几声躺在后座上的许正旺,连推带搡,才把他从昏睡中弄醒了。

加坡老人帮着脱下他的外衣,接着,老人让大庆把他的两只手一起抬起来,加坡拨开左边的腋窝看,没有什么。接着,又拨开右边看,他猛然叫起来说:"就是它,一只该死的马鹿虱!"接着加坡把别在腰杆上的烟锅取下,点燃后,猛吸了几口,把它凑到了腋窝下,对准了这只马鹿虱的屁股。浓烈刺鼻的旱烟味,加上炙热的烘烤,终于使这只豌豆大的虫子掉了下来。

加坡老人骂了一声,"你这个吃人、害人的东西。"举起烟锅,对准虱子打砸下去,吸饱了肚子的马鹿虱"嗞"一声,冒出了一股紫黑的血浆来,飙出了很远。

加坡老人说,那天扛公鹿上车前忘了一件事,应该用烟火在公鹿的四肢上熏一下,这样,公鹿身上的虱子就会掉落下来。这马鹿虱,虫小毒性大,人被它叮咬两天后,就会出现起寒作冷的状况,可恶的是它专门选择人的腋窝下、大腿根上下口,要是没及时察觉,还会出现生命危险的。大庆想起了书里把马鹿虱叫蜱,说它是一种寄生在野生动物和牛马身上吸血的害虫。

加坡下车找了一根小草,插到烟杆里搅动了几下,把小草抽出来时,上面已经粘上了黑色的烟膏汁,冲了一碗水,让许正旺喝下去,不到一小时,他的高热完全消退了,人也彻底清醒过来了,乌黑干裂的嘴唇也有了一点滋润。

许正旺看着守护在身边的加坡老人和大庆,自嘲说:"这叫罪有应得,我要不把这鹿打死了,这虱子就不会钻到腋窝下来吸血了。"

他的话经大庆翻译,加坡老人听懂了,他笑呵呵地说:"不叫罪有应得,是为民除害。当然了,世界上所有的动物,都有一种很强的报复心,就像公鹿一样,用我们阿卡人的话说,野兽倒下了,它的灵魂挂到了大树的枝头上,报复的小鬼就留在了地上,马鹿虱就是被你打死的那头大公鹿留下来专门与你作对的小鬼。"

10

四月,过了春和景明的傣族泼水节,空气中的水分子渐渐饱满了,终于有了丝丝凉意,营房附近的野竹换上了新嫩的叶子,森林里的水冬瓜树叶抹上了一层油汪汪的光亮,滑皮树摇曳着翠绿的身影,远处的大山上浮动起淡淡的山岚,一只灰色的布谷鸟也飞到了营房外的那棵大香樟树上,不紧不慢地叫开了。

"布谷——布谷!"

班海寨的阿卡人认定,这布谷鸟是山神派来催工干活的,它还在告诉人们,再过一个多月,上寮的雨水就要按时到来了。

这是一个正常的年景,还没有撒播苞谷、旱稻、小红米的山地统统都要播种了。

星期五,一般说来,到了这一天美国人的驾驶员都会休息,轰炸机不会出动。趁着这样的机会,工程团宣布放假一天,让大家到南卡河去洗衣服被子,要不,碰上大会战,一两个月得不到休息,雨季一来,铺盖就很难晒干了。

听到要休息,大庆到厨房里要了两个大馒头带着作为午饭用,回小棚子里背上挎包,把《金刚经》《新华字典》和笔记本都带上,还挎上了冲锋枪,准备到距离营房不远的一个山头上去看书,走时，他把自己的行踪告诉了老乡苏天宝。走进森林小道，大庆回头看时，两只黑狗一步不落地跟上了他，他心里一喜。有时，两只狗会停下来看一看、听一听，小心捕捉着四周的动静。看书的时候，他完全可以聚精会神。在森林中间时，大庆打了几声口哨，三头麂子从林中跑了出来，一起跟上了他。

一小时后，大庆来到了这个长满了绿草和低矮灌木的小山顶上，三头麂子在灌木丛前跳来跳去地撒着欢，两只黑狗安静地卧在身边，竖着耳朵警惕着，哪怕是不远的林子里有树枝掉下来的噼啪声，它们也要站起来看一看。

大庆选择了一个阴凉处，拿出《金刚经》来，打开了《第二十三品　净心行善分》……

阅读《金刚经》的每一段经文，一刻都离不开字典，开始读来，云里雾里，不知所云，后来慢慢领会，终有所悟，心里开出了一道明亮的窗子，似有一束温柔之光照了进来。当然，还要因地因人因时，因地者，须有庄严的道场，因人者，须有听法的智慧。

这时候，大庆身边的两只黑狗汪汪地叫了两声，突然站起来摇着尾巴朝坡下奔去，随着，三头麂子也连蹦带跳地跟上了。大庆抬头一看，杨波团长握着枪，从山下上来了，他急忙把《金刚经》塞到了挎包里，拉下了布盖子。

不一会儿，杨波就站到了大庆面前。大庆伸着脖子朝后看了看，他以为后面还有人。

"别看了，后面没人，你到这里来自享清净，独霸山头，也不邀请我这个做团长的，一个士兵对自己的上司居然这样，真是罪该万死！"

大庆知道，这是团长的一贯幽默，回答说："团长，无限风光在险峰，这个山头虽不是什么高山之巅、白云生处，还算风景这边独好。"

"大庆，别再掩饰了，其实，刚才你的一举一动我都看得清清楚楚，我知道你是到这里读书来了。苏天宝告诉了我你的行踪，我脚跟脚就上来了，本想偷偷地待上一会儿，却被你的这两个忠实的卫兵发觉了。"

杨波在草坪上坐了下来，和大庆并排在了一起，两只黑狗分别坐到了他们的左右两边。

杨波与大庆进行了一番长谈，说到读书，大庆开始还有些吞吞吐吐，说他带来的是红宝书。

杨波笑起来说："要是你真的在读这个，就用不着躲藏到这里来了。现在四处无人，完全可以敞开来说的。实话告诉你吧，你奶奶刘伊亚早已告诉我你所读的是什么书了。你今天肯定要问，我什么时候认识你奶奶的。"

"是啊，团长，从你的口中，你有意无意地泄露好几次了。团长，你到底怎么认识我奶奶的？"

"岂止是认识，完全是相知，用那些说书人的话来说，就叫说来话长。你肯定不知道，我的父母把你奶奶尊为乡村教授、乡村博士吧。"

"奶奶有这样高的头衔，今天你不说，我还真的不知道，我奶奶从来没有向我提起过。"

"这样吧，我就直奔主题了，今天我上山找你的目的，有两个话题：一是说我家与你奶奶的关系；二是与你交流一下，有关读书的事。"

接下来，杨波就说起了自己的家："说来，你张大庆并不知道，我的父亲杨国华就是你就读中学的校长，母亲是县教育科的科长，主管整个县的扫盲和教育。

"1941年,我的父母受一位开明绅士的邀请,到小镇上来做中学老师,这位绅士不是别人,正是我的大爷爷,一位掌控着小镇上盐巴交易的商人,而我的亲爷爷,只是这个茶盐古镇上的一位茶馆老板,爷爷在这个小镇上所做的最大一件善事,就是修建了一座横跨在古镇小河上的一百多米的风雨桥。每逢五天一次的赶集日,爷爷就亲自挑一担煮熬好了的、生津止渴的老黄片茶到桥上,把摆放在桥中间的两只土陶大缸灌满,让来来往往的赶集人有水喝。夏天方便小镇的人吃过晚饭后上桥去纳凉聊天,还在桥中间两边的长椅上铺上一个个散发着稻谷清香的草蒲团。爷爷茶馆里的生意向来都好,和电影里展示的一模一样,什么三教九流都有,因为茶馆只管吃茶卖茶,不供烈酒,也就没有什么打打杀杀的暴力事件发生,就是从山里下来的土匪到了茶馆也变得斯文起来。茶馆有个好处,就是故事多,那些南来北往的商贾马帮都会带来许多故事,我童年的那些故事,都是在茶馆里听到的。

"中学时,我的父亲被送到了昆明,考上了北京大学。大爷爷非常高兴,他对父亲说,在大学期间所有的读书费用他统统包下来了,有条件出国留洋他也包。但是,必须有一个条件,就是要他带一个相貌出众的才女媳妇回到古镇中学来教书,服务期一定不得低于十年。父亲满足了大爷爷提出的所有条件,虽没有出国留学,但带着燕京大学毕业的高材生、出生在江南无锡的母亲,回到了古镇上。父亲的文科、母亲的外语,使得这一所古镇上的私立中学声名鹊起,附近一带几个县的有钱人家都把自己的孩子送到了这里。自然,我母亲就认识了在这里传教的牧师巴沙姆。其实,就连在古镇后面的小山坡上建盖基督教堂也是我的大爷爷无偿提供的资金支持。大爷爷曾经说过,一个发展得好的小镇,是应该有学校、有寺庙、有教堂的,每个人的信仰都应该有安居之地。母亲的英语非常好，可以流利地阅读英文报纸，还可以翻译英文作品，她帮助巴沙姆翻译了不少有关基督教的书籍，巴沙姆还想办法把它带到国外出版。后来，巴沙姆上了孔雀坪，办起了福音堂，这样一来，你奶奶刘伊亚就被巴沙姆引到了我父母的面前。要说起来，她阅读汉语《圣经》时，我父母给了她很大的帮助；巴沙姆阅读《金刚经》也是父亲帮的忙。后来巴沙姆让你爷爷和你父亲把她送到缅甸，也是我父母两个人的主意。在我的父母看来，这样做是对一种文明的包容，说深了，是一个国家、一个地区的文化态度，包含了宽容、接纳和选择。有信仰的路宽，无信仰的路窄，我们向往的是一条充满光明和幸福的康庄大道。后来，时局动荡，父母就动员巴沙姆赶快离开。

"革命开始，我的父母就被批斗了，父亲杨国华是县城里第一个被戴上了高帽子游街示众的走资派，其中一条罪名就是巴沙姆的出走，造反派认定是我父母出的主意，其实，他们这样认定并没有错。可是，当问到你奶奶时，她一口否定说，巴沙姆出走，完全是她自己的事，一个牧师有权利选择自己的去留。至于把她送出去，完全是她刘伊亚一人的主意、一人的决定。我非常佩服你奶奶的淡定和沉着，因为要这样做，是需要底气和大能量的。我们现在无法看清这场革命，但是，我们已经看到了第一次冲击波的强烈，它绝对不亚于原子弹，你纵然是一棵根深叶茂的大树，肯定也会出现动摇。可是，你奶奶做到了，顺势而为，智慧面对，后来发生的一切，你应该是知道的，包括你作为赴京代表去接受主席的接见，都是在你奶奶的周旋下顺利成行的。

"当时，我的父母已经被赶下台了，处于严密的监控之中。我在越南，战火正紧，每天都坚守在炮阵地上，耳朵被震得嗡嗡作响，眉毛都被战火烧焦了。父母被批斗的消息传来，我立即打电话告诉了前线指挥部的师长，他一听，马上联系了国内，他用非常严厉的口气对一位军分区的司令员说，要是谁伤害了我的两位恩师，扰乱了军心，我将带部队把这帮流氓扫平。两位学养深厚的恩师，是教育事业呕心沥血的教育家，他们何罪之有？这还不算，师长还以部队的名誉，加盖了大红印章，把一份公文送到了造反派指挥部，上面写明了我的父母是英雄的家属，因为我第一次指挥打下了美国的 B-52 型轰炸机。接到师长的电话后，分区司令员带着一个班的士兵，亲自把父母开车送回了古镇。你也许会问，师长为什么对我父母这样好，告诉你吧，他是我父母的学生，到目前为止，他是小镇上走出来的最大的军官，我也是他从大学要走的。这一切，如果用佛的观点，又是一个大因果关系。

"父母回到小镇上，大爷爷和我的爷爷、奶奶迎接了他们，两位爷爷都快九十了，他们依然健康，本来他们也要挨斗的，大爷爷坦然地说，你们知道吗，地下党在我学校的小楼上开了多少会？我爷爷说，一个靠小茶馆建造起风雨桥的人，能是坏分子吗？何况我孙子杨波是英雄团长。就这样，父母在古镇上过着平常人的生活，可是，他们都闲不下来，要他们消停，就如同把老虎关在笼子里的。父亲把所有的精力都放在研读《易经》《黄帝内经》的快乐之中；母亲胆子更大，面对惊涛骇浪而不顾，居然偷偷地把那些矿工的子女召集起来，在我家的小楼上，办起了一个英语培训班，当然，这是免费的。你张大庆积极报名，要到老挝来修路，正好赶上我从越南被召回，刚刚接受了带领一个上千人的民工团到老挝来修路的新任务。带着老婆回家探亲，正好遇到你奶奶刘伊亚抱着两只大黄母鸡来看望我父母。于是，就把你托付给我，这是我第一次接触到你的奶奶。这一位修为非同一般的不仅是你的奶奶，更是我学问上的长者，她知识的深广远远超出了我。一个居住在乡下的老人有那么丰富的阅历和人生，是弥足珍贵的。说你奶奶是乡村教授或者乡村博士，真不是什么虚夸，而是从心底里发出的由衷赞美。

"那天，你奶奶向我和海敏说了她的一个观点。她说，思想者，往往是孤独的，一种'前无古人，后无来者'的孤独。有时走的是一座摇摇晃晃的独木桥。但是，你不能说思想就没有穿透云雾的强烈光芒。与你奶奶交谈，完全是在接受一种精神上的洗礼。最后，她非常坦诚地说，要给你带上《圣经》和《金刚经》来老挝。但是她说，不会使我作难，她有办法教你伪装和掩护；还说，在一段时间内，她不会把与我们家的关系告诉你，免得你产生依赖。"

他们的声音悠悠缓缓，像微风掠过坡上的草和灌木，三头麂子不知道在什么时候，已经吃饱了肚子，安然不动地卧在不远处一棵香樟树阴凉下；两只黑狗没有改变自己原来的位置，依然一左一右地伏着，似乎都在静享着这美妙如歌的长谈。

其实，就在距离大庆他们二十多米处的林子里，有十几个持着土枪和弩弓的阿卡小伙子，正在警惕地观察。几天前，在加坡寨老的倡导下，他们组织起了一个民兵排，他们的主要任务是沿公路两边巡逻，保护工程团施工。看到杨波和大庆在山上，他们就悄无声息地跟上来了。

说到读书，杨波也说了自己的观点："现在的潮流，你是清楚的，我们不能逆流而上，一定要顺流，上级号召我们读什么，我们得公开响应，赞成它，接受它，无条件地服从。但是，我们绝对不要放弃自己的阅读和思索，你带来的《圣经》和《金刚经》肯定是要读的。两部流传了上千年的经典，总是包含了人类共同的精神和生存的大智慧。你就把它们当作文学经典来研读吧。不管是耶稣，还是释迦牟尼，都一样。所以在阅读《圣经》和《金刚经》时，重在悟道，不可钻牛角尖，停留在耶稣是不是真的升天后复活了这种问题上。崇拜和敬仰本身就带有说不清、道不明的神秘色彩。《金刚经》是一部影响力非常大的佛经。虽说它是一部坚固、锐利、无坚不摧的经典,可是,它却是柔软无比的,有多少人从中得到升华,从人生的此岸到彼岸,从渡自己到渡别人,在阅读中日益精进。'般若',为妙智慧,是通达世间法和出世间法,圆融无碍,恰到好处。不过,《金刚经》确实浩荡如海,领悟它需要有一个相互感染、相互启发的道场。大庆你可以先读《圣经》,它通俗易懂,语词丰富,有着浓郁的民间气息。不瞒你说,在大学期间,我们几个大学生还成立了一个《圣经》研读小组,可是好景不长,后来被解散了。其中原因,不说自明。大庆你喜欢欣赏文学作品,有一些书,以后可以找来读读。"

杨波和大庆的这一番推心置腹的长谈,一直持续了三个多小时。最后,杨波对大庆强调说:"在目前的形势下,中国的四大名著,其中《红楼梦》和《水浒传》两部都变成了毒草,列为禁书。另外两部也没有开放。所以,你在阅读《圣经》和《金刚经》时要是被人发觉了,可是捅了天大的娄子,谁也无法站出来公开地保护你,所以,一定要悄悄进行。里面的内容在谈话的时候,也要尽量隐蔽,今天我们的谈话也不可泄露出去。"

大庆说:"团长,放心吧,这个我懂的。"

都过了午饭时间,他们都感到有些饿了。杨波上山时,带了三块压缩饼干。大庆把两个馒头拿了出来,这时候,身边的两只狗正在流着口水看着他们。

杨波说:"两只黑狗肯定也饿了,把两个馒头给它们吧。"

大庆站起来,把馒头分别给了两只狗,一只一个,它们连吞带咽,两个馒头顷刻间就没了。这时候,一直躺着的三头麂子也几乎同时站了起来,朝着他们"咴咴咴"地叫了,杨波带着的三块压缩饼干，一头一片，正好分配。

大庆站起来，看了团长一眼："团长，我现在好像不饿了，要是你也不太饿，就把饼干给麂子吧。"

杨波说："我也和你一样，现在好像不饿了。"说完，他把三块饼干给了三头麂子。

杨波饶有兴致地看着三头麂子津津有味地吃完了饼干，突然转过身来问大庆："你知道耶稣'五饼二鱼'的故事吗？"

大庆点点头说："小时候，奶奶就给我讲过。"

"五千名信徒，吃一个小孩带来的五个饼子两条鱼。大家都吃饱了，你相信吗？"

大庆拍拍自己的肚子说："我相信，今天我们不也一样饱了吗？"

"开始的时候，我并不理解，以为是人们在造神时的宣扬和美化，后来，我想起了在我们中国家喻户晓的'孔融让梨'的故事。要是大家凑在面前闻一下，就说饱了，这五个饼子两条鱼，再加五千信徒也是吃不完的。其实，它讲的是一种相互谦让的美德。"

下山的时候，杨波和大庆一起唱起了《打靶归来》，这是当时没有被清除的红歌之一。

三头麂子、两只狗一路伴随着他们，两只黑狗，依然一前一后护卫着他们。

杨波说："大庆，我们给两只狗取个名字吧。"

"团长，我早想这么做了，你就做一次干爹吧。"

"好，这个干爹我当定了，跑在前面的公狗叫大山，跟在后面的母狗叫南卡吧，借那条小河的名字。"

大庆拍着巴掌说："我也这么想的。"

他们冲着两只狗一叫，它们都非常认可地摇起了尾巴。

杨波对大庆说:"大庆,今天我们穿密林、上山岗,一路都有两条狗陪伴着,不由得使我想起了牵黄擎苍的苏东坡来。看来,少年情怀,对一个人是十分重要的。"

"是啊,上中学的时候,语文老师给我们讲苏东坡这首词的时候,手舞足蹈,在课堂上还咏唱了起来。"

"充满豪情壮志的诗歌,肯定是要抵足而歌的,最好是,击鼓助威,箫笛伴奏,'老夫聊发少年狂,左牵黄,右擎苍,锦帽貂裘,千骑卷平冈。为报倾城随太守,亲射虎,看孙郎……'"苏东坡是杨波最喜欢的诗人,程度超过了李白。这首《江城子·密州出猎》,是他经常吟诵的。

想不到,几天后,这两只狗的名字,就在直属营流传开了。似乎它们也知道谁是大山,谁是南卡,叫它们的名字时,高兴得像个小孩一样跳跃着。

这天,正如杨波所判断的那样,从早到晚,美国的飞机都没有来骚扰。

晚上,在小棚子里,大庆写下了如下的日记:

1971年4月23日,农历三月二十八

今天是星期五,也许是个中国人所说的黄道吉日,美国飞机破例地没有来轰炸。早晨,进行了一小时的"天天读,早请示"之后,团长杨波正式宣布了放假一天的大好消息。文武之道,一张一弛,应该说,这是一个英明决策。我背上《新华字典》和《金刚经》,独自一人躲到距离营地不远的一个小山岗上,带着小鸟飞行在蓝天白云之间的愉悦心情来阅读。

春天里，万物苏醒，莺飞草长，草丛中跳荡着一只只欢快的绿蚂蚱和黑黄的蛐蛐，蜜蜂和蝴蝶在飞舞着，白色和黄色的小花点缀其间，这里还有蒲公英、兔耳草、白茅和狗尾巴草，看了非常亲切。我甚至怀疑，就在我到来之前，万能的上天，把家乡的山坡搬到了这里。昨晚上我告诉了娅檀，她说想来和我一起读书，我要她别来，读经典书，需要身外无物的宁静，她听进去了。最令人开心的是，两只结束了流浪生活的黑狗和三头被炸弹从森林中催逼出来的麂子，就在我的身边。我的脑子，在无上正等正觉间萦绕，上自诸佛，下至蠢动，此性是正相平等的……佛经之艰涩，开悟之难，需要内心的安宁和不散乱。专心致志，才能有所开悟与收获。修到软时是坚强，这是我对《金刚经》的一点小开悟。

一小时后，杨波团长出现在面前，他坐下来，与我进行了一番前所未有的长谈。我们无拘无束地谈宗教说读书，说到了当下这个江河横流的大时代。其实，对这个时代的到来，我们一定要怀着高尔基海燕般的姿态和胸怀去迎接它，不要恐惧、不要怨天尤人、更不要回避，人生该经历的一切，都是河中的跳石，得一步跟着一步地跳过去。大潮流、大时代、大轰鸣，必然引来一场前所未有的大变革、大撞击；大轰鸣是大地震到来的前奏，更是思想解放的先声；大撞击、大挤压是产生思想之钻石的必然。

杨波团长还说，其实，对先驱者的学说和理论，包括孔子、孟子在内的这些圣人的某些论著也是可以持怀疑和批评态度的。因为一切都在发展变化，太阳升得再高，也有照不到的阴暗角落。从理论到文学，杨波团长都给了我引导和启发。

　　说到老挝，我突然有了以下的这段文字：老挝的山水很美，你要静静地站到山岗上、小河边，双手托着下巴，把自己的目光撒开去，让光亮在每一棵大树、每一丛竹林、每一道波纹上轻轻滑动。如果没有轰炸，没有那些嗜血若命的花脚蚊子、蠓虫和树上潜伏着的一条条毒蛇，没有潮湿的在泥地上蠕动着的蚂蟥和蜈蚣，没有令人毛骨悚然的刺猬，可能一切都会更加美好。可是，正因为有这些物种的存在，才有了这里的大象出没、野鹿奔腾、溪流欢歌、小鸟啼鸣的生动景象。天地合而万物生。

写下了这天的日记后，大庆接下来给奶奶写了这封信：

尊敬的奶奶：

　　今天我和杨波团长终于坐到了一起，我们在草丝青青的山坡上，作了一次开心开怀的漫谈。终于揭开了团长一家与您交往多年的秘密。我也对这一位学养深厚、家教良好的团长，有了一种崭新的认识。原来，我一直以为团长是位战场上冲锋陷阵的英雄，文化和思想上的白丁，这一交谈，我知道自己彻底错了。包括奶奶您这位乡村教授、博士，我都要作重新认识。奶奶，是您把我送到老挝这个赤日炎炎，而又冰火相交的神秘世界，您高深莫测，有着淡定安泰的处世哲学。您既是一位虔诚的基督教徒，又对中国文化一往情深，包括对佛教文化的接纳和学习。真的，奶奶，请允许我用博大精深来赞美您，这样的词汇用在您身上并不为过。我是您的孙子，更是您的学生，就像杨波团长一样，他是我的团长，更是我的导师。团长说："有的人思想和年龄一起固化和衰老，有的人却不一样，人愈老，思想愈年轻，愈丰厚，愈包容。"奶奶，您就是这样一位思想年轻的长者。人真的不是简单的、黑与白分明的产物。原来，我一直认为随波逐流是不可取的，可是，与团长交流后，明白了人要因人、因事、因势而定，随波时，你是一簇浪花；坚定时，你是水中的磐石，不管风吹浪打，毫不动摇。只有这样，你才能生生不息，通达大海。我们这一代人，不到三十岁，虽然经历了动荡，但我真的不埋怨、不后悔。可是，对国家和土地的热爱是深刻而永远的。中国的文人，一辈子追求的是济世求真，力图弄明白事件后面的真相。没有思想的强大丰富和坚毅，你要渡人渡己，肯定是无法做到的。

奶奶，感谢您给我带来的《新华字典》，真的，我一刻都离不开它，学习才知道自己的浅薄和无知。团长建议我先读《圣经》，再读《金刚经》，以后，在春光明媚的时候，还可以进入道场，心神宁静地去倾听那些高僧大德们讲经论道。我想，他的话是对的，有了道场，学习的人能够更好地相互感染和交流。

第二天，大庆就把这封信寄出了。为了保密，他特意交代苏天虹不要检查。苏天虹答应了。十天后，他收到了奶奶的回信。奶奶告诉他："不要在信里说那么多，要是信件不小心遗失了，落到别有用心的人手里，会对团长形成一种利器，造成一种莫大的伤害。你自己也摆脱不了遭受指责和批判的危险。所幸，这一次，有诸神的保佑，没有发生这样的事情。"

11

到了五月十五日这一天的中午,老挝上寮的雨水真的来了。在一阵隆隆的雷声之后,倾盆大雨山呼海啸般而至。早上起来,往往是大雨封门。雨下起来就没个消停,一直下了二十多天。森林里的每一棵大树的身上都集中了树冠上、枝条上所有的雨水,使其变成了条条汩汩流淌的小溪。修路工程被迫暂时停了下来,可是机械连并没有闲着,所有的推土机都开进了几个油毛毡的大棚里,进行全面的保养和维修。民工们辛苦,这些机械更是超强度地劳动,它们也应该停下来好好休息一下了。

到了六月五日那天,连续不断的大雨终于变成了时停时下的阵雨。白天的时候,往往是一阵太阳,一阵大雨;大雨过后,山间时常出现两道美丽的彩虹。

张大庆的小棚子里堆放着一些装有食品的木箱,为了防潮,还在地面上铺上了一层油毛毡。这天移动小床的时候,他发觉有一桩小碗大的竹笋已经有一尺多高了。老挝的竹子真是聪明,它的竹根居然穿过公路下面,钻到大庆的床底下来了。本想把小床挪个位置留下它来,只是这样一来,就没了大山和南卡睡觉的位置。这桩竹笋的出现,着实让大庆高兴了好几天,每天起来的第一件事,就是蹲到小床面前看竹笋一点点地长高。这天晚上，大庆与娅檀见面的时候，他忍不住把竹笋的事讲了，娅檀大笑，露出了一口洁白的玉米牙说："这是好事呀，大庆哥，你要喜事连连了呀。你想，一个床底下都能长出竹笋来的人，是什么样的好命呀。"

"要说好事、喜事，就是山神爷让你这只美丽的白鹇鸟降落在我的心上，让我时时刻刻都能想你。"大庆借机会把娅檀好好地夸了一番。

"嗨，你是越来越会说话了，把我这个阿卡姑娘的心都灌满了最甜的山花蜜。"

后来，一件更奇特的事件接着发生了。半夜里，外面在窸窸窣窣地下着雨，大山和南卡伸出舌头，嚓嚓，舔起了大庆伸出蚊帐外的脚板，把他弄醒了。大庆听到了从床底下发出的一阵叽叽喳喳的啃咬声，他以为跑进了老鼠，急忙下床，打亮手电筒，大山和南卡一起对着床底下，摇着尾巴。大庆往里一照，原来是一只硕大的竹鼠，双眼绿光荧荧的，像只大野猫，蹲在竹笋面前，旁若无人地啃咬着。不远处的油毛毡上，在一堆新鲜的红泥土面前，出现了一个直径有十几公分的小洞。不用说，它是尾随着竹根找到这桩竹笋的。如果在一个多月前，一只硕大无比的竹鼠早被大山和南卡扑咬在地了，成了送到它们嘴边的一道菜，一道不会腻味的美食。因为大庆狠狠教训过它们，也就不再下口。大庆取下挂在木柱上的草帽，戴上一双施工用的帆布手套，钻到床底下，先把草帽反扑在它的身上，再用手掐住它的脖子，这样做，可以防止它那锋利的牙齿。把这只竹鼠逮到了，用一把小称称了，一看，足有两公斤重。当下，他就找了根布条，拴在它的右后脚上，把它放到小棚子外面去了。第二天一早，大庆移开小床，拉开铺着的油毛毡，把那一桩竹笋彻底挖了出来，之后堵上了那个洞。

他满以为，这样一来，竹鼠的事就算过去了。谁知，就在放走竹鼠的第二天早上，饲养员赵松生开心地嬉笑着，手里提着五只用背包绳拴了的大竹鼠，其中一只右脚上戴有布条子。他走进大庆住的小棚子来，报告说："大庆兄弟，这些天来，早上去喂猪的时候，发觉有几只猪耳朵和屁股上有鲜红的伤疤，开始，我以为这是它们在相互打架时咬伤的。昨晚上，我拿着手电筒去蹲守了大半夜，当圈里的猪又尖声怪气地叫起来了，打开电筒一照，根本不是相互咬架，原来罪魁祸首就是这帮从竹子林里跑出来的坏家伙。我跳进圈里，好不容易捉到这五只大的，其他的十几只飞快逃窜了。"

"竟然有这样的事，你看，肯定是这个鬼家伙带的头，昨晚上我抓到，把它给放了。"大庆指着脚上拴有布条子的家伙说。

五只竹鼠似乎预感到了危险的存在，发出了吱吱的声音，一个劲地拼命挣扎。大山和南卡抬起头来看着，透出一种幸灾乐祸的神情。

大庆伸手轻轻地拍了一下大山和南卡的脑袋，用商量的口气说："你俩都别事不关己的样子，大家一起来出主意、想办法，制止这些不法之徒的捣乱和破坏。"

竹鼠也会咬猪，这是谁也没有料到的。大家都知道，竹鼠是一道肥而不腻的美味山珍。可是，这样的小动物，按规定是绝对不可以伤害的，大庆和赵松生一起。把五只竹鼠提到了杨波团长的办公室。

杨波正在接听电话，看到大庆他们进来，招招手要他们坐下。赵松生把手里的竹鼠放到了地上，那只脚上拴了布条的，居然嚓嚓几下咬断了脚上的带子，拖着臃肿的肚子，一摇一晃地朝着门外跑去。赵松生要去追赶，被接完电话的杨波制止了："你把手里的这四只一起放了吧，算它们福大命大造化大，遇上了我们这样一支秋毫无犯的铁军。"

赵松生心里有些不快，毕竟那些猪是自己精心饲养大的，竹鼠这样的小东西出来公开破坏，却不能消灭。可是，觉得团长说的也没有错，无奈地叹息一声，只好把四只竹鼠提到门外放了。

杨波坐下来与他们商量说："刚才，我连续接到了其他三个营的报案电话，说的都是竹鼠作乱，把猪咬伤了的事。小小竹鼠造成了重大危害啊。你们一进门，我就知道了直属营也不能幸免。这样吧，我们一起来想想，该怎么办。天下的事，总是办法要比困难多。这种竹鼠我在越南时也遇到过，那时要是抓到了，我们和越南朋友就一起把它们煮了吃，可是现在我们在老挝这里，是单方面作战，只好放了它们。"

大庆说："赵松生提着竹鼠进门的时候，我就在想了，我们用狗来驱赶如何。直属营有大山和南卡在，虽然上次被我教训了它们，正在闹情绪，都不愿意抓竹鼠，可是稍加训练调教后，它们肯定会服从调遣的。"

"对，这是个好办法，其他几个营的也应该这样做。"

赵松生说："可是，他们没有狗呀。"

杨波打开窗户，把头伸出去，抬头看了后，对大庆说："大庆，趁着不下雨，你去把加坡老人请来吧，他一定会为我们想出办法来的。"

大庆出门去了。

赵松生嘀咕着要走，杨波对他说："松生，我知道你是一位非常负责任的饲养员，把自己的工作看得比什么都重要。可是，遇到这样不尽如人意的事，也是无可奈何的。你到卫生室开点碘酒和消炎粉，给那些被咬伤的猪擦上，说不定还管用。"

"那就试试吧，团长。我们这里又没有一个老挝人在场，我们把五只竹鼠消灭了，谁也不知道的。这样的坏家伙，消灭一只少一只，说不上什么伤天害理的事情。在老挝人的眼里，这些竹鼠只是森林里的一道小菜而已。"

"松生，要是我这个团长都同意你们这样做了，我们规定的那些每个人都要遵守的出国纪律，不就是一纸空文了吗？都说，人在做，天在看。几只竹鼠，大小也是一条鲜活的生命啊，放它们走是应该的，要不，你今天抓到一只竹鼠，把它灭了，明天就会有人消灭一头麂子，后天呢，不定就有一头野牛和大象倒在我们工程团面前。这样的连锁反应，是我们任何人都不愿意看到的。"

大庆开着车到加坡家门口时，加坡正准备骑上马出门。看到大庆，他把马拴了起来。大庆告诉他团长有事要与他商量，加坡回答说，附近傣族寨子的带口信来，要他去商量在寨子里成立民兵排的事情，既然团长叫了，就先到团部去吧。说完，转身进屋，不一会儿，他手里拿着两只同样大小的篾盒子出来了，放到了黑色的葛藤挎包里。

加坡跟着大庆来到了接待室。杨波团长已经按照阿卡人待客的规矩，倒好了一碗漂着簇簇酒花的酒在那里等候了。

就在加坡到来的前一分钟，大山和南卡一起跑进了接待室，钻到了一张桌子下面。

杨波看到加坡寨老来了，对大庆说："你到厨房里做两个下酒菜吧，我要与加坡老人说说话。"

"嗨，团长吃午饭的时间还早着呢，喝酒就行了。"

"加坡老人家，把你请来，是有事相商，没有一点下酒菜，筷子没个去处呀，说起话来，也结结巴巴得不利索。"通过近两年的来往，这么简单汉语对话，加坡完全听懂了。

加坡看大庆走出去了，急忙从挎包里拿出了一个竹篾盒，站起身，双手恭敬地递给杨波说："团长，这是几个月前，那条公鹿的茸，我已经把它蒸制好了，里面放上了防潮的栗炭，现在把它送给你。"

杨波也高抬双手，非常有礼貌地接了过来，打开一看，里面排列着三十片已经烘烤干、切好了的鹿茸。从小，他就知道鹿茸是个好东西。可是，现在他不能要，当下就要把它还给加坡老人。

加坡佯装不知，从盒子里拿出了一片，指着中间紫黑的部分说："团长，你要知道，这是气血非常充足的鹿茸片，中间密密麻麻的是些透气的小孔，最好的鹿茸都是这样的，非常难遇到。把它磨碎了，用一点点来炖肉，不但是提神大补，更是延年益寿的宝贝。听说你爷爷、奶奶和父母都还健在，我是特意送给他们的，是一个老挝阿卡人的一点心意。"

"老人家，我们真的有纪律规定，东西再好，也是不能要的。"

"嗨，人是活的，纪律是死的，难道你们的纪律也规定了老人与老人之间都不能相互交往？世界上哪有这样的纪律？"

"这样的纪律倒是没有，中国是礼仪之邦，礼尚往来从来是我们中国人从古到今的规矩，中老两国的老人也毫不例外。"

"杨团长，这个话我最爱听。再说了，我不止一次地说过，从骨子里，我们老挝的阿卡人，本身就是中国人。迁徙到老挝来，只有一百年还不到的历史，而且在中国那边还有我们的亲戚在，也一直没有中断过联系。我们的老人归终的时候，贝玛给他们的灵魂念的指路经，一直都是沿着澜沧江，到红河、昆明、再到大渡河、雅砻江，最后一站，就是回到青海一带宽阔的牧场，一个出产盐巴的高原湖泊。这一条灵魂回归之路，还得世世代代地走下去。"

加坡老人都抛心抛肝地把话都说到了这个份上，换一个角度，站在民间立场上，他的理由是十分充分的。面对这份真诚，杨波只好把这一盒鹿茸收下了,并且在第二天就从工程团的邮站寄了出去。

大庆端着几样菜走进接待室的时候,加坡寨老又当着杨波的面,把另外一盒鹿茸送给了他。大庆看了看团长,团长把自己的盒子拿起来说:"既然是加坡寨老送给家里老人的,我们就收下吧。感谢他对我们老人的关怀和牵挂,过些天,我们也请家里人寄点代表他们心意的东西来,把这份厚礼补上。说起来,我爷爷、奶奶都上九十的人了,他们的身体都应该好好补一补。"

说到竹鼠的事,加坡说:"这样做,你们也是太认真了。其实,竹鼠多了危害也大,看一看山上的竹林,就知道,那些竹叶发黄的,就是被它们咬断了根的。其实,你们可以逮一些来吃的,当年法国人最爱吃这东西,说它肥而不腻,我们有时也逮些给他们送去,还能卖上个好价。"

"法国人当年能这样做,可是,我们是中国人,竹鼠和任何一种野生动物,我们都不能随意伤害。"

"这样吧,我给你们送六只狗来,每个养殖场两只,以后离开时,送还我们就是了。"

第三天,加坡老人亲自带来了六只土狗来,三只黑狗、三只黄狗。老人家想得周到,每个营两只,一黑一黄,一公一母,色彩各异;再说,配好了对的狗相互吸引,是不会寂寞的,它们能够安心看护好猪圈。大庆开着车,把六只狗分别送到了其他三个营的养殖场。

直属营的大山和南卡也派上了用场。赵松生在猪圈面前搭了个遮风避雨的小棚子,先把大山和南卡拴了两天,放开后,它们就知道自己的任务,认真看护起了猪群。夜晚的时候,它们都自觉自愿地围绕着猪圈巡逻上两三次,闻到竹鼠气息,它们就悄悄靠近,咬住不放。白天,它们就回到大庆的小棚子里睡大觉。

直属营的民工把大山和南卡戏称为保卫处处长和副处长。

其他三个营也都如此，有了这些狗的看护，再也没有出现圈里的猪被竹鼠咬伤的事件了。

猪的问题解决了，又冒出了蔬菜的问题，而且这个问题还要严重得多。这是由于连续不断的大雨和高温天气，大雨停下不到半小时，气温就猛然飙升到四十多摄氏度。直属营种下的蔬菜都出现了烂根烂叶现象。这是人们根本无法控制的事，有人提出要大棚种植，可是马上被杨波否定了。因为这样一来，白亮亮的塑料大棚，相当于给美军指示了明确的轰炸目标。再说了，当时大棚栽种的技术并不成熟。

杨波悄悄地对大庆说："你到班海寨，找加坡寨老商量一下，让他们恢复蔬菜供应吧。"因为每个营都种了蔬菜之后，除了鱼以外，大庆要班海寨停止了蔬菜的供应。

其实，蔬菜在亚热带雨水过多的地区栽种，会遇到烂根叶的问题，大庆早已预料到了。所以，他特意要后勤运输队的朋友，在国内采购了一批青菜、白菜、萝卜和葱姜的种子来，把它交给了娅檀，并且亲自到现场，教会他们撒种的方法。刚才，既然团长已经布置下了任务，大庆就把已经安排下去的这一件事讲了。

大庆说："团长，其实我们负责收购，发放种子，让老挝的百姓栽种，是一件互惠互利的大好事。这样一来，我们不但减轻了国内供应的压力，还给班海寨的老百姓带来实实在在的好处。当然，为了减少不必要的舆论，防止别有用心的人抹黑我们的形象，一切还得悄悄进行。"

"好，只要不把猪、牛、羊这些大的交给他们养殖就行。按理请他们种植蔬菜也完全是可以的，只是这样一来，就得惊动外交方面的，还得在协议上写上这一条。我们就在私下里悄悄地进行吧。"

当天晚上，大庆到班海寨找到了娅檀。

娅檀说："雨水太滥，确实不好种出蔬菜来。我们种在坡地上的不会糟根，青白小菜长得一片绿油油、嫩生生的，就是天上的白云飘过，都想停下来咬上一口。寨子里的老百姓用自己种出来的蔬菜，可以换布匹、盐巴、肥皂这些生活用品，当然高兴了。还告诉你吧，过去到了雨季，进出寨子里的小路上，堆积了不少牛屎马粪，人走在路上都会深陷到里面去，所以到了这个时节，人们出行，年轻人就踩着高跷行走，老年人就窝在屋里。现在好了，家家户户都把这些马粪施到了蔬菜地里，寨子马上干净起来了，苍蝇、蚊子明显少了，自家的牛马刚拉下的屎，就被主人刮拾走了。"

"其实，每个寨子都应该是这样的，一个干净的寨子，走出来的人肯定也是整洁漂亮的。"

"还真得感谢你们中国人，是你们把干净带到了我们的寨子。"

"当然不能这样说，你们本来已经是干净的，只是因为种菜无形中起到了净化环境和道路的作用。"

"过去我们阿卡人种一点点小菜，从来不用牛马牲口粪便的，都以为太脏，包括山上的旱稻都一样；到了旱季，把山坡上的森林砍出一片来，放一把火烧了，雨水来了撒播下去。想不到，现在用农家肥种出的蔬菜比原来的要清甜多了。"

每隔两天的夜晚，娅檀和弟弟车塔就赶着十几匹骡马，把一篮篮蔬菜送来。第二天大早，大庆就开着车把这些鲜绿如初的菜，分送到各个营去。就这样工程团的蔬菜一直没有中断过。蔬菜在暗地里与班海寨交往的事，在工程团从来也没有公开，到后来，大家也知道了真相，但谁也没有说什么，包括李东海在内的也闭上了自己向来惹事的嘴巴。大家都有一个共识，大庆想方设法办好伙食，是为了保证民工的身体健康，为了早日修通老挝公路。

12

昨晚下过一场大雨，起了漫天大雾，把天空和大地连接到了一起。大庆接到了团长要他开车到其他三个营，把营长和在那里的两个副团长接到直属营来听报告。直属营中除炊事班和养殖场、通信班需要值班的人外，全部都参加。

上午八点半，参会的五百多人都集中到了忠字大棚里，杨波坐在台子上。报告会开始，杨波不知道哪一根筋出了毛病，破例地没有让大家唱《大海航行靠舵手》，而是改唱了《东方红》。事后，经过李东海的提醒，他才想了起来，不过两支歌都一样，是歌颂伟大领袖的。

杨波引用了当时非常流行的一段论述，作为报告的开场白："东风吹，战鼓擂，现在世界上究竟谁怕谁，不是人民怕美帝，而是美帝怕人民。今天，我之所以要来给大家作这个形势报告，是因为筑路工作不能到处走动。我得把美国在越南发动这场侵略战争的由来及其现状向大家作一个简短的梳理和介绍……"

听报告的民工及干部听到1955年美国人发动战争时义愤天膺；当听到无数越南人在轰炸中丧生时悲痛无比；当听到越南人民军反攻时振奋无比……接着，杨波团长讲了一个非常重要的消息，他说：就在一个月前的 7 月 9 日到 11 日，美国国家安全事务助理秘密访问了北京，主席和总理接见了他，并且在 7 月 16 日发布了公告，公告是这样说，获悉美国总统曾表示希望访问中华人民共和国，总理代表中华人民共和国政府邀请美国总统于 1972 年 5 月以前的适当时间访问中国。美国总统愉快地接受了这一邀请。

"同志们，这一公告传达出一个信号，也许中美对峙的局面要结束，随之而来的越南战争也要结束……

"大家记住，今天是 1971 年 8 月 26 日，星期四，农历七月初六，以上就是我目前了解的整个国际形势以及我的推测。朋友们，同志们，东方既白，百鸟鸣唱，胜利在望，红霞漫天的日子已经不远了。所以，今天我们工程团在老挝修路，艰苦奋战是值得的，不论对老挝人民，还是对全世界人民，都是一种了不起的伟大贡献。"

杨波的报告，激情昂扬，获得了一片掌声，五百多人的会场响着一片飒飒的响声，仿佛春风吹过竹林，大家都在认真地记录着。

这时候，一群黑压压的鸟群惊慌失措地从大棚外飞进了大棚，它们叽叽喳喳地喧嚣着，把整个会场都遮蔽了，在里面搅起了旋风一样的气流，棚顶的油毛毡哗哗响了起来，所有的人都抬起头来，最后，不由自主地抬起了屁股。这样一来，他们可以看到小鸟羽毛上清晰的纹路。可是，没有一只小鸟落下来，不到三分钟，又轰一声飞了出去，消失得无影无踪。

大家都感到莫名其妙，李东海说了一声："难道它们是报信来了？情况不是很妙？"

杨波抬起手来看表，此时，正是北京时间上午 10 点 35 分，他的报告进行了两个多小时。

一直站在门外观察的大庆大步跑进来报告说："报告团长，大雾正在消散，太阳已经当空。"

顿时，杨波神色大变。恰巧，麦克风莫名地发出了穿透力很强的尖厉叫声。杨波情绪有些失控，紧张地大叫起来："赶快撤出会场，一定要快！"

人们刚到大门口，凭空刮了一场狂风，把人们吹得有些站不住脚；忠字大棚里灌进的这股大风，发出了令人毛骨悚然的呜呜怪叫。大门左右两侧竖立着的两块上书"老挝人民必胜，美帝国主义必败"的硬木牌，一起发出了咣咣当当的摇动声，似乎随时要掉下来的样子。

苏天宝失口叫了一声："妖风来了！"

在哗哗搅动的大风中，防空警报突然响了起来。

"呜——呜——"

紧凑而急促。

人们一听，快步跑向了早已指定的防空洞。

人们刚进洞来，高炮和高射机枪的轰鸣声和强烈的轰炸声一起震响了起来。

几颗炸弹先后落了下来，防空洞里的泥土嗖嗖直落。靠忠字大棚最近的防空洞里的张大庆和杨波突然感到一阵地动山摇，他们和十几个人一起坐到了地上。好在，防空洞由一根根粗大结实的厢木支撑着，人们不用担心垮塌。

接着，又是一声"轰"的巨响，附近森林里的树枝和叶子都响起了"哗哗"的声音。

人们看到一个一个住宿的大棚飞了起来，油毛毡和铺盖在上面的茅草，带着呼呼的啸响四散开去。

轰炸中，三头麂子身上披挂着散碎的叶片，魂飞魄散地从森林里跑到了大庆所在的防空洞里，它们的身子一直在颤抖。

杨波和大庆扶着嘎嘎作响的厢木站了起来。大庆抚摸着它们的脑袋安慰说:"不怕的,很快就过去了,不怕的,很快就过去了,我们的防空洞非常结实。"

苏天宝和赵松生同在一个防空洞。他的双手握得铁紧,目光一直投向哥哥值班的棚子上。此时,正好轮到苏天虹当班,守总机是一刻也不能离开的。

赵松生告诉他说:"不要担心,总机房下面有着牢固的防空洞。"话音刚落,赵松生突然大叫起来,"猪,我的猪。"

苏天宝收回目光时,赵松生已经冲出洞外。他的脚板飞扬,朝着猪圈方向跑去。苏天宝眼睁睁地看着,赵松生的前面又有一颗炸弹落了下来,在爆炸声中,赵松生的身子像鸟一样,在气浪中高高地升腾了起来,很快,被一团黑雾遮住了,谁也看不清楚,他是怎样坠落的。

赵松生在轰炸中奔跑的情景,被在另外一个防空洞里的杨波和大庆看得清清楚楚。大庆想冲出去,被站在身边的团长杨波一把拉了回来,大庆不解地看着。

杨波沉痛无比地说:"记住,我们工程团需要站立着的英雄,尽量少一些倒下的好汉!"

大轰炸一直在疯狂进行,不断有泥土和气浪升起。杨波的心一直往下沉,他以为这一下,赵松生算完了。

想不到还没出五分钟,赵松生穿着破碎的衣服出现在硝烟里,他的身后还跟着一群猪,大山和南卡在最后压阵,它们跑进了附近的防空洞里,轰炸仍在进行。一波接着一波的气浪,向着人们冲来,像一股无限的浪潮,三头麂子站不住脚,一起卧到了大庆面前的地上。

"嗨,这个赵松生,还真有他的,把猪看得比自己的生命还重要啊。"杨波张大了嘴巴。

美国空军的这场地毯式的轮番大轰炸，一直进行了二十五分钟才停止下来。所有的人，一时什么都听不见，空气中充满了浓烈的辛辣气息。

营房附近一片寂静，大地、森林、河流和天空好像一起消失了。

第一个跑出防空洞的是推土机手苏天宝，他朝着自己开的那一辆红旗100型推土机，脚步翻天地跑去。

到了面前一看，他顿时愣住了，两台摆放在公路上的推土机被彻底炸坏了，病牛似的趴在地上。除他操作的那台以外，另一台是日产的80型推土机，1943年生产的，质量很好，到了老挝，几乎没有大修过。

苏天宝扶着还在发烫的推土机抱头大哭了起来，仿佛失去了一位最亲密的弟兄、一位配合默契的伙伴。

一直在后面看着的许正旺赶快跑了过来，扶着他耸动的肩膀，轻声安慰说："天宝，我知道你对这台推土机有着不一般的情感，现在既然这样了，也是没有办法的事情，要是能够挽回它的生命，我一定会尽力的。"

苏天宝抬起头来，充满自责地说："我应该像赵松生一样，冲出来，把它开走。我肯定让它失望了，你说，我是不是天下最大的怕死鬼？"

"不，我们应该尽量减少不必要的牺牲。你要是冲出来，肯定和这台趴在地上的推土机一样了。"

有民工从地上拾起被炸弹气浪带来的残断树枝，朝着空中挥舞，大声骂道："美帝国主义，丧尽天良的东西，下次再来，老子就是用竹竿，也要把你们一架不剩地捅下来！"

"难道上天就由着你们横行霸道，想打谁就打谁，把明净的天空搅得乌烟瘴气、一塌糊涂？"

还算好，没出半小时，包括苏天宝在内的大家都平静下来了。因为这样的事在老挝也不是什么稀奇事，他们已经习以为常了。帝国主义就是战争，大家都相信这是真理。

杨波愣愣地站到了忠字大棚里，他的目光落到了一个深达一米的大土坑上。显然，这是由一颗巨型炸弹制造的，一股呛人的硝烟味从里面呼呼地涌了出来。伸出头看，坑底还躺着十几只小鸟，不用问，它们是被炸弹波震死的。所有的鸟还都张开了翅膀，做出仓皇的飞行状。此情此景，使杨波的心咚咚地狂跳起来，要说这样的事，他在越南战场上没少见，可是，从来没有感到像今天这样的惊险和震撼。此时，他的脑海里飞起了一群小鸟。他想，要不是它们及时赶来报信，他还在一个劲地作报告，要是听不到已经拉响的警报，包括自己在内的五百多条生命，都将血肉横飞，身首异地，命丧黄泉。

杨波抬起头来，茫然无助地望着灰蒙蒙的天空。

在安慰了三头惊魂未定的麂子后，大庆急忙赶到忠字大棚。他没有看到团长杨波，他站到大坑的边缘，伸头往下一看，只看见杨波双手排开，身子匍匐着。大庆连叫了几声："团长！"可是，没有得到任何回答。

大庆急了，以为团长发生了意外，纵身一跃，跳到了坑底，用力把他拉扯了起来。这时，大庆看到了团长身下护着的是些已经死去的小鸟。他这才完全明白，究竟是怎么一回事。

杨波慢慢地抬起头来，满脸是泪地对大庆说："你把它们拾起来，拿到森林里去好好埋了吧！一定要厚葬它们，它们是一群奋不顾身的英雄，是我们这场灭顶之灾的救命恩人，要没有它们，我们都不存在了，这一条公路也算完了。"

大庆脱下外衣铺在地上，把小鸟一只只地拾到了衣服上，小心包起来，点点头，对杨波说："团长，好的，我一定挖一个坑把它们埋了，并堆成一个小坟茔，在前面插上一个木牌，写上它们遇难的日子。"

"小坟茔不行，一定要大的，人手不够，把苏天宝、苏天虹、许正旺全都叫上。记住，木牌一定要写上：'林中之骄子，人中之豪杰'！"

"好，我一定做到。林中之骄子，人中之豪杰！"大庆把杨波的话重复了一遍。

"对，就是这样写，一字不落。"

杨波和大庆相互拉扯着，爬出了大坑。大庆把外衣铺在地上，展开来数了，小鸟一共有十七只：十只灰斑鸠，五只黑头公，两只知更鸟。据说，老挝本来是没有知更鸟的，有一个好事的法国人想方设法在普罗旺斯用丝网逮到了二十多只，把它们带到了古都琅勃拉邦，并把它们放飞了。生息繁衍十多年后，才有了后来这些庞大的鸟群，在老挝的上空飞翔。

站在大坑外，杨波想到了那幅悬挂在正面墙壁上的领袖像，他四处张望，远近搜索，终于在二十米外一棵高挑的竹梢上，看到了丝丝拉拉的痕迹。领袖像被毁，这可是一件比天垮下来还要大的事情。杨波的脑子嗡响起来。他飞跑到竹子树下，摇着竹子，把碎片弄下来，掏出一块手帕小心地包了起来，他准备收藏到办公室的抽屉里去。

接着，杨波立即要直属营清点了人数，好在除赵松生外无一人伤亡。赵松生的一只耳朵流出了血，完全听不见了，和他对话，只好用手势。多好的一个人，转眼间就成了聋子。他所饲养的七十六头猪，除两头半大猪不见外，其他的一头都不少。大轰炸后，参加报告会的三个营的营长都是跑步回去的，杨波要了解三个营的情况。有两个营的电话线断了，通信班的十几个民工立即分头行动，查找被炸断之处的线路，半个小时后，所有的电话都通了，跑步赶回的几个营长报告消息说，因为在警报拉响前，有一群小鸟低低地盘旋在上空，一起发出了非同寻常的尖叫，大家抬起头来的时候，警报同时响了，所以，都没有人员伤亡，可是，二、三两个营的一百多头猪来不及赶出，大部分被炸死，只有四营的猪，逃过了轰炸，毫发未伤。两个营被炸死了的一百多头猪，惨不忍睹。杨波下命令说，所有被炸死的猪，统统挖坑作深埋处理。

不出所料，转移前的高炮阵地受到了美军的重点轰炸，在那里丢下了两枚重磅炸弹。几个高机射手一看势头不对，从地下通道跑到了阵地外的地下工事躲避。

轰炸停止十五分钟后，杨波出现在了后来转移的炮阵地上，听取了营长的汇报。营长说，美国分三批满载炸弹的飞机前来轰炸。每批四架，加上护航的一共十六架。我们揍下了两架轰炸机，一架F-100型，一架F-105。打伤的有五架，其中一架是B-52大型轰炸机。B-52受到了重创，肯定要落在返回的路上。几天后，果然，传来消息说，一架B-52掉进了湄公河畔的密林里。

杨波立即向指挥部作了报告，指挥部说，开庆祝大会表彰，同时高炮阵地马上转移，回到原来的阵地。

工程团四个营所修的公路，不到十六公里的路面上，密布了大大小小的一百二十六个炸弹坑，要把这些坑填平，即便所有的机械出动，也少不了两天的时间。

加坡寨老送来的六只土狗，在大轰炸中，带着绳子，一起跑回了寨子，有两只还是加坡自己家里的。因为之前大轰炸时，他家的木楼发生了剧烈摇动。这次刚有振动，加坡就知道工程团发生了意外，急忙跑到娅檀家，带上尔车、车塔和娅檀一起，骑马赶到了直属营。

杨波来到一片狼藉的营房门口迎接加坡他们，知道以往的公路不能通行了，借了加坡的马，带上营长和李东海，急忙赶去几个营视察状况。

赵松生被送进了野战医院，大家都以为他的耳朵已经无法恢复听觉了。谁知，三天后，野战医院打来电话，要他们去接人。

杨波亲自带着大庆到野战医院去接，赵松生的耳朵居然没有留下任何残疾。

大庆在赵松生的身后，带有试探性地小声说："赵松生是个了不起的大英雄。"

赵松生嘿嘿一笑，转过身来说："要说大英雄，你们一个个都比我强，都是战斗在第一线的；一个猪倌，把自己养的猪保护好，也是一种责任。"

回来的路上，杨波好奇地凑上去问："赵松生，你的耳朵？"

"团长，耳朵的事是这样的，前些天，我到卫生室找了点药棉放在衣袋里以应急。那天空袭的时候，我把它掏出来，塞到了耳朵里，想不到，一个简单的方法，居然拯救了我赵松生的耳朵。"

"七十多头猪，在一片轰鸣声中，没有炸群，而是有秩序地逃生，你有什么奥秘和高招？"

赵松生说："团长，我一直在想，总有一天，美国飞机会来轰炸，来找我们麻烦的，于是就想出了这样一个逃生的办法：有几天晚饭后，大家都到南卡河去散步了，我就把猪圈门打开来，抓一把喂猪的苞谷籽，撒在地上，我在前面走，它们一只只在后面跟，从养殖场一直把它们引到防空洞里，用了不到十分钟。事到临头的时候，还真派上了用场。"

"大庆说你是个有勇有谋的小诸葛,开始,我还不太相信,也没有在意,今天算服你了,以后,我们做事还得向你学习,这样才能做到未雨绸缪,有备无患。"杨波大笑起来,为有这样一个有头脑、有创造力的民工感到万分开心和自豪。

后来,在表彰大会上,杨波又重提了这样的话题,说不论干什么,脑子里一定要揽事,有准备,就是脑子里要装得进东西,装进了,办法自然就生出来了。

忠字大棚和领袖像一道被彻底毁坏。几天来,杨波有些魂不守舍。每天进行的"天天读、早请示和晚汇报",只好改在停车场上进行,在面对着的正前方,插上一块牌子,贴上主席像,活动结束后再带回办公室。

对领袖像被毁的事件,杨波向大家作了深刻检查,说自己没有把伟大领袖的像保护好,以后一定要认真总结经验,深刻地吸取教训。领袖像不要挂得太高,遇上情况,可以随时带走,做到人在像在,人不在了,像还在。

谁也没有想到,李东海却出人意外地站起来,大声说:"团长,要说没有保护好伟大领袖像,我们大家都有责任,谁也不能把责任推到你一个人的身上去,因为'无限忠于',是我们每一个民工都必须做到的。可是,这一切都是美帝国主义造成的,这个账和仇恨都要记在他们身上。"

这话出自李东海之口,杨波感到突然和释然。最近他才知道,李东海就是那一位对自己老是过不去的副师长安排在身边的钉子。只要他不往上汇报,这件事就压下来了。

这一夜,杨波几乎没有睡着,提着枪在营房周围走了一圈。

半夜过后,钢蓝色的闪电,一个接着一个,在空中舞动跳跃,劈开了寂寥无边的天际,接下来就是狂风暴雨。这场大雨,掩饰了刚被轰炸的痕迹,空气中流动的硝烟味被涤荡得干干净净。

直属营出动了一百多人,用了两天的时间,在忠字大棚原来的位置上,填平了炸弹大坑。五十多人用了三天的时间,竖架子,铺油毛毡,在棚顶的外层加盖上厚厚的茅草。这一次,大棚屋内的正面墙壁上,没有请来领袖的大幅像,只悬挂上了一幅稍小的。在镜框上方结了个活扣,听到警报,只要轻轻一拉,就可以把它轻松带走。

加坡寨老知道,工程团已经把炸毁了的大棚重新恢复了,特意从寨子里赶着马,驮来了六十多株嫩芭蕉树,栽到了忠字大棚的左右两侧。

杨波问:"加坡老人家,栽上芭蕉,其中有什么奥秘吗?"

"杨团长,是这样的,照我们阿卡人的说法,芭蕉是一种生命力最强的植物,不管是家种的还是野生的,今天种下去,它每天就往上蹿,我们有这样的一句话:火烧芭蕉心不死。要是寨子里遇到了失火,我们必定要在重新建盖起来的房子周围栽上一排芭蕉树。"

果真,三天后,在几场大雨的浇灌下,大棚两侧的芭蕉迅速恢复了元气,精神抖擞地排列成了两道赏心悦目的绿色长廊,一株株挺拔向上,生机勃勃,绿意盎然。

人们坐在大棚里,宛若有人在摇着扇子,满屋生凉,带着微微的清香,格外舒爽。

忠字大棚被精准轰炸,毫无疑义,美国人肯定就是针对里面的五百多人而来的。这些家伙还真够狠毒的了。消息究竟是谁给美国人走漏出去的呢?

正在杨波用心分析,费尽心思,寻找答案的时候,娅檀的弟弟车塔骑着一匹快马,满头大汗地赶到团部来了。他飞身下马,在岗哨面前点头打了个招呼,还未经同意,就径直向团长的办公室跑去,好在,这个站岗的与车塔打过交道,是个熟人。

杨波给他递上了一块挂在墙壁上擦汗用的毛巾，车塔接过，胡乱擦了一把，立即将鼓鼓囊囊的挎包放到了杨波的办公桌上，哗一声，倒出了二十多只形状不一、带着天线的塑料物件。车塔说："这些东西是班海寨民兵在沿着靠近公路的森林巡逻时发现的。开始，我们都以为碰上了美国人布下的小型地雷，把它小心放到林中的树桩上，大家撤退到安全的距离，趴倒在地上，用枪打，可是中了后没有动静。用石头猛砸，也没有任何反应，就把它们带到工程团来了。"

杨波一看，马上明白过来了。这就是美国人在越南胡志明小道和其他地方使用过的一种"人迹嗅探器"和"声音传感器"。只要有汽车经过和出现密集的声音，记录仪就会马上传给空中的侦察机；侦察机接收信号后，同时传到美国空军指挥中心，就靠这种通信设备，美国在越南北方炸毁了数万辆汽车。不用说，美国人已经把这种侦察手段，用到老挝来了。那天的报告，安装了大喇叭，强烈的声音，无疑给美军的轰炸起了导航作用。

有了这个发现，工程团四个营出动一千多人，加上班海寨的上百号民兵沿公路的森林搜索了一天，还真寻找到了四百多个人迹嗅探器和声音传感器。美国人真是用尽了心机。

美国人在筑路队的四周投放了声音传感器和人迹嗅探器的情况，杨波向指挥部做了汇报。

以后的"天天读"，杨波放弃了使用半导体，尽量压低声音。另外几个营组成了一支四十人的小分队和班海寨的民兵排的三十多人，一道在沿公路边的森林巡逻。有了这样的防范，工程团的上空安静了几天，没有飞机的影子，只有小鸟和蜻蜓在雨后的彩虹中愉快地飞行。

13

难得有了两天晴朗日子,到班海寨去的小路被太阳烤干了,不再泥泞。天黑不久,娅檀骑着那一匹心爱的小黑马,把大庆悄悄地接到了自己的闺房里。半夜过后,大庆回到小棚子里刚睡下,大山和南卡一起把他弄醒了。几天前的大轰炸之后,这一带的竹鼠消失得干干净净,居然没有一只出现在猪圈里。这样一来,赵松生就把大山和南卡送回到了大庆住的小棚子里了。

大庆起来,听到外面传来熟悉的声音,他听出是杨波团长的夫人魏海敏医生来了。他急忙开了灯,穿好衣服,用手在头上随意梳理了几下,把门打开了。

魏海敏带着一股子掺和着酒精消毒水的热汗味,一头闯了进来。看到大庆已经穿好了,连说了几声:"大庆,快,快,把枪带上!"

"魏医生,是怎么一回事?"

"你们的团长肯定是被人绑架了,我到他住处看了,门开着,现场一片零乱,人却不见了!"

大庆跟着急了,立即取了挂在床边的那把浑身长满了孔眼的五四式冲锋枪,又从枕头下拿出了匕首别在腰上,拿上手电筒和魏海敏一道冲了出去。为了稳妥起见，大庆跟着魏海敏再到杨波的宿舍查看了一遍。大庆提着冲锋枪进到了屋里，他还真闻到了与团长身上所发出的一种不同的气息，而且带有强烈的异邦味道。他对魏海敏说："医生，你注意到了吗？好像里面有一股子特殊的外国味道。"

魏海敏说："我刚进屋子就闻到了美国佬的腥膻味，带有乳酪和洋葱的气息。进屋来的大概有两人，而且刚走不久，就在十几分钟之前。"她以一个外科医生的敏感，捕捉到了这种异样信息。

说话的时候，大庆的脑子飞快地转开了，要说团长被坏人绑架，可到处都有岗哨的呀。

魏海敏一看，明白了大庆的想法，她对大庆说："说起来，你们这里的民工岗哨，只能对付那些业务不精通的生手。实话告诉你吧，我就来过几次，不但你们的岗哨没有发觉，就是你们团长这样老狐狸级别的，也没有丝毫察觉呀。我在你们岗哨中，来去自由，游刃有余，而且我还是一个这方面的生手。"

经这么一说，问题真的变得非常严重了。大庆的脑海中幻出了团长被干掉、丢在森林中的情景。可是，大庆的脑子里又生出了另一种假设：那就是团长去查岗哨了，他经常干这样神出鬼没的事。可能是，没有关好门，让人乘虚而入。

魏海敏轻轻地笑了起来："大庆啊，你说，都做团长的人了，能有这样查岗的吗？一不关门，二不上锁，一去就是大半天，别说人了，要是一条毒蛇钻进来也不好？"

大庆认同，把手伸到被子里，发现里面确实没有一丝人睡过的热气。他打着手电筒照了门里的插销，显然，有人在外面撬动过，他小声叫了魏海敏过来，指给她看。这说明，团长早走了，或者根本就没有在床上睡过，门销只是个迷惑人的摆设。他是开了门窗跳出去后，又把它关上的。

"狡兔三窟，其实，你们团长是做过侦察兵的，说明他还有其他秘藏的宿舍。"

"走，跟我走吧。"大庆觉得有道理，他把手一招，做了个"跟我走"的手势。大庆想起来，傍晚时分，团长跟他要过工具棚大门的钥匙。自从发生了李东海关押许正旺的事件后，团长就把钥匙交到了大庆的手里。

大庆和魏海敏到了工具棚，奇怪的是大门上的铁锁依然和往常一样挂着，好像根本没人动过的样子。魏海敏凑上去一看，发觉是个假象，门锁是虚挂着的。她把耳朵贴在门板上听了一会儿，从里面传出了细微的喘息声。可以肯定，他就住在里面。

有了结果，魏海敏放下了一颗悬着的心。大庆抬起手来想要敲门，立即被魏海敏摆手制止了。她小声说："就让他好好休息吧，平安就好！"说完，转身就要走。

这时，大门无声地开了，杨波在棚子里打着手电筒，向他们招手，示意进去。

原来，杨波在大门外设了一个机关，用一根细线横拉在前面，要是有人碰到，轻轻一绊就断了；而连接在里面的线却是绷紧了的，外面的线断了，里面就会发出一种清脆的声响。

大庆有些迟疑不定，站着不动，想退回去。杨波不让，又一次向他招手，让他和魏海敏进到工棚。杨波对大庆说："现在还不能让魏海敏一个人回去，你想，我这里都出了问题，难道路上会安全吗？待到凌晨四点的时候，你准时到这里来，我们一起把她送走。记住，一定不能睡过了头，绝对不能超过四点！"

大庆点点头，临走前，杨波让大庆在外面上了大锁。

听到外面没了动静，魏海敏一下子就把杨波紧紧抱住了，自然地，杨波也伸出了蟒蛇一样强壮有力的手臂把她搂住了，几乎让魏海敏喘不过气来。

在一张木板铺成的简单小床上，杨波和魏海敏面对面地躺着，他们和衣而卧，夫妻以这样方式相会，在工程团还是第一次。

魏海敏凑在杨波的耳边问："杨波，你是怎么啦，竟然躲藏到了这样的角落里。"

"下午接到了指挥部的秘传电报，要我注意防范。据有关消息，美国的特工已经潜伏到了我们工程团一带，千方百计地要把我除掉。前两天，我们干掉了他们的飞机，有一架B-52在半路上坠毁了，他们自然想到是我在指挥。唉，你说美国人的狗鼻子还真挺灵的，跟踪老子从越南到老挝来了。"

"你这样做肯定是对的，不过，一个做团长的还要东躲西藏，真是难为你了。我和大庆到你宿舍看过了，还真有人进去了。"

杨波说："不用说，他们绝对就是美国人特战队的高级杀手。在越南战场，这样的情景我也遭遇过的，不是都过来了吗？福大命大，什么都不怕。还是主席说过的，帝国主义和一切反动派都是纸老虎。海敏，现在又该说你了，你是飞毛腿也好，运动健将也罢，这样的飞跑，对身体是不好的，尤其是心脏承受不了。人生两条腿，是用来走的，不是用来跑的。飞快跑步，激烈运动，那是长了四条腿动物们干的事情，像非洲草原上的斑马和野牛之类。都说，世界上寿命最长的人，是不紧不慢地行走在乡间小道上的邮递员，而不是那些运动过度的长短跑运动员。"

"杨波啊，飞跑伤人谁不知道呀，问题是，我们所在的是炮火连天的战场。发生警报不是要跑吗？最重要的我不是急吗？我是你的老婆啊，整天都在提心吊胆地过日子。躺在床上眼里幻出的都是鲜血淋漓的场景。每天在给伤员动刀子的时候，我总把他们看成是你。这些天来,美国人好像发了疯,在老挝拉稀似的投下了无数枚炸弹。每天,我们都要收到不少被炸伤的人,有的没有下手术台就走了,大多是无辜平民,有不少还是老人和小孩。你们打下了两架美国飞机的事,不胫而走,就连附近的老百姓都在传,说你们打出了中国人的威风,非常解恨,下次他们再来,肯定会干掉不少。这样一来,我就想到,美国人肯定会朝你下手,天黑不久,就不由得向着你跑来了。"

"原来都说美国总统尼克松明年五月就要访华了,都以为狂轰滥炸会有所收敛,可是反而变本加厉。有消息说,美国人要把在越南战场上剩下的所有炸弹,都倾泻在老挝这片土地上。这样一来,每个老挝人的头上就顶着一吨多的炸弹。"

"是啊,到处都在议论基辛格来华密谈的事,看来我们只能立足于打,把他们打到谈判桌上来,让他们在越南战场上得不到的,在老挝依然得不到。"

"当然,依我判断,这是美国人最后的疯狂,强弩之末。要叫他灭亡,就先让他猖狂,这是一条颠扑不破的真理。"

杨波和魏海敏好不容易逮到了这么一个说话的机会,一旦说开,也就没有个完,杨波抬手一看,四点到了,不好依恋,赶快起了床。

大庆踩着点,已经把车开到了工具棚面前。出发的时候,杨波和魏海敏都把枪推上了膛,杨波小声叮嘱大庆说:"你在前面开车,一定要无规律地变换自己的姿势,左右上下,时刻变化,这样可以避开敌人的袭击。"

好在,出了营地不到两百米,就从林子里呼呼地蹿出了一股股扭动着腰肢的大雾,能见度不超出三米。在这样的条件下,纵然路边有埋伏,也很难下手,除非埋地雷。大庆只管盯着前方,放心大胆地握着方向盘。所幸，一路上没有遇到任何麻烦，就顺利地把魏海敏送回了野战医院。杨波站在魏海敏宿舍门口的一棵小树下，看着她开了门进去，才放心地转过了身。

返回营地时候还早，杨波仍然回到了工具棚，接开被子，里面还留有魏海敏身上的那一种特有的清香气息；他深深地吸了一口，躺下不到五分钟，就呼呼睡着了。

大庆回到宿舍，舒舒服服地睡了个回笼觉。

第二天晚上，还是没有下雨，趁着这样的大好机会，娅檀和车塔赶着十几匹马，送来了他们种出的第一批白萝卜。夏季的白萝卜长得非常好，一个个足有一尺多长、一公斤多重，这是他们没有料到的。说来，在记忆中，班海寨的阿卡人就没有谁家认真种过萝卜。娅檀想起，大庆交种子给她的时候说过，这是从湖南来的长沙萝卜。每次夜晚，他们都摘掉马铃，巧妙地绕开岗哨，把三千多公斤萝卜，直接送到厨房仓库。天亮的时候，大庆请示了团长，给每个营都送去了一些，直属营的人大都猜测到了一直能吃上新鲜蔬菜的原因。其实，有站岗的民工也发觉了其中的奥秘，只是大家都不说；而其他三个营，还一直蒙在鼓里。

说来，到了老挝后，工程团还是第一次有了萝卜，大庆叫赵松生帮着宰了一头猪，为大家煮了一锅萝卜炖排骨。

听说有了大白萝卜，杨波跑到仓库看了，一个个水波波地排在地上的白萝卜，真是鲜灵可爱。他拿起一个，咬了一口，还真是清甜爽口。它的品质与冬萝卜几乎没有什么高下之分，或者说，其包含的水分超出了冬萝卜。他对刚送完萝卜、带着风进门的张大庆说："我们下属的各个营，都分到了不少吧。给野战医院也送点去，怎么样？"

大庆指着屋子角落上装得满满的、高出篮筐尖的三大堆萝卜说："团长，送萝卜的事，我已经想到了，还正准备向您汇报呢。"

"唉呀，大家都说，让你张大庆做这个管后勤的算是选对人了，就数你有脑子，会办事。你把最大的萝卜都挑到那三大筐里了吧。哈哈。可是，有这样的一个问题，到了野战医院，你要怎么回答这些萝卜的来源呢？"

"团长，这不是个问题，我就回答说，我们直属营自己种出来的。野战医院距离我们有几公里，都是些医生，根本就不知道怎么种菜。用惯常的说法，就是韭菜和小麦都分不清的，难道他们会跑到这里来看究竟不成。只是，要不要收他们的钱？"

"嗨，既然都说了是自己种出来的，大丰收了，还收什么钱。要是收了，就显得我们工程团太小气了，有些不够意思。以后，凡是有多余的新鲜蔬菜的时候，就想办法给医院送点去吧。除了医生，不是还有病人和伤员吗？"

"班海寨的山地蔬菜，还真是雨露滋润禾苗壮，长得遍地碧波。昨晚上，娅檀高兴得像只小鸟，叽叽喳喳地一直不停地夸着自己：想不到我们阿卡人也能种出这样漂亮的萝卜来，这哪里是萝卜，简直就是一个个白白胖胖的小娃娃。其他的蔬菜也长得超乎想象的好，白菜圆，青菜旺。"

"是啊，一种带着情感的种植，肯定是精心地栽培，把一番深情厚谊都融合到里面去了。我们哪里是在吃菜，而是在接受老挝百姓的友谊啊。每次看到忠字大棚外的那些阔叶如扇、身子似绿色柱子的芭蕉树，我也会生出这样的感慨来。"

14

1971年10月26日，这是一个重要的日子。24日，从首都北京发出的中央文件就飞快到达了工程团，这里的状况，从此彻底改变。

这天傍晚，两辆北京吉普风尘仆仆地开进了工程团的营地。车子停下后，从上面走下了总指挥长和副总指挥长。因为团里事先没有接到任何上级领导要来的通知，晚饭后，杨波和一些民工都到了南卡河边散步去了。那三头麂子和两只狗也尾随着他们。三头麂子因为受到大轰炸的惊吓，表现得神情不安，只要附近稍有响动，就往防空洞跑，它们再也不敢走远了，在附近一带的森林里吃饱了肚子，就回到营房里来待着，寸步不离地跟着张大庆和团长杨波。有时，还会心安理得地跑到杨波的办公室。杨波经常想办法找来一些它们喜欢吃的野果摆在桌子上，看到它们进来，就递给它们。杨波想，在这些麂子的眼里，工程团的所有人和它们肯定是一模一样的。

留在营房值班的李东海跑步来报告说，指挥部来人，说有非常重要的文件要连夜传达。看样子，是非同寻常的重要，因为两位首长都铁着脸。

听了报告，杨波把所有在南卡河边散步的民工都召了回去。杨波回到团部的时候，张大庆已经招待指挥部的两位首长和随行的五个带枪的保卫人员吃过了饭。因为，通知说，有运输队要来，张大庆在厨房做好了饭菜等待着，正好遇上了前来的首长，总算没有失礼，更没有怠慢他们。

杨波到厨房里见了首长，那一位副总指挥也在，只见他们始终板着脸，杨波伸手出去，他借口说，刚洗过手。杨波知趣地缩了回来。

总指挥若有所思地走出饭堂，抬起头来看了看，天空已经出现了一大片漆黑的乌云，眼看就要铺漫开来，遮蔽整个天空。总指挥再看了看手表，快八点了，夜幕就要降下。他对杨波说："杨团长，不等了，行动吧，除了安排好站岗的和值班人员以外，团部所有的工作人员和直属营的民工，都集中到忠字大棚里。我们带有非常重要的中央文件需要向大家传达。为了做好安全保卫工作，在忠字大棚距离二十米以外，一定要站上十几个带武器的岗哨。我从总部带来的五位同志是保卫处的，他们都是训练有素的侦察兵出身，有一身好功夫，经验丰富，让他们帮助你们一起负责布置岗哨。炮阵地上列为一级防范。你一定要亲自到现场安排布置。就是到了晚上，也要加强对空中的监视，要消灭一切敢于来犯之敌！"

看到总指挥的脸上是从未有过的严肃，杨波猜想到了中央文件的重要性。他把直属营长叫到办公室来，要他亲自负责岗哨布置，之后，他亲自驾车，到炮阵地上，把防空任务做了详细布置。一切细节，做到了毫无疏漏。

用了半小时，杨波安排好了所有的工作，坐到了大棚的主席台上。为了不让声音到处传扬，总指挥把摆在面前的半导体喇叭关了。他当着大家的面，拆开了用牛皮纸大信封装的红头文件，清了清嗓子，开始了传达。

总指挥说："这是10月24日，中央向全国人民传达的67号文件，25日紧急送到了我们指挥部，今天向大家传达。1971年9月13日……"

大家一听，呆了，发出了"啊"的惊叫。

李东海更是站起来，还没等他说话，副指挥长大声制止，要他立即坐下。

"李东海，从现在起，你不可以再提他了，不要大放厥词，他是个典型的打着红旗反红旗的分子，是埋在领袖身边的一颗定时炸弹。"

李东海舌头一伸，坐了下来，为自己刚才的冲动和冒失，吓出了满头大汗。要是有人给自己戴上一顶政治帽子，自己岂不完了？

民工们更是大气都不敢出，生怕错过了一些关键的细节。因为总指挥的声音不大，实际上，大家都没有听得十分清楚，只看见总指挥的嘴巴，像一个小小的旋涡在不停地嚅动着，似乎有无数带着翅膀的小虫子从里面飞出来。坐在下面的所有民工，耳朵都发出了嗡嗡的鸣叫，好像有一群蜜蜂环绕着飞舞。

这个传达，一直进行了一个多小时。

最后，总指挥终于放大了音量，重点强调说："大家千万要注意保密，这个事件目前还没有对外公开，属于国家最高机密。走出忠字大棚这道门，谁都不得私下议论，谁传出去了，把消息让外人知道了，照反革命分子论处。我们一定要紧密团结在党中央周围，做到'风吹浪打不动摇，海枯石烂不变心'。"

传达完文件，总指挥问坐在身边的副总指挥还有什么话要说的时候，副总指挥扭过头，颇有深意地看了一眼正在沉思中的杨波，突然开口问："杨团长，在你们工程团的民工和领导中有没有什么违反出国规定的事件发生？包括严重的和一般的。"

突如其来的问话，杨波没有任何准备，稍愣片刻，才回答说："应该说，没有什么重大的违规吧，大家都严格遵守了出国的纪律和规定。"

"那我现在就要问你，请你老老实实地回答，不可避重就轻。听说，你们工程团除了初来的几个月外，后来就没有间断过新鲜蔬菜的供应，我打电话咨询了一下，国内后勤并没有送新鲜蔬菜这一说，难道你们工程团的新鲜蔬菜是天上掉下来的？"副总指挥用带有审讯的口气质问杨波。

"我们每个营利用公路沿线的空地，栽种了一部分青菜白菜、葱姜芫荽等。"杨波不慌不忙地回答说。

副指挥长忍不住哈哈笑了起来："得了吧，赫赫有名的大英雄团长，别再编造故事了，我看你的编撰能力超过了《一千零一夜》的作者，你应该去当作家，不应该来当团长。分明是从附近一带的老挝人手里得到的新鲜蔬菜，这公开违反了出国的规定和纪律。你现在还有本事当着总指挥的面，撒下这样的弥天大谎。"

"副总指挥，既然说开了，我可以向你坦诚相告，我们的确从附近老百姓那里弄到了些青菜、白菜和野菜，但是我们都是本着平等互利、等价交换的原则，没有让老百姓吃亏。我们用自己的津贴买来盐巴、布匹以作为交换，我们总不能让筑路队的上千民工、日夜奋战在第一线的劳动者，因为吃不上新鲜蔬菜而影响了身体健康吧。要是因为一片菜叶，而耽误了整个工程，这个责任谁也付不起。"

"没有和任何人请示汇报，就擅自决定，这不是天马行空、独来独往、目无上级领导吗？"

如此强词夺理，杨波都不想回答了。他极力降下自己腾腾上蹿的怒火，暗暗告诫自己冷静，再冷静。

"怎么啦，你杨波从来不都是巧舌如簧吗？现在怎么免开尊口了？"副总指挥有些咄咄逼人。

总指挥有几次都想让他坐下了。

坐在台下的民工们一听，大家都有些愤愤不平，交头接耳地议论起来："这位副总指挥怎么这样官僚？闭着眼睛，胡说八道。杨波团长这样做，不都是为了工程团的上千民工吗？难道要人们天天吃海带、干菜，才算得上干革命？"

"你们在下面的，别像一群叽叽咕咕的山老鼠，你们的话，我全都听到了。你们到老挝来，不是来享福的，而是来吃苦的，是来发扬红军两万五千里精神的。有海带、干菜、大米饭，已经非常不错了，红军两万五千里的时候，有吗？"

杨波笑笑说："副指挥长，有气就冲着我来吧，别对着我们的民工同志们发这么大的脾气；再说了，我没有汇报，你不也知道了吗？要是大小事情都要汇报，我这个工程团团长就由你一竿子插到底，你来当算了。"

这话直接冲着副总指挥，没有一丝回旋余地。一时，把副总指挥弄得张口结舌。本来，杨波都想妥协退让了，可是这种不顾现实地胡乱指责，还真叫人无法接受。

李东海突然站起来，底气十足地说："小报告是我打上去的，现在看来，我肯定是错了。工程团想方设法从班海寨弄来些蔬菜，不都是为了让大家有一个强壮的身体，为世界革命贡献力量吗？"

"东海连长，私下里在阴沟里做小动作不好，可是，你怎么还要打这种见不得人的小报告来坑害人呢？难道团长对你不好吗？难道要让工程团的弟兄们吃些干巴巴的食物你就高兴吗？"许正旺直言不讳，道出了大家的心声。

大庆站起来说:"大家都冷静一下吧,东海连长已经公开认错了,就不要抓住不放了。"

因为当天晚上,总指挥长还要负责把文件向工程团的其他三个营传达,对副总指挥这样远离主题、冲淡中心内容的提问,已经非常不满了,加上刚才一番没有水平的指责和批评,总指挥站了起来,非常不客气地怒怼:"副总指挥,你怎么把话题扯得那么远?杨波的工程团很好地解决了蔬菜问题,说明他灵活机动,不但不应该批评,还要受到表扬。不论什么事,都要有所为,有所不为。还是那句话,将在外,君命有所不受。每个领导干部都要充分发挥自己的主观能动性。如果都把民工的身体拉垮了,几条公路靠谁来修筑?告诉你,要是我在这里做团长,肯定也要这么干的。赶快走吧,我们还要到下一个营去,别在这里没完没了地叨叨了。要知道,我们在上面指挥,需要的是高瞻远瞩,需要的是出谋划策,而不是戴帽子、打棍子。"

毕竟,总指挥是个有大胸怀、大格局的人。他这样当着数百民工的面,肯定了工程团的做法,扫了副总指挥的脸。

副总指挥一言不发,红着脸,走出了忠字大棚。在门口,他的右脚不小心踢在了一个小石子上,几乎摔了一跤。

据说,在回指挥部的路上,副总指挥就和总指挥吵开了。

总指挥毫不相让,坚持了自己的观点,还以零容忍的态度,指出:副总指挥在杨波的工程团安插亲信、打小报告,是搞阴谋诡计的小动作,不光明磊落。

事件发生后,工程团自然而然把"早请示,晚汇报"取消了,只保留了一个星期一次的政治学习,而且内容有了变化。

班海寨送菜的事在工程团几个营都公开化了,大庆就不用再遮遮掩掩了。娅檀和车塔在大白天也可以大摇大摆地赶着骡马把菜送到厨房仓库，然后再把工程团给他们交换的物品驮了回去。

杨波也把用物资与班海寨交换的实际数字，公示在饭堂的墙壁上，让大家心里都有个明白。

到了11月，雨水渐渐少了，修路工程可以大踏步地加速推进。可是美军轰炸的可能性又大大增加了，美国空军已经捣乱成瘾，一个个好像得了多动症，不开着飞机上天去，往别人的土地上丢下几颗炸弹，就寝食难安。

事件给在外的工程施工带来了不可估量的影响。好多时候，工程团不得不停下工程来，学习、传达文件，肃清流毒，还要所有人都表态发言。这天，李东海到办公室来，向杨波说，他受副总指挥长的派遣，要他盯住杨波的一言一行，特别是，有没有反动言论，革命立场坚不坚定等。

杨波对他说："副总指挥长对我的不信任，是由来已久的事了，不过，他这样做可能也有更深层的原因，他对知识分子出身的人是不信任的。他认为，政治上最可靠的人是工农出身的。副总指挥非常清楚，我杨波是从大学里来的特招兵。我对副总指挥的评价是，他是个好人，一个固执己见的好人，撞了南墙也不回头的好人……"

杨波还是第一次当着自己的下级，大着胆子说出来，还真需要一种超出常人的勇气。

这天下午，杨波正在高炮阵地上开会，团部值班室来电话说，东山头观察站的两个苏联人又来了。

回到接待室，两个苏联人已经在里面谈笑风生地喝茶了。杨波刚一进去，伊万就站了起来，指着墙上原来粘贴着"大海航行靠舵手"的空白地方问："杨波团长，这个怎么空白了？"

杨波心里一惊，顿时明白了两个苏联人的来意，肯定是来刺探情报的。可是，他稳住了自己，非常坦然地回答说："前些日子，我们不是挨了大轰炸吗？墙壁一起被美军炸飞了，你们没有注意到吗？这里的墙壁是刚修理过的。"

后来有几次，伊万拐弯抹角都想办法提到了这件事，一一被杨波巧妙地避让开了。伊万有些扫兴，他觉得在杨波这里打听不到什么结果，就把话题转移到即将访华的美国总统身上。

伊万说："我就是想不通，你们中国领导怎么就要和一个老牌的帝国主义头子握手言和了呢？他和上一届的总统并没有什么根本的区别呀。"

"伊万，他现在还待在华盛顿白宫里，我们也不知道他要到北京去谈些什么。再说了，美国总统到北京，是要和我们的领袖坐下来谈的，你在这里干着急干吗？"

"据我们分析，他此行肯定是要拉拢你们中国，与我们伟大的苏联形成一种对抗。"

"中国是这样好拉拢的吗？我是这样判断的，美国政府在越南战场上深陷已久了，这样的疲劳战，不仅仅在经济上，而且在道义上，会拖垮一个国家、一个民族。这样没完没了地打下去，把世界上很多人都惹怒了，他自己的日子也不好过呀。"

"是啊，我也这么想过，可是在越南战场上，美国人丝毫没有停下来的意思，还一直连续不断地在搞着战争升级。据说，现在他们又在搞什么新炸弹，不久，就会把这新的精锐武器投放到越南战场和老挝来。"

"是啊，所以说，我们中国和苏联还是应该团结起来，和越南人民、老挝人民、世界人民一起，共同对付打击美国侵略者。"

"哈哈，又说到我们每个人都应该是外交部部长的话题上来了。杨团长，你们不是一再强调，全国人民都要关心国家大事？那件事情你们居然茫然不知。"伊万话题一转,又回到了他要打听的事件上来了。

"国家大事,由国家领导在管着,我一个筑路团的团长,只要管好国家交办的事,带着民工把老挝的一条公路,按期修好,铺上柏油,让老挝人民的车子,在上面顺利通行,叫国家放心就可以了。"

伊万无奈地摇摇头说:"杨团长啊,看来,你真是守口如瓶。那件事,你肯定不会向我这样的老朋友泄露了。"

到点了,杨波依然热情地请两个苏联人一起吃了中午饭。上了几道可口的小菜,炒了带着花生仁、青辣椒的宫保鸡丁,用一瓶自己带着的杨林肥酒,招待了他们。他把饲养员赵松生叫来参加,并把他在大轰炸中冒着生命危险保护了七十多头猪的英勇行为,向他们声情并茂地宣扬了一遍。

两个苏联人听了,十分风趣地说:"又一个被珍宝岛精神培育出来、熏陶出来的'一不怕苦,二不怕死'的大英雄。"

"是的,伊万先生,眼前的赵松生同志就是这样了不起的大英雄,是由珍宝岛敢于赴汤蹈火、敢于藐视一切敌人的精神培育出来的,我们工程团以后还会不断涌现出这样的英雄,我杨波会源源不断地给你们带去最好的消息。"

几天后,直属营宰了几头猪,杨波要大庆给苏联观察站送去了大半条猪肉。

伊万见到大庆的时候,又一次问到了那个事件。大庆双手一摆说:"不知道,杨波团长都不知道的事情,一个小兵怎么会知道?"

事件给工程团带来的紧张是无与伦比的,大家都不知道国内究竟发生了什么重大的变故。每隔两天,就会有上级的文件下来,杨波经常被通知到几十公里外的总部开会学习。

这天上午，杨波接到电话，要他到指挥部集中学习两天。他本来想请假安排工程团的事情，可是听到上级的口气刚硬，不容商量，只好前往。刚坐上车，就听到警报响了起来，大庆立即把车开到了一个隐蔽的防空车库里。他们还没有出来，就听到了高炮咚咚地响了起来。接着，就听到了飞机被打中的异响。

杨波跑出车库，抬起头来，看到了不到一公里外的山坡上腾起了一股黑烟，被打中的飞机坠落在那里。

杨波觉得非常奇怪，美国人怎么只来一架飞机呢？而且非常容易就被击落了。飞机不是笨鸟啊。他急忙跑回办公室，想问个究竟，还没有进屋，桌子上的电话就急促地响了起来，电话正好是高炮营营长打来的，杨波从声音里听出，好像没有什么大喜。他说："团长，我们好像打错了飞机。"

"打错了？难道不是美国的轰炸机？"

"不清楚。因为乌云密布，它飞得很低，都要擦着山顶了，有可能是飞机出了故障，已经拉不高了。"

"走，我们看看去。"

杨波要大庆开着车到了阵地，把营长接上，再带上苏天宝和许正旺两个民工，到了飞机坠落处察看。山坡上到处洒落着一箱箱鲜花般的公鸡牌香烟。两个机舱里的驾驶员已经死了，两人的尸体被摔到了相距两米的地方，其中一人的脚，紧紧地夹到了一个大树丫上。

这是一架运输机，是从中国台湾经老挝飞往泰国的。

杨波对大家交代说："误打的错，不在我们。难道他们不知道这一带的领空已经成了小鸟也要躲避的禁飞区？这里的香烟，你们一包也不能动，回营地后，也不可以乱开口。两个驾驶员的尸体，我们一起动手，把他们埋了吧，总是自己的国人。"

大家毕竟是第一次在森林里见到死人，都显得缩脚缩手的。杨波袖子一撸，弯下腰去，把那个双脚夹在树丫上的驾驶员抱起来，扛到了肩上，走到森林外的一块空地上放下，另外一个，让苏天宝和许正旺一个扶头、一个端脚地弄了出来。杨波要大庆开车回去，拿来锄头、铲子，刨出了两个大坑，一起动手，把他们埋了。

　　回到营房，杨波只好把高炮阵地误打飞机的事向总指挥作了汇报，并且说明了原因。总指挥沉默了一会儿说："唉，真不怪我们的炮兵，他们怎么这么糊涂呀，在虎狼成群的路上居然冒死前往，难道在你们附近山头上的就没有与他们取得联系，美国人也应该把消息告诉他们的呀。这样吧，我们就装哑巴算了，不开庆功会，不作宣扬，不批评，更不表扬。一句话，冷处理。大敌当前，不能乱了我们的心智。"

　　几天后，总指挥来电话说："上级来电话问了，我们打没打下一架来自中国台湾的商用飞机？我回答说，没有收到几个炮兵阵地的任何报告，可能是自己撞到森林里了吧，或者撞到了老美的枪口上，被干掉了。想想，雄鹰身旁怎么允许有小鸟飞过，不是找死吗？再说了，我们工程团一带的大森林，不是有魔鬼森林的说法吗？像谈虎色变的百慕大一样，隐藏着说不清的秘密，飞机在这一带无影无踪地消失，已经不是第一次了。"

　　上级说："这无疑是一个最好的解释。是啊，老挝的上空每天都布满了比乌鸦还要多的美国飞机，它们怎么就敢昏头昏脑地往里闯呢？还真是人为财死，鸟为食亡。"

　　杨波说："是啊，我们注意美国飞机都还忙不过来，哪里还注意得了他们？别来这里添乱了。"

　　话虽这么说，误打飞机的事对杨波来说，心情还是非常沉重的。飞机和上面的物资就不说了，那突然失去的两条鲜活生命更让人揪心。要是我们注意仔细观察，从航线的高度和速度上来做出自己的判断，这样的飞机还是能够识别出来的，误打就不会发生了。

误打事件发生的七天之后，杨波带着张大庆，要高炮营营长安排好值班的人员后，一起到两个驾驶员的坟墓前，向他们烧了香烛，表示了沉痛哀悼。他对营长说："对我们负有指挥责任的领导来说，这是一个应该记住的沉痛教训。我们要永远记住，除恶魔外，所有人的生命永远都应该受到尊重。"

接着，杨波要大庆用红油漆写了一个牌子，上面写着：中国台湾人，死于1972年1月7日的空难，两人驾驶着商用飞机在此空域坠毁。

想不到，后来这件事竟然成了杨波升迁路上的一个障碍和一辈子抹不去的历史污点。不过，他并没有后悔，只是觉得到自己应该不遗余力地想办法，告知两位驾驶员的亲人，让他们魂归故里，不再是孤坟野鬼。当然，这是后话。

15

凌晨四点，寨子里的公鸡喔喔叫头遍的时候，娅檀的阿爸尔车被一种莫名其妙的声音搅扰醒了，还惊出了一身冷汗。他从卧室那个圆形的小窗孔往外看去，一片超乎寻常的漆黑，根本看不到窗外那株熟悉的芭蕉树影，仿佛有一只乌鸦用宽大的翅膀把窗口遮拦上了。他把身边的老婆米蒂推醒了说："快去把车塔叫醒，让他到树上抓一只红公鸡留着，早上起来，我要到神林里占卦！"

米蒂正好睡醒，听到丈夫的支使，不敢拖沓，只好嘀咕着起来，披上衣服，打着手电筒，到车塔的小屋里把他叫醒，安排了他到门外抓鸡的事。车塔接连打了两个哈欠，漫不经心地嘟哝着："唉，真是我的亲爹，贝玛经不想传给我，公开违背老祖宗留下的传男不传女的规矩，但每一件事，又要我来做。"

"别像小山雀一样唠叨了，快去把公鸡抓了，要是它们下了树，怕你连一根鸡毛都抓不到，真要那样，你爹还会相信你吗？"

车塔不敢多耽误。因为他家的公鸡从来不落窝，都是歇落在门口那一棵柚子树的高枝上，天一亮，就飞落到地上。车塔顺着事先搭在树上的竹梯子爬了上去，用手电筒照到了一只捂着脑袋睡觉的大红公鸡，一把薅住，拎在手里，好像有四公斤重的样子。

站在树下的米蒂伸出双手，从儿子的手里接过他递下的公鸡，提着它的脚，抖了抖，笑着说："提一下，手就酸了，沉甸甸的，小一点也行。"

正在低头看着梯子一级级往下走的车塔说："阿妈，来只大的，神也高兴，人更欢喜，让我那越南来的小兄弟，也能够啃上一只胖嘟嘟的大鸡腿，见到肉，他比小豹子还要馋。"

早上起来，尔车干的第一件大事，就是忙着把那只拴在篱笆上的大公鸡宰了，褪了毛、清理好肠肚后，把它整只煮上，熟了后，在公鸡背上插上双筷子，用只小提篮装了，叫上娅檀，带上香烛、白米、茶叶和酒这些敬神必不可少的东西，去了离寨子不到一公里处的神林。

早晨，又有大雾涌起来了，神林里飞来了一对说不上名的大鸟，呼呼地扇起了一股凉飕飕的风，低低地擦着车塔父女俩面前的红毛树梢上，落入了林中，在里面呱呱地叫着，听着让人有些心烦意乱。

事实上，听到这样的鸟声，尔车自己就有些慌了，不过在女儿面前，他尽量镇定自己，要娅檀跟着一起，念动了祈求山神的贝玛经。

尔车动手扯开两只公鸡的翅膀，撕拉下上面的肉，用竹刀刮尽了翅膀根上的肉丝，对着东方一看，骨头上面的孔眼现出了不同以往的异样，他脸色大变。娅檀凑近一看，娅檀也看出了其中的奥秘。一句话：卦象极凶，预示着，班海寨将有灾难临头。

没有停留更久，尔车向神林交代了一番，请神灵保佑班海寨逃过这一劫。之后，他就和娅檀拎着篮子离开了。起身的时候，两只大鸟一起，跟着他们飞进了寨子，落到了家门口的那棵柚子树上，抬起头来，对着上空无休无止地啼叫起来。其叫声凄厉，不寒而栗。

尔车自己跑到加坡家，向他报告了寨子要出大事的噩耗。加坡听了，马上提上挂在木柱上的铜锣，站到木楼外的晒台上，敲打了起来。娅檀也让弟弟车塔站在自家的阳台上，吹响了报信的牛角号。这是寨子里约定好的，遇到紧急情况的报警信号。那一年日本人占领老挝，有一股小鬼子拥向寨子的时候，听到了这样的报警声，以为有埋伏，只好退了回去。距离寨子一公里外，有一个天然隐秘的大溶洞，每一次人们都朝那里转移。

一个多小时后，寨子里的老老少少，除了那些放牛马的，其他的人都集中到了加坡家。

加坡要尔车给大家说说，在神林里看鸡卦得到的异相，他判断说，这场大祸来自于西南方向的天空。

有老人问："我们的大贝玛来自天空，难道天上要掉下块大石头来？这样的故事，只是在古歌里出现过。"

加坡说："大家还记得吗？法国人在我们寨子上空丢下过炸弹，直到现在，有几颗没有炸的，还竖立在寨门外，为的就是一个提醒。现在美国人又来了，工程团不是挨过炸吗？我怀疑，这场大灾就是美国人带来的。"

人们坐立不安地在大溶洞里待了一天，直到太阳落山，什么情况都没有发生。加坡反复几次问了尔车，尔车丝毫没有改口，认定了卦相的昭示。娅檀站出来，证实了阿爹的所说。加坡对大家说："既然神都这样说了，我们明天一早在大雾还没有消散前，还到这里来，那些猪、鸡、鹅、鸭能够带走的，尽量带出寨子。"

有人说："尔车贝玛，既然已经认定了美国飞机肯定要来捣鬼，我们怎么不可以去请工程团的大炮到寨子里来保卫我们呢？轰他狗日的几架飞机，或者让他们晕头转向。"

加坡说："你们好好想一想，是公路重要，还是我们班海寨的几间破茅草房重要？再说了，我们的消息是山神给的，现在还没个准，这样不飘不落的东西，能去工程团报信吗？"

寨子里的大多数人对尔车发出的消息虽然半信半疑，可是，看在他是大贝玛的面子上，加上德高望重的加坡寨老的一再催促，第二天，大家抱着试试看的心情，照样来到了大溶洞里。只不过，有的把家里的东西多带了一些，有的少带了一些。

第二天中午，杨波正在办公室里，接到了高炮阵地的电话。营长向他报告说，班海寨的方向，有三架美国的飞机，它们虽降低了高度，可是不在高炮阵地的射程范围。

杨波说："不管怎样，我们也要提高警惕，防止美国人引开我们的注意力，来一个声东击西。"

话音未落，杨波就听到了一阵轰炸声从班海寨方向传来。杨波对炮营长交代了几句话后，急忙回到了办公室。

一个多小时后，车塔骑着快马，到团部向杨波报告了班海寨被美国飞机轰炸的不幸消息。

车塔满眼是泪地说："团长，班海寨没有了，只剩下一片烧焦的土地。"

"寨子的人呢？"

"好在，人没有事，一个都没有受伤，因为从昨天起，人们就到寨子不远的一个大溶洞里躲避了。"

"你们昨天就到大溶洞躲避美国飞机的轰炸？这消息是从哪里来的？是谁给你们提前透露的？"

"团长，是这样的，昨天我爹已经从卦相里看出有灾难要降到我们班海寨的头上。加坡大舅就动员大家到洞里躲藏了。"

"从卦里看出了有灾难要降下，而且是一场大灾难。这样大的事情,你们怎么不到这里来说上一声呢?有个防备总要好一些啊,不至于造成这么重大的损失。"

"团长,这是我阿爹从鸡卦里看到的东西,难道你们会轻易相信吗?没有百分之百的准确,不敢让你们兴师动众。对了,没什么说的;要是不灵验,放了空炮,怎么好交代呢?"

"这个倒也是。"

得到了消息,杨波立即叫上大庆,带着枪,朝着班海寨奔去。赶到寨子一看,到处黑乎乎的,一片狼藉,空气中弥漫着一股焦煳味。一百二十五户的阿卡大寨子,一面生机勃勃的山坡,顷刻间化为乌有。所有的屋子一间都不剩下,炸弹引起的大火,在一些倒在地上的木头和柱子上冒着青烟,在徐徐燃烧着。显然,这个时候再来灭火,已经徒劳无益了。

娅檀家所有的房屋,包括马厩、猪圈在内的也没有了,只剩下门前那棵披挂着残枝败叶的孤零零的柚子树,仿佛是一种见证。一只劫后余生的小公鸡,喔喔叫着,飞到了树枝上,扑拉着翅膀,伸出长脖子在四处搜寻着。

杨波和大庆到了加坡寨老家,只见老人家蹲坐在家门口的一副废弃多年的石磨上,看着满目疮痍的寨子,吧嗒吧嗒地抽着旱烟,神情颇似一只蹲在崖壁上绝望的猕猴。

看到杨波他们来了,加坡从石磨上站起身来,精神为之一振。和杨波简单地进行了几句交谈后,就带着他来到了一处还在冒着青烟的废墟,指着一个正在用一根长棍子在灰堆里扒拉还可以使用的东西的阿卡汉子说:"寨子里的所有人家,几乎都和他家一个样了,屋子里的东西都烧光了,包括小猫在内。"

这个阿卡汉子用木棍挑起一个还在发烫的铁三脚架,有些凄然地说:"中国朋友,美国佬真的心狠,我们并没有招惹他们,也没有谁把脖子搭在他们的饭桌上,怎么竟把炸弹丢到我们班海寨来了?你看,除了这个铁锅的三脚架,什么都没有了,一口铁锅也成了几块碎片,就连在茅草里过日子的蚂蚁也跟着遭了殃。"

"是啊,美国人真是丧心病狂,连老挝地上的一只蚂蚁都不放过。不过,你们放心好了,中国的炮兵会给这些魔鬼加以沉重打击的。人不犯我,我不犯人,人若犯我,我必犯人,凡是侵略者,都必将受到严惩。"

这位汉子大声说:"对,中国朋友,不要手软,飞机来了,就毫不留情地干掉它们。"

到了娅檀家,杨波和大庆坐到了一根剩下的栏杆上,对满面愁容的尔车说:"尔车大贝玛,不管怎么说,这次在美军的大轰炸中,没有造成班海寨的人员伤亡。你的功劳是最大的。"

"杨波团长,要是我敢于坚持自己所看到的,把你们的高炮请来安装在寨子后面的山头上镇着,美国佬也不会给寨子造成这么大的危害。"

加坡说:"尔车大哥,这个肯定不能怪你,你也不要把一张不负责的脏牛皮披到身上来臭了自己。作为一个大贝玛,能够及时做出自己的判断,向所有人发布了灾难到来的消息,使班海寨没有遭受灭顶之灾,已经是功德无量的了。说来,占卜算卦,那不过是神仙占一半、贝玛估算占一半的事情,哪有百分之百的准确率?"

还好,加坡寨老是个有着深谋远虑的老人,他从过往的经验中总结出了一套保证寨子逢凶化吉的生存经验。特别是从多年前班海寨遭到法国人无端轰炸,造成人畜的重大损失以及一次小孩燃放鞭炮,引发大面积火灾,差点烧毁了大半个寨子的两次沉痛教训中,得出了居安思危、有备无患的经验。为了以防不测,加坡要每一家人都把谷仓盖在寨子外。另外,还让每一家人都必须准备好重新建盖一幢木楼的木料和编扎好了的草排子，所有的木料都打好了木头穿斗用的楔口，要是遇到火灾之类的，把它搬来，穿斗好了，竖起来就行。

杨波对加坡说："说来，这次班海寨所遭遇到的灾难，其实是美国人冲着你们对工程团的支持而来的；用中国话说，是给你们一个颜色看看，来个下马威，所以，我们要把重建班海寨的事无条件地承担下来。从明天起，我们工程团直属营的民工统统开拔到这里，保证在三天内，让你们住到舒舒服服的新房里。"

加坡对杨波的决定，自然是非常感激的，只是他不同意杨波认为班海寨是代人受过的说法："你们中国工程团没来老挝之前，美国人已经在轰炸了，只是看到你们在帮助我们，他们的眼睛就发红了，就来无事生非了。轰炸你们，捣乱你们，不让公路很快修通。要说代人受过，你们真是在为我们老挝所有的人在受过啊，我们怎么想尽办法，也是难以补偿的。"

"加坡寨老，要这样说，我们就不讨论了，我们都是同甘共苦的朋友和兄弟，不论遇到什么困难，都要牵起手来，一起面对，纵然天大的问题，都能够得到解决。"

"天上的太阳也有走不动的时候，月亮就会伸出手来拉上一把。"

听说，寨子里来了工程团最大的官，其中还有娅檀相好的中国小伙。尽管娅檀对自己与大庆交往的事加以保密，但还是在班海寨逐步传开了，娅檀也知道，都是从弟弟车塔的嘴巴里传出去的。有上百个妇女和小姑娘一起来看大庆，她们穿着超短的黑裙子，袒露着饱满高挺的乳房，若无其事地在杨波和大庆他们面前走来走去。娅檀虽然没有这样做，而她的阿妈米蒂却和同龄人一样，牵着那个越南小孩，把右边的奶子也摆放在外面，在人群中晃来晃去。

杨波随意瞟了一眼，很快就低下头避让开了，大庆也一样。

杨波向加坡寨老提出了在民工们到班海寨来帮忙施工期间，寨子里所有的妇女和姑娘们都可以把乳房藏到衣服里面的要求。杨波原以为，这是一件非常容易满足的要求，加坡肯定会不假思索地答应下来，却遭到了加坡寨老和尔车贝玛难以商量的对抗。

加坡毫不客气地说："杨波团长，你是个有文化，见过大世面、大场景的人，应该明白这样一个道理：一个民族有一个民族的风俗，一个民族有一个民族的尊严，一只小鸟也有着不同于其他小鸟的歌声和羽毛，你怎么就要强求一致呢？我们这里阿卡人的风俗，是祖宗们从中国带到老挝来的，这样的风俗千年不衰，自然有它的道理，而且它可以延续也说明它的存在是非常合理的，是得人心顺民意的。一个民族要是把自己独有的东西都忘记了，一路抛撒，像猴子掰苞谷一样，边走边丢，到最后就什么都没有了。像姑娘和妇女们的短裙，年轻男女成熟了可以像鸟一样自由地相会，小姑娘在自己的小屋子里接待中意的小伙子，把奶子作为礼物奉送给他们，这没有什么羞耻脸红的呀。她们的奶子像树上的番木瓜一样，能够流出甜蜜的乳汁来，滋养孩子和大地，谁不是含着母亲的奶头长大的？姑娘变成了受人尊敬的阿妈、奶奶和老祖，自然就把干瘪的奶子和年轻的日子一起收藏起来了。这样一个非常美好的习俗，就因为有你们工程团的到来，就要像兔子一样、斑鸠一样躲藏起来吗？这样做绝对不可以，姑娘媳妇们到工程团去看电影的时候，你们不让她们带着自己足以自豪的奶子去，我们认了，因为那是你们的地盘。可是，你们要到班海寨来，到我们阿卡人的地盘上来，你们就应该尊重我们的习俗，让妇女和姑娘们把她们最值得骄傲的东西展现出来，把人生最好的果子摆放在尊贵的客人面前。说实话，阿卡姑娘的奶子，可是世界上最诱人、最漂亮的奶子啊，什么是人参果，阿卡姑娘的奶子就是这样高挂着的果子，我们老了的人看了也会变得年轻起来。"一个七十多岁的老人用这样的口气来赞美姑娘和妇女的乳房，杨波还是第一次听到。

尔车当着儿子车塔的面，指着老婆米蒂对杨波说："你看，我老婆的奶子，不就是天下最好的吗？它像高山、湖泊一样充实、饱满，在这个世界上能有多少？生育时，它是孩子握在手里的太阳；显露时，它是男人追逐的月亮。要是没有了，能够生出像车塔和娅檀一样的孩子吗，一个壮实如山，一个温顺如白鹇？杨波团长，别担心，女人的奶子再怎样的迷人，也不会粘掉你们工程团小伙子的眼睛。"

杨波知道，自己肯定无法说服眼前的加坡和尔车，只好入乡随俗了。他没有必要再继续和两位阿卡人争论下去，这是一种外邦异族的文明，如果站在一种文化的高度来讲，他们的捍卫应该是无可厚非的。一个民族的习俗，要没有人站出来理直气壮地捍卫，没有文化的铜墙铁壁，没有文化的高山大海，一切文明都会泯灭消逝的。

坐在一边的大庆始终没有出声，他除了翻译那些杨波一时弄不明白的语词外，始终没有带进自己的观点。在翻译的时候，他尽量把两位阿卡长者的土语，保持原来的模样，做到不增不减。

是啊，团长有他的难处，把几百人的队伍带到一个风俗异样的民族中来，看到的却是，女人身体最直接、最敏感的部位。可是，作为一个独立存在的民族，已经形成的生活方式，你能够说是落后的或者是不雅的吗？应该说，能够看到这样不怕害羞，不避外来目光，公开炫耀自己生命的太阳和月亮的民族，应该是幸运无比的。

娅檀听到阿爹当着大舅和团长的面，赞美了自己的老婆，阿妈也满面春风地接受着自己老公的赞扬。娅檀不断地移动着身子，站到了大庆的身边，不时与大庆交换着眼神，还比试着自己的胸前，她的意思，大庆非常明白，她说，我的阿爹都在夸阿妈的奶子了，你大庆哥为什么就不夸一下我娅檀的呢？要是一时找不到新鲜的话，就把那天在蜂神树下说的话搬出来几句？还说，阿妈的奶子在团长面前可以毫不遮掩。你为什么要让我的藏着？你完全可以这样说，像娅檀这样的姑娘，以后生出的儿子，比竹竿还要标直，比大榕树还要粗壮；生出的姑娘，歌声可以催动天上的白云，扭动腰肢搓脚的咚巴嚓舞，可以像飘荡的绸子悬挂在彩虹的中央。

不论大庆怎样暗示娅檀，告诉她绝对不可以把自己的右奶子露在外面，娅檀一概不依，和大庆较上了劲。在大庆和她比试着动作的时候，娅檀突然毫不顾忌地把上衣撩开，一只铁实的奶子亮了出来，像一道闪光在眼前一划。大庆和杨波同时把眼睛闭上了。娅檀格外扫兴，她的目的不就是为了让团长和大庆发出赞叹吗？

当大庆和团长把眼睛睁开的时候，娅檀已经把奶子收回去了，扣紧了纽扣，非常坦然地眯笑着，好像什么都没有发生。

杨波提出，要给班海寨送粮食，加坡一再强调，班海寨有很好的粮仓，每一家的屯箩都非常饱满。尽管这样，杨波还是有些不放心，他要车塔带着，到寨子外面看看那些粮仓。到了寨子外森林边的隐秘处，一个个吊脚木楼上的仓库，建造得十分结实，每一家人都有一个小粮仓。杨波他们上了楼梯，车塔把自家的打开来，里面的篮筐放有满满当当的谷子、玉米、鸡脚稗和黄豆，一年吃的应该富足有余。他们注意到了，所有粮仓的柱子都是四方形的，离地大概有一米多高的样子。

杨波有些好奇地问："车塔，你们的粮仓怎么都是这样的结构和造型？"

"团长，粮仓盖在外面，就可以避开发生在寨子里的灾难。那些老鼠和斑鸠闻到五谷杂粮的香味也会来的。可是，它们的牙齿再旺，嘴巴再硬，也是啃咬不动、凿不开仓库用铁力木和黄杨木板做成的护板。那些毒蛇、大蟒充满好奇，都想攀爬到屋顶上。可是，我们仓库的柱子和寨子里的一样，都是方形的，它们看了，也只是干瞪眼，根本上不去。"

这一说，大庆总算明白过来了，那次娅檀一直没有说出毒蛇和大蟒上不了阿卡木楼的秘密——都是因为竖立在地上的是些四方形的木柱子。

"老鼠、毒蛇和大蟒是构不成威胁，可是人呢，难道就没有人会来打开仓库偷窃？"

"我们老挝其他可能会有，就是没小偷。都说这是至高至尊的释迦牟尼佛祖给我们带来的一片吉祥阳光，把人心照亮了。要是没有战争，没有瘟疫，一切都多么美好啊！我们阿卡人相信万物有灵，所以能够融入这一片土地上来，适应这里，在这里繁衍生息，变成一棵大树，一片森林，一条永远流淌的溪水、江河。"

在返回工程团营地的路上，杨波向大庆交代了现在就接着办的几件事：准备几口行军大锅和上千公斤的大米、面条、菜油和盐巴，还有干菜、罐头、压缩饼干，并立即送到班海寨来，好让他们渡过眼下的艰难日子。杨波知道，班海寨的人家虽有充足的谷物，可是还得去舂碓，而他们的木碓已在轰炸中损坏了，重做和修复还需要些日子。

大庆回到营地后，两脚生风，立即按照团长吩咐的行动起来。他叫上了苏天宝、许正旺和厨房的几个民工一起把这些物资搬上了车，送到了班海寨。按每家一瓶菜籽油、一公斤盐巴、一袋十五公斤的大米进行分配，几口行军大锅就让全寨子凑合着一起用。

得到这些充足的物品，加坡寨老格外真诚地对大庆说："杨波团长想得真是仔细周到，真让他操心了！我们班海寨的阿卡人将世世代代铭刻在心。唉，骨头断了，筋络还连着，说的就是我们这些从中国大朝来的人呀。"

大庆开着车来去跑了两趟，才把这些东西全部搬运完。

大庆把加坡的话带回来对团长杨波讲了。加坡的意思，杨波很明白，老人家是想缓和一下白天的那场有关露不露奶的紧张关系，他不想因为自己的坚持，伤了与中国朋友之间的和气。

杨波说："大庆啊，这样的事，不论现在还是往后，要是遇到了，我们还真是应该做的，并且一定要拿出心来对待。美国人之所以来轰炸班海寨，还真是一种报复，一种想分离工程团与班海寨亲密关系的企图。所以，他们的困难，就是我们的困难。我已经向国内的后勤部去了电话，要他们立即送来一百二十五口家用的小铁锅和支锅用的铁三脚架来。"

吃过了晚饭，班海寨的人们在大溶洞里生起了篝火。好在，大家都是有经验的，在美国人大轰炸之前，已经把衣服、被子和一些生活必需品带出来了。

大溶洞的前面有一块长满了青蒿和野草的空地，寨子里所有的牛马、猪鸡鹅鸭，还有上百条的狗都集中到了这里。大灾难临头，所有的牲口都变得懂事起来，狗与狗没有相互撕咬，牛马与牛马也没有斗架，显得一派和睦、相安无事。

娅檀家的二十多匹骡马没有受损，这个功劳还得记在车塔身上。听说，车塔在山坡上和美国人玩起了游戏，十几个小伙子都凑到了车塔家的火塘边，车塔自己也有些得意，他带着夸张的口气，对伙伴们讲了那天发生在草坡上的故事："早上，我把家里的这些骡马赶到坡上，正准备躺下歇息一会儿，这时候，我看见美国飞机来了。开始的时候，我并没有在意，觉得飞机是冲着寨子去的，人们已经躲藏起来了，也没什么关系。可是，我看到一架飞机降低了高度，朝着坡上埋头吃草的骡马来了。你们大家都知道,我家的骡马都是从越南战场上回来的,是见过世面的,听到飞机的轰鸣它们根本不惊慌,头都不抬一下,照样吃草。可是,我一看不对劲,这架飞机就是冲着这些骡马来的,我立即吹起了口哨,指示它们在坡上往前狂跑。这架美国飞机好像非常高兴,从空中俯冲下来,以为自己能占到什么大便宜。我看到飞机已经到了正在奔跑的骡马头上,又打了一声往后转的口哨,这些骡马突然转回身来,一股风似的跑了起来,一颗颗炸弹在它们身后爆炸开了,可是我家的骡马已经跑出了杀伤的范围,待那一架飞机调转头来时,我已经带着它们跑进森林里躲藏起来了。飞机在空中绕了一个大圈子,只好飞走了。别以为美国人聪明,其实,只要我们开动脑筋,是完全可以胜过他们的。"

这天晚上,娅檀没有和大庆见面。本来大庆都想好了,白天的时候,娅檀一再坚持要露出右奶,而他坚决不同意的事,要当面做解释,可是,明天几百号人的大部队就要开进班海寨了,团长要在忠字大棚开动员大会;天黑了后,还要把两门大炮转移到班海寨隐藏起来;通信班的要负责把电话线从团部总机室,一直拉扯到两门大炮的隐蔽处,四公里多的路程,通信班的十个民工整整干了一个通宵。

就在当天晚上的动员会上,杨波对所有的民工讲了:"明天,我们工程团要到班海寨,参加恢复重建的工作。我相信,大家一定会齐心合力地把它做好,实际上,这也是抗美援老的一部分。只是有一件事,我这里不得不讲,大家好像都听说了吧,班海寨是阿卡人居住的大寨子,他们和老挝所有的阿卡人一样,依然保留着自己民族的古老习俗,就是妇女和成熟的小姑娘,都会把自己的乳房公开露在外面,毫不避嫌。所以,大家也不要好奇,也不要吃惊,这些都是出自大地上的东西。可是,大家尽量不要把眼光盯在胸脯上看,一方一俗,异地异物,都是环境与自然的产物、文化的积淀,也是人生值得收藏的财富。还有大家不要更多地去议论它。"

其实，讲或不讲这件事，杨波在脑子里思索了好久，想来想去，他只好讲了，要不讲，肯定有人捅到上面去，他只是把阿卡人暴露乳房的细节省去了。要不省，指挥部就很作难，因小失大，影响了班海寨的重建。直属营的人不够，杨波把二营的民工也抽出了三百五十人一起参加。

这天晚上，大庆列出了一份给班海寨送去的所有物资的清单，在监督这个栏目上，让苏天宝和许正旺签上了自己的名字，并在上面按上了手印。他把这份清单保存起来，准备明天交给团长过目。

一切都忙乎完了，一看手表，已经过了凌晨一点了，有些晕晕乎乎的，走出门外站了一会儿，寒冷的空气已经生出来了，他连着打了两个喷嚏。急忙转身进屋，大山和南卡相互依偎着，躺在他的床前面，幸福地呼噜着。这些日子，三头麂子已经跑到防空洞里睡了，因为有它们在，杨波要机械连多开挖了一个防空洞，三头麂子意识到，对于它们来说，这是世界上最安全的空间，大白天吃饱了肚子后，它们不敢在森林里多耽误，赶紧跑回来待在里面，晚上的时候再出去吃些草叶。

大庆虽然很疲劳，可是没有睡意，坐在办公桌前，拿出笔记本来，写下了这天的日记：

1971年11月23日，农历十月初六

虽然还不时有大雨来临，可是老挝已经进入旱季了。今天，班海寨遭到了美国空军的大轰炸，三架美国飞机出动，来对付毫无防范的阿卡人，把一个好端端的大寨子给毁了。好在，没有人畜伤亡，杨波团长表扬了娅檀阿爸尔车大贝玛，说他用古老的阿卡贝玛占卜，拯救了整个寨子。可是尔车大叔却把它归功于两只忽然出现的大鸟，说这一切都是因为它们及时报信，才使班海寨转危为安。也许真是这样的，在一些看似越不发达的穷乡僻壤，巫术反而有着更为广阔的活跃空间，也显得分外灵验。尔车通过占卜，发出的预警就是证明。

今天，娅檀姑娘表现出前所未有的固执，大有一种不达目的誓不罢休的模样，她向我提出，明天在工程团的大部队开进班海寨的时候，她要像寨子里所有的妇女和成熟的姑娘一样，把自己漂亮的右乳房展示出来，公开地露在外面。我表明了自己的态度，坚决反对，毫无商量的余地。娅檀为了反抗，当着团长和我的面，公然把右乳房掏出来亮了一下。尽管我和团长都没有正眼看，可是，她已经大胆地做了。按理，这是一个无可指责的行为，用加坡老人的话来说，阿卡妇女和姑娘们有着饱满的奶子，代表着一个民族的强盛和希望，一个没有奶子的民族，都要靠牛奶羊奶，这个民族会有希望吗？奶子，不一定意味着风流和情色。加坡得意地说："你们到阿卡人的寨子走走看看，能够发现一个长着小兔嘴巴的孩子吗，一个塌着鼻梁的小伙和姑娘吗？没有，一个没有，半个都没有，这一切都是因为阿卡人近亲不结婚，都是因为有了不同世人的奶子。"

照这样说来，娅檀希望展示自己坚挺丰满的奶子，应该是对的，无可指责。可是，还要我去夸、去赞美，实在有些勉为其难了。我虽然是哈尼族，可是我们这个支系的习俗与阿卡人不尽相同。再说了，如果我这样做了，岂不是把自己与娅檀的关系暴露无遗地摆在了大家面前，有些不打自招，真使人左右为难。早晨起风，傍晚落日，就由着娅檀他们去吧。对一个民族的尊重，应该是至高无上的。

大庆把日记写完的时候，大山和南卡用嘴来拉扯他的裤脚，并且把脑袋向着门口摇着尾巴，大庆觉得奇怪，开了门出去，娅檀头顶着一块蓝头巾，已经站在了外面。大庆立即把她让了进来，非常心疼地叫了一声："娅檀，是你呀！"

娅檀没作解释，迫不及待地说："大庆哥，今天晚上不耽误你，因为明天你们要到我们寨子，现在我要给你说的是，你是朋友、是丈夫、是男人、是汉子，左右两边的奶子全都是你的，有你，我不会让其他人触摸。可是，你不要制止一个阿卡姑娘的行为、一个姑娘的张扬。既然你选择了阿卡姑娘做你的朋友，将来还要做老婆，就应该随着她的天性。要不，你得到的就是一个普通的女人了，不是真的阿卡人了。"说完，她把右边光亮的奶子露了出来，把大庆的手拉过去，搭在上面。接着，她又把它收藏了起来，轻轻地拍了拍。

大庆看到了娅檀两只高耸的乳房，在短小的小衣服下欢快地蹦跳着。

大庆和娅檀没有过多地缠绵。娅檀表达了自己要在工程团的民工面前展示自己的愿望，说完话，就要走。大庆把运输队的朋友从后勤兵站买来的一盒高粱饴送给了她，把她送到了营房外，看着她骑上了小黑马，风一样地走了。

第二天一早，杨波带着八百多人的民工队伍，排着队，向班海寨前进了，每个人都带上了枪。正好昨天晚上有一支三十多辆车的运输队到了直属营,卸下柏油后,杨波要他们装上油毛毡、工具、钉子、水泥之类的东西,一起帮忙运送。同时,带上了三十多台推土机。一个小时后,他们来到了班海寨的寨口,杨波要大家在那一排法国人投下、没有爆炸的七颗哑弹面前停了一会儿,他的用意非常明白,就是要大家记住,班海寨是遭过战争蹂躏的。

事实上,就在工程团到达之前,加坡已经发动了寨子里所有的年轻男女和外寨前来帮忙的阿卡同胞和傣族兄弟姐妹,把各家各户的木料和茅草搬到了原来地基的位置上。

昨天晚上杨波和几个工程师一夜未眠,按班海寨的地形进行了一番规划,包括道路、水池、每户人家中间的防火隔离带等。

把机械连的二十多台推土机带来就是这个意思,把应该推的地方推了,这是加坡和寨子里的人没有想到的。

杨波把加坡寨老和尔车一起请来,把一张规划图打开,让他们过目,并发表了意见,大家都大喜过望。

加坡说:"我们没有想到的,你们都想到了,把寨子中间的道路推出四米宽来,别说牛马牲口,就是两头大象并排走,也能顺利通过,就这样干吧。"

杨波让机械连的推土机先上,把穿过的一条路搞定后,再把有些人家不平坦的地方推平。杨波还答应下来,待把寨子里的屋子盖好后,几条村道和十几个水池,都由工程团来修,路面全部铺上水泥进行硬化处理。

班海寨一下子来了这么多人,加上寨子里的,已经有了两千多人,显得热闹异常。寨子里每一家人所养的猪狗牛马都回来凑热闹了,最有趣的是,那些狗都回到了木楼原来的位置上躺着,寨子里的猪脖子上都戴着一个三角形的木枷,民工们感到有些好奇。车塔告诉大家说,我们寨子每一家人木楼前都有一个种葱姜芫荽的小园圈，山里还种有甘蔗，要是不让这些猪戴上木枷，它们就会钻过篱笆去拱了这些。

工程团的民工，班海寨每一家人都分配到了八个，加上外寨来帮忙的，和自己家里的八九个人，加起来就有二十几人，一起盖房子，已经很是热闹了。

那些姑娘和媳妇们都把右边的乳房露了出来，那些喂小孩子吃奶的妇女，干脆把左右两只奶子一起毫无顾忌地露在了外面。

木架子穿斗好了楔子，大家一起吆喝着竖起木柱子，接下来，就是钉椽子。为了稳妥起见，夏天的时候不会漏雨，杨波要大家在里面先铺上一层油毛毡，外面再铺上茅草排。女人们不上房顶，都在下面，往上丢草排，随着身子晃动，所有的奶子一起都往前动荡起来，如若风中激动不已的柚子晃来晃去。

娅檀在人群中，突然把右奶子掏出来，民工中有人惊叹叫了起来："嗨呀，天下还有这样漂亮的奶子。"

大庆看到了，飞快地扭转了头，脸唰地红了。

说实话，开始的时候，大家都按照团长强调的，尽量不把眼睛投向女人的胸脯上去，可是，当人们趴在屋顶的时候，谁也回避不了，哇呀，还真是天下奇观。有的人，看得目光呆滞，忘了接住姑娘们由下往上丢的草排，下面的姑娘哈哈大笑。杨波知道，都会这样的。对一个心智健全的人来说，肯定会有把持不住的激动，这又能怎样？光天化日之下，民工们是绝对不会做出什么非礼的动作来。

工程团在施工期间的中饭、晚饭，都是在班海寨做的。炊事班十二个人在寨子边的空地上挖了几个大灶坑，搭上了几个临时的大帐篷，到时，寨子里的所有人，一起到这里来用餐。他们把山上种植的蔬菜拿了来，经过炊事班的烹饪加工后，变得很美味。可能也是隔锅香的事情。

吃过午饭，大家都顾不上休息，接着又干上了，都说男女搭配，干活不累，工程团难得有这样的机会。

苏天宝驾驶着崭新的一台红旗100型推土机，正在推一条村道，在闷热难当的驾驶室里已经待了两个小时了，身上的汗水把衣服都浸透了，行军水壶里的水也喝光了。有一个阿卡姑娘头上戴了一圈遮阴的藤蔓，手里拿着一节削了皮的甘蔗和一大葫芦的凉茶，走过来，摆动着手中的甘蔗，不断地招着手，要苏天宝赶快停下来。

苏天宝感到嗓子已经喷火了，急忙把推土机停了，跳下车来。姑娘先把葫芦递上，再把自己戴着的藤蔓摘下，戴在了苏天宝的头上。渴极了的苏天宝一直在呱呱地喝着，嘴巴里好像跑进了一群青蛙，他根本没有注意到，一直在监督着自己连队工作的连长李东海向着他走来。几乎把大半个葫芦里的水喝了，这位阿卡姑娘又把手里的甘蔗递上，因为靠得很近，姑娘的两只奶子几乎都抵在了苏天宝的胸口，实际上，姑娘那只露着的右奶，更是直接贴了上来，苏天宝已经明显地感到了它的存在。姑娘肯定是有意这样做的，可是没有邪念。苏天宝有意放慢了嚼甘蔗的时间，咬一口，说一声好甜，吐出渣来，再咬上一口。

已在苏天宝他们身边站了好久的李东海实在看不下去了，突然大叫了一声："苏天宝，你们都在干什么？"

这一叫，把苏天宝和阿卡姑娘都惊住了。

"吃甘蔗呀！"苏天宝鼓着腮帮说。

"我看，你是在吃奶，小孩子一样，吧唧吧唧地咂奶呢。"

苏天宝狠狠地吐出了一口甘蔗渣，脸一红，大着声说："李东海连长，不要往别人的眼里撒沙子，这个我可受不了。知道吗？在班海寨，看姑娘的奶子不是亵渎，而是一种尊重，不要把美好的东西都看歪了。"

姑娘转过身来，用阿卡话说："像你这样的人，还不配看呢。"说着，把自己的奶子收了起来。

杨波和加坡寨老冒着热辣辣的太阳，逐个检查盖房子的情况，听到李东海和苏天宝的争吵声，主动走了过来。

本来，李东海想控制自己，尽量把事态化解在两人之间，可是，最后他还是无法忍受，向杨波告了苏天宝的状。

杨波听了并不高兴，板着脸对李东海说："当着班海寨的老百姓，我们自己吵开了，真是不像话，我不是一再告诉过你了吗？这是在老挝，在上寨一个偏僻的阿卡寨子，说话办事都要看环境，正如在游泳池边穿着一个小裤头走来走去，肯定是对的，要是在大街上，情况就不一样了。苏天宝干了两个多小时活，停下来喝水、吃甘蔗有什么不对？"

姑娘凑上来，委屈地哭了。加坡寨老在姑娘的肩膀上轻轻地拍了一下。

杨波问姑娘："小妹妹，有什么事啊？"

"我给开推土机的大哥送茶水、送甘蔗，这有什么错呀！你们的连长鼓起来的眼珠子，都可以飞出来打人了。"

杨波把大庆叫过来把她的话作了翻译。

杨波笑笑说："姑娘，别委屈了，我要李东海连长把打人的眼珠子收回去。"

"打都打了，直到现在脸上还像毛毛虫爬过一样，麻酥酥的。我看，像李东海连长这样的大哥，要是在我们老挝，别说找一个老婆，就是半个也难的。"

"半个老婆？还有这样的说法？"

"有啊，这样的人找到的老婆，人和你躺在了一起，可是，心没有全给你，自己留下了一半，这不是半个老婆吗？"

"半个老婆？还是第一次听到，但愿以后找到的老婆，不是这样的。"

听到李东海和苏天宝在争吵，许正旺手持一把修理推土机的大扳手走了过来。当着团长的面，对李东海说："东海连长，搞不好，你以后还真是找半个老婆的角色，你的眼睛，都像鸟一样站到姑娘的奶子上唱歌了，还在这里假正经。"

"许正旺，你呢？"

"我是看了，不瞒你说，还认真仔细地看了，不止看了一个姑娘的，有十几个吧，或者不叫看，而是在欣赏，欣赏生动活泼的人生艺术品。"

李东海哈哈大笑说："许正旺，你这个大色狼，从你的眼睛里能够看出什么好来呀。"

"我还真看出好来了，健康、生机、骄傲和挺拔。"

"得了吧，一双歪斜的眼眼能看出什么正的影子来。"

"这话是说你呢，正是你李东海的真实写照，满口的仁义道德，一肚子的男盗女娼。"许正旺用了最狠毒的话，把自己的不满发泄出来了。

苏天宝没有再说下去，从驾驶室里把自己的水壶拿下来，把刚才自己喝剩的葫芦里的全部凉茶都倒了进去。上了车，"突突"发动起来，一直干到了收工。走下推土机时，从头到脚都是湿漉漉的，一件褂子贴到了身上。晚饭的时候，这个阿卡姑娘给他端来了一大碗酸菜煮小米豆汤，说这东西消暑解渴。天宝接过，说了一声谢，把它全部喝光了。

吃过晚饭，回到营地，苏天宝直接到了团长办公室，要求调到另外的营去，除了直属营，哪一个营都行。

"干得好好的，怎么就要求调动？"

"杨团长，此处不留爷，自有留爷处。说实话，现在我越来越见不得李东海连长的那一副嘴脸了，他绝对是个道貌岸然的伪君子，阿卡姑娘送水、送甘蔗，他都看不下去。"

"天宝，当时我就批评李东海了，你自己也听到了。记住了，你可是从孔雀坪出来的，孔雀坪是个有学校、有教堂的寨子，从那里走出来的人，应该带着文明和宽容，做一个有道德、有涵养、有城府的人，不要动不动就把自己的情绪一览无余地摆在自己的脸上。"

其实，为了苏天宝在班海寨与李东海争执的事，大庆已经跟他表达过自己的观点："人脸不是晒谷场，不是什么都能摆上去的，李东海虽然不对，但是你也要给他一个台阶下，当众嗤笑、嘲讽，任何人都接受不了，特别是许正旺的那一番话，还真是有些过了头，什么'满口的仁义道德，一肚子的男盗女娼'，这不是把李东海说成了一个不可救药、从头烂到脚的坏人吗？"

"其实，大庆的话是对的，不给别人一条路，自己也就没有路走了，宽容别人，正是为了自己的通达。"

苏天宝走后，杨波把李东海叫了来，因为像今天这样的事，明天肯定不能再发生了。杨波直截了当地对李东海说："东海，说什么好呢，今天你在班海寨的表现，从保护纯洁、维护中国民工形象来讲，你李东海并没有错，可是，你想过没有，这是在老挝的一个少数民族地区、一个阿卡人聚集的地方，谁也无法回避姑娘们的热情和奔放，还有姑娘们的乳房，说来，那可是她们戴在胸前的青春骄傲的徽章啊。"

实际上，这天晚上，直属营有的民工还真的有些意乱情迷；出现在梦里的，都是那些阿卡姑娘。

第二天，苏天宝一直在驾驶着推土机推村道，班海寨的那个阿卡姑娘跟定了他，心甘情愿地负责给他送凉茶和甘蔗。在姑娘的眼里，一个能够冒着大太阳吃苦耐劳地驾驭着一个庞然大物在埋头干活的小伙子，是了不起的大英雄，是值得敬佩的。

大庆问了娅檀阿卡姑娘的名字，说叫阿米亚。

因为有了昨晚上杨波与李东海的一番谈话，李东海不再来纠缠，苏天宝落了个清静。

吃过午饭，阿米亚带着苏天宝到了她家的甘蔗地里，给他砍了几棵甘蔗，坐到了地边的一棵枝叶婆娑的水桑树下。树脚下有一汪终年不断的清泉，他们在那里吃甘蔗，喝泉水。阿米亚在苏天宝面前，把自己的右奶子一直亮着，苏天宝不时会偷窥一下，阿米亚发觉了，把奶子用双手托起来，送到了天宝的眼前："天宝大哥，我的奶子好不好看，漂亮吗？"

苏天宝红着脸，点点头。阿米亚把一只奶子直接戳到了他的脸上："嗨，有什么害羞的，你那么大的推土机都能够把握住，何况一只奶子。"说完，无所顾忌地把天宝的手拉了过去，让它盖在了上面，天宝没有退让，半推半就地把自己的手完全按了上去，罩住了整个。阿米亚闭上了眼睛……

第三天下午，在没有发出警报的情况下，隐藏在一块高地上的两门大炮"咚咚"地突然发声了。班海寨的所有人和工程团的民工们谁都没有惊慌，大家一起抬起头来，看着蓝瓦瓦的天空，两架美国飞机仓皇逃跑了。过了半小时，炮营长跑步前来报告："美国飞机被吓跑了，他们不知道深浅，不敢贸然进入。"

杨波说："这样处理是对的，轰他几炮，吓唬吓唬，给他们一个教训就行，免得他们以后再来班海寨惹是生非。"

班海寨有高炮进入，加坡寨老和所有的人都不知道。这样一来，大家都觉得中国的大炮确实厉害无比，中国的炮兵出其不意。

下午四点钟，班海寨的房屋，包括姑娘的闺房在内的全部房子都建盖好了。从国内送来的铁锅、三脚架也一起送来了。加坡提出，晚饭由班海寨来安排，饭后在寨子中间的小广场上跳舞、唱歌，好好庆祝一下班海寨浴火重生。事实上，早上起来，加坡寨老已经做好了充分准备，宰了两头黄牛，并且已经安排寨子里最好的厨子在做菜了，杨波只好同意。

因为晚饭后，要在小广场上举行篝火晚会，大家要在一起唱歌跳舞，大庆向团长报告说，想把苏天虹请来一道参加，他们想演唱那一支奶奶所作的歌。杨波同意了，他开车回团部，传达了团长的指示，张华高高兴兴地代替了苏天虹值夜班。

其实，为这晚上民工们与班海寨的老百姓联欢的事，杨波是过了脑子的，他知道在唱歌跳舞的时候，小姑娘们一定会把自己最好的民族服饰展示出来，同时一定不会放过摆弄自己的机会。遇到这样的问题，他只好向加坡老人求教了。

加坡老人还真是个大智若愚的人，他笑笑，不露声色地说："既然民工们在盖房子的时候都没有少见的东西，到了晚上，难道姑娘的奶子就会突然变大，由太阳变成了月亮，要看照样看。还有，要是你的胆子不够大，晚饭的时候，我陪你多喝几大碗酒，酒醉了，看到什么都是不真切的了，你可以大声唱了，想唱什么，唱什么。"

吃过晚饭，小广场上燃起了几堆篝火，大庆把几个半导体喇叭也带来了，杨波喝了两大碗苞谷酒，喷着浓烈的酒气，正准备讲话的时候，在人群中发现了观察站的两个苏联人——伊万和波罗都来了，还带上了那个老挝士兵。老挝士兵特意梳了头，好像喷上了发胶，有些闪亮，他感到很奇怪，他们是怎样得到的消息。杨波急忙放下话筒，向苏联人招手，走上去分别拥抱了。

伊万看出了杨波的疑惑，笑笑说："达瓦里希杨，老挝也是我们的朋友啊，他们没把我们称作修正主义。班海寨的加坡寨老和我们交往过多次。"

看到两个苏联人来了，加坡寨老走过来，打了招呼，表示了自己的热情。

伊万用不太熟悉的老挝话不无醋意地说："加坡寨老，你们又是宰牛又是喝酒的，晚上还要唱歌跳舞，怎么就不邀请我们苏联人参加呢？难道朋友也有亲疏之分？"

"嗨，伊万先生你搞错了，今天我们不是请客，而是招待，招待帮助我们盖房子的朋友，他们是帮助我们解决大困难的英雄，你都看到了，用短短的三天时间，杨波团长亲自带着中国工程团的民工给了我们一个崭新的班海寨。过几天，我们寨子的路，就会铺上水泥；十几个水池会有哗啦啦的流水淌出来。美国人轰炸了我们的寨子，你们也是知道的，怎么到了现在，你们两位苏联朋友才想起来看我们呢？都第四天了，总不会是把我们给忘在大山后面了吧。当然，这个时候来也不晚，来了就是客，照样有酒喝、有舞跳、有歌唱。"

"姑娘呢？"

"有啊，我们班海不缺的就是姑娘，你们看看吧，上百个姑娘哪一个不是从林中飞出来的白鹇鸟？"

杨波和伊万说好了，班海寨的唱歌跳舞结束后，邀请他和波罗一起到工程团喝酒。伊万很是高兴，其实，他和波罗两人就是冲着班海寨的酒而来的，既然在这里捞不到酒喝，就到工程团去。

伊万不失时机地对杨波说："看来，你们中国人在收买人心、拉拢人方面,很是有一套的,这是我们苏联人望尘莫及的,你们把班海寨的老老小小都拉到一边去了。"

"伊万,我得纠正你一下,不叫收买,更不是拉拢,而是搞好关系,搞好合作,搞好团结。或者叫,人心换人心,你敬我一尺,我敬你一丈。"

杨波和伊万说话的时候,加坡要人抱来了一罐埋在地下十年的苞谷酒,阿米亚用芭蕉叶包来了一斤多的牛肉凉片,把自己家的小篾桌摆放到了他们面前,在上面摆上了酒碗。加坡陪着两个苏联人边喝边看,伊万和波罗两眼直勾勾地看着小广场里的姑娘们。

坐在一边的老挝士兵看伊万和波罗都在喝酒,几次抬起面前的酒碗都被伊万制止了,他不高兴地说:"今天带你来,是要你回去后开车的,不是要你喝酒的。"

加坡动了恻隐之心,对伊万说:"既然这个兄弟要喝酒就让他喝点吧。"

伊万摇摇头。

杨波说:"达瓦里希伊万,总不能我们喝酒吃肉,让这个兄弟喝水吧。这样吧,到时我要大庆送你们回去,让这个兄弟也喝上一点吧。"

听杨波这么一说,老挝士兵立即抬起了酒碗。

伊万指着这个士兵说:"嗨,落后自有落后的道理,你说这样的士兵能打胜仗吗?"

一开场,杨波就自告奋勇地走到广场中间,唱了一支苏联歌曲《莫斯科郊外的晚上》,这一大胆的行为,把民工团的人都吓呆了,因为当时,这首苏联歌曲根本就不能唱。

杨波发现了自己的失误,立即补上了一支非常走红的《学习雷锋好榜样》:

学习雷锋好榜样，
　　忠于革命忠于党，
　　爱憎分明不忘本，
　　立场坚定斗志强……

他这一带头，民工们全都跟着唱了起来。
接下来，又唱了一支《听话要听党的话》来弥补：

　　戴花要戴大红花，
　　骑马要骑千里马，
　　唱歌要唱跃进歌，
　　听话要听党的话。

张大庆和苏天宝、苏天虹唱起了《幸福是只布谷鸟》，他们用哈尼语唱的，没想到，班海寨的阿卡人都能够听懂，他们在场子中间唱，场外的都跟着唱了，娅檀和阿米亚到了场子中间。

　　太阳红了，月亮白了，雨水顺了，
　　年成才会好；
　　风儿暖了，桃花开了，火塘旺了，
　　人们才欢笑；
　　谷子黄了，鱼儿跳了，秧鸡叫了，
　　日子才热闹；
　　嘿呀呀，
　　说一千道一万，

幸福是只布谷鸟。
　　一声布谷草木青，
　　二声布谷山花红，
　　三声布谷气象新，
　　人勤快了春就早，
　　青山绿水样样好。
　　……

　　班海寨的人们很快就接受了这支风格相近、带着泥土味的哈尼歌曲。而且，他们分工明确，错落有致地用多声部唱了出来。这一来把工程团的民工们都镇住了。这样动听优美的歌竟然出自一个没有经过专业音乐训练的阿卡人。

　　走出场外，大庆充满好奇地问娅檀："娅檀，这是我奶奶所作的歌呀，大家好像原来就知道了似的，一唱自然跟上了路，唱出了情感，唱出了味道。"

　　"大庆哥，这支歌不是来自大自然、来自森林和田野的吗？谷子、秧鸡，都是日常出现在我们的生活里，我们非常熟悉的寻常之物。要是换了一首其他的，我们就不一定会跟着唱了，像刚才的'戴花要戴大红花'，我们根本就听不懂了。"

　　班海寨的两百多个小姑娘和小媳妇，一个个把自己打扮得花枝招展，还表演了阿卡人传统的竹筒舞。她们每人手持一只一米长的龙竹筒，走到场子中间，围绕成了一个大圈子，边跳边敲击着，"咚咚咚""哒哒哒"……人们随着欢快的节奏一起跳动，一起放歌，好像一簇簇盛开的鲜花在涌动，到了高潮处，场里的妇女和姑娘们把两只乳房都展现了出来，像展翅的小鸟，一起飞舞着。

今天是个小鸟出窝的日子，
现在是白鹇飞舞的时光，
咚巴嚓哎，咚巴嚓……

娅檀和阿米亚也不甘寂寞，把自己胸前的两只小鸟也放出来了，任由它们扑腾跃动。

加坡老人大声叫了起来："看吧，看吧，这就是我们阿卡人，是谷地里落下的斑鸠，是秋天里扬起的波浪，它们带来的温风，有着山野百花的香甜；它们发出的声音，比小鸟的歌声还要脆亮。阿卡有了这样的女人，世世代代永远繁荣兴旺。"

"家门前的芭蕉花，别人不夸，自己夸。"尔车补充了一句。

这是一种群体生命的礼赞，一种年轻生命的张扬，杨波没有回避，他和其他民工一道，看完了阿卡人现场表演的全部节目。杨波的脑子里，跳出了苏东坡的两句诗：一点浩然气，千里快哉风。

两个苏联人手里端着酒碗，竖着耳朵全神贯注地听着，依着曲调，唱了起来。他们俩和老挝士兵都酩酊大醉了。

波罗一直在反复唱着这支自己所作的歌：

在这老挝的山头上，
显得十分空旷和荒凉，
有大树，有野草，没有芬芳。
我遥想起了伏尔加河，
那里有我亲爱的姑娘。

在这老挝的山头上，
有蜻蜓，有蝴蝶，没有温暖。

> 我遥想起了伏尔加河,
> 那里有我甜蜜的姑娘……

杨波大声安慰着波罗:"不要紧,芬芳会有的,温暖会有的,姑娘会有的,面包也会有的。"

杨波亲自把他们扶上了车,要大庆把他们送到观察站去,自己开着车跟在后面。之后,再把大庆接了回来。

班海寨还有三条村道要铺上水泥,加起来有六百多米,十三个人畜饮用的水池还要砌上砖头,里外抹上水泥,这些技术活,班海寨的阿卡人是不会做的,没有水泥建筑,就没有砖瓦的进入。这里的砖头都是从国内运送来的,所以,直属营还得派出六十个人到班海寨帮忙,包括到附近开山取石。有了三天的近距离接触后,工程团的民工们都爱上了性格直爽、热情好客的阿卡人,尤其是那天的篝火晚会,收到了意想不到的效果,打破了死气沉沉的格局。甚至有民工提出,工程团以后每隔四五个月,就应该举办一次这样的活动,杨波没有表态,因为公路上的事情还有一大堆,根本没有更多的精力来顾及。想来想去,带队到班海寨去的事,只能交给李东海。虽然,有时他做事有些不近情理,可是,他肯定会认真负责、按期完成任务的。

在挑选民工的时候,李东海有意没有让苏天宝去,也没让许正旺参加。其实,要说苏天宝与阿卡姑娘阿米亚,还真让李东海看出一点点端倪。他这样做,也并没有什么不可以的。

这一次是苏天宝主动找李东海来了。苏天宝到了面前,嬉笑着对李东海说:"我的东海连长,班海寨还是让我去吧,因为有一段路,我觉得有问题,得去重新推一下。"

"重推?你苏天宝向来是个做活比小姑娘绣花还要认真的人,

推过的公路，怎么会有质量问题呢？是想姑娘了吧，我看。那个整天嗡在你的身边，叫阿米亚的阿卡姑娘，好像一直在暗送秋波呢。"

"东海连长，阿卡姑娘不仅仅是对我，她们对我们每一个民工都是热情有加的。"

"我怎么没有感受到啊？阿米亚不是说了，要是我李东海在老挝找老婆，别说一个，就是半个都难。苏天宝你别来这里磨叽了，为了工程团的名誉一直光亮如镜、机械连的道路前程似锦，班海寨你肯定去不了了，就是我答应了，团长也要把你拦下来。"他用不容相商的口气答复了苏天宝。

苏天宝不愠不怒地说："东海连长，别以为团长也会像你一样有眼无珠，你不是在报复吧？我不能去，许正旺怎么也不能去？"

"还真被你说中了，我还是要报复一下。都说有权不用，过期作废，我就要把有限的权力发挥到极致。你都目睹了，许正旺这个平时三拳打不出一个冷屁来的闷头葫芦，一旦开口，可以跑出一群毒蛇和马蜂来，这样的人，就是你碰到了，也会退避三舍的。"

苏天宝哈哈大笑："我倒不会说你是男盗女娼的家伙，可你肯定是个心胸狭窄之人。为人处事，逃不出一个'小'字，鸡肠小肚的'小'，鼠目寸光的'小'，井底之蛙的'小'。说实话吧，我之所以要求去班海寨，还真是为了那个叫阿米亚的姑娘。三天来，人家鞍前马后的，又是送水，又是递甘蔗，我不能是一根毫无知觉的木头吧。要是能够让我去，我就给她带上点小礼品，表一表一个中国民工的心意。你的口气既然如此坚决，只好算了，最多我落个'热心姑娘、负心小伙'的下场。"

"苏天宝，我警告你，你是士兵，我是连长，要知道，什么是上下级关系。就是你把唾沫说成了丸药，我自岿然不动！"

苏天宝还真是实话实说。第一天上午，阿米亚背着一篮子削去了皮的水果甘蔗来，给每个前去的民工发了一尺长的一根，发完了甘蔗，不见苏天宝。她还是不甘心，以为到了下午，苏天宝肯定要去的，又痴痴地等待了一天。

阿米亚头顶一片宽大的芭蕉叶，亭亭玉立地站在太阳的暴晒下，流火的热焰在她的周围舞动着。

四天了，阿米亚都这样，成了一道嫣然不动的风景。直到最后一天，阿米亚终于忍不住跑到李东海面前开口问："连长，你们那个叫苏天宝的大哥怎么不来啊？"

"团长不让他来的，怕他坏了工程团的规矩和名声。"李东海添油加醋地渲染了一番。

阿米亚不相信李东海的话："不至于吧，杨团长人这么好，不会做出这样的傻事来的，每个人都要将心比心，知道什么是盼望。我盼着苏大哥来，只是想见见面，说几句话而已。我以为，他是个了不起的大英雄，看见他，我心里就会升起太阳。"

李东海大笑起来："阿米亚姑娘，如果苏天宝也算得上是个大英雄，那我们整个工程团这样的英雄可多了，不说上千，几百个总是有的，如果甘蔗是为英雄准备的，你家种的甘蔗肯定还不够用。"

"一块地不够，就种上两块，两块不够，就种上一面大山坡，种到云彩里去。让工程团的大英雄们都能吃上我们种出来的甘蔗，这是多么叫人愉快的事啊。东海连长，你说呢？"

"姑娘，你的手里拿着一根看不见的绳索啊，我们的小伙子到了你面前，肯定有不少就心甘情愿做了你的俘虏，钻到了你的软套子里去。"

李东海带着六十多人，来来去去，用了五天的时间，又是搅拌，又是铺石子的，把班海寨的道路和水池都搞好了。道路平坦，水池光滑。中间没有发生任何大小事故。半个月后，杨波带着人去检查的时候,班海寨的人已经在道路两边栽上了芭蕉树,还有人在水池面前洗头、洗衣物。

加坡惊叹着,原来世界上竟有这么平直的道路,天上的星星看了也会落下来打滚的。

睡觉前,大庆在小棚子里和大山、南卡玩了一会儿,苏天宝来了,他神秘兮兮地对大庆说:"大庆,我真不知道怎么办才好,出现大问题了。"

大庆说:"你怎么说些不着头尾的话,出现什么问题了?"

"是这样的,我爱上了阿卡姑娘阿米亚了。"

"爱上了阿米亚?才三天的时间,你就这样了,问题是你爱她,她有这个意思吗?"

"有,怎么没有,到班海寨的第二天午休的时候,阿米亚就带我去看她家的甘蔗地了。"

"在甘蔗地里有事发生?"

"甘蔗地没有,可是在地边的一棵大树下躲凉的时候,她把我的手拉过去按在她的胸脯上了,这一按,晚上的梦,就跟着来了,一天晚上我跑了两次的马。"

"一晚上跑两次马?你的米浆也真够多的。"

面对自己的好朋友,一个寨子的老乡,大庆没有多说什么,只是要天宝好好考虑,因为这样的爱情要是任其发展,伤害的只是双方,一个出国民工不可能留下来,上面也绝对不会让你把她带回去。

天宝问:"晚上可不可以去见她?"

"就是夜深人静的时候,你要是偷偷地溜出去,不出三天,就要露马脚了。"

"要是在你的小棚子见她呢?"

"肯定不可以，天宝，你还是见好就收吧。按理这是一件十分美好的事情，可是应该刹车了，长痛不如短痛，到时你们两人都好收场，我知道，这样做非常残酷。"

天宝极不愿意，什么叫难分难舍、缠缠绵绵、如胶似漆，大庆能够体会。他特意安排一个休息天，让天宝和阿米亚在娅檀的小棚子里见了面。出来的时候，阿米亚已经成了个泪人。

第二天，苏天宝不停歇地干了一个上午。下午接着又干，收工哨吹响了，他还在不知疲劳地干着。这可把李东海吓坏了：怎么啦，出了什么毛病。他跑到天宝开着的推土机面前，向他不停地招手，要他停下来。

"苏天宝，这样一刻不休息地干，你不累，推土机累呀。你是不是要让它提前报废？"

苏天宝好像不知道究竟发生了什么，停下来后，没吃晚饭，倒头就睡了。

半夜过后，苏天宝摸出工棚，他像一头闻到发情气息的牡牛，越过栏杆，神不知鬼不觉地走出了营房大门，消失在黑暗之中。不到一个小时，他就跑到了班海寨。阿米亚站在自己的姑娘房外迎接了他。天宝走进了小屋，如若走到了一片绿草和鲜花的田野，他闻到了艾蒿和香茅的清香，其中还混合着阿米亚的体味。

阿米亚说："小屋子我用艾草和香茅熏过，这里就有了蝴蝶飞舞、小鸟放歌的自然之香。到了艾草发芽的时候，我们还用它的梢头来包糯米粑呢。"

天宝喝了姑娘调好了的蜂蜜水，吃了甘蔗。苏天宝把自己从家里带来的一只保平安的银镯子戴到了阿米亚的手上。这是离家前，苏天宝的妈妈到小镇的银匠铺上为他和哥哥苏天虹打造的，每人一只。天宝觉得这是自己最珍贵的礼物，把它送给阿米亚是值得的。

出发前，他使劲按了按，心里想着阿米亚手腕的大小，想不到戴上了大小刚合适，一旦戴上了，就褪不下来了。天宝在孔雀坪能够自由运用哈尼话交流，此时正好派上了用场，他笑着说："按照我们家乡的说法，一个小伙子一旦把手镯子戴到了姑娘的手臂上，代表着一辈子平安的祝愿，更意味着把对方套住了、套牢了，要套一辈子呢。"

"是啊，我们阿卡人也是这样说的，你的手比我的大，比我的要粗，可是，戴上去怎么就褪不下来了，是天意呀。大哥，你的妹妹阿米亚愿意戴着这镯子过一辈子。"

后来的第二次、第三次相会，天宝说起了自己的工作："老挝的天气没有我们的家乡的好，又热又冷。可是，我们的民工勇敢、坚毅，没有一个逃兵，没有一个人退却，尤其是我们机械连的弟兄们，个个都是好样的。我们每天开的都是新路，每一铲出去，推出的都是新土。我们每一天都在新路上前进，我非常爱这份工作。"

阿米亚说："天宝哥，要是可以，以后你留下来吧。"

苏天宝说："现在肯定不可以，有规定的。"

"你不留，我跟你去，回到你家乡种甘蔗，或者向你学习开推土机，你累的时候，我替换你。哎呀，中国的女人可以开推土机吗？"

"当然可以，别说推土机，就是开飞机、开火车都可以。"

"做一个中国女人真是幸福呀。"

苏天宝回到大棚的时候，大家还在酣睡之中。起床的时候，他做的第一件事就是搓洗汗湿的衣服。以后的几天晚上，苏天宝都这样，没有让任何人抓到把柄。

工程团悄悄地发生着的变化，杨波已经察觉到了。"妇人在军中，军气恐不扬。"杨波的脑子里，突然冒出了杜甫的这两句诗。

事实上，杨波有这样的担忧，并不是什么无中生有，而是他从自身上体验到的。从班海寨回来后，只要稍有空闲，坐在椅子上闭目养神的时候，脑子里就时常幻出了那些大小不一的乳房，还有故乡古镇后山果园里一棵棵的梨树和桃树。有一晚上，竟然看了这样的画面：一个小伙子站在一棵桃树下，踮起脚来，去够树上一只毛茸茸、红彤彤的桃子，那只桃子终于让小伙子摘到了，捧在手里。桃子在他的手里跳动起来，变成了阿卡姑娘的右奶子。那个捧着热乎乎奶子的小伙子竟是自己。情景有些荒唐。

这天，遇上了放假。为了防止民工悄悄溜到班海寨串门，杨波要营里派人到路口值班，任何人不得以任何借口到班海寨去。

为了防患于未然，杨波要大庆把加坡和尔车两位请了来。

加坡开了个玩笑说："还得感谢美国人，要不我们班海寨的妇女和姑娘们就没有展示自己的机会了。"

加坡提了话头，杨波凑了上去，说了平时工程团的小伙子们不允许到班海寨去串门的事。

尔车说："你们的民工不可以到寨子里找姑娘，要是我们的姑娘要主动上你们工程团去找小伙子呢？不让猪到园圃里，我们可以给它在脖子上戴上木枷，而姑娘呢，我们总不能给她们都戴上木枷吧？杨波团长，春风一吹，树上的松鼠都嘎嘎欢叫了，那都是在呼唤爱情啊，一个个活蹦乱跳的年轻人，那都是林中的鸟、河里的鱼，我们哪里管束得了他们呢？"

"加坡寨老、尔车贝玛，你们两位都是寨子里说话算话的人，用中国人的话，叫一言九鼎。请你们给班海寨的姑娘们说一说，除了放电影我们会主动邀请你们寨子所有人到我们工程团来观赏外，就别让姑娘们来了，特别是到了晚上，为了她们的安全。我们站岗的哨兵也有毛手毛脚，生怕一不小心，误伤了她们。"

加坡笑了："这不是一个明显的借口吗？一个大团长找了这么一个哄娃娃的小借口。要是小姑娘来，人还没到，她们身上的香气就飘过来了，无论如何，站岗的小伙是不会把枪口对准她们的。"

说了大半天，还是不让班海寨的姑娘与工程团的小伙子来往的事，老调重弹，加坡和尔车都不太感兴趣，两人谁都没有松口。这是一个非常不近人情的话题。从内心讲，他们都非常希望杨波能够网开一面，让班海寨的小姑娘和工程团的小伙子们多一些来往、多一些接触。蜗牛爬过的地方，都要留下一道痕迹。最好在公路修好后，中国的小伙子能够留下来，或者把生米煮成熟饭。在阿卡传统文化里就有这样的说法：杂谷杂米好吃饭，杂种儿子充好汉。

一说，就是三个小时，喝完了两瓶半公斤装的杨林肥酒，还是没有结果。

杨波感叹一声："天要下雨，娘要嫁人。"

加坡接下来，补上了一句："风不上树，枝不摇；雨不催草，草不旺：一切归于自然！"

大庆把这句话翻译了。

杨波笑了起来："羊想上树，牛会滚坡，你相信吗？"

尔车说："家猪变野猪，母鸡窝里出孔雀，一切都有可能，由他去吧。"

离开的时候，加坡拿着杨林肥酒的四方瓶子看了看，想把这个造型别致的瓶子带走，算个纪念，这样的瓶子他还没有见过。

杨波说："瓶子你们是可以带走的，我已经把没有开过瓶的四瓶杨林肥酒准备好了，放到了送你们回去的车上，每人先送你们两瓶，回去慢慢品尝。"

加坡笑了，尔车也笑了。

都说礼轻情意重，何况，这个礼已经够重的了。

尔车说："我和加坡大哥不就成了两只秋天落到谷地里的斑鸠又吃又带的了？"

杨波说："有这样的斑鸠吗？"

"秋天，斑鸠落到谷地里，先把自己的嗉袋塞得鼓鼓囊囊，离开时，还要叼上一枝谷穗。"

杨波笑了起来："多聪明的斑鸠呀，人们还说它是憨斑鸠呢。"

"斑鸠一点都不憨，聪明着呢，一个知道储备的人是聪明人，斑鸠也一样啊。"

星期天，大庆还到山坡上看书。这天，他还带了团长送给他的《宋词三百首》，团长要他好好看看苏东坡的词，好好学习其百折不挠的精神：遭到贬谪，在黄州东的坡上开荒种地；到了杭州，又和百姓一道清淤泥、修大堤，终身为民做事。

三头麂子、两只狗依然寸步不离地跟着他。因为傍晚还有四十辆后勤车队要来，下午的时候，他早早下山了。刚到他住的小棚子，苏天宝就慌慌张张地跑来说："不好了，大事不妙，许正旺犯事了，被两个傣族寨的民兵押到团部来了，你去看看吧。"

大庆急忙把宋词放回屋子里，跟着苏天宝到了接待室，就看到许正旺双手被用绳子拴着，团长还没到。大庆要苏天宝去把通信班的张华叫来，请他做翻译。张华到的时候，团长和李东海一起来了。

团长问："是怎么一回事？"两个傣族民兵中的一个回答说："这个人去小河边，偷看傣族小姑娘洗澡，我们发觉的时候，他还在埋头画光屁股的女人。看他鬼鬼祟祟的样子，像一个特务。他说的话，我们一句都不懂，所以把他带来让你们看看。"

"怎么？许正旺，你去偷看傣族小姑娘洗澡？"

"团长，是这样的，我利用今天休息，到南卡河边画素描，真巧，碰到了几个穿着花筒裙的傣族小姑娘到河里来洗澡，就偷偷地躲到树后面画了起来。正在投入地勾勒线条时，被两个傣族兄弟看到了，不由分说，就把我抓了起来。"

"看到了吧，分明是去色眯眯地看人家傣族姑娘洗澡，还美其名曰：画素描。许正旺，你这个闷头葫芦，什么时候变成大画家了？"李东海又恢复了原来的倔强，咬死了许正旺不放。

"东海连长，总要给思想一个自由的牧场吧，一片草坡上，要是一只野兔都没有，那该多荒凉啊。一片蓝天上没有小鸟飞过，你说还是天空吗？到了休息天，想看的书没有，就连环画都没有一册，想下象棋不让，想打扑克不成，只能躺在树荫下吹牛聊天、睡大觉，你说无聊不无聊？我画素描有什么错了？"

"狡辩，许正旺，你别在这里花花草草地叨叨了，还说什么思想的牧场，我看你脑子里都堆满了资产阶级的垃圾。在这里，上千个民工都没有抱怨，都受得了，为什么到了你这里，这也不行，那也不是。说到底，你向往的是资产阶级的那一套生活方式。就说画画吧，现在难道还有人不画工农兵英雄形象，而画美女大腿、胸脯细腰？今天偷看女人洗澡，就是资产阶级黄色思想的大暴露。满口仁义道德，一肚子男盗女娼，你泼给别人的脏水，现在该返回到你自己的身上来了。"

"东海连长，人上一百，形形色色，我不喜欢萎靡不振、无所事事、空虚无聊的生活，精神是需要充实的。别以为，我发出的是意志薄弱的哀叹。要是人整天只想搞点饭吃，和狗吃屎有什么两样？"

"团长，你都听到了，许正旺的这番振振有词的辩白，不以为耻反而为荣。许正旺现在是数罪并罚，是包庇纵容还是铁面无私，对工程团的所有民工，你要做出一个解释来。"

"东海，许正旺怎么就是数罪并罚了，他何罪之有，你给我说一说。"

"第一罪，公开违反出国规定，枪杀了老挝森林里的大公鹿，带来了恶劣影响。第二罪，肆无忌惮地攻击领导，混淆视听。第三罪，资产阶级黄色思想泛滥，偷窥女人洗澡，严重地损害了中国民工的对外形象，实属流氓行为。"

"好啊，依你李东海这么拔高，上纲上线，许正旺还真是罪责难逃了。"

杨波从傣族民兵手里拿过一本许正旺的速写簿，打开来，上面有女人的大腿、身体线条、胸部，没有下身的勾勒。

李东海把蚂蚁说成了大象，许正旺也意识到了问题的严重性，极力申辩自己的清白。

"东海连长，你红口白牙地含屎喷天，原以为你只是一头没有人性的犟驴，不想，还真是一条丛林里扑来的恶蟒。"

"你就是把世界上最恶毒的话，加到我李东海的头上，今天老子也不会放过你的。"

两个人不依不饶地怼上了，谁都不想后退半步，都认定自己正确，还有什么好说的。

杨波要张华把两个傣族民兵带到厨房，给他们解释一下许正旺的行为，他真是在画画。

之后，杨波让李东海回去，把许正旺叫到了办公室。

杨波说："正旺，按理，画个素描，真没有什么错，别说大错，就是小错都谈不上。何况你也没有对着女人的下部画，其实就是画了下部，对艺术来说，也没有什么该不该，黄不黄的。要是画了裸体女人都是黄的，我看那些世界名画，几乎没有不黄的了，特别是那些西洋画，少不了画人体，这些我都懂，都理解。问题是，这是在老挝的土地上，你面对的是一些对人体艺术不太清楚的外国老百姓，再加上我们的同志添油加醋地渲染。其实，纵然在国内，目前这种形势下，也不是画人体素描的时候，把它张扬出去，对你也是十分不利的。所以，李东海抓住你的小辫子不放，你也要理解，不要再用什么含屎喷天这样的恶毒词汇了。没有什么好说的，你就回国去吧。"之后，杨波如此这般地进行了一番劝导，把许正旺说得心服口服，喜笑颜开。

这天，杨波把两个傣族民兵留下来吃饭，要张华作陪，还把李东海也叫来了。饭桌上，杨波心平气和地要李东海不再对许正旺更多指责。同时，对他暗施了压力。

杨波说："许正旺是你机械连的，要是他出了事，你这个做连长的也脱不了干系，你负有连带责任，这也说明你的思想工作没有做到家。许正旺都说自己是在画素描，你怎么偏要说他是黄色泛滥呢？这样做，不是抓一把狗屎往机械连的脸上涂抹吗？这样做，你其实是在拼命夸大许正旺的错误，缩小了思想工作的力量，你把我们在工程团所做的思想工作产生的作用放到哪里去了，这不是在赤裸裸地公开否定我们吗？"

李东海虽然从团长的话语中，听出了对许正旺的明显袒护，可是，他无话可说。在一个小连长面前，团长是一座横亘着的高山，他攀不上，更翻越不了。

吃好饭，杨波要大庆开车，和张华一起把他们送了回去。在路上，杨波让张华告诉两位民兵，明天就把许正旺送走。两个傣族民兵似乎意识到对许正旺的冤枉，承认说，他们不懂画画，被抓的人并没有作任何反抗，也说明心里没有鬼，要求杨波饶了他，还要代替他们认错。

杨波伸出大拇指表扬了他们："你们提高警惕是对的，我们工程团也不是一汪清水,有了杂质,欢迎你们老挝的朋友来帮助我们清理。"他放下架子,话说得很客气。

第二天一早,大庆和苏天宝带上杨波的一封信,让他们把许正旺直接送回国内边境的一个兵站。那里的站长是他手下的一个副团长。

李东海跑到团长办公室,坚持要杨波在直属营大会上公开宣布对许正旺的处理意见。

这次,杨波没有退让,他对李东海说:"你是团长,还是我是团长?东海,手不要伸得太长了。连长就是连长,营长就是营长,江是江,河是河;同样一条江,上游叫澜沧江,下游叫湄公河,上游叫金沙江,中下游叫长江,各有其名,各有其位。一根站在小河边钓鱼的杆子,无论如何是无法抛向大海的。你不可以干扰团里的工作。告诉你吧,许正旺还真不是像你所说的流氓,他是一个对艺术有着自己追求的有志青年,只是在这样的环境下,不该出现在南卡河边。机械连有许正旺这样的人,你应该感到骄傲,而不是什么羞耻。实话告诉你吧,我是带着诸葛亮挥泪斩马谡的心情,送走了许正旺同志,他是一个多好的机械修理工啊。我说的这些,现在你肯定听不进去,而且很反感,以后你慢慢就会懂的。"

16

又是老挝的旱季。工程团的筑路在继续推进，上级下达了一道死命令，杨波的工程团在全面修通八十五公里的路后，要配合国内来的柏油团，转入铺柏油路的工程。因为大本营不再向前转移，指挥部给工程团派来了一个配备有二十六辆崭新解放牌汽车的运输连。这样一来，民工们到几十公里外的地方施工，就可以用车接送了。

杨波在办公室里，正调试一台总部刚配发下来的红灯牌半导体收音机，突然意外地收听到了中央人民广播电台的报道：1972年2月21日上午11点30分，美国总统乘坐飞机到达北京……2月28日，中美联合公报发表，从此中美走向了正常化的道路。

1972年3月，北越发动了春季攻势，又称"复活节攻势"，对南越大举进攻。虽然中间有退让，但北越不予理会。对此，美国对越南恢复全面轰炸。

4月1日，战争升级。老挝当然逃不过这场灾难，因为柬埔寨已经变成美国人的了，不用防守，他们可以把所有的精力都放到越南和老挝上来了。

越南北方高估了自己的武装力量，南越在美国空军的配合下，发起了一个个强大的反攻。

从不断传来的消息中，杨波感到了形势的复杂多变。

杨波接到了指挥部来的电话，要保卫工程团的炮兵，除留下一门小炮和高射机枪外，几门高炮包括雷达车在内，连夜开往四十公里外的曼赛去保卫那里的大桥。接到命令，当晚深夜，杨波立即安排了秘密转移。三天后，传来了中国炮兵打响了曼赛保卫战的捷报，美国空军出动了包括 B-52 在内的十二架轰炸机，对曼赛大桥进行了地毯式的轮番轰炸。开始，四架轰炸机出现在一千八百米的空中，高炮突然开火，击落了一架，击伤了一架。后来，美国飞机又飞来了八架增援，两个高炮营十多门大炮一起开火，空战一直进行了三十分钟，最后，取得了击落四架、击伤两架的战果。曼赛大桥只是受了点轻伤，炸破了几道桥栏杆，只出动了十几个人，用了半天的时间，就修复好了。

就在美国空军轰炸曼赛大桥的当天，杨波工程团的几个营同时也挨了炸弹。

之前，机械连的三十六台推土机分别开到三个大棚里检修，因为第二天，他们就要往前推进三十六公里，大家都想把自己的机械好好检查一番。以往这个时候，是大家对许正旺最为需要的时候，大家都会友好地叫着："葫芦大哥，帮帮忙，看一看，我的这位好弟兄吧，看看它有没有什么毛病。"他们所说的好弟兄，就是推土机。

这天，人群中少了闷头葫芦许正旺，大家心里都感到不快，十分压抑。有他在，自然多了一种欢乐和风趣。大家都认为，是李东海把他挤走的，私下里议论开了，人家许正旺躲得远远的，十几米外，看什么都是一团模糊的，凭什么就把他送回国。要说看，老挝女人也会躲着看我们洗澡呀，因为我们不到寨子里窜姑娘，她们还以为我们没有男人的东西呢。我们知道了，也没有把她们抓起来呀……有了这样的议论,看到李东海来,大家都不想正眼看他。有的还当面吐了唾沫,公开表示了自己的不满。

　　李东海佯装不知,故意做出一副轻松愉快的派头,昂头向天,吹着口哨,在三个大棚之间转来转去。到了苏天宝的推土机面前,有意弯下腰来,对正在推土机底盘下的苏天宝搭话说:"怎么样,天宝兄弟,这一台新的 100 型,好使吗?这叫'红粉送美人,宝剑赠英雄'啊。"

　　苏天宝退出身子,站起来回答说:"好啊,工人阶级怀着满腔的国际主义热情锻造出来的新机械,能不好使吗?"

　　苏天宝的声音很亮,中气十足,听不出对李东海有一丝一毫的不满情绪。

　　"是啊,是啊,我们还是用主席的话来相互鼓励吧。团结起来,去争取更大的胜利。杨波团长说了,我们机械连要争取再创佳绩,百尺竿头再进一步,到时,表彰大会上,肯定少不了你苏天宝胸前的大红花。"

　　"大红花?像我这样,一心只知道埋头干活、不知道抬头看路的人,谈不上又红又专。假若能戴上一朵大红花,比在大路上拾到一块翡翠还要高兴呢。"

　　"好好干吧,总有那一天的。"

　　正在说话,防空警报响了起来。

　　苏天宝把提着的扳手,放到了推土机前的地上,大步跑了出去。

　　肩上扛着一棵两排多长的野芭蕉杆,正在往猪圈赶的赵松生听到警报,急忙丢下了芭蕉杆,握起拳头,拉出了快鹿一样的大步,嘴里"噜噜"地叫着,向着前方奔去。

　　苏天宝到了防空洞的时候,赵松生已经在前面引导着六十多头猪往防空洞小跑着来了。

　　张大庆跑到防空洞的时候，三头麂子已经提前赶到了，大山和南卡看到赵松生后面的猪群有些缓慢，主动冲出去，在后面帮着赶。

　　杨波是最后一个跑进防空洞的，他一看，李东海还在后面，大叫一声："李东海，你怎么搞的，是不是快要生产的大肚子婆娘，走路一悠一晃的。"

　　李东海这才小跑了起来。

　　这时候，一枚炸弹在李东海不远处爆炸了，一根被炸飞起来的树枝带着呜呜的响声，猛地横扫在了他的腰杆上，他"啊"地叫了一声扑倒了，挣扎了几下，一时没法站起来。

　　苏天宝飞快地冲了出去，一把将地上的李东海抱了起来，转身冲向防空洞。

　　又一颗炸弹落了下来，一股气浪冲进了防空洞，把李东海推了进来。苏天宝却倒在了地上，接着，又落下了第二颗炸弹。

　　人们看到，苏天宝的身子仿佛一只雄鹰一样升腾了起来，向着空中飞行。

　　苏天宝从半空里落下时，躺在地上已经不能动了。张大庆跑出防空洞去，摇晃着，大声呼喊着："天宝，天宝，天宝！"

　　血肉模糊的苏天宝在大庆的呼喊声中一动不动了。坐在地上、惊魂未定的李东海看到了这情景，似乎明白过来了，苏天宝是为了自己才倒下的。他试图出去，可是整个身子软绵绵的，根本动弹不了。

　　苏天宝的哥哥苏天虹是在地下总机室里接到团长电话的，张华正好也在他的身边，苏天虹放下挂在脖子上的连体耳机和话筒，把张华让到了自己的座位上，哽咽着说："张华，团长来电话，我弟弟出事了，就在刚才轰炸的时候。"

苏天虹摇晃着身子，走出了地下室，正看到弟弟被人们用一个担架抬往忠字大棚。

这次的轰炸时间很短，前后还不到十五分钟。炮阵地的高机和小炮响了一阵子，人们看到一架飞机呜呜地叫着，拖着一条黑红的烟带子，坠落在不远的南卡河边，随即发生了大爆炸。

可是人们破例地并没有发出欢呼声。

早上起来，阿米亚就好像有了某种不祥的预感，她心里慌乱地在小楼上进进出出，到了中午，这种状况还在继续。她的阿妈看出阿米亚的神色不对，关切地问："阿米亚，是不是昨天晚上和中国小伙子有什么不高兴的事发生，他惹恼你啦？"

"阿妈，不是的，中国的小伙子苏天宝很好的，他还把银镯子戴到了我的手上。"阿米亚抬起手来，在阿妈的面前亮了一下。

"这样就好，那你还犯愁什么？"

"阿妈，我感到了不安，一种深深的不安，心里好像跑进了一群哇哇叫的大小乌鸦、一群叽叽嘎嘎的小老鼠。"

"真是这样，就赶快到你尔车大叔那里去，让他给你念念经吧。这样肯定会好的，要不要阿妈陪你去？"

阿米亚说："好吧，阿妈你跟着我去，让大叔好好给我念一下吧，让中国小伙苏天宝逢凶化吉，平安无事。"

阿米亚的阿妈在木楼前的空地上撒了一把苞谷籽，二十多只鸡围了过来，阿米亚的阿妈随手抓了一只大公鸡，在脚上拴上了红布条。

阿米亚母女俩抱着公鸡刚出大门，娅檀骑着那一匹小黑马就来了，身后还跟了一匹放着马鞍的闲马。看到阿米亚娘俩，娅檀勒住缰绳，从马背上跳下来，对阿米亚说："走吧，我们到工程团去看看，阿爸说，今天好像有什么不好的大事发生了。"

阿米亚说："我可不可以到大叔那里看看，先让他给占一卦。"

"来不及了，快上马吧。"

阿米亚和娅檀快到工程团时，就听到了一阵轰炸声。她们急忙跑到森林里待了一会儿。轰炸结束，她们赶到营房时，看到了真实的场景。一切都来不及了。

阿米亚知道苏天宝走了，她和娅檀参加了在忠字大棚开的追悼大会，接着，大庆开车，后面跟了几辆解放牌汽车，把苏天宝送到了两公里外的出国民工墓地。

阿米亚和娅檀两个阿卡姑娘默默地骑着马，跟上了送葬队伍。一群小鸟在他们的头上低低飞着，寂然无声。

到了墓地，挖坑下葬后，杨波把李东海叫上，带着人乘坐一辆解放牌汽车先走了，因为苏天宝牺牲的具体情况他还没有向总部汇报。李东海被树枝打伤腰杆，还要派人把他送到野战医院治疗。这天，李东海拖着身子来到了墓地，挖坑的时候，还坚持挖了几铲，表示了自己的沉痛和感激。

民工们大都走了，墓园里只留下了大庆、天虹、娅檀和阿米亚。大庆数了一下，整个墓地先后已经埋下了212人，加上苏天宝就是213人了。大庆想起了不久前看过的阿尔巴尼亚电影《第八个是铜像》，比起来，苏天宝该是第213个金光闪闪的铜像。

阿米亚伏在苏天宝的坟墓上大哭了起来。苏天虹听弟弟说过阿米亚，走过来安慰了她。

阿米亚说："前几天，我说天宝大哥是大英雄时，你们的李东海连长还撇着嘴笑我，说要是他也是大英雄，你们工程团这样的人可多了。天宝哥救人，怎么就救到了这样的人头上？"

因为苏天虹也是个哈尼通，与阿米亚可以毫无障碍地对话。

苏天虹说："阿米亚妹妹，前两天李东海这样说，并没有什么错的,那个时候,他还真的只是一个普通民工,一个推土机手。危急的时候,他不顾自己的生命冲出去救了东海连长也是应该的,他不出去,其他人也会的。"

"依你这么说,一个人要是站在地上就不会成为英雄,要倒下去才是英雄?"

"也许是这样的吧。"

"要是他救了人,自己也没有倒下,他还是英雄吗?"

大庆说:"当然也是。"

最后,阿米亚感叹了,说:"要不是天宝哥把保佑他的银镯子戴到了我的手上,可能一切都不会发生了。"

"阿米亚,这跟手镯子没有任何关系,你就好好戴着它吧,天宝会一直保佑你的,他都留在老挝的土地上了,他一定会看着你们的日子一天天好起来。"

走出墓园的时候,阿米亚对苏天虹说:"大哥,要是你答应,我每年的这一天,都要到天宝大哥的墓地上来,为他唱上一支歌。"

"当然同意了,阿米亚呀,你可是我弟弟苏天宝第一个爱上的阿卡姑娘呀,在家乡,他也没有爱上任何人,有你这样对他真心实意的爱,他这一辈子值了。"

"天宝哥是我最佩服的小伙子。其实,在我心目中,他坐在推土机里的时候,已经是个了不起的大英雄了。"

张大庆留在了最后。待人们都走出墓园大门的时候,他按照哈尼的做法,不停地叫唤了三遍:"死的留下来,生的快离开。"之后,大庆没有回头看,大步走了出来。

三天后,指挥部发出了"向奋不顾身救人的英雄苏天宝学习"的号召,工程团的民工们列举了天宝的许多优点,说了许多的英雄事迹,当然也有人旧事重提,说他"天天读"时喊警报的事。好在那事件后，这已经不是个政治问题了。

　　接连发生了几次空袭后，为了能够及时转移养殖场的数十头猪，赵松生向团长提出了要在靠养殖场最近的地方搭个小棚子，自己住到里面的请求。团长同意了他，还表扬说这是对养殖工作的认真负责。

　　每天早晨，六点过五分，不早也不迟每天都一样，赵松生把它称为"鸟钟"——一只名叫花哨喜的小鸟就在赵松生住的小棚子外的一棵水冬瓜树梢上唱开了，它的歌声婉转而清丽，听到它的歌声，赵松生立即起来，推开小门，闭上眼，静静地欣赏。在家乡，每天清晨，也有这么一只同样的小鸟，到门外的一棵香椿树梢上唱歌。和这里的时间一样，都是六点过五分。这一只小鸟一直不停歇地唱到六点二十五分，它就呼一声飞走了。他甚至怀疑，在这里歌唱的小鸟就是从家门口的香椿树上飞来的。

　　听完花哨喜的鸣唱后，赵松生抬起头来，看着它高高飞起，像一颗星星飞升天际，钻进了破晓的云缝里。有一次，他问团长，这种鸟应该叫什么名字。第二天早晨，团长到小棚子前面认真观察了这种鸟的形体和声音，特意想办法给大学的一位生物教授——一位有名的鸟类专家，打了一个长途电话，向他打听了这种鸟的名字。这位教授非常感动，因为在这个时候，居然还有人注意上了一只鸟。教授非常负责地告诉他说："这种鸟在云南思茅一带，叫花哨喜，有人把它叫四喜鸟，科学名字叫鹊鸲，是孟加拉的国鸟。在中国内地有这样的顺口溜来称赞它：一喜，长尾如扇张；二喜，风流歌声扬；三喜，姿色多娇俏；四喜，临门福禄昌。"

　　杨波把自己得到的这些有关四喜鸟的信息毫无保留地转告给赵松生。

　　赵松生说："想不到一只小鸟的背后，竟隐含着这么高深的学问，看来这个世界上，需要我们学习的东西实在太多了。"

杨波说："不是小学问，而是有关世界的大学问，包括虫蚁、蟑螂、蝴蝶，都有人在专门研究。一种小鸟的存在和消亡，都与我们生存的这个世界紧密相关。"

每天清晨，花哨喜鸟飞走后，整个营地还一片寂静，民工们还没有起床，赵松生就忙碌开来了。第一件事，就是到猪圈里清理粪便，之后再冲洗地坪，打扫卫生。最后，往猪槽里放上早食。一切都井井有条。赵松生是整个工程团，或者说出国到老挝来的十几万民工中万里挑一的养猪能手。他的事迹在工程团的四个营中广为流传，有人甚至把他称为专家。赵松生听了，并没有趾高气扬，只觉得自己养好猪，就跟一个放牛娃放好牛，是一样的道理。用他的话说，只要牢牢记住养猪的口诀——"养猪不用巧，只要圈干食饱"，谁都能够做上专家。当然，最关键的一条：一定要爱上这个行当，不嫌弃腌臜低下，下定决心，一辈子做个好猪倌。

这天，赵松生没有听到花哨喜到水冬瓜树梢上来唱歌，几乎误了时间，他感到奇怪。跑出门外，抬头一看，花哨喜已经站在枝头上了，并且好像已经在忘情地歌唱了。它的歌和往常一样，像晨风从耳边轻轻掠过。

怎么啦？究竟怎么啦？莫非在大白天撞上了妖魔鬼怪？小鸟的一声叫，他都听不到了，难道耳朵出了问题？赵松生一急，小跑着回了小棚子里，把放在简易小桌子上的那一只搪瓷的口缸拾起来。这口缸是中国慰问团赠送的，外面用红字印有"团结起来，去争取更大胜利"的字样，是按照当年慰问志愿军的形式仿造的。赵松生平时舍不得用，他把里面放着的那一把搅拌白糖的小勺子拾起来，"啥啥啥"敲了起来，动作越来越快，声音不断加大。可是，他的耳边依然哑然无声，就连一点蚊子的哼声都没有。为了进一步得到证实，赵松生飞快地跑到猪圈。要是以往，听到他的脚步声，人还没有靠近，所有卧在里面的猪，一只只都会自动站起来，发出一片呜呜的叫声，有的还把两只前腿搭在栏杆上，不管不顾地朝天吼叫。这天，他虽然看到一只只猪大张着的鳄鱼似的嘴巴，可是，就没有听到一只发出声来。

还能说什么呢？已经证实了，自己变成了聋子，一个地地道道的聋子，噩运降临到了头上。泪水无声地在赵松生的脸颊上流淌着。不过，他没有哭出声来，咬着牙，一铲接着一铲，把圈里的所有粪便清理干净，接着又用水管把水泥地冲洗得一干二净，上面还映出了他自己目不忍睹的痛苦嘴脸。一切如同往常，该干什么，还干什么，按部就班，照程序进行。下一步，得喂猪了。

这时候，防空警报响了起来，因为还早，所有的喧闹还没有生出，警报声显得很大，有些夸张。一群小鸟飞了起来，扇动着瑟瑟的翅膀从猪圈上空惶恐地经过。

赵松生根本没有听到，置若罔闻，依然用大桶搅拌着米糠和着切好了的芭蕉片，一瓢瓢地舀到了食槽里。可是，所有的猪并没有像以往那样忙着来抢食，而是表现出了惶恐不安的神色。有的用异样的目光看着赵松生，仿佛说：怎么啦，还不带着我们跑？赵松生没有理睬，或者彻底忘了。终于，有几头猪忍无可忍，以超乎寻常的姿势，从地上弹跳起来，飞越过了一米高的围栏。其他猪看了，纷纷效仿，一只跟着一只，从圈里飞了出去，像跳水运动员。

赵松生看呆了，大张着惊叹的嘴巴。只听说过鸡飞狗跳，世界上哪有胖猪长出翅膀来的。因为他全身心的投入，竟然忘了自己的耳朵已经出了大毛病的现实。

这天没有大雾，美军的轰炸来得早，民工们吃过早餐，还在挎包里带上了馒头和压缩饼干以做中午的干粮。

二十多台车子刚发动，就听到警报，大家一起熄火，急忙往回跑。大庆从蔬菜仓库跑进了防空洞，看到了一只只惊慌失措的猪，后面却没有见到吆喝着的赵松生。他双手合成了个喇叭状，大声呼叫着："赵松生，赵松生，快到防空洞里来！"

已经有炸弹下来了，有一颗落到了正在往前跑的猪群里，在一片轰隆声中有几只猪飞上了天空。

天哪，原来美军来轰炸了。赵松生望着无语的天空，大声叫着："猪，我的猪！"

担心和绝望使得赵松生放声大哭，他握着拳向着天空，大叫着："别炸我的猪！它们惹你们了吗？"

这次轰炸，一共造成直属营八头胖猪的无辜死亡。

赵松生像棵寒风中的树，一动不动地站在地上，直到轰炸结束。

大家都以为他肯定倒下了，可是，一看他依然还在原地站着不动，生了根似的。

杨波第一个跑到了他的面前，他还在哭泣着，越哭越悲伤，仿佛世界上所有的苦恼和不幸都降落到了他头上。本来他都策划好了，回国后，在村里办一个养殖场，把老挝的经验带回去。可是，往后什么都没有了。耳朵聋，叫失聪，失去了聪明的人，就是个憨包、傻子。

在赵松生的身后站了大半天的杨波，看他还没有回过神来，拍拍他说："赵松生，别伤心，这是避免不了的事。"

赵松生什么都没有听到，指着自己的耳朵，语无伦次地说："团长，我的耳朵，什么都听不见了，刚才你在说什么，我一丝一毫都没有听到，喂猪需要耳朵，吃饭需要耳朵。"他的声音之大，把杨波吓了一大跳。不过，杨波很快就明白过来了，赵松生被自己的耳朵吓坏了，无法控制自己的情绪。

杨波用手比画着，与赵松生打起了哑语，意思是说："赵松生，你不要激动，人世间没有跨不过的坎。"

这种交谈方式极大地刺伤了赵松生的自尊，他跺着脚，毫无理智地大吼大叫起来："杨波团长，哑语我不学，哑巴我不要，我不做哑巴，我要耳朵，我要一双清亮的耳朵，我要一根松毛落到地上，我也能够听到，两片芭蕉叶相互摩擦我也能够听到。每天早晨能够听到花哨喜的唱歌，能够听到蛙鸣蝉噪。有时，耳朵比眼睛还要重要，我要我的耳朵！"

张大庆上来，搀扶着赵松生，和团长一起去了办公室。

路上杨波对大庆说："这个赵松生，到了现在，自己设定的目标一个也不减，条件还朝着精细处增加。"

"是啊，老天真应该垂顾赵松生呀，一直好好的耳朵怎么发生了如此突然的变故？"

到了办公室，杨波急忙从抽屉里拿出一本大活页笔记本，撕下其中的一页，用笔在上面写道："松生，别担心，我们一定要医治好你的耳朵，你一定会听到花哨喜唱歌的。听不到，只是暂时的现象，不应该是永远。"

赵松生看了，情绪慢慢地缓和了下来。坐在椅子上，头一歪，就呼呼大睡了。当天下午，他就被送往了野战医院。

炸死的八头猪，杨波要大庆登记后，带着人把它们埋了。

那些还活着的猪不见了赵松生，竟然到处寻找，集体绝食了三天。它们身上的膘，一天一个样地往下掉，现出了明显的骨架子。大庆到医院里看望赵松生，把猪集体绝食的事告诉了他，赵松生一听，坚持要大庆把他拉回去看望猪们。他到猪圈里亲自舀了猪食，一头一头地与它们说话，抚摸它们，这些猪才吃了起来。

住院期间，赵松生给家里写了一封信：

亲爱的爸爸、妈妈和妹妹：

你们好！

我告诉你们一个非常不好的消息，半个多月前，我的耳朵什么都听不见了。过去，看到有要饭的聋子乞丐到家里来讨饭，我们不懂事的小孩子会大声叫着聋子开门。现在我也变成了和他们一样的聋子，无论怎么样叫，我也听不到开门了。也许这是一种报应。妈妈，您不知道，一个聋子是多么的痛苦和可怕呀，我原以为，"聋子的世界，没有天空"是一句瞎话，现在我真真实实地体验到了。我的耳朵是在经历了几次大轰炸后突然变聋的，现在我纵然竖起狗一样的、猫一样的、兔子一样的耳朵，也什么都听不到了，不论树上的"鸟钟"怎么响，我都没有感觉。

过去，我的耳朵是多么地灵敏，您上山去找野菜回家的时候，隔得老远，我都能够听到您的脚步声；我们家屋檐下的那一窝燕子，我能够听到两口子度食喂孩子的声音；我能够听到家下面的稻田里，秧鸡呱呱的叫声，白鹭嘎嘎的争吵，青蛙忽起忽落、呜哇呜哇的鸣叫，蜜蜂搬家嗡嗡的喧闹，还听得到壁虎在墙壁上爬行，清风在枝头玩耍的声音，更不用说，天上滚响的春雷和布谷声里的欢笑。可是，妈妈，现在我一切都听不到了，美国的轰炸机到了头上，我也听不到它们发出的强大轰鸣声。听不到，也就看不到很多很多的东西，就连天上出现的雨后彩虹也会错过。聋子的世界是寂寞的，因为没有了声音，也就没有了音乐。全世界都在一起跳舞歌唱，都听不到一丝。

不过，妈妈，您不要担心，我会坚强起来的。妹妹，麻烦你到惠芬那里，告诉她我的状况，不要耽误了她的前程，并且把我寄回去的一块龙菊牌香皂、一条昆明肥皂和一斤白糖送给她，一定要对她说声对不起，是我耽误了她四年多的青春和美丽。

爸爸，知道了儿子这样的消息，请您不要悲伤，更不要用生气的脚去踢路边的大树，比起那些牺牲了的战友我是幸运的，在老挝，我的养猪技术大有长进，回来后，就当好您的助手，一辈子孝敬您。

赵松生
1972 年 10 月 23 日

五天后，赵松生收到了回信，信是妹妹写的，话不多，只有一百多字，信里说：

大哥，全家人都相信，你一定会坚强起来。抬起头来，天空上面依然有小鸟飞翔，有白云飘飞，用心听，照样有天籁之声。在信里，你没有提到爷爷奶奶、外公外婆，他们都很难过，知道你是不想让他们痛苦。爷爷说，你永远是我们赵家最硬气的汉子，最有出息的英雄。给惠芬姐的，她都收下了，她只说了一句话，你太不够男人了，这么大的事情，为什么不直接对她说，聋子的心不会聋的，要的是你的心。

妹妹松香
1972 年 10 月 29 日

美国空军时常来捣乱，最多，一天拉响三次警报，人们来来往往地朝防空洞里跑，严重拖延了工期。

杨波让报务员向指挥部发出了一封密码电报，总指挥很快就批准了他的请示。

杨波要工程团的四个营都停下工来，在距离团部一公里外的一块大草坪上，用油毛毡搭起了几个像模像样的大棚，在门口挂上了一块红布标，上面写着"热烈祝贺西线公路全线贯通"，除了中文，还用老挝文写上了同样的文字。

大棚外挂上大喇叭，把音量开到最大，播放起了《东方红》，一切都做得轰轰烈烈，从外表看，真是一片喜庆的派头。

这天早晨，工程团的上千人排着整齐的队伍，唱着洪亮的歌，提着小马扎，走进了大棚，各个营之间相互拉了一阵的歌：

直属营，来一支。直属营，来一支。

很快，直属营在文艺委员的指挥下，放声唱起来了：

麦苗儿青来菜花儿黄，
毛主席来到咱农庄，
千家万户齐欢笑呀，
好像那春雷响四方……

直属营刚停，二营又接上了：

日落西山红霞飞，
战士打靶把营归，把营归，
胸前的红花映彩霞，

愉快的歌声满天飞……

　　不明真相的人听到了，都以为工程团的庆祝大会马上就要召开了。

　　半小时后，工程团所有的民工飞快地隐藏到了离工棚五百米以外的大森林里。

　　为了防止走漏消息，除了两个副团长外，其他人包括各营的营长一概不知道真实情况。正在大家都摸不着头脑的时候，天上飞来了黑压压的飞机。人们数了一下，大概有十六架，其中有两架是B-52大型轰炸机。看它们气势汹汹的样子，大有一气要把工程团炸平。就在它们降低高度的时候，三个小山头上同时响起了惊天动地的轰鸣声。高炮部队开火了。

　　事先，工程团的人们都不知道，一下子来了这么多的高炮部队，美国空军更不知道。他们得到的情报是，工程团要开上千人的庆祝大会，往下投弹，可以给工程团造成不可弥补的损失。这下子，美国空军慌了，知道中了计，慌忙拉高，准备掉头。

　　杨波一直坐镇在雷达车的屏幕前，神色严肃地向三个炮阵地，发出了开火的命令。

　　一架B-52轰炸机到了南卡河的上空，往小河里投下了几颗炸弹后，想后撤，被打中了，歪歪斜斜地掉到了河岸。

　　其他飞机一看到密集的炮火，纷纷拉高，可是，一架接着一架地中了炮弹。

　　这一次，三个高炮阵地一共打下了8架飞机，打伤了3架，出其不意地教训了不可一世的美国空军，创造了老挝公路作战的又一辉煌。以后几个月，世界太平，美国飞机再也没有在工程团的上空出现。

杨波冷不丁地爆出这一出惊天动地的大戏，抗美援老筑路指挥部对他这次引蛇出洞的行为，大为赞赏，都说，这是工程团对游击战术的活学活用，变被动为主动，把地面上的搬到了空中。只是到了副总指挥那里，又变成了杨波个人英雄主义大抬头，大暴露。他甚至作出了这样的判断：杨波肯定捅了大娄子，惹了大马蜂窝，工程团将招致美国空军的猖狂大反扑，如此带来一场不可估量的大灾难。几年来所修的公路将支离破碎，断成几节。不过，这样的杂音，马上被总指挥制止了。

总指挥理直气壮地给杨波打来电话说："主席讲得好，帝国主义和一切反动派都是纸老虎。你们工程团张扬了中国人民的志气，打出了威风！不过还是有杂音的，被我压下来了。"

杨波哈哈大笑，吟诵了唐代诗人刘禹锡的诗："沉舟侧畔千帆过，病树前头万木春。"

总指挥听了，也朗诵了两句："今日听君歌一曲，暂凭杯酒长精神。"

班海寨知道工程团取得打落8架美国飞机的胜利，立即宰了两头黄牛送了过来。

杨波高兴地收下了，要大庆开车，给他们送去了半吨压缩饼干，每一家人都分到了一箱。

有了这次沉痛教训，一个多月，美国飞机没有再来骚扰。工程团的公路飞快推进，很快就要全面竣工。事后，人们知道，一是美国人一时无法对付这种变化多端的游击战打法，二是越南方面吃紧，大量的飞机都调到那里去了。

和往常那样，加坡寨老起床后，漱口洗脸，之后，他就用小土罐在火塘边烤上一罐茶，待到香气弥漫四溢的时候，把烧开了的水冲到罐里去，随着"嚓"的一声响，烤茶成了，加坡把它倒在一只小土碗里，撮点盐沫放进去，再加上三粒花椒，带点黄色的茶水，在小碗里晃荡着，散发出清香宜人的芬香。加坡端起来，闻了闻，深深地吸了一口气，再放到嘴边，一小口、一小口地品啜着。

早茶一盅，整日威风。这是加坡一直坚持的习惯，也是他的养生秘方。

吃过了早茶，加坡有滋有味地吧嗒着旱烟，沿着这条直达家门口的水泥大道，有意放慢了脚步。大路两边的芭蕉，有的已经挂果，有的垂吊着红彤彤的芭蕉花。

有几只麻雀在芭蕉树上叫着，看样子很是欢快。据说，这些小麻雀的祖宗是在一百多年前，从中国一直跟随着他们来到老挝的。所以，班海寨传下祖训：家雀面前不放弩弓。

寨子里，突然喧闹了起来，有小孩飞快地朝前方跑去，大声叫着："大象回来了，大象回来了。"

加坡伸头一看，几头大象正在向着自己走来，他眯笑着，转了回去，到了木楼下，大声喊叫着儿子的名字，说大象回来了，赶快扛几袋苞谷下来，犒劳它们。木楼里的儿子答应了。

加坡饲养的8头大象一起回来了，还多了一头小象，一共9头。毕竟小象是第一次回家来，显得有些羞涩，有些拘束，一步不离地靠在妈妈身边，不敢私自行动。加坡心满意足地看着它们嚓嚓地吃食。小象也模仿着大象，不断地把木盆里的苞谷籽用鼻子撩起来放到嘴巴里。寨子里有人扛着成熟的芭蕉香蕉来了，它们一起迎了上去。

寨子里所有的人都知道大象回来的消息，赶紧到甘蔗地里砍了些放到了家门口，这是欢迎大象的习俗。

在家里吃过苞谷和芭蕉香蕉后，加坡带着它们在寨子里巡游了一圈，到了每一家的门口，人们都把甘蔗拿出来让它们吃，它们有礼貌地敬礼点头。

美国飞机没来轰炸，大象从泰国那边的丛林里回到了班海寨，它们住了几天后又走了。从犹豫不定的神情中，加坡看出了它们内心的不安。他又把它们送到了森林边，对着带头的公象说了很多话。意思是，要它们在世事太平后，赶快回来。公象点点头，他好似全听懂了。分手时，加坡给它们喂了盐巴。

晚上，检查好岗哨后，杨波回到了宿舍，离门口还有两米不到的时候，突然感到了一种不妙，他拔出枪来，刚一转身，两个人影扑了上来，杨波很快闪开了。可是，其中一人跳到了黑暗处，朝他捅了一刀，杨波忍着剧痛，打亮手电筒，对着逃跑中的人开了一枪。听到枪响，民工们起来了，李东海带人包围了营地。

杨波醒过来的时候，已经躺在野战医院的病房里，他睁开眼，看到了戴着口罩的魏海敏坐在身边，她的表情非常淡定，告诉他说："我的大团长，死神不要，把你送回来了，大庆说，是美国人干的，你开枪打的那个人死了，是个老挝的特务。"

"唉，杀人三千，自损八百，看来谁都逃不脱这个定数。何况我们把人家的B-52都干掉了，要我也会这么干的。"

"你这个革命的乐观主义者，怎么不来点浪漫主义呢？告诉你，我怀孕了，该怎么办呢。"

杨波伸出手来，往老婆的肚子上摸了一把："什么时候，该不是鹧鸪窝里的蛋，是别的鸟来下的吧。"

"是啊，是一只高空里的大雄鹰播下的，你看着办吧，是留还是放弃，反正团长是你，政委是你，家长更是你，一切由你决定。"魏海敏有些哭笑不得。

这是一个大难题。说来，魏海敏所在的野战医院，一直从越南到了老挝，魏海敏的年龄已经大步跨入了四十岁的门槛，要再不生，就过了最好的生育阶段。可是，野战医院要从老挝撤出大概还得有两年多的时间，魏海敏可是野战医院的第一把刀啊，她怎么可以退回去呢。

杨波在医院里躺了半个月，伤口愈合了，就要出院了。这天，他咬着牙，做出了自己的最后决定："把他做了吧，两年后我再还你一只小雄鹰。"

魏海敏知道，要杨波做出这个决定是非常艰难的，她点点头，含着眼泪，自己在医院里，找了个信得过的医生，做了流产手术。她和杨波的夫妻关系，医院里只有政委和院长知道，做手术之前，医生都有些奇怪，用异样的眼睛看着。在这个年代，要是非正常的怀孕，与他人发生不正当的关系，或者说，还没有领取结婚证就怀孕，这可是个大问题，要是公务员，肯定要给一个处分，要是现役军人，处分还要严重些。魏海敏说："你们别再用诡异的眼睛看我了，告诉你们吧，我不是圣母玛利亚，未婚先孕。我魏海敏怀上的真是我老公的孩子，告诉你们，他就是工程团前两天出院的杨波团长。"

"就是那个敢于和美国空军打擂台、博弈叫板的大英雄杨波？"

魏海敏借机嘚瑟了一回说："是啊，当然就是他了，自古美人爱英雄嘛，要他不是个顶天立地的大英雄，怎么能够入我魏海敏的法眼呢？再怎么说，我也是野战医院的一把刀嘛。不过，你们千万要管好自己的嘴巴，不可以走漏一点点风声，要是走漏了，大家都没有好果子吃的。"

几个医生这才恍然大悟。当然，没有人敢把这样的秘密捅出去，她们知道这是战场纪律。事后，有人对魏海敏说："主任，都医生了，怎么还没有学会防守，让这样小儿科的事情发生？"

"你们都还没有结婚，怎么会知道一个来去匆匆的大男人不会把防守的时间给你留下。再说了，也不是他一个人的事情，干柴烈火，一碰就燃，什么叫猴急，什么叫迫不及待。以后，你们慢慢就会知道的。"

都说女人做了流产，也算是个小月子，需要照顾，杨波整天在团部一个人要指挥两场战争——公路和飞机，他哪顾得上！再说了，他和魏海敏的夫妻关系一直处于保密状态，工程团除了张大庆知道外，无人知晓。杨波只好把它交给了大庆。大庆一想，这样的事，只能要娅檀去做，因为娅檀已经学会了一些常用的生活用语了。

大庆把自己的想法对团长说了。杨波皱着眉头想了一会儿说："大庆啊，这里有个问题，让娅檀去肯定很好，可是我从来没有向海敏提过你和她的关系，海敏可是个有原则的人啊。"

"团长，这个我已经考虑过了，我和娅檀的事，肯定不能说出去。你相信好了，我也不会让娅檀知道，你和魏海敏医生的夫妻关系，她也不会去打听的。"

大庆很快找到了娅檀，把请她到野战医院照顾一个女医生的事说了，并且强调说："不可以说我们两人的事，也不要打听其他无关的东西。"

其实，就是大庆不说，娅檀也知道工程团那一根看不见的高压线的厉害。大庆告诉过她许正旺所遭遇的事。那些天，自己当着工程团的民工弟兄把右奶子露了出来，几乎把大庆带到了悬崖边。好在大庆的人缘好，没有人在后面推他。要不，很可能像许正旺一样，落一个被押送回去的下场。

大庆带了一些香皂、牙膏、肥皂之类的生活用品作为交换，让娅檀从班海寨换来了8只大母鸡，和娅檀一起到了野战医院，交到了魏海敏医生的手里。

魏海敏请假休息了半个月，得到了娅檀的精心照料。娅檀熬好了的鸡汤，她每天都要喝一大碗，之后，放下心来，美滋滋地睡了几场大觉，中间只有一次大手术，让她回外科手术室指导了一个多小时。其他没有任何干扰。魏海敏还真是身心愉快。吃过晚饭，让娅檀陪着在医院散步，说说话，开心地笑笑。半个月下来，体重骤然增加了三公斤。杨波要去看望魏海敏，得避开娅檀，于是让大庆提前把娅檀支开了。悄然无声地过去，待了半个小时。见了面，魏海敏就夸大庆选了一个非常懂事、有礼貌的阿卡姑娘，说她脚勤手快，体贴入微。她偷偷建议杨波说，想办法让大庆把她搞到手。

杨波笑了起来，他有意佯装不知："是啊，你说这个叫娅檀的阿卡姑娘对人这么好，让大庆把她搞到手也是情理之中，只是出国民工不准与当地姑娘恋爱这一条，不能公开违反呀，难道要他们做一场暂短的露水夫妻？"

"露水夫妻，肯定不行，这么好的一个姑娘，到最后落了个要死要活的下场，对你我来说，都是个不可饶恕的大罪孽啊。"

这样的话题以后还在杨波与魏海敏中间出现过。最后，都是无果而终。娅檀回去后，还自己骑着马到医院看过魏海敏。本来，娅檀要叫魏海敏姨妈的，被魏海敏制止了，她说："还是叫大姐吧，这样，无辈分之隔，要亲切得多。"

苏天宝牺牲后，班海寨往工程团送菜的人员中，除了娅檀、尔车姐弟俩外，增加了阿米亚姑娘。虽然班海寨种菜供给杨波的工程团，在民工中已经是非常公开的了，可是对外还处于保密。所以，杨波要大庆与娅檀她们商量，送菜的时间尽量安排下午时分，那时，民工们在工地上干活，没有返回。一个不能明说的原因，就是为了躲避民工们那饥饿的目光，也是不让他们看到阿卡姑娘陷入想入非非的境地。

赵松生在野战医院住了二十天后，耳朵还是不见好，他自己心里也完全明白，这一次是真正变成聋子了，继续在医院里待下去，也没有多大意思，既来之则安之。他要求回到直属营，还在养殖场与那些猪打交道。只是以后凡是遇到防空警报，都得有人飞快跑来通知。本来，杨波已经与军分区联系好了，让他提前回去，在大院里给他找一份栽花浇水的杂事。可是，赵松生坚决不干，他说，自己要是没有一个光荣牌带回家，这样灰溜溜地走，不是变成逃兵了吗？再说了，他已经和工程团连在一起了，已经离不开了。这些话，杨波是在纸上与他交谈的，看到后，杨波很感动，当场写了一段话，双手递给赵松生："松生同志，你是一位活跃在我们工程团的大英雄，在你的身上，我看到了中国出国民工的光辉。什么叫身残志坚——你就是。什么是一不怕苦，二不怕死——你就是。工程团有了你，就有了榜样和典型。你和黄继光、邱少云、雷锋、苏天宝一样，有着自己的光辉。当然，你不是身残，只是耳朵出了一点点小毛病，不要紧的，回国以后，不论到北京、上海，我们都会想尽一切办法，竭尽全力为你治好耳朵，让你的每一天都在花哨喜美若天籁的歌声中醒来，高举双手去迎接漫天的霞光。松生，不要紧的，真的不要紧的，这个世界上没有跨不过去的坎，也没有翻不过的山。不要叹息，不要悲伤，面包会有的，媳妇会有的，孩子会有的，别人拥有的，你一样都少不了，歌声和欢乐，与你同在。工程团，团长杨波。"

赵松生手捧着这份滚烫的话语，像一个小孩一样，伏在杨波的身上哭了。之后，他又笑了，开心地笑了。过了十分钟，他昂首挺胸地走出了团长办公室。出了门，他亮开嗓门，唱起了一支家乡的童谣：

从小我就知道，
山肚子里涌出来的泉水永远是清甜的，
捧起来喝个够，
心肝五脏都是舒爽的。

从小我就知道，
早晨的第一道霞光永远都是鲜亮的，
伸出双手把它接住，
从早到晚都是热乎的。
哎呀呀，
哎呀呀，
有了清泉和霞光，
日子永远都是美好的。

杨波送赵松生到了门外，看着赵松生有些歪歪斜斜的身影，好像一副刚喝过酒的样子；听着他那忽高忽低、忽大忽小的歌声，杨波知道：此时，赵松生忧闷在心的不快阴影已经逐步消散了。他的正常心态在逐步恢复，心结已慢慢打开了，幽暗的森林已经透进了一缕明亮的霞光。是的，刚才写给赵松生这一段话，是他从心底发出的最真挚的表达，是对一个普通劳动者的颂歌。要是工程团的每一个人都像赵松生一样，把自己所从事的工作，做得如此认真负责，这个世界上将会呈现出无数美好与辉煌。

从小我就知道，
山肚子里涌出来的泉水永远是清甜的，
捧起来喝个够，

心肝五脏都是舒爽的……

杨波不由自主地跟上了赵松生，在他的后面放开了歌喉。赵松生似乎感到了耳根处有些清凉的晨风撩过，他转过身来，看到了还在唱歌的团长。他想到了他唱的，一定是刚才自己所唱的童谣。

赵松生一激动，大叫着："团长，我的团长，您就是鸟歌声中升起的那一抹红霞。"

这时，他看到了团长展开双臂朝着他飞来，宛若那只花哨喜，他也展开双臂向团长扑去。

赵松生把杨波给他的话贴到了小棚子的墙壁上，他要大庆托人给他买来一个小闹钟。他把它放到了枕头边，每天晚上，把它上拨到了清晨6点零5分，闹钟一响，他的手就会感到震动；醒过来，就跑到小棚子外，那只花哨喜已降落在水冬瓜树上唱歌了。

李东海住了两个月的医院，魏海敏亲自为他开的刀，把被树枝打断的三根腰骨彻底医治好了。为了不留后患，野战医院特意回国找了一位民间的骨科医生为他施行了包扎治疗。

李东海出院后的一件事，就是找到团长杨波，要求把许正旺请回来。说实在的，提起许正旺，杨波心中就来了火，本来只要李东海不在中间搅局，许正旺的事情完全可以压下来，慢慢地进行冷处理，因为这是一个很小的事件，对老挝方面的傣族朋友，只要加以解释，就可以云开雾散了，误会也完全可以打消。而在工程团方面，只要李东海揪着不放，许正旺永远是个问题。现在李东海既然有了这样的认识，他压下了心中的气，很平静地说："东海，你要知道，我们所作出的任何决定，都不会拍拍脑袋就轻易作出。对许正旺的处理，也是经过集体讨论后作出的。现在要他回来，我们岂不是朝令夕改，有失严肃。"

"团长，你是不是担心，我还会把他的事情当一个问题往上汇报？"

"这个我不担心，因为事情的真相明摆在那里，不论是谁都颠倒不了的，老话说得好，火炭再洗也不会白，乌鸦再叫也不是喜。东海，苏天宝的牺牲，唤起了你的清醒，这个代价实在是太大了，以后，凡事还真应该多问几个为什么，吾日三省吾身。"

"吾日三省吾身，不是孔老二讲的吗？"

杨波似乎紧张了起来："是孔夫子讲的，不论你怎么批，这话本身没有错呀。一个人要时刻检查自己的所作所为。东海，一个人老是觉得自己无可挑剔，就会脱离群众，而且没有人会提醒你。"

李东海做的第二件事，就是找到了苏天虹，要求做他的弟弟，做他爹妈的儿子。

苏天虹说："东海连长，你还是做你爹妈的儿子吧。我爹妈有一个英雄的儿子苏天宝，还有我这个平凡的儿子苏天虹，够了。我会好好地对待他们，为他们养老送终，尽到孝道。"

李东海态度坚决地说："滴水之恩，当涌泉相报，说什么我也应该报答，何况苏天宝是为我而牺牲的！"

苏天虹纠正说："不仅仅是为了你，是为了整个公路工程，为了支持老挝人民。当然，要是没有你，我弟弟也不会是英雄。不过，你不要把它太放在心上，换了别人也会这样做的。你是连长，带着直属营最强的机械连，实际上你也是一个了不起的人物。"

李东海第一次听到有人这样诚心诚意地肯定和夸奖，心里暖洋洋的。

"是啊，我现在心服口服了，过去，我的心离不开一个'小'字，真应该变得大些，再大些，从小溪变成大江大河。其实，我知道，许正旺分明是在练习素描，他是在勾勒傣族姑娘的人体线条之美、凹凸之美，可是我极力歪曲他、贬低他，把他往资产阶级那边推，把他推到了万丈悬崖的边缘。同时，把杨波团长逼到了一堵为难的墙壁上，使他难于转身，没有退路，这才咬着牙，把许正旺送走了。"

"送走许正旺，让他背上偷看傣族姑娘洗澡的黑锅，再戴上一顶资产阶级黄色思想的帽子，要是人们看问题的眼光不变，衡量人的标准依然按照现在的把小毛病无限扩大，上纲上线，那许正旺这一辈子是没有出头的日子了。实在有些可怕。"

"想来，人们看问题的眼光，应该有所改变吧。"

那以后，李东海接过了苏天宝留下的红旗100型的推土机，每天上工前，他只是简单地讲几句施工中要注意的事项，少了之前那些空洞的政治口号，有了实打实的内容。他拎个灌满了凉开水的军用水壶，爬上高大的推土机，目不斜视地干开了；下工的时候，壶里所有的水早已喝光了，浑身已经湿透。这时候，他真切地体会到了，什么叫及时雨，什么叫雪中送炭，同时理解了阿卡姑娘给苏天宝送甘蔗的深情厚谊。自己忍不住，骂了自己一句：真他妈的，不懂感情，猪狗不如。

杨波被刺伤出院后，李东海每天晚上都会提着枪，站到了他宿舍的隐蔽处，待上一两个小时，警惕地观察四周的动静。从一个军人的角度看，他知道，刺杀团长的人还会再来。当然，他也发现了团长为了避开可能的凶险，不时在工具棚、厨房仓库发现了团长闪忽不定的身影。他真的有些感动了。一个团长光鲜的后面，居然是带着惶恐不安的防守。是啊，对这样一位踏踏实实的领导，真应该给予更多的关心和尊重。排忧解难，不仅仅是对上级领导的，应该包含自己在内。

这天晚上，李东海想把小棚子里面的泥巴都弄掉，他正准备动手，团长端着一盆子泥巴来了。他发觉里面的泥巴非常细腻，是没有杂质的白胶泥，他亲自把这些泥巴糊到了墙上。

"快了，回国就好了，这是些多好的小伙子啊，东海，你说呢。"

李东海点点头，涌出了眼泪……

月亮升起来了，明晃晃、白沙沙的，山坡上的小路像一条白色的带子。明天就是中秋节了。下午，娅檀来送菜的时候，和大庆约好了晚上在小山坡上见面。

大庆出门的时候，大山和南卡跟上了他。他和娅檀在山坡上坐下来，还不到半小时，大山和南卡轻轻地叫了两声，之后，马上摇起了示好的尾巴。大庆注意到三条麂子已经站到离他们不远的地方。两只狗、三条麂子、一匹马，构成了一组月光雕塑。

森林里，一只夜莺在歌唱着，一丝丝清凉的音符好像悠悠流淌着的小河。

大庆给娅檀带来了一个重要的消息，工程团所负责修的西线公路不久就要全面竣工，很快，就会转入铺柏油的施工。娅檀听后，半天没有做出反应。这样的消息，还真是忧喜参半。喜的是，一条熙来攘往的公路，将给一个地处封闭的阿卡寨子带来无比的热闹和繁荣；忧的是，大庆就要离开，这里仅剩的是一片寂寞和空旷。

娅檀的心涌起了莫名的伤悲。虽然，大庆一再向她表示，一定会信守诺言，爱她一辈子。

娅檀依靠在大庆的身上，一直没有说话。说来，大庆的心情和娅檀都是一样的。

过了大半天，娅檀终于开口了："大庆哥，我知道，与一个中国民工相好，就意味着长久地等待，长久地分离。五年、十年、十五年甚至二十年，但愿不是一辈子。我们像两个独立在河两岸的石头，两座山头上站立着的大树，遥遥相望，而不能在一起。这种漫长的等待和期盼，是一种常人难挨的煎熬，一种身体和灵魂浸泡在一起的饥渴。可是，我们既然已经下定了决心，就要拿出心来等待。我知道，一棵树发芽，一朵花绽放，一只小鸟鸣叫，都会勾起人的无限怀想，但我们可以靠梦来维系、延长。"

"娅檀，我的娅檀，相信吧，只要时间的皮肤不衰老，我们的心里就会长出萋萋芳草。娅檀，请你唱一支吧！已经很久没有听你那柔美的歌声了。"

娅檀看着大庆，笑了笑，看着远方安卧的森林，在夜莺的啼鸣声中，开始了自己的歌唱：

> 谁知道，
> 轻盈的雾气会变成沉重的雨滴，
> 纯甜的蜂蜜竟会发酸。
> 谁知道，
> 树叶拍响的不尽是欢乐的巴掌，
> 夜莺唱出的是满腹的忧伤。
> 谁知道，
> 小河里飘荡起思念的绿草，
> 山坡上洒满了盼望的月光。
> 谁知道，
> ……

几乎在同时，大山和南卡发出了警惕的声音，正在吃草的小黑马也跟着咴咴地叫了起来。

大庆和娅檀一起站了起来，发现车塔骑着马正从坡下头点头点地上来了。

娅檀迎了上去,姐弟俩嘀嘀咕咕地说了一阵子话。车塔看了大庆一眼,转身走了,好像有什么急事。

娅檀转过身来对大庆说:"今天晚上,阿爹要举行一个庄重的仪式,你参加吗?"

大庆问:"什么仪式,要在今天晚上举行?"

"出门的时候,我把今天的日子忘了。走吧,去了你就知道,反正现在还早,月亮还在高挂着。到时,我和车塔把你送回营房去。"

娅檀和大庆骑上了马,下了山坡,一起朝班海寨走去,大山和南卡小跑着紧跟在后面。三条麂子似乎知道大庆和娅檀要去的地方,停住了脚,望着他们渐渐远去的背影。

到了娅檀家,大庆才知道,这是作为一个马帮世家的传统:每年到了八月十四的夜晚,零点时分,都要在家里举行这样的一个拜带头骡子或者头马的仪式。

到点了,车塔从马厩里把一匹个头高大的骡子,牵到了木楼前的院场中间;娅檀从厨房里端出了一盆掺了苞谷子和蚕豆的马料;她的阿爹走出来,手持三炷已经点燃了的香,恭恭敬敬地插在骡子面前的地上;尔车要车塔半跪着,把装满了马料的小料兜高举到骡子的嘴巴前面,娅檀站到了阿爹面前,一起下跪。阿爹带着她念叨了起来:

> 你是一匹带头的好骡子,
> 千山万水你走在前,
> 一路快慢由你来决定,
> 山坍地陷你有预感,

猛兽出来你毫不慌。
我们全家都尊敬你，
你是一颗大福星……

大庆听了，心里明白了过来，其实，这是一个对带头骡子的感恩、歌颂和赞美的仪式。虽然是一个家庭的，但所体现的，确是一个民族的良心和道德。

这匹高大的黑骡子似乎听懂了对它的所有赞美——这些贴着心肝发出的话语。它津津有味地吃着，不时停下来，打着响鼻，摇摇尾巴，来表达自己的感情。

娅檀的阿妈米蒂踏着皎洁的月光，从甘蔗地边割回来了一捆带着夜露的青草，走到了院场中间放了下来，抽出一把持在手里，半跪着，把它凑到了骡子的嘴边。

娅檀跟着阿爹念完了经，把站在一边的大庆拉了过去，让他和家人一起，半跪下来，一起喂草。这项仪式进行了一个小时。突然，一个意想不到的情景出现了：这匹黑骡子扑通一声，跪到了娅檀一家人的面前，用万分感激的目光看着。大家好像听懂了从它嘴里流出的话语。

尔车站起身来，抚摸着它披着月光的脑袋，从上往下摸了一遍，无限深情地说："我们家所有的骡马中，数你最聪明，最有智慧，功劳最大。"

车塔跟着阿爹说："是你，带着我们家的骡马，无数次穿越过战火，无数次避开了灾难，无数次涉过山涧激流。"

17

　　这天是苏天宝满一百天的忌日。苏天虹请了假，让张华来代替自己守总机。他已经和大庆说好了，一起到墓地去进行献祭。大庆向团长请示了，他立马同意了，说，这是应该的，百天献祭，几千年形成的传统，肯定有着它的道理。本来，杨波也要去的，只是觉得自己作为一个团长，直到现在，还不能为苏天宝搞定英烈的称号，无言面对他的在天之灵。苏天宝不幸牺牲的事，杨波虽然向指挥部通报了，而且把他的英雄事迹在全团的大会上作了表彰宣传，可是几个月过去了，要把苏天宝作为烈士来处理的报告，一直没有得到指挥部的批复，所以，要地方民政部门处理抚恤金的事，只好一拖再拖，包括向家属通报苏天宝牺牲的事都没有派人去。杨波征求了苏天虹的意见，他说，要是把弟弟列为英雄，对家里的父母、爷爷、奶奶都是个莫大的安慰。

　　在出事的两天前，苏天宝和苏天虹哥俩一起给家里写了一封信，苏天宝喜气洋洋地向父母说，他现在已经很好地掌握了推土机和拖拉机的全部技术，从老挝回去后，争取在公社拖拉机站找一个工作。不几天，家里回信说，他们的爹已经找公社书记说了，书记表态说，只要是从抗美援老第一线回去的，招工肯定优先，何况天宝是有熟练技术的；要是能够立上一个功，到拖拉机站工作的事就铁板上钉钉了。

苏天虹和大庆步行到了墓地，一看，墓园的大门两边，已经竖立起了一道水泥牌坊，上面已经用红漆写上了"为有牺牲多壮志，敢教日月换新天"。

苏天宝的坟墓很好识别，在不到一米的地方，有一棵枝繁叶茂的大银桦树。

苏天虹和大庆，在苏天宝的坟墓前的水泥地上，摆下几个硕大的无眼菠萝，两串金黄的香蕉和芭蕉，一起的还有苏天虹特意用一张大红纸做的一架东方红的大拖拉机。

大庆知道，开拖拉机是苏天宝一直追求的，是他从小的愿望。

苏天虹和大庆正准备围绕着坟墓转圈。

娅檀、阿米亚和尔车一起骑着马来了，事先并没有人通知他们。

看到阿米亚，苏天虹不禁一愣，这位可爱的姑娘怎么又来了？上次，天宝罹难的时候，阿米亚的突然出现，已经让苏天虹大为吃惊了，算来，天宝和她的交往，只持续了暂短的三天。算上他们偷偷地约会，加起来，也没有四次。他们相互之间怎么就产生了如此强大的魅力，是阿米亚身上释放出来的能量，还是苏天宝自己的？

阿米亚一直沉陷在悲痛中，不可自拔，看上去失魂落魄的，真是无比地可怜。

苏天虹对大庆说："大庆兄弟，你说，阿米亚姑娘的事，我们应该怎么办才好呢？想了几天，拿不出一个主意来。是不是天宝一时冲动让阿米亚怀上了孩子？"

"肚子里有了孩子？要我说，他们肯定没有到这一步，你是知道的，天宝做事历来小心。一个走路都要看看会不会踩死蚂蚁的人,第一次与姑娘接触,不会生出那样天大的胆子。"

"是啊,摸摸捏捏是会有的,这是阿卡男女交往的正常行为,要更进一步,天宝一定会控制的。"

"就让它交给时间来处理吧。见阿米亚时,我们作为天宝的亲人、朋友,尽量热情些,不要寒了她的心。"

"……"

他们没有再继续往下说,因为尔车他们已经下了马,走进了墓园。

阿米亚提了只崭新的小竹篮,里边散发着一股金竹的清香。原来,篮子里的大碗里放了一只煮好的整鸡,几个鸡蛋,一碗糯米饭,几根已经削去了皮的甘蔗。她手里还持着一束白山茶花。到了墓前,他们把这些和苏天虹他们拿来的东西摆放到了一起。

按照传统规矩,他们一起绕着天宝的坟墓转了三圈。之后,娅檀的阿爹尔车贝玛在坟墓请插上三炷燃着的香,端坐着,为苏天宝念动了指路经,让他的灵魂回到家乡孔雀坪:

  天宝小侄你听着,大叔这里有交代:出了民工烈士大陵园,一直向着北方行,过磨丁,经波亭,进入中国勐腊地,历来地名叫磨憨,喝了茶水你莫停,小勐养,大渡岗,一路风光看不尽。普文坝子宽又长,白鹭秧鸡齐鸣唱。大开河、菜阳河、曼歇坝,清水上面飘白云。过了思茅大坝子,松涛阵阵林海喧,六十里处是普洱,普洱向来是福地,过往好茶在此停。顺着一条茶盐盘山道,三十六里处古镇马黑小昆明。再走八里古驿道,就是你的家乡孔雀坪。

尔车念叨时,阿米亚一直依靠在天宝坟墓前的那一棵大银桦树上,树枝上还有两只松鼠在跳跃着。

所有的过往通道,尔车贝玛都念到了,天宝的灵魂归乡肯定不会迷失方向。大庆和苏天虹听了,感到无比惊奇,这些地理知识,尔车是怎样得到的。

娅檀看出了他们的疑惑,解释说:"这些灵魂归乡的路,有一段和我们的祖宗所走的相同。作为一个贝玛是要牢牢记住的,要是把灵魂归乡的路指错了,山神是要怪罪的。"

尔车点点头:"灵魂归乡的每一个地名、驿站、河流、高山、垭口都像金豆子一样在心里发着光亮,只要一闭上眼睛,它们就一路闪烁着,引着你,一直向前。"

从墓地回来的第二天,苏天虹收到了家里的来信,他父亲说,他们寄回去的180元钱收到了,还有白糖和红糖。今年的蚊子特别多,就用其中的一点钱给爷爷奶奶买了蚊帐,用剩下的钱准备了两副寿材。以后,不用给家里寄了,你们的钱不多,在外挖公路非常累人,你们一定要注意身体。

收到这样的信,苏天虹想到了李东海。傍晚,苏天虹拿着家里的来信,到南卡河边,找到了正在小河里洗衣服的李东海,说家里收到了来历不明的180元钱的事。

李东海说:"上个月,家里来信说,小妹子结婚,我把攒下的120元津贴都寄回去了。按理,给你们家的父母寄去一点,是理所当然的,可是我还没有来得及去做。"

看他一脸认真的样子,苏天宝相信他没有说假话。苏天虹知道180元可是个大数字,在这个年代,参加工作的人工资都不高,就是一个县处级干部的月工资,也只有50元左右,那些老红军、老八路、志愿军,也没有超过百元。这人应该是谁呢?他在脑子里反复排查，梳理了几遍，自然想到了杨波团长。因为，在工程团，只有他有这个能力，有这份爱心。于是，他到团部办公室找到了团长。

杨波听了，对苏天虹说："你错了，这个人绝对不是我。事情肯定就是李东海的所为。他说自己的妹妹出嫁，一听就是假话，他的家乡在金沙江畔的山坡上，父母和妹妹在一场泥石流中丧生了。他自己成了孑然一身的孤儿，到了工程团，他仍然还保持部队连长的待遇，他有这个经济能力。我自己想过，要给你父母一些补偿，但不是现在。目前我要的是上级对苏天宝英雄烈士的认定和答复。不过，李东海给你们家里寄钱的事，你也不要再追问了，让东海心里好受一些，要不心上总是压着一块大石头。"

说起上级对苏天宝烈士认定一事，杨波和苏天虹都来气了，升起了一股无名怒火。

杨波说："天虹，关于你弟弟天宝表彰为英雄，追认为烈士的事，本来应该早已确定了的，可是，有关他的事迹报到了指挥部，他们一直拖着，压着不办。我几乎每隔两天，打一次电话催问，可是三个月过去了，依然没个着落。按理，这是下级与上级领导之间交涉的事，不应该向你说，可是，你是亲属之一，也算当事人，我不得不向你作说明。最使我心里不安的是我无法向你的父母作一个满意的交代，现在天宝牺牲的事，都在瞒着他们。"

"是啊，团长，你对天宝的关心和肯定我是铭记在心的，只是我想不通，天宝为什么不能够是英雄，不能够是烈士，难道他临危不惧地冲出去救人错了？假如天宝不是我的弟弟，我还依然要说，天宝是个了不起的、见义勇为的大英雄，值得我崇拜和学习。"

"是啊，我这个做团长的都号召大家向他学习和看齐了，好像有人提出，天宝和班海寨的阿米亚姑娘的关系有些不清不白，怀疑他和阿米亚有着不正当的男女关系,这样就公开违反了出国纪律。遇到了这样的事,就连总指挥也拿捏不准,举棋不定。你说,天宝会有这样的关系吗?"

"团长,要说我弟弟天宝和阿米亚有接触,这是事实,可是其他的什么男女关系,绝对没有的。是谁把这样无凭无据的东西告上去的呀。"

"告上去也没事,要是天宝真有这样的问题,我们就心服口服了。问题的关键,一定要顾及事实啊。是不是如此,还是捏造?开始,我怀疑过李东海,后来一想,不对,天宝的牺牲,已经换来了李东海的觉醒和大彻大悟。"

"那这个人会是谁呢,是不是赵松生?"

"赵松生?他的人品,不至于做这样缺德的小动作。"

"团长,不是人品问题,而是有意无意造成的后果。三个月前,指挥部不是来人采访过他。不定在什么事上,说到了天宝。"

苏天虹这样一提,杨波一拍脑袋说:"对,有这个可能,我现在就去问他,这个事,一定要搞个水落石出。"

杨波到养殖场的时候,赵松生的手里端着一瓢苞谷籽,正在和面前的几只猪对话。

"听到了吗,小胖墩,以后我走到你面前,一定不要装聋作哑,要抬起头来,看着我,要是爱理不睬,你就吃不到喷香的苞谷子了。"说完,还伸出一只出手来,在这只黑毛猪的身上摸了一下,这只猪非常舒服地哼着。赵松生抓了大把苞谷籽,"哗"地放到了面前的食槽里。

接着,赵松生又走到了另外一只黄胖猪的面前。正要开口,杨波走过去,在他的肩膀上拍了一下,赵松生双肩一耸,转过身来,看到了团长,嘿嘿地笑着,有些不好意思地说:"我在教这些猪,要它们懂得做猪的一些规矩。"

杨波笑笑，伸出了大拇指，在空中画了一个大大的——"好！"

赵松生知道团长有话要说，放下了手中的木瓢，带着团长，走进了小棚子，他从桌子上拿来笔和纸，准备与团长进行一番笔谈。

杨波问："赵松生，两个月前，指挥部来人采访过你，你们提到过苏天宝同志没有？"

赵松生立即回答说："指挥部派人采访过我，采用的方法也是用笔来交谈。来人说，我是了不起的英雄，冒着敌人的狂轰滥炸，救下了工程团的一群猪。我说不是，我只是一个非常普通的饲养员，从早到晚和猪打交道的小猪倌，除了放猪养猪，做其他的非常笨拙，我根本配不上英雄的称号。至于我冒着敌人的炸弹前进，那是我太爱我养的猪了，要是它们被炸死，仿佛死了朋友，我肯定受不了。真正的英雄是机械连的苏天宝，苏天宝是敢于赴汤蹈火的人，他非常了不起。说起苏天宝，这个人问我：听说，苏天宝有违反出国纪律，你知道吗？我说，我的耳朵出了毛病后，有时大半夜睡不着，就做了一个幽灵般的夜游伸，像一条蛇四处游动，更多的时候是在小棚子外看星星，看月亮，看萤火虫。一天，半夜过后，在凌晨三点钟左右，我看到了苏天宝从外面回来，好像是到不远的班海寨。因为我看到了营房外，一个阿卡姑娘骑着马走了。那个人问我，这样的事，你发现过多少次，我说就三次。那个人用非常不信任的口气问，难道只有三次？我强调说，就三次，多的生不出来。因为后来他就光荣牺牲了。牺牲三天后，这个骑着马的姑娘还来过，下了马，对着月光里的大棚，看了好一阵，我闻到了一股香的味道，她是来烧香的。第二天早晨我到她待的地方看，果然有三根香把子。"

"其他有关苏天宝的，他没有再打听？"

"没有，我夸了苏天宝刻苦努力、爱读书，他好像根本不感兴趣，我就收起了笔。"

杨波相信赵松生说的，没有添枝加叶，又把苏天虹找来，向他实话实说从赵松生那里打听到的消息。

苏天虹说："赵松生说的，我相信没有假，天宝向我说过，他曾偷偷地溜出营房去看阿米亚。细节当然没有说，纵然是亲哥哥，也各有私密。"

"天虹，这么说来，上级迟迟不批准天宝为烈士，不是没有道理的，因为不能与当地姑娘交往接触，这是一条死规定。我们现在只有一个办法，就是承认苏天宝去感谢过阿米亚的热情接待，而没有实质性的男女关系。可是，就算这样，我们也需要一种有力的证明。"

"团长，都说有疤痕的苹果才是真的，没有缺点的、带着亮光的苹果是假的，是塑料做的，或者叫腊苹果。难道做了英雄，就不能有一个缺点了，反而应该是十全十美的，肚子撑了，一个臭屁都不能放的吗？真要是这样，这个英雄只有神仙能够做了，凡人是万万不能的。苏天宝这个烈士的称号，我们就不要了。"

"天虹，请你不要激动。想想那个牙齿与舌头的故事吧。其实，你的看法与我的是一样的。为了苏天宝这个英雄之名不被玷污、不被歪曲，为了整个工程团的声誉，我还得进行一番实地求证调查。无论如何，我都相信，苏天宝的英雄称号，一定会走下云端，落到他身上来的。"

"团长，假如我们遇到的不是像你这样一个实事求是的好领导，而是一个为了自己的乌纱帽，不敢去面对事实真相的首长，我弟弟天宝不但做不了英雄，还得喊冤九泉。"

后来，杨波带上大庆到了班海寨。他们叫上了娅檀姑娘，让她带着去了离寨子东头不远的山洼处，那里有一片阿米亚家的甘蔗地，在那里找到了正在那里梳理叶子的阿米亚。

看见他们，阿米亚抱着一捆甘蔗叶从地里出来。大庆简单地说了来意，要她照实说说，过往与天宝相处的情况。

阿米亚非常坦诚地指着十米外的一棵树说："我和天宝大哥到过这块甘蔗地边的那一棵树下，就是你们工程团到寨子里来盖房子的第二天，中午休息的时候，我邀约他到这里来吃甘蔗。在我的姑娘房里，我们一共见了四次面，每次都是我主动邀约他来的。我们在一起喝蜂蜜水、吃甘蔗、唱情歌。天宝哥还把从家里带来的一只保平安的银镯子戴到了我的手上。用一个阿卡小姑娘17岁的果子，逗引过他，招待过他，也端出了一个阿卡姑娘温暖的火塘。我们阿卡人，小伙子和小姑娘在一起，相互摸摸捏捏，是正常的，是在情理之中的事。要不，人们就会嘲笑，说小伙子是一根长不出木耳和青苔的干木头，一只不懂得呼朋唤友的憨斑鸠。"阿米亚显得非常沉静，更没有怯场，仿佛讲的是另一个阿卡姑娘的故事。

"这么说，你们的接触是有控制的，纯洁无瑕的。"

"年轻男女的情感是一团燃烧的大火，谁也无法控制，只是我们没有做男女之间的事。"阿米亚带着无限的留恋回忆起最后一次见面的情景，"最后一个晚上，其实很冷的，山野里起了滑凉的大风，这是种魔鬼和山妖吐出的怪风，几乎把我的姑娘房顶上的茅草都拨光了，差点变成一只脱毛的光咕噜鸡。天上有惨白的月亮，我知道它也在瑟瑟发抖。风从门缝里钻进来，像只猫头鹰呜呜地叫着。天宝哥用身子挡在了门口，他怕寒风扎进我的骨头，并且紧紧地抱了我，给了我满身的热量。就在这一刻，我认定了他，像这样的一个大哥，是值得爱的。这样的人是会在你最需要的时候，把自己所有的光和热都给予你，会温暖人一辈子、两辈子，甚至三辈子。待了两个多小时,他要走了。我骑着马送他到了营房外,分手的时候,说好了,第二天晚上,他还要偷偷溜出来见我。"

"你家也有马?"

"没有,一匹青马是车塔大哥借给我用的。哎,我知道天宝哥一直没有走远,他就留在门外,用身子给我挡着风。这样的人,纵然遇到天大的灾难,也会用自己的身子来抵挡的,而且不会有一声抱怨!"

不用问,阿米亚所说也全是真的,因为她不用掩饰。她认为与苏天宝交往是带着光彩的。

杨波从班海寨回来,立即与总指挥通了电话,把他亲自调查的结果,一五一十地作了汇报。

总指挥听后说:"杨波啊,你所说的肯定没有假,苏天宝当这个英雄肯定是当之无愧的。只是现在这个副总指挥与我较上劲了,他是个戴着有色眼镜看事物的人,非要拿苏天宝私下和老挝姑娘接触来说事,而且一口咬定,苏天宝和阿卡姑娘如此亲密,如胶似漆,一定有性关系发生。"

"就算是有吧,难道苏天宝用自己的生命换来了别人的活,还不足以弥补一个小小的缺点和过失吗?叫英雄不行,称烈士总可以了吧?"

"英雄和烈士都是一样的,当然,英雄的等级要高出烈士,因为烈士,只要是因公倒下了的都可以称,英雄一定要有事迹,像董存瑞、黄继光一样。"

"首长,根据可靠的消息,这位颐指气使的副总是还未结婚,就让老婆怀上孩子的,先把生米做成了熟饭。当然,用人家的私生活来说事,我都感到有几分卑鄙,几分小人,觉得是一种卑劣的行径,是一种见不得人的阴谋。"

"以其人之道，还治其人之身。这方法不是我们的创造，古已有之。也许这样做，能够把这一位左撇子先生纠正过来，走上一条人间正道。这撒手锏也实属无奈，被逼才出来的呀。"

不用说，这一招还真管用。副总指挥虽然感到愤愤不平，但也无奈。尽管这样，苏天宝的烈士待遇和英雄称号，又拖延了一个多月，总算批了下来。

接到通知，杨波让大庆开着车，和苏天虹一道，来到了出国民工烈士陵园。杨波让大庆从车上拿下一瓶杨林肥酒和两个午餐肉罐头，他在天宝的坟前大声说："所有躺在老挝墓地上的民工英雄们，我们一起到天宝面前来喝碗酒吧，我杨波看望你们了。"

说完，杨波把一碗酒朝天扬起。

天宝坟墓前这一棵大银桦树的挂在上面的种球，在微风中啪啪裂开，一颗颗带着长尾巴的种子，发出了金属般的声音，在空中舞动着、旋转着、碰撞着，纷纷落到了地上；附近的十几座坟墓上覆盖了厚厚的一层，从远处看，像一层苍黄的金箔，走近了是一群展翅欲飞的蚂蚁。

苏天虹和大庆把落到身上的种子，一粒粒收拢，放进了衣袋。

不用说，几年后，一排银桦树就会在孔雀坪后面的山坡上迅速成长，和那里的青松一起形成一道绿色的长廊。

苏天宝的事，起起伏伏，总算尘埃落定，有了一个满意的结果。

杨波准备带上一份礼品和慰问金，亲自回国，到孔雀坪去慰问，把天宝的英雄事迹向寨子里所有的人作一番宣扬。当然，其中带着一点点假公济私的成分，因为他已经五年没有回去看望父母、大爷大奶和爷爷奶奶了，爷爷奶奶他们都是九十有余的老者了，真正的见一次，少一次。父亲的几次来信，已经颇有微词了。

还没有动脚，指挥部来电话说，为了抓紧进行工程大会战，工程团要抽出一部分人，开到东线去支持那里的施工，西线的工程竣工后，马上配合从国内开来的柏油团，铺上柏油。

杨波只好把回去的想法又一次压了下来。

下午，运输队的一位驾驶员给杨波送来了两幅放在画桶里的画，他说是许正旺要他送来的。杨波从画桶里抽出画卷来的时候，掉出了许正旺写来的一封信。信里，许正旺请求团长，把其中一幅给曼金兰寨子的傣族民兵送去，他的用意非常清楚，就是证明自己确实是在画画，不是在偷看小姑娘洗澡。杨波拿出这一幅，打开来，这是一幅重彩画，画面上有三位站在小河里洗头的傣族姑娘。三位姑娘姿势不一，一位站在水中，一位坐在河中的石头上，一位把长发飘到了水里。三位姑娘充分体现了傣族少女的形体之美，细小的腰肢，高挺的胸脯……另外一幅是送给杨波的，打开来，也是一位傣族少女，她站在一株芭蕉树下，打着一把小红伞，风格颇似程十发的。

看了画，杨波心里暖洋洋的，他看到了许正旺的进步和造诣，感觉他有了一种作为画家的敏感。要是把其中的一幅送到傣族寨子，不用解释，许正旺那时看的是什么就大白于天下了。杨波很快把大庆叫来，让他和李东海一起到两公里外的曼金兰寨送画去。

天下的事还真是有着更多的巧合。杨波走出办公室，竟然在营房门口碰到了那次押送许正旺来的两个傣族的民兵，他们还带着曼金兰的26个小姑娘来了。一问，才知道两个民兵是带着这些姑娘到工程团来参观的，并邀请工程团的所有人到寨子里与他们共同欢度孔明灯节。杨波立即把张华叫来做翻译。一条公路，没有什么好看的，杨波亲自带着他们参观了装有推土机的大棚，亲自上车操作了一把，在不到半小时内推平了路边的一个土包，姑娘们对此赞叹不已，觉得一台推土机的力气超过了十几头大象。之后，带着他们看了赵松生养的猪。当然，她们最感兴趣的还是把美国飞机打下来的大炮。本来，参观炮阵地，对外人绝对是不允许的，一想，她们都是些当地朴实的农民孩子，中间不会有特务混杂，也就带着他们看了。杨波要大庆准备菜饭，招待他们。吃饭的时候，杨波把许正旺送的画拿了出来，在饭堂里打开，姑娘一看，一个个都说画的是自己。要是可能，要这一位画家再给自己画上一幅。

杨波笑笑说："这个画家因为偷看了你们小姑娘洗澡早被送回去了。"

姑娘们一听，笑了起来："杨波团长，大老远的什么都看不清，我们这里的俗话说：看得到人家蹲，看不到人家的小鹌鹑。再说了，我们洗澡都是泡在水里的，能够看清楚的，只有水中的小鱼和小虾。怎么能把人送走！你们要看不中，就让他到我们寨子里去，我们都等了几年了，寨子里的两座寺庙墙壁上还是一片空白的石灰墙，上面的画，至今还没有人来画上一笔。"

有个姑娘说："嗨，其实我们也到南卡河的芦苇后面，偷看过你们工程团的小伙子们。"

张华问："偷看我们？有什么好看的。"

"你们的工程团没有一个小姑娘，也没人到寨子里来串，我们怀疑你们的小伙子出了什么毛病，所以就一起邀约着偷看了。"

这一说，两个民兵脸都红了，承认了自己的误解，其实，上一次把许正旺送来后，他们就感到有些不对头，好像不是那么一回事，今天看了他的画，大家一下子恍然大悟，真是冤枉好人了。

把许正旺的画送出去，杨波的目的也达到了，一直压在心里的一块石头终于落地。他愉快地答应了，到了11月22日，孔明灯节的这一天，带着人到曼金兰去唱歌跳舞，把孔明灯放到夜晚的空中，让它们变成一颗颗闪烁着的星星。火树银花不夜天嘛！

第二天，晚饭的时候，那个老挝士兵驾驶着车，两个苏联人又来了，他们从车子上搬下一箱伏特加、一箱鱼子酱，杨波笑纳了。按惯例，杨波请三位吃了晚饭。饭桌上，两位苏联人谈起了越南战争的形势。

杨波说："是啊，扬长避短，永远是战胜敌人，保存自己的法宝，谁丢了它，带来的就是难以挽回的失败。这样的教训，古今中外，不胜枚举。"

"珍宝岛就是一个典型范例。"

杨波笑了起来，把话题转到了公路上："这些日子，美国人把主要精力放到了越南和他们支持的柬埔寨朗诺政权上，老挝的天空就出现了暂时的晴朗，我们的公路赢得了最好的机会。"

"是啊，几年来，我们一直看着你们中国实心实意地在帮助老挝，而我们更多的是停留在道义上的、口头上，虽然有些支持，可是与你们相比，我们感到汗颜。"

两位苏联人——伊万和波罗是为告别而来的。事实上，几年来，他们所在的观察所就是为了收集中国工程团在老挝的行动，他们看到除了公路，就是与老挝人民所建立的友情。

伊万十分动情地说："我们到老挝来，最大的收获就是认识了你们中国的这支高素质的筑路工程团，得到了你们友谊和支持，我们回去后要汇报的就是这些。真的，为了世界和平和安宁，中苏两个大国应该停止纷争，回到友谊和信任上来。"

分手的时候，杨波送了他们每人一瓶杨林肥酒。本来要送两瓶的，他们说，得从香港飞往土耳其的伊斯坦布尔换机，再往回飞，才到莫斯科，所以，不好多带。

杨波两手一摆说："看来，友谊使道路变得平直，狭隘使大道变得弯曲,这是真理。要是从北京直飞多近,据说七个多小时就到莫斯科了。"

"是啊,你们的公路一直在朝前延伸,我们却退却了。"

"不是退却,是转移吧。"

伊万说:"我们都来做架桥铺路的外交部部长吧,要不,真是愧对老挝的百姓们,大国应当有大国的担当。"

这天,大庆收到了奶奶转来的一封信,信是一个到缅甸参加游击队的同学写来的,他叫李建成。信中,他用十分羡慕的口气写道:

大庆好友:

知道你们还在老挝修路,冒着敌人的炮火,日夜奋战,逢山开路,遇河搭桥,造福老挝人民,真是功德无量,彪炳史册,这将成为你人生光辉的一页。原来,我一直看不起你们,以为修路是一个很小的行动,小打小闹,对全人类没有实际意义。甚至还固执地认为,只有像我们一样,勇往直前地投身到世界革命的浩大洪流中来,人生才有不平凡的伟大意义。开始,我们的行为,有些像《水浒传》里的一百零八将,替天行道,开仓放粮,杀富济贫,我们为此欢呼跳跃。之后,发现我们是不是错了,一切行动是不是应该建立在和平友好之上,分歧可以坐下来商量。现在,我们的游击队出现了重大的分裂,形成了几个帮派,各占山头,结伙入巢,有的像绿林,有的像江洋大盗,何去何从,我还犯糊涂了。有时,我站在营房外的山头上,看着我们中国的边境山寨,有袅袅炊烟升起;还看到了上空有斑鸠飞过。我想到了,当年我们私自出走,是不是大错特错了。唉，真想回去了，快快结束这种不飘不落的生活吧。大庆，不要给我回信，因为我们几乎都在垂头丧气地转移，惶惶若丧家之犬。什么叫溃不成军，什么叫兵败如山倒，现在总算充分体验到了。

李建成

上面忘了落上写信的具体时间。可以看出，李建成的烦乱和不安。看了来信，大庆有些感慨和酸楚，几乎要掉下眼泪来。在全班46个同学中，李建成是个号召力很强的学生领袖，他一直是班长，对事物有着很好的判断力，绝不人云亦云。可是到了现在，他却成了一只玻璃罐里的蜜蜂，看得见光明，却找不到出路。他越走越远，变成了一团斑驳模糊的影子。

事情真是太突然了，包括杨波都没有想到，大庆的奶奶刘伊亚突然来了。

傍晚，大庆知道会有30多辆运送柏油的车到达。他没有和大家一起到南卡河边散步，而是回到了小棚子里，边看书边等待。近年来，他已经养成了这样的习惯，只要接到通知，有车队要来，他都要等着和他们一起吃晚饭。他觉得这是一种尊重和关心。大山和南卡跟随团长去了小河边，三条麂子没有去，站在小棚子门外，左右张望，好像有什么信息要带给他。大庆从小棚子里拿出了三块压缩饼干，挨着，一条麂子一块，突然，听到身后传来了脚步声，回头一看，那个上次要他送包裹回家的驾驶员朋友带着奶奶向着他走来了。驾驶员的肩上扛着一个不小的麻布袋，奶奶的身上背着一只小背篓，乍一看，奶奶还真是一个地地道道的老挝人。

这不是做梦吧？实在太离谱了！大庆向前跑了两步又停了下来。他以为是个梦。刚收到奶奶的来信，她并没有说要来的呀。再说了，奶奶从来都是一个办事严谨，滴水不漏的人，工程团不接受任何家属来探访，她是知道的呀。因为中国筑路队在老挝修路，一直处于半保密状态，民工们所处的位置更是保密之中。

刘伊亚见自己的孙子大庆半天没有反应，主动走向前来打招呼："大庆，怎么，不欢迎奶奶来，还是双脚被胶泥粘住了？"

真的是奶奶，并不是梦。大庆听到奶奶的真切召唤，抬起脚来，像一只小牛犊，朝奶奶奔去，扑到了她的怀里。

奶奶抚摸着大庆的头，不停地说："又长高了，又长高了，像一棵挑着云雾的树，和梦里出现的一个样。"

大庆把奶奶接到小棚子里，那个送奶奶来的驾驶员朋友放下包袱，就下货去了。

奶奶前后左右地看了看小棚子，连声说："不错，不错，想不到我家大庆也学会收整了，一切都干干净净，井井有条，是个做事的样子。当上了后勤处长，怎么也不说一声呢。"

"奶奶，这有什么好说的呢。后勤处长，说白了就是一个伙食老总，一个后勤仓库保管员，柴米油盐加酱醋，铲子大锤螺丝钉，从吃的到用的，一应俱全，有求必应。"

"这可是大事，吃不好，怎么能够干好工作，何况修路那都是苦干加巧干的活，是要出大力、流大汗的，后勤保障可是个关键。"

奶奶的到来，对大庆来说，真是喜从天降。因为这是他从来也没有想过的。

奶奶说："这次来，一是回家来看看。大庆你是知道的，我的父母，你的两个老祖，现在已是九十多高寿的人了，虽说人都是要走的，所谓的出生入死，说的就是人生的旅程，我只怕到时，走不动了，不能回来为两个老人送终。所以趁着还有脚力，翻过一座座山梁，唱着歌，跟上你的驾驶员朋友来了。"

"奶奶,说你是乡村大博士,今天又一次得到了证实,到老挝是出国,得过几道检查关口的呀,你没有办出国护照,也没有边民通行证,纵然有驾驶员朋友出手相助,这么大的一个人,总不能藏着呀。"

奶奶笑了起来:"大庆,你奶奶不是老挝人嘛,我不是出国,是回国。你说谁会阻挡一个踏上回家之路的老人呢?与人为善,自然一切都善,过关口的时候,下车来,用老挝话打一声招呼,送上一声问候,小兄弟辛苦了,随手递上一支事先准备好的香烟,他们自然就放行了。"老人家说得很轻松。

大庆的奶奶带来了一袋红薯,和一本孔子的《论语》说:"家里实在没有什么好带的,就着车子方便就把红薯带了点。至于孔子的《论语》,现在全国上下都在批判他,不过,这一来,你可以公开阅读孔子的任何书籍了,用不着躲躲藏藏。因为这书是供批判用的,但是一定用你自己的眼光,带着脑子去看,切不可人云亦云。这个至圣先师的丰碑,不是一年两年所竖立起来的,它经过了两千多年的历史岁月,大浪淘沙,才形成和保留下来。要是我们把这些都抛弃了,五千年灿烂的中华文化,就只剩下一个没有藤蔓和鲜花的空架子了。"

奶奶来了,大庆告诉了苏天虹,同时也告诉了团长杨波。杨波一听,吃惊不小,很快到小棚子里来看望。

看到团长,大庆的奶奶刘伊亚说:"杨波团长呀,我真是个不速之客,分明知道你们施工的地点还属于保密,我还是来了,你放心吧,我一个字都不会讲出去的。这次来,做的是挑水洗菜两相宜的事,看看大庆你们,也回家看看我的父母,他们都是耄耋之人,人生已经是挨着山边的太阳了,什么时候落山,只是瞬息之间。"

"伊亚老师,我现在要这样称呼您了,因为您既是长辈,更是我尊敬的老师。您的到来，还是用那一句，蓬荜生辉的老话来说吧。我们在老挝修路的事情，现在已是半公开化了，既然来了，您就多待上几天，让大庆陪着您到处走走、看看，现在这里好多了，美国飞机捣乱的次数明显少了。"

"多待肯定不行，我不能破坏国家的规矩，现在我们这样做，已经非常出格了，我应该明天就走，多待一天，就多一天的拖累和麻烦。"

正说着，苏天虹来了，他是刚从总机室换下来的，两只耳朵上还带着戴过耳机的痕迹。

杨波知道，在大庆的奶奶面前，已经瞒不住苏天宝的事了，只好实话实说，把天宝牺牲的前前后后，对刘伊亚讲了。

刘伊亚听了，竟出乎意外地冷静。她对杨波说："大侄子、团长，这样吧，过些天，我回到孔雀坪后，我先到天宝家，给他们的父母做做工作，开导开导。你说一个活泼乱跳的大小伙，一只跳荡在枝头上唱歌的小鸟，说没就没了，真是人神共悲啊。不过，天宝是我们孔雀坪出来的第一个大英雄，一棵站在山岗上铮铮铁骨的大松树，不管从哪一个宗教，救人救命都是善德善事，这种精神，是人们都要弘扬的。不要紧，相信我吧，我一定做好安慰他们的工作。"

苏天虹说："相信您，奶奶是我们孔雀坪的榜样和良心，有奶奶出面去给我家里的老人做工作，他们肯定会抬起头来，扛住悲哀，跨过失子之痛的这一大关。"

这天晚上，杨波要大庆到厨房里做了几样菜，和苏天虹一起陪着，接待了老人家。同时，杨波要她回去后，向自己家里的所有人问候和道歉。

刘伊亚说："没有什么可道歉的。对国家来说，你已经尽了大孝，至于你家里的几位老人，我们经常走动。回去，我肯定要去拜访的，给他们说一些具体的细枝末节。当然最好能看一下我那侄儿媳妇。"

"这样也好，大庆，明天你到医院直接把魏医生接到烈士陵园去，让她在那里与老人家见面。说来，她还没有到那里去过呢，也应该把这一课补上。"

第二天一早，大庆开车把魏海敏接到了陵园。在那里，她与奶奶见了面。到这个时候，苏天虹才知道了魏海敏是团长的老婆，不过大庆交代了一定要保密。到了陵园外，大家看到小树上拴着一匹马。当他们走进墓地，又看见了阿米亚姑娘，她正在用一把树枝条扫着苏天宝的坟墓。奶奶不明白真相，大庆和天虹也很奇怪。

听到声音，阿米亚直起腰来说："天虹哥，其实，这种银桦树在墓地上站着并不好，它生长得太快了，招架不住大风，大风来了，它会拦腰斩断，或者翻根。它的传播能力很强，成千上万的种子如同带着条条搅动的尾巴。现在你们都看到了，这棵树的种子就把整个墓地都覆盖上了，雨水一浇，它们就落地生根，小苗就一棵跟着一棵长了出来，根须就会扎到坟墓里去了。"

大庆的奶奶一听，觉得有道理："这个姑娘说得有道理，你们就想办法，换上另外一种树吧。"

"最好是攀枝花，我们这里很多的，几乎每片森林都有，最容易落地生根，开出花朵。"

"对，攀枝花，我们中国又把它叫英雄树、木棉花，到了春天，它会开出一片红红的花来，几个月后，花苞炸开，又有漫天的白絮飘飞，在春风中好像轻盈的雪。"

大庆他们几个人决定移走银桦树，雨水来时，就栽上攀枝花。

阿米亚说："既然这样，栽攀枝花的事就交给我吧。"

大庆回去后，报告了团长。团长说："这样做很对，银桦树过于张扬，根基不牢，与英雄坚毅的性格有些不配。"

走出墓地，刘伊亚看着渐渐远去的阿米亚身影，感叹了一声："多好的一个姑娘呀，有情有义，以后你们再见到她的时候，一定要好好对她。离开老挝的时候，一定要安慰她。"奶奶在了解了天宝与阿米亚的关系后，发出了这样的感叹。

奶奶走的时候，大庆用自己的代金券，备了三份礼物，给奶奶带去了红糖、冰糖、白糖、压缩饼干、午餐肉罐头。当时，这些东西在国内一般人是根本无法买到的。奶奶带来的红薯，大庆给魏海敏医生送去了一些，其他的都留下了。团长说，魏海敏最爱吃家乡的红薯，说它带有板栗的味道。

杨波悄悄地安排了一辆车，把大庆的奶奶送到了乌多姆塞，据说，她的老家就在附近的一个小镇上，那里有一个有名的客栈。

半个月后，刘伊亚回到了孔雀坪。在给大庆的来信中说，大庆的好朋友李建成走了。在一条界河对岸，他正朝着中国方向跑，一排子弹从他的后面打来；他回头看了一眼，扑倒在水中，清凌凌的河水被染了半红；冲到下游的尸体，被一个摆渡的老人扛到了中国，在山坡上挖一个坑埋了。

大庆站在小棚子外的那块大石头上，对着太阳落山的方向，进行了默默的哀悼。

一群归巢的飞鸟在空中鸣叫着，好像明白大庆的心事。

18

　　工程团营房门外的几棵大榕树下，来了一群打扮得花枝招展的傣族小姑娘。她们是从两公里外的曼金兰来的。她们担着小挑子，带着编制精巧的藤篾桌、小凳子，到这里摆起了贩卖米凉粉、糯米粑的摊子。桌子上放着红红的辣椒油、香蒜、芫荽、芝麻、花生、自制的酸角水、黄蚂蚁醋。在亚热带地区，这些小食品都是酸甜可口，诱惑人的东西。

　　班海寨的姑娘们知道曼金兰的姑娘到工程团面前摆摊了，她们也相互邀约着带上了小桌子、小凳子，把自己的特产——花生、细黑木耳、苤菜根、火烧牛肉干巴，一起带来了，挨着傣族姑娘的小摊子，摆起了自己的小食摊。他们和傣族姑娘怀揣的希望都是一样的。

　　杨波一看，眉头紧皱了起来。青草萌发，蚂蚱欢跳。姑娘来了，工程团的麻烦就大了，小伙子们都变成了动荡不安的兔子。人家来了，总不能让小伙子们都不去搭理吧，坐下来，吃上一碗米凉粉，用学会不多的老挝话，与她们交谈，少不了，相互玩笑。

　　好在，工程团的民工都到十几公里、二十公里外的地段施工了，早出晚归，加上民工们使用的是代金券，根本无法与姑娘们进行交易。有嘴馋的民工和一些后勤人员只好到小卖铺，买来白糖、肥皂、香皂与她们进行以物易物的交易。其实，小姑娘们醉翁之意不在酒，好多姑娘根本不要民工给的物品，一碗小食物，不用在意。日久生情，摩擦生电，令人担忧。杨波他们原以为，姑娘们来几天后，自然会散去。谁知，越来越多，不管是曼金兰寨的还是班海寨的，每天都在增长，有姑娘想的办法更绝，就是给小伙子们钉衣服纽扣，这样更是面对面的接触。

一个爆炸性的消息在工程团附近的一带蔓延开来，开始，大家都不知道，还是娅檀对大庆说了的，而且说得有鼻子有眼。

大庆立即报告了团长。杨波一听，大为震惊，这还了得，比山火蔓延还快。

有人说：中国筑路工程团很快就要完成修路的任务，几个月铺好柏油后，就要离开老挝回国。工程团的一千多个小伙子都是在家乡找不到媳妇的，因为中国男多女少，要是工程团的小伙子看中了老挝姑娘，可以随团带回去，也可以留下来做上门女婿。

还有人说：老挝政府已经跟中国协商了，双方都同意可以这样做。

这样的消息产生了极大的诱惑力和煽动力，这里的姑娘们都认为，这些筑路队的个个都是帅小伙，是一棵棵标直的竹子，都是非常能干的，比当地的小伙子要优秀上几十倍。于是，就出现了上面的这一幕。

怎么办？虽然这个消息带有极大的夸张和虚假，但是面对这些姑娘们的一片真诚，不能驱赶，更不能嘲笑。可是它确实存在着不可预料的后果和危险。虽说，美国飞机减少了对中国筑路队的轰炸，可是依然存在着空袭随时到来的可能。再就是，谁也无法保证民工小伙子可以管住自己的心。要是这样，几年来坚守的规矩就将土崩瓦解。杨波立即布置了严格的查岗查房制度。晚上，大棚里，每隔两小时，就有值班人员逐个清查。可是，也有空子可钻，有民工在白天吃小吃的时候，就与姑娘约好了，利用傍晚散步的时光，要姑娘们在附近的森林里等候，这样有两个小时的时间可以充分利用。

遇到了这样的难题，杨波想到了加坡寨老，他要大庆把老人家请到了团部。杨波说出了自己的担忧。

加坡说："你也是为了中老两国的小伙子和小姑娘们好，既然这样，你带人到我们寨子和曼金兰傣族寨各放一场电影，接着，你我都讲讲话，事情的利弊都讲清楚，姑娘们就会明白过来，而且一定要快，要不，男女之爱，越粘越紧，晚一天，难分开一天。"

杨波听进了加坡的意见，以往，放电影都是通知寨子里的老百姓到营房来，这次是走上门去。

杨波立即给指挥部打了电话。总指挥说："这个办法好，正好，国内送来了两部电影，一部是反映抗美援朝的《英雄儿女》，另外一部是彩色宽银幕的朝鲜故事片《卖花姑娘》，就给你们先放《英雄儿女》吧，《卖花姑娘》就让我们总部的先睹为快，要不，我们的眼睛也起白内障了。"

第二天，电影队的到了，杨波亲自带队到班海寨，还是大庆做翻译。出发前，杨波给电影队的几个小伙子打了预防针："过去是班海寨的人们到我们的营房来看电影，所以小姑娘小媳妇们都把自己的乳房藏起来了，现在是我们到人家寨子里，她们就会按照自己的习惯来，放开自己的乳房，所以大家都不要分神，一定要把握好自己，控制好自己的情绪。"

放映前，有位露着右胸的小姑娘有意侧着身子到了杨波面前："团长，你们放电影的大哥到我们寨子来，真是辛苦了，倒不如我们到你们的营房去，这样大家在一起，过节一样地热热闹闹看电影不好吗？"

"姑娘，你说得肯定没有错，以后，我们放电影一定会通知你们到我们营房去看，只是今天到这里来除了看电影，我还有话对你们说。"

开始放映前，杨波站到了放映机面前，拿过话筒，对大家说："各位乡亲父老、姑娘小伙们，今天我们中国的工程团到班海寨来，为大家放映一部中国拍摄的抗美援朝的战斗故事片《英雄儿女》，主要是为了感谢班海寨一直对我们中国工程团的大力支持和帮助。还有一个重要的事，得给大家说说。最近有人到处在传这样的消息：我们工程团的民工小伙子们可以到寨子来串姑娘找媳妇，修路工程结束后，我们的小伙子可以留下来，也可以把这里的小姑娘带走。这样的话是毫无根据的。说实话吧，因为我们的小伙子们从家里出来的时候，好多人都有了自己心中的姑娘，有的还定下了亲，准备工程完成后就回家结婚、生子。我们现在的出国纪律规定也是这样的，绝对不允许任何一个民工小伙子留下来，也不能把这里的一个小姑娘带回中国去。"大庆当场把团长的这些话做了翻译。

有姑娘大胆地说："团长，难道我们的小姑娘不漂亮，走不出我们班海寨，更走不到你们中国民工小伙的眼睛里？"大庆笑笑，把这话一字不漏地向团长转达了。

"话不能这样说，你们老挝的小姑娘，不论是阿卡人，还是傣族，个个都非常美丽动人，是鸟中的白鹇，人中的仙女。只是我们的小伙子们不能把你们抢走啊，要是抢走了，你们寨子里的小伙子有意见了。再说了，我们的小伙子们回去后，不能停下来，还有许多条公路要去修，无数座桥梁等待着他们去架。"在班海寨的小姑娘听来，这是不能自圆其说的借口。

"不待在家里，要到外面修公路？我们可以跟着去做饭、洗衣服的呀，在营房前搭个小棚子，不就行了。"姑娘们纷纷凑上来，你一言，我一语地和杨波辩论开来。

为自己在姑娘面前的黔驴技穷，杨波止不住暗自笑了起来。

加坡看出了杨波的尴尬，主动站出来，帮了团长的大忙。加坡从团长手中要过了话筒："班海寨的小姑娘们，你们都不要再为难杨团长了，他带着中国的民工小伙子们来帮我们老挝修公路，幸福我们，方便我们，友好我们，关心我们。我们也要友好他们，幸福他们，爱护他们，着想他们。你们想想，要是中国的小伙子都在我们老挝找了小姑娘带回中国去，仅仅工程团在这里的，就有一千七百多人，他们在老挝的其他省，也在修公路，据说民工就有十万多。倘若，他们也把附近一带的小姑娘带走了，或者留下来做上门女婿，我们老挝的小伙子就有几万人找不到媳妇，要打光棍了。大家别以为，有风就是雨，更不要以为中国的民工找不到媳妇。告诉你们吧，中国的天大、地大、山大、水大，寨子和城市都比我们的还要大，大出了十几倍都还不止，小姑娘多得像天上的云彩，赶集日一看，到处都是小姑娘，小姑娘就是一片大海呀。你们当中有哪一个偷偷地与中国的民工小伙子相好上了，现在你们过的是苦荞粑粑蘸蜂蜜的甜日子，只怕到时候，你们把牵挂的肝肠都搭到了盼望的高枝上，年年岁岁，从早到晚，都走不出盼望的魔圈，眼睛变成了鸟窝，眉毛抽出了蛛丝，心里伸出了藤蔓。"当然，加坡的话说得有些夸张，有些言过其实，有的还是倒装句，不过翻译后，反而显得更加生动了。

"加坡大叔，平时，你一再要我们班海寨的小姑娘多找外寨的小伙子。不断地说，姑娘出嫁，越远越好。现在，怎么你又转了话题，把话收到肚子里去了。"

加坡笑了，自己也发现一激动，有些话讲过了头："姑娘们，这样的话，我过去是没有少说，以后还会这样说，可是，我今天说的是眼下，你们与中国的小伙子现在不能再交往。要说来，我比你们中的任何一个人都喜爱中国的民工小伙子们，一个个身强力壮，干起活来，踏实认真，巴不得工程团一半的小伙子，把我们的姑娘带走，一半的留下来。"

有个姑娘装作说漏了嘴："加坡大叔，你的侄女——娅檀妹妹怎么就可以和中国的小伙子相好，为什么我们就不能？是我们腋窝下面有汗味，还是我们的奶水喂养不了与中国小伙子生下的孩子？"

"这个，我还真的不知道。"

听到这样的话，大庆惊出了一身冷汗。好在，电影队的几个小伙子听不懂阿卡语，坐在一边的团长也没有问，这事就顺利地过关了。

电影《英雄儿女》把班海寨的人们吸引住了，大家都说中国的军人真是勇敢，拿着根会爆炸的铁棍子，就冲向了敌人的碉堡。那个叫王芳的姑娘唱的那支"风雷滚滚唱英雄"的歌曲，很快，就在班海寨传开了。有的用阿卡语，有的用汉语。据说，歌词还是娅檀教的。

第二天，杨波带着电影队又到曼金兰傣族寨子去放映。杨波让张华做了傣族语翻译。同时，把加坡寨老一起请了去，因为他在这一带有着很高的威望，周围大小寨子都听他的，有他坐镇，杨波感到心里踏实。

班海寨的姑娘、小伙子们知道曼金兰寨还要放同样的电影，觉得没看够，太阳还没有落山，就跑去等待了。反正，班海寨和曼金兰两个寨子虽然民族不同，可是他们相互来往密切，都处成了亲戚。

　　班海寨的姑娘来曼金兰寨，心里还怀有别样的想法，她们想打听，曼金兰的姑娘有没有人和中国小伙子悄悄好上了的；在放映前，杨波团长所讲的是不是和在班海寨所讲的是一个样；会不会出现厚此薄彼，允许傣族姑娘与中国小伙子交往。结果，他们听到的几乎是同样的内容。要说有区别，就是在夸傣族姑娘的时候，用上了金纳丽、婀娜多姿之类的比喻。金纳丽是傣族传说中一种非常漂亮的小鸟，五彩焕然，歌声婉转，把这样的溢美之词送给傣族姑娘是应该的。

　　三天后，工程团营房门前的姑娘渐渐少了，最后一个都没有了。杨波终于松了一口气。

　　半个月后，电影队又到工程团来放映朝鲜彩色宽银幕电影《卖花姑娘》，这一次，杨波让大庆把班海寨和曼金兰附近的几个寨子里的人们都通知来。

　　放映前，杨波要大庆用阿卡话，张华用傣族话把故事的内容给人们讲了一遍。

　　《卖花姑娘》在国内放映后，令人耳目一新，大街小巷，到处响起了《卖花姑娘》的主题歌。

　　卖花姑娘生动的故事、富有生活哲理的对白，如"只要心诚石头都能开出花来的"等，成了人们茶余饭后的话题。花妮抱着鲜艳的金达莱，在大街小巷，唱着感人至深的卖花歌，把大家感动到了。

　　不管是中国民工，还是老挝百姓看了《卖花姑娘》都说好。民工看到花妮一家的悲惨命运都掉了眼泪。不过，有人建议，指挥部应向国内反映，多给在外修铁路和公路的中国民工提供一些像《卖花姑娘》一样的电影，多一点精神食粮，不要除了《地道战》就是

《地雷战》这些陈旧古老的故事片。

听了他们的建议，杨波有些哭笑不得。这样的要求，若是传到上面，岂不是自讨霉气。其中的原因，很多民工自然不懂，也没有人往深处想。

第二天一早，养殖场小棚子面前的花哨喜刚叫过不久，班海寨的加坡老人和曼金兰傣族寨的民兵队长就不约而同地踏着露水来了。他们赶在了电影队离开之前，找到了团长杨波，一起提出了要求电影队再到寨子里放一次《卖花姑娘》，让那些到不了工程团营房看的老人们，可以在寨子里看彩色宽银幕大电影。彩色大电影是他们从来没有想过的，在这一带从来没有出现过。

面对一片真诚，杨波请示了指挥部，得到了同意的答复。本来，已经安排好了，电影队要到下一个工程团，只好往后拖延。

半年后，几条公路的铺柏油的工程，已经接近尾声。大庆有些不安起来，大山和南卡两只形影不离的狗，还有三条麂子，成为了他最担忧的对象。撤离的时候，它们紧紧跟定了怎么办，无论如何，狗和麂子都是不能够带回去的，最要命的是两天前，南卡在大庆的小棚子里生下了一窝小崽子，足有三只。大庆找了个大篮筐，里面铺上了干草，让南卡和它的小崽子住到了里面，大山做了父亲，俨然一副得意的样子，它有时跑出去，到附近的寨子里叼回一根牛大骨，讨好地献给南卡；有时，跑到厨房里，可以叼些肉，回到小棚子。傍晚散步，跟着走了一半，突然想到了孩子，它就折头回来了。

三条麂子中，有两条是母的，大庆发觉它们的肚子鼓了起来。其实，杨波也发觉了这个问题，本来可以把麂子带回去交给动物园的，只是这也是一条很重要的出国纪律。进入口岸的时候，带了动物，没收了不说，还得接受处分。再说了，作为一个团长，在这个问题上，不能够知法犯法。

大庆对他说："对这三条麂子，我准备打个提前量，抽空把它们带到森林里去，找些它们喜欢吃的野果给它们。大山和南卡就带到班海寨，让它们先适应那里的环境，正好，南卡生崽，每天它都得喂奶，不好离开，我们把它放到娅檀家去，让它们就在那里过日子了。"

团长认为可行，大庆就照着做了。

三条麂子跟着大庆进山后，大庆摘来它们喜欢吃的山橄榄和五只眼睛果招待了它们，并且对它们说，要好好待在森林里，美国飞机不会再来惊吓它们了。三条麂子好像明白事理的样子，有半个月没有回来了，回来的时候，已经变成了五条，两条母麂子已经生下了孩子。大庆也为它们高兴，厨房磨豆腐的时候，他端了豆浆来给两只小的喝，它们居然爱吃，舔光了盘子还在看。南卡和大山的情况也一样，送到娅檀家以后，在那里待了一个月，开始，大山时不时回来看大庆，大庆就到厨房里找来些剩饭剩菜给它吃了，还用个袋子装上些让它叼回去。大庆想，这一来，总算有交代了。不想，这一天，大庆从外面回来，大山和南卡带着三只毛色油黑闪亮的小狗，等候在小棚前。大庆蹲下来，三只小狗就跳起来和他闹着玩，一副无忧无虑的模样。南卡蹲在一边看着，好像在对大庆说："怎么样，这样热闹的一个小家庭，你舍得抛下？"

不到一小时，车塔骑着马来了，看到大山和南卡一家子，笑着说："大庆哥，看来，你的宝贝是交不了手了，只好连人带狗一起留下来或者把它们一道带回去吧。"

"我肯定想把它们一家都带走，可是，不允许啊。"

"还有三条麂子，也会缠住你不放的。"

大庆无奈地摆摆手，说："车到山前必有路，到时再说吧。大不了，找上几个大篮子，把它们藏起来，放到那些拉推土机的大车上带回去。"

尔车带着车塔，父子俩赶着马队，出了一趟远门，去了邻近的柬埔寨。他们想恢复从班海寨到柬埔寨马德望省的古商贸驿道。他们驮着一些小河里的鱼干、山谷米和小绿豆等跋山涉水，到了马德望。一看，昔日非常繁荣的一个城市已经变得冷寂萧条，面目全非了。大街上出现了成群的、红着眼的流浪狗。朗诺政权与红色高棉之间的战争，正在激烈地进行着。柬埔寨的朋友告诉他们说，无休无止的战争不但使人遭罪，还让森林里的每一棵大树都挨了子弹，麂子、马鹿和大象的家园被彻底破坏了，一只只跟着遭殃。

在马德望，所有的商贸交易根本无法进行。父子俩商量了一下，把驮去的30多驮货物，找了几个熟客，低价贱卖后，匆匆赶了回来。

车塔又一次证实了，阿爹贝玛经和灵验的占卜，使他们绝地逢生，化险为夷，避开了洪水、泥石流，和猛兽袭击。

四个月后，杨波他们负责的柏油铺设任务快要完成的时候，发生了一次大轰炸。这次轰炸是针对公路和桥梁来的，在高炮没有覆盖的地点，美国空军把一座200多米的桥梁从中间炸断了，把两个涵洞炸坍塌了。工程团不得不延迟了返回的时间，全力以赴地投入到了恢复工作。不过，再过一个月，肯定就能够修复了。

杨波做了布置，各个营所养的猪，已经胖了的，尽量提前宰杀，提高各个营的伙食标准；要是还没达到宰杀标准的，到时，送给对工程团做出过贡献和帮助的班海阿卡寨和曼金兰傣族寨，由他们自己去处理。

赵松生看着圈里一天天减少的猪，心里生出了无限的惆怅和失落。大庆告诉他，施工接近尾声了，工程团所有人员很快就要班师回国，就要和家人团聚。赵松生知道了，并没有高兴起来，情绪反而显得格外低落，蔫头耷脑的，走路老是低着头，脚步有些打飘。因为回去后，他无法回避面对亲人这个现实，自己已无法与爹妈妹妹、爷爷奶奶、外公外婆进行正常的交流了，虽能说话，根本控制不了自己的声音大小。妈妈是文盲，没办法和她用写字来说话。惠芬来信给了鼓励，也看出了她对两人间爱情毫不动摇地态度："松生，别以为聋子和瞎子就会失去自由的天空和大地，其实，一切都没有消失。在聋子和瞎子的心里，照样有五彩飞扬的天空，照样有小鸟鸣唱的大地，问题的关键是，你必须满怀信心。"

为赵松生的事，团长杨波早已列入了自己的工作日程。三个月前，他已经多次通过军分区，与民政局联系沟通过，要他们无论如何，能够为赵松生安排一份他力所能及的工作，可是一直石沉大海，没有得到任何答复。无奈之下，杨波不得不以英雄团长的名义，给民政局的负责人单独写了一封信。在信中，他把赵松生的事迹宣扬了一遍，还强调说，要不是现在所修的老挝公路还不宜大张旗鼓地对外公开宣传，要不，赵松生的感人事迹一定是各家报纸的头条消息。信寄出后，杨波怀着忐忑不安的心情在焦急地等待着，从日出到日落，他都守在电话机旁。幸运的是，这个民政局局长是从部队上下来的正团级干部，同样遇到过这样的事，他冒着风险，在民政局自己可以插上手的盲哑学校，为赵松生安排了一份后勤科的工作。就此，还可以让赵松生坐到教室里学习手语。这一位局长想方设法，通过军分区通信站的内部保密电话，联系上了杨波。杨波不敢有丝毫的耽误，第一时间，亲自跑步去告诉了赵松生。赵松生"扑通"一声，下跪了。杨波立即把他拉起来，掏出笔对他说："松生，这一切都是应该的，你的事迹真是感天动地！假若工程团只有一个能够参加工作，有城市户口的名额，我相信，大家都会主动把这个机会让给你的。"

要回国了,大庆根本没有时间到班海寨去见娅檀。从早到晚都忙得不可开交,他得赶在大家动身回国前,把所有人的津贴发到手里。工程团所有的账目必须张榜公布,工程团与班海寨来往的蔬菜交易,一笔笔也要彻底搞清楚,不得拖欠一笔,哪怕是落下一筐青菜萝卜都得补上,出国无小事。工程团还得把班海寨和曼金兰两个大寨子管事的首领和有影响的人物一起请来,举行一次小规模的座谈会,感谢他们几年来,对工程团的支持和帮助,并招待他们吃饭,送上一份礼品。事无巨细,都需要大庆来具体操办。

有几个晚上,娅檀到小棚子外轻轻地开了门,看到大庆还在灯下埋头拨弄着算盘珠子,对她的到来居然浑然不知。她只好提着脚往回走,轻轻地带上门,风一样消失在黑暗深处。第二天再来,所遭遇到的几乎完全和上次一个样。就连大山和南卡也佯装不知,带着三个孩子,呼呼大睡。娅檀又心疼,又埋怨,就要分别了,总得挤给她一点时间吧,哪怕半个小时,十几分钟也行。

这天,娅檀在大庆的身后站得脚都发麻了,一口热气扑到了大庆的身上。大庆发觉了,抬起头来。娅檀的情绪爆发了出来,她握着拳头,朝着大庆的两只肩膀,不停地打下去,咬牙叫着:"死人,木头,冷石头!"

大庆连说:"娅檀,对不起,真的对不起,要打,你就痛痛快快地打吧。"

"我恨不得杀了你,把你的心留下。"最后,她甚至不管不顾地在大庆的肩膀上狠咬了一口,大庆痛得发出了一声尖叫。

这样要死要活的场景,迟早都会出现,大庆早已料想到的。他从抽屉里把《圣经》拿出来,把手放在上面,诚心诚意地发誓:"我一定遵守爱的诺言,海枯石烂,永不变心,爱到永远。"

娅檀也伸出手来，覆在大庆手上，一起放到了《圣经》上。

离开时，娅檀红肿着眼睛，手里拿着大庆写着自己家乡通信地址的一大沓信封，足有一百多个的样子。

就要离开了，五年多来，民工们除了公路，就是营地和周围的小河、森林、山坡。老挝的任何一个大小城市，大家都没有去过。民工们提出，想到附近走一走，看一看。

靠工程团四公里外，有一个小集镇，每隔三天，就有一个赶集日。平时民工们也没有出去看看，错过了这个也就失去了机会。杨波想，民工们这个要求并没有过分，是在情理之中。工程团领导层开会商量决定，工程团的四个营分两次，轮流到小集镇上赶集，买上一点小的纪念品带回家。可是问题又来了，大家手里都没有老挝币，这是工程团没有办法解决的事，外事纪律，就是一分钱的人民币都不能带出。大家的津贴都是代金券，在集市上根本无法交易。最后，还是大庆出了主意，要大家用代金券，在小卖铺里买上一点牙膏、肥皂、香皂、白糖之类的生活用品到集市上进行以物易物的交换。

第一个赶集日，三、四两个营去，一千多人，工程团派出车子把他们送去，几小时集市散场后，再接回来。为了防止被绑架、语言不通的纠纷等这些不可预料的事件发生，每个营都带上翻译。其实，到了集市上，更多的是满足好奇，有的交换到了花梨木、黑檀、酸枝的小雕件，还在那里吃了老挝风味的小吃。轮到直属营和二营的时候，大庆也跟着去了。出发的时候，他去找赵松生，告诉他要去附近赶集，赵松生摇摇头，拿出衣袋里的笔和纸，对大庆说："人越多的地方，我越不想去，人家跟我打招呼我听不到，不搭理人，人家会以为看不起人，何况这是在老挝。"

赵松生想得周到，大庆想的有道理，就没有再邀约他去。尽管这样，大庆还是用三块肥皂，为他换来了一个大象的花梨木雕。这木雕工艺精巧，造型别致，把一只小象惟妙惟肖的神态充分体现出来了，当时在国内并不多见。赵松生拿到后，高兴得拍起了巴掌，他说回家后，要送给惠芬。家里来信说，惠芬是村子里难得的高中生，文笔不错，被公社广播站招去做了播音员。

说实话，杨波在越南几年，都是在不停的转移中度过，越南的那些大小城市他根本没有去过，到了老挝也一样，本来，他想跟大家一起去走走看看，可是，就在出发前，魏海敏打电话来提醒说：赶集的事，你就别去凑热闹了，不定美国人还在盯着你呢。再说了，一个小乡街子有什么新奇好看的，不就是多一些木耳、花生的山货，就是看中了，你也不能把它们带走。

苏天虹和李东海都没有去小镇上赶集。他们先后走到了苏天宝的墓地上。上午，苏天虹赶到的时候，李东海已经坐在墓地前了，面前还摆放着一袋糖，只听他自言自语道："天宝，你为我牺牲后，人们都说我彻底改变了，由一个横挑鼻子竖挑眼的管事婆，或者叫搅屎棍，变得沉默寡言了。我也知道自己身上的这种变化。都说人生最大的缺点，就是自己看不到自己的后脑勺。实话告诉你吧，过去我一直以为，自己是个一心追求进步的红人，满脑子都是，铁面无私，脱离低级趣味，狠斗'私'，大是大非面前绝对不搞中庸之道，但却忘记了和谐、友爱团结，对同志要像春天般温暖。说实话，以往我对许正旺、赵松生、张大庆你们，统统是看不惯的。我甚至怀疑，张大庆在偷偷地看着什么大毒草的书籍，因为从他的嘴巴里出来的都带着什么'为人要善，不可嫉妒'，什么'你们要为自己栽种公义，就能够收获慈爱'。听到这样的话语，觉得他分明是在传播精神鸦片。总之，你们的一言一行都充满了资产阶级的腐朽味道。杨波团长更是一个保守的典型代表，尤其是在班海寨，居然喝酒，借酒装疯，唱了苏联歌曲《莫斯科郊外的晚上》。其实，我见到美丽的阿卡姑娘，也是非常激动的，但是，总把自己的感情掩盖，压抑着自己，说你与阿卡姑娘有染。你的牺牲真的把我沉睡的灵魂唤醒了……"

苏天虹到来的脚步，把李东海的自说自话停住了。

苏天虹对李东海到弟弟坟墓前来告辞，并没有感到更多的意外。

他在坟墓前对天宝说："弟弟，过两天，我们工程团的所有人都要回去了。本来，我一直想把你带回去，可是，想来想去，还是把你留在这里吧，因为这里还有你的二百六十多个战友，有他们在，这片土地就不会荒凉，不会寂寞。不过，我相信，自从那天娅檀和她的父亲尔车大叔为你指明了回家的路后，你的灵魂肯定早已像雄鹰飞翔在孔雀坪的蓝天之上，绿水之间了。还有，班海寨有阿米亚，你也会时常飞回来的。再见了，天宝，再见了我的好弟弟，你是戴在我们全家人胸前的大红花，你是永远照耀在家门头上的彩霞。"

这次回国，野战医院的也和工程团的一起撤走，而且他们还要快几天。魏海敏所在的野战医院就撤回到杨波家乡所在的地区，在那里重建一所部队医院。杨波完成了所有的交接任务后，向部队提出转业到地方工作的申请。

为了防止意外，走漏了消息，工程团的回国准备，一直在严格保密中进行。一百多台推土机和压路机已经提前分两批装车运走，通信班的除留下电报联系外，已经拆除了全部电话线和总机设备。工程团的团部和直属营的大棚和仓库全部留下，高炮营留在最后撤出。

这天凌晨3点，直属营接到了要他们立即打背包，40分钟后出发的命令。昨天下午，大庆收到了奶奶寄来的一只银镯子，他送去给了娅檀，说了一阵话，就回来睡觉了。接到命令，大庆急忙起来收整，拉开抽屉，他的头顿时涨大了，《圣经》和《金刚经》不见了，只剩下孔子的《论语》和团长给他的《宋词三百首》。

不用说，把《圣经》和《金刚经》拿走的肯定是同一人，这可是比天还要大的事情，要是有人以此为证据告发，他张大庆算彻底完了。现在，报告团长已经来不及了，因为他也带着大部队一起出发。

要是他多一分警惕，或者有南卡和大山在，这样的事就不会发生了。大庆非常自责，他的脑袋响了起来。对了，还得通知赵松生，他飞快地出门，踢开了赵松生的小棚子，人没看到，东西已经收拾好了，说明有人通知他了。大庆想到了猪圈，跑去一看，果然看到他打着手电筒，正在和剩下的五只猪说话。杨波已经安排好了最后留下的几个人，他们负责处理剩余物资，把其他三个营剩下的猪交给班海寨和曼金兰寨。

大庆大汗淋漓地转回来，带上压缩饼干，背上背包，挎上冲锋枪，准备出发了。走出小棚子外，大山和南卡带着它们的三个孩子，站在那里，三条麂子带着两个孩子也来了。真不知道，它们是用什么方法得到的消息。本来，昨天下午，大山和南卡已经让娅檀和车塔带走了，麂子也去了森林里，而且在它们的脖子上戴上了小铃铛，提醒猎人不得伤害。现在，它们出现了，让大庆非常棘手，他已经听到车子在发动了。大庆俯下身来，分别与大山和南卡说了话；又凑上去，与三条大麂子说了话，三条麂子没有更多的纠缠，带着两只小麂子走了。走出不远，它们一起回过头来，"咴咴"地叫了几声。大庆知道，它们是跑来做最后告别的，麂子们一定明白，离开了它们熟悉的森林和山坡，它们就失去了生活的家园。

大山和南卡，不论大庆怎样赶，都黏着不走。大庆朝着大山的身上象征性地踢了一脚，不无心疼地说："大山，我知道你们舍不得离开我，但也给你们说过了，按规定，不允许把你们带回去。你一定要听话，带着一家五口，到班海寨去吧。娅檀一家绝对不会亏待你们的。"

大山好像根本没有听见，把头伏在地上，一副不达目的，誓不罢休的样子。南卡转过了身，伸出舌头在一只小狗上舔了起来。情急之中，大庆找了一根绳子，把大山给拴住了。他估摸着，娅檀发现几只狗逃走后，一定会找到这里的。再说，他没有把绳子拴牢，只要拖过了半小时，车队离开十几公里后，它就能挣脱了。

出发前，团长对大家说："我们赶在这个大雾弥漫的时候出发，大家肯定都清楚，就是为了防止美国飞机的轰炸、捣乱。所以，天亮后，路上肯定要耽误不少时间，天黑之后才能到达国内的兵站。"

团长的嘎斯车由一个驾驶员开着，压在队伍的最后。为了方便商量事情，大庆坐到了团长的车。

上了车，大庆就向团长小声汇报了《圣经》和《金刚经》一起丢失的事。团长听了格外冷静地说："按说，还真是一件大事情，可是，现在，你不用担心，这个人不是偷，而是悄悄地拿走了，不是为了举报，而是为了阅读和学习的，因为这样的经典，目前他根本无法弄到。《圣经》和《金刚经》本身不会丢失的，不论在哪里，它们都能发出掩藏不了的光芒来。要是为了举报，这个人早下手了。回国后，所有的民工经过半个月的总结学习后，就要各奔东西了，大多数人从哪里来，还回哪里去。对一个固守在家乡土地上的农民，阅读什么书籍，只要不是黄色小说，是没有人去追究的。所以你大可不必放在心上。"

团长这么说，肯定有道理，只是到过他住宿办公小棚子的，只有苏天虹、李东海和赵松生。当然，还有娅檀和车塔。苏天虹肯定不会来拿的，因为，他知道这样的书，福音堂里有。赵松生也不可能，剩下的只有李东海了。难道他也动了学习这些经典的念头？

按照规定，车队在大雾里行车，车速一般不超过30迈，其实，要快也快不了，挡风玻璃都被大雾包裹住了，纵然开了防雾大灯，也没起多大的作用。大庆把玻璃摇下，看着外面，在冷飕飕的雾气中，他突然发现了大山带着三只小狗追随着车奔跑，南卡压在后面。都离开营地十几公里了，三只小的跑得已经非常勉强了，要不是南卡在后面督促，一定有小狗落下来。大庆连忙叫驾驶员停了下来，把车门开了，大山带着三只小狗和南卡一只接一只地跳了上来。

杨波怎么驱赶，也不下去。大庆拿出压缩饼干给他们吃，也不起作用，好言好语相劝也不行。大家还真想不出什么办法来。驾驶员说，要不把它们强行抱下去？

杨波说："它们都跟我们几年了，还做了几年的警卫，看守过养殖场的功臣，曾经给我们带来过无数的欢乐，让我们枯草般的日子有了生机。它们和五条麂子一样，成了工程团的一员，带走吧，大家都不要再作声了。回去后，大庆你把它们带回孔雀坪，一定要好好善待，这是我们老挝生活的一部分啊。"

"团长，有你这样的话，我要代表大山一家感谢你。"

"大庆，别忘了，我可是大山和南卡的老干爹啊，命名权可是我杨波的，这三只小的，不就成了孙子和孙女了吗。"

大山带着全家老小，一起站起来，向杨波和大庆摇起了尾巴，以表示感激，对驾驶员却露出了不屑一顾的样子。

驾驶员故意威胁说："你们要不对我示好，半路上我还会把你们全部轰下去。"

大山毫不理会，装作什么都没有听懂。南卡带着三个孩子，极不情愿地摇了几下尾巴。南卡还没有停下，三只少不更事的小狗已经停了下来。

杨波和大庆开怀大笑。

驾驶员红着脸，自言自语地说："看来，大山一家，对我已经怀恨在心了，人狗同理呀，你敬我一尺，我敬你一丈。"

杨波说："你这一顶帽子，戴得太重了，大山和南卡一家，只是一时的情绪而已，并没有那么大的心思。"

中午过后，大雾消散了，放眼望去，老挝的山川显得更加苍秀，小河闪亮，草木生辉，云雾缭绕。大家忍不住唱起歌来，可是，高空中突然出现了美国的侦察机。杨波立即要车队分段隐藏，民工们立即下车躲避。二十分钟不到，出现了三架轰炸机，它们在森林上空转了一圈，没有发现目标，气急败坏地往森林里投下了一批炸弹。

一群接一群的小鸟惊叫不已地从森林里飞起，黑压压地冲天而去，像地上喷起的龙卷风，朝着飞机直涌。有两只翅羽宽大的雄鹰和几十只洋铁翅鸟，也加入这些鸟群的行列。这种洋铁翅是一种专门与黑乌鸦作对的，攻击性很强的鸟。只要碰上了乌鸦，它们就会不顾一切地冲上前去，把乌鸦打得羽毛纷飞，落荒而逃。

还不到十分钟，一个前所未见的奇迹发生了。美国军的一架轰炸机被鸟群上下左右，层层包围住了，它们向着飞机，发起了一次次自杀式的攻击。慌乱中，这架飞机企图拉升高度，突出重围，摆脱危险。可是，它却朝着森林斜插下来，没入林海，最后，发出了一声炸雷似的爆响。

杨波看了，感叹一声："天怒人怨，多行不义必自毙。"

不过，杨波并没有高兴起来。他知道，美国人在没有撤出越南之前，还会对老挝进行无数次的轰炸，其中最大的轰炸点，还是中国所修的公路，因为他们把失败的一部分归于越南多了老挝这条补给线上，不把所有带到越南战场的炸弹扔完，他们是不会善罢甘休的，而老挝是他们最大的出气筒。

走走停停，工程团进入国境，住进兵站的时候，已经是晚上十点钟了，工作人员已经为大家准备好了热乎乎的饭菜。

就在大庆吃好饭，带着大山一家走进临时营房的时候，他看到了一匹小黑马飞快闪过。大庆心里一亮，那不是娅檀吗？她怎么跟着来了？接着，大山和南卡也发现了，带着三只小狗，朝着小黑马出现的方向飞快跑去。

这晚上，大庆溜出去了，大山跟在他的后面，南卡带着三只小狗留在了兵站。

娅檀带着两匹马，轮换着骑，超一条近道，赶在大庆他们之前两个小时到了边境线上，在一位中国的阿卡亲戚家安顿了下来。大庆他俩在那里，有了最后一次的相会。这晚上，因为有五只狗，杨波要兵站给大庆安排了一个单人间，这样成全了大庆在娅檀亲戚家的相会，大庆待了大半夜，直到公鸡叫头遍，才回到了兵站。大山一直守在门外，回来的时候，全身都被露水淋湿了。大庆把自己的毛巾拿出来，为它抹干。

尾 声

和往常一样，每天上午七点半，杨波打开办公室的门，不一会儿，一个提着热水瓶的工作人员为他送进来一壶开水。所有的人都知道杨波的习惯，每天上班他都要提前赶到，泡上一盅陈年老普洱茶，这些茶是爷爷给他留下来的，都是储存三十年以上的古树茶，共有五款：一款叫"坤鹿号"，一款叫"云茶帝"，一款叫"善南腊"，一款叫"回归普洱凤凰金砖"，一款叫"水之灵"，他们都是产自于北回归线一带的。

此地高天流云，阳光和畅，土厚物丰，所产之茶味甘悠长，有神清气爽之功能。

按着泡茶的程序，杨波先用开水洗了茶碗，把茶叶放到里面，冲进开水，泡上半分钟，先把它倒了，冲进开水再泡，一分钟后，打开盖子，随着茶气弥漫，屋里飘起了徐徐幽香，仿佛游荡着一位飘逸的神仙。他轻轻地啜一口，闭上眼，慢慢作一番享受，似乎眼前走来了爷爷。每次几乎都一样，每当他一个人独处，闭目遐想的时候，爷爷都会从陈香普洱中缓缓走来，耳边总能听到他那亲切关怀的声音。爷孙俩自有一番心灵的交流，亦真亦幻，他想，爷爷一直就在他的身边。

杨波要父亲把爷爷经营的小茶馆留了下来，他准备退休后回到古镇上去和儿时的伙伴，一起泡茶、聊天。

1975年10月，也就是他带着民工回国后的第三年，杨波的爷爷让他带儿子来到了爷爷的卧室，爷爷看着当时只有两岁多的重孙杨远方，做了弥留之际的最后嘱咐："我看，远方以后还是到学校做个教书先生吧，不论是大学、中学都行，无论如何，都要做个有知识、有学问、有修养的人，千万别去做那些玩嘴巴的，贴附在树枝上喳喳乱叫的小知了。"

当时，杨波的父母都在面前，他们一起点了头，似乎同意了老人家的想法。

杨波握住爷爷的手说："爷爷，你放心，远方的路会越来越宽广的，他可以走向更加遥远的天边。"

爷爷摇摇头，坚持了自己的意愿："不要天边，只要眼前。有时候，路不必远，中国大地足矣。书不可少读，人生下来，其实就是为读书的，所谓的学富五车，包括有字和无字两种书。"

杨波的爷爷走的时候96岁，无疾而终。大爷爷在爷爷的前一年走的，那时，已是98岁的高龄了，寿终正寝。

从老挝率筑路团回来后，杨波本来是要回原来部队任职的，上级还准备把他提拔为副师长，可是在组织考察的时候，有人递交了一份揭发书，说了他带人给台湾驾驶员安葬、上香的事情。还说，回国后，他和魏海敏到古镇的教堂里补办了婚礼，造成了不好的影响。每一条都是让杨波致命的钢鞭，打下一鞭，起一道血痕。杨波承认了，所有揭发都是事实，他没有作任何申辩，因为到了这份上，对方已经想好了怎样对付你的办法，一切解释都白说白讲。事实上，他也感到非常疲劳了，想回到人的正常轨道上来，再也无心搅到官场的旋涡之中去，挖陷阱、埋地雷、颠倒黑白、小题大做……他又一次想到了大作家雨果《悲惨世界》里的沙威。记得爷爷说过,得饶人处且饶人,做个宽容的人吧。他更加坚定了自己的想法,要求到地方工作,一切听从组织安排,愿做革命的螺丝钉。于是,他被转业分配到了地方工作,就在魏海敏所在的野战医院附近的地区粮食局,当上了局长,县团级待遇,还是原地踏步,不退不进。魏海敏在部队野战医院成了医院的一大宝贝,先是做了副的,后来也做了院长,和杨波平起平坐,一路攀升,两年后,升为正师级待遇。

有时,魏海敏和杨波开玩笑说:"杨波,我的大英雄团长啊,立下了赫赫战功。可是,有功不一定是件好事。像我这样一个平凡之人,按部就班,可以算平步青云吧,到时候,不定升到副军级呢。"

杨波笑了起来:"老子说过:'持而盈之,不如其已。揣而锐之,不可常保……功遂身退,天之道也。'过去,算我杨波不懂为人之道吧。"

"现在懂,也不为迟呀。"

"是啊,告诉你,最近我读老子的《道德经》,还真是获益匪浅啊。"

工程团的民工大多数回乡做了农民,能够分到工作的百分之五都不到,张大庆被杨波要到了他所辖下的直属粮库,做了主任。这还是杨波极力推荐,列举了大庆办事能力强的种种表现,把人事部门的负责人说动了,才把大庆招了进来。赵松生进了地区盲哑人特殊学校,做了后勤科副科长。苏天虹被分配到了县电信局,先做了一年长途台的话务员,接着,做了长途台的班长,后来做了副局长,市里还准备把他调来。李东海回到原来的野战部队之后,马上就被保送到了军校学习,后来,提拔到营长、副团长。他经常来信，感谢杨波的教导、栽培之恩，特别提到了那段在老挝的筑路生活。每年春节，李东海都去孔雀坪天宝家，和苏天虹一起喊爹妈；结婚生子后，也带上老婆、孩子，回去住了半个多月……

到了八点，该上班了，杨波收拾好了所有的茶具，端着一个大玻璃杯子，坐到了办公桌面前，刚坐下，就有人敲响了门，杨波大声说："请进！"

进门来的是张大庆，他还保留了原来的叫法："报告团长！"

杨波礼貌性地站起来。

大庆说："团长，奶奶到村公所打电话说，巴沙姆老人家回到孔雀坪了。"

"啊？巴沙姆不是都靠近八十的人了吗。"

"八十八了，奶奶说，她从美国迈阿密乘坐飞机到了缅甸仰光，休息了十几天，又从仰光到广州，从那里飞昆明，再到了古镇。"

"唉呀，她肯定坐了从昆明到这里的飞机。要是她老人家事先联系一下，我们让她在这里休息上几天。明天就是星期六，我们就一起回孔雀坪吧，我看看魏海敏去不去，我给她打个电话。"

很快，电话通了。

看来，魏海敏的心情不错，说话带着蜂蜜的香味："巴沙姆老人家千里迢迢地来了，我肯定是要去的，只是你那宝贝儿子远方快要高考了，正在日夜备战。"

"不就是一个高考吗，看他的状况，备不备战，考上个一本的大学绝对不成问题。要我说，把远方也带上吧，让他到孔雀坪去呼吸一下山寨的新鲜空气，见一见这一位从美国来的奶奶。到时再回小镇上，看看爷爷奶奶，来一个考前彻底放松。"

"要远方回去见爷爷奶奶，儿子肯定在老人家那里讨不到什么好脸嘴的，老人家说的还是老一套，到大学做一个什么优秀的人民教师，或者做一个实实在在的能够救死扶伤的乡村医生。这些谆谆教导，远方哪里听得进去，他一心想的是大学毕业后，出国留学，德国、英国、法国……"

"美国呢。"

"美国？你不是在战场上与他们交过手嘛。"

"过去是过去，现在是现在，美国与中国都有了正常的来往，难道还在乎一个留学的学生。"

"反正，留不留学，现在为时尚早，到时由他自己来决定，我从来主张无为而治。"

星期天，杨波带上了一家人，没有惊动自己的驾驶员，自己掏钱到加油站加了油，把开车的事交给了张大庆。他们在城里买了些苹果、梨果、菠萝、火龙果，还到烟酒公司，买了一箱杨林肥酒带上。

经过两小时的行程，他们来到了孔雀坪。

巴沙姆在古镇上，到杨波的父母那里，住了一个礼拜。刘伊亚下山来看她，两人决定一同回孔雀坪。开始，巴沙姆坚持要走路上山，因为从古镇到孔雀坪只有八公里的路程。杨波的父母不让，要一个八十多的老人走路上山，实在有些不妥。他们想办法到镇里，找了一辆北京越野车，之后，陪同巴沙姆一起到了孔雀坪。巴沙姆看到偌大的福音堂还在，自己住过的小屋依然保留完好，最使她想不到的是，小屋外的门口栽着的一丛丛大丽花还在，而且开得蓬蓬勃勃。

大庆的奶奶说："这些大丽花，知道主人要回来，都攒足了精神，向着您老人家开放呢。"

巴沙姆把脸贴到了一朵娇艳无比的花团上，不停地叫着："宝贝，我的宝贝！"

巴沙姆提出在孔雀坪待的这一段时间，要住到原来住过的小屋里，大庆的奶奶说："这个心意，肯定要满足您的。"

实际上，巴沙姆离开后，她住过的小床，一直原模原样地保留着，只是把原来的铺盖换成了新的。大庆的奶奶搬去陪着老人家。

大山和南卡还活着，它们的三个孩子也在，都已经当上了狗老祖了。寨子里的四十多只狗，多数是它们繁衍的后代。看到大庆和杨波他们到来，大山和南卡慢慢地走到大门口，一起摇动了苍老的尾巴。

这次，大庆和杨波两家人在孔雀坪聚会，使巴沙姆大喜过望。小时候，杨波在家里见过巴沙姆。巴沙姆是来古镇的第一个传教士，古镇上的人们对她充满了尊敬，见了面，就用从她那里学会的英语单词"哈啰"，来和她打招呼。她回应一声"哈啰"，并向打招呼的人递上一颗糖。这次，杨波也用记忆里的方式与巴沙姆打了招呼："哈啰，巴沙姆！"

88岁的巴沙姆牧师红光满面，像一尊香柏木做成的雕塑，她从一把藤椅上缓缓地站起来，回应了杨波一声："哈罗，杨波。"接着，她从衣服口袋里拿出了几颗水果糖来，分别递给了杨波、魏海敏、杨远方和大庆，动作依然和年轻时一模一样。

杨波在大庆家待了一天，因为父母都到大庆家，他就没有再回古镇去。魏海敏和他星期一都要上班，他给大庆批了三天假，让大庆陪着巴沙姆和家里人说说话。

这次巴沙姆来，看到古镇的基督教堂和孔雀坪的福音堂保留得非常完好，感到非常高兴。她走到了大堂的台子上，坐到脚踏风琴面前，在她的指挥下，信徒们唱起了刘伊亚所作的那一支歌：

太阳红了，月亮明了，雨水顺了，

年辰才会好。
风儿暖了，桃花开了，火塘旺了，
人们才欢笑。
……

巴沙姆这次来，没有见到杨波的两个爷爷，她感到非常遗憾。她说，从孔雀坪出去后，在仰光住了十几年，后来回到了美国迈阿密。两年前，在家人的陪同下，她从美国出发，去了以色列朝圣。

古镇上的老人知道巴沙姆在孔雀坪，每天几乎都有人上山来探望。半年后，美国那边来人，把她接走了。走的时候，巴沙姆站在福音堂的门口，对送行的人说，以后还要来的。

刘伊亚说："我相信，不论哪一年，最好选择在大丽花开放的六月，国际儿童节到来的时候，这一天，上百朵的花蕾饱含着笑脸，毫无保留地绽开着。"

赵松生回来后不到半年，就跟孙惠芬结了婚，夫妻关系一直很好，大儿子赵阳已经上高二了，小儿子赵亮八岁。因为超生，交了六千元的罚款，把副科长降成了一般职工，工资也减少了。他没有半点意见，因为生第二个孩子是他的主张，他觉得生一个不太保险。从自身的经历中，他意识到有两个孩子的重要性，他自己聋了，要是没有妹妹，父母不就垮了吗？

晚饭后，赵松生带着八岁的小儿子赵亮去散步，走出学校大门不远，看到了一个打着把大红伞摆摊卖鞭炮的。过几天，就是大年三十了，小赵亮把他拉了过去，跺着脚强调：要买鞭炮！赵松生只好掏钱，买了两挂，还买了几个红颜色的二踢脚。离开小摊子二十多米，小儿子赵亮吵着比画着要他放炮，赵松生掏出打火机，点燃了一个二踢脚，还没有安放到地上，就在手里炸开了，右手大拇指、食指和中指鲜血淋漓，他疼得直冒大汗，把小儿子赵亮惊得大哭，引来了一群散步的人。他们为赵松生叫了一辆救护车，送到了最近的中医院，在急救室，一位老中医在他的伤口上敷上了云南白药，问他为什么不把鞭炮放到地上再点火。陪着去的小儿子说，爸爸的耳朵聋了，和他说话要用笔。正好，这一位老中医是用针灸医治耳聋耳鸣的专家。赵松生掏出笔和一个小本子，与这位医生做了详细的交谈，告诉他自己的耳朵是被炸弹震聋的，从老挝回来后，团长让人带着他去了北京、上海医治，一点都不管用。老中医说："你相信吗？我有把握医治好你的耳朵。"赵松生一听，说了一堆感激的话。一个礼拜后，他的伤口愈合了。过了春节，他满怀信心地接受了老中医的治疗。清明节到了，赵松生带着全家人回老家上坟，准备在家住三天。

　　回家的第一个早晨，六点过五分的时候，赵松生突然听到了小鸟的叫声，清亮的"鸟钟"响起来了，他立即起来，走出大门，抬起头来，看着一只花哨喜正站在一棵结满桃子的树枝上，忘情地唱着，歌声里充满了大自然的清、润、凉、香。

　　六点二十五分，这一只花哨喜从桃树枝上飞起，像一粒星子飞升天际，进入了破晓的云缝里。

　　赵松生知道，老中医已经治好了他的耳聋。不过，他还要进行一番实证，他走过秧苗发绿的田埂，听到了蛐蛐在草丛里啾啾的叫声，还听到从一个铺满了水葫芦的养鱼池里传出的一片呱呱的蛙鸣……赵松生想起了老挝，想起了那些吱吱叫着的竹鼠、麂子和鹿，想起了那一只花哨喜，他想，刚叫过的这只是不是从老挝飞回来的。

　　这是一个充满着阳光的幸福早晨，赵松生打起了口哨，走了田埂又上山坡,一直走了两个多小时。他是从坡上手持一簇山茶花跑着回家的。他大声地叫着:"阿爹阿妈、妹妹、老婆儿子,我的耳朵听得见了,我的耳朵听得见了。"

全家人感动得哭了。

赵松生立即跑到一公里外的村公所,气喘吁吁地给杨波打了一个电话:"团长——,亲爱的团长,告诉你一个好消息,我的耳朵听得见了,今天我终于听到花哨喜的歌唱了,听到'鸟钟'鸣响,听到蛐蛐、青蛙的叫声了,听到露水落地的声音了……真的,团长,是真的呀。来吧,尊敬的团长,我们一起来听……"

电话那边,杨波哭了。为了证实赵松生所说的,他对着话筒,接连拍打了三下巴掌,一巴掌声音小,两巴掌声音响亮。

赵松生说:"团长,我听到了,你拍了三下巴掌,第一声,声音小;接着的两下,声音洪亮。"

"松生,这真是一个天大的好消息,这样吧,明天你从家里回来后,我为你设宴祝贺。你把在电站工作的张华也叫来,苏天虹和张大庆由我来通知。"杨波听了,都不能控制自己,热泪盈眶。

"好,好,这个客我来请,不用您,团长,我都十几年听不到您和战友们的声音了,在一起,就是想听你们说说话。"

这天,赵松生在村公所给亲朋好友打了很多电话。

到家的时候,大儿子赵阳骑着自行车到城里买来了许多鞭炮,赵松生在一片鞭炮声中,踩着一地的红屑,走进了大门。

小儿子赵亮跑上来亲吻了他,他把赵亮高举起来,大声说:"儿子,感谢你的鞭炮,感谢你的大鞭炮。"

吃饭的时候,赵松生的父亲说:"松生啊,你妈在松树坡生下了你,原以为,你的人生路途遍撒着满地的松香,想不到,后来你竟有这样大的劫难,但孙子赵亮把你带到了老中医那里,使你绝处逢生，耳朵又有了亮光，虫子、蚂蚁走路的声音，都能听到了，这真是一种福气，从今以后，你就多做行善积德的事。"

回城的第二天，赵松生把杨波一家、张大庆和张华、中医院的老中医一起请到家里来，做了丰盛的饭菜，摆门前的小院子里一起庆祝。吃饭的时候，人们说了机缘巧合，说了福祸相依的事。

老中医说："这也许就是命，一切都是上天事先安排好了的，你儿子要买鞭炮，你炸伤了手，正好遇上了我值班。"

杨波说："松生，在老挝时，我许诺过，送你到北京、上海医治，我做了，但都没有把你的耳朵给治好。可是，现在我们的老中医把你治好了，这真是天下的奇迹。今天你就好好地拜一拜这一位老中医吧，说他华佗再生、扁鹊出世都不为过。"

老中医站起来，摆摆手说："杨局长，这样说，我还真不敢接受。赵松生这位晚辈，在老挝冒着敌人的飞机炮火前进的事迹，还真是感天动地，我应该向他学习。让他的耳朵恢复听力，是我作为一个医生应该做的。"

一只雪白的小羊羔咩咩叫着，爬到了家门口的一棵柿子树上抓一只飞落到树枝上的绿头公鸭，小羊羔在后面穷追不舍，绿头公鸭在树枝上蹿来跳去。绿头公鸭到了一条独立的高枝上，眼看小羊羔就要得手了，这时候，突然响起了一个炸雷声，把大庆惊醒过来。

长久以来，大庆经常伴随着这样一些梦，复杂奇怪，不知所云，有时，大半夜醒来，他要好好回放大半个小时，更多的时候彻夜难眠，唯一的办法，就是拿起书来。读书，已经成了他生活中的一个重要方面，他没有学会打扑克、斗地主、搓麻将，更没有沉迷在酒吧和歌厅。之后，新华书店里可以阅读的中外书籍越来越多，中国的四大名著光明正大地回到了它们原来的位置。接下来，《静静的顿河》《复活》《九三年》《茶花女》《飘》等一批外国文学也登台亮相，甚至像劳伦斯的《查泰莱夫人的情人》，也在暗地里流传开来。《古兰经》《圣经》《金刚经》也出现在了展台和橱窗中。人们不用躲闪，可以随意购买，公开阅读。

清凉之气，随处流动。人们可以公开谈论领袖、真人、圣人、伟人，从释迦牟尼、耶稣、穆罕默德，再到老子、孔子、孟子……

每个月发了工资，大庆做的第一件事，就是到书店买书，他的床上、桌子上堆起的都是书，每次看到大庆抱着一捆书回来，有人总会这样说："大庆，你又不到大学里当老师、教授，一个小科长何必读这么多的书。"

"是啊，正因为我没有能力和资格到大学去做老师或教授，我才不停地看书学习，再说了，教授无处不在，传统都说，诗书传家久，文章达天下。吃饱穿暖了，就要读书呀，一点萤火可以照亮几棵小草；一部经典，可以指明人生历程。我们怎么可以不读书呢。"

读书，丰富了许多人的时光。大庆遨游在经典和历史文化的天地里，他把自己的脑子划分出了几个仓库：经典仓库、历史仓库、哲学仓库、文学仓库。这样一梳理，查看，发觉许多仓库空无一物，他体会到了学而知不足，于是开始了系统的学习。

在大庆的带动下，整个直属库的46个人，从仓管员，到出大力的搬运工，都拿起了书本。文学作品从《红岩》《青春之歌》，再到《三国演义》，有的抱起了大部头的外国文学，有的读起了孔子孟子，读书在直属库蔚然成风。常有职工到新华书店买书，书店的负责人干脆在直属库的工会活动室设了一个图书专柜，供大家无偿阅读；每到一批新书，新华书店就组织送货上门。

现在是1990年。在漫长的等待和煎熬中，已经整整过去17年了，从老挝回国的时候，大庆23岁，现在已是40岁的人了。他依然孤身一人，一直在苦苦等待着，可是，他居然得不到有关娅檀一家和班海寨的一丝信息。

城西有一个占地200多亩的大储木场，几十位老板从老挝、缅甸运来珍贵的木材。料场上堆满了小山一样高的花梨木、酸枝木、柚木、金丝楠木、鹰爪木等。每天都有拉木料的车子进进出出。大庆知道，这些木材中，花梨木和酸枝木大多出自老挝，最为珍贵的当数大红酸枝。几乎每天傍晚他都要骑着自行车，到那里去打听班海寨的消息，几次后，和驾驶员都很熟了，他们对大庆说："你这样打听，倒不如请个假，办一个护照或者边民通行证去探望。"这个建议当然很好，可是目前对国家工作人员确有着严格的规定，不能随意出国。何况大庆出去的理由并不充分。

强烈的欲望一压再压。按理，奶奶的父母、自己的老祖都还健在，奶奶还有弟弟妹妹、侄子、孙子，这些都是大庆的直系亲属，他完全有充分的理由办理护照。他曾经向杨波提出过，不知道怎的，他始终没有表态。

这天，大庆的母亲陪着奶奶来了。事先，她们没有来过电话，他正好为上一年粮食入库数据的事劳碌，忙完回来已经很晚了，超过了晚饭时间，一个人不想做饭，在街边的一个小摊上吃了一碗米粉，回到宿舍的时候，两位老人早已坐在门口等候了，她们分别背了两个背篓，里面装满了土鸡蛋、毛芋头，还有几只胖母鸡。大庆知道，家里每次来人，少不了带两份土特产，一份是团长杨波家的，一份是自己的。把老人引进宿舍后，让她们先吃点饼干，泡了茶。随后，大庆立即跑到外面的值班室，给杨波打了电话，告诉了两位老人到来的消息。杨波一听，就知道，老人肯定还没有吃饭。

他说："你单人独手的，又没有冰箱，除了腊肉、干巴和花生米，肯定没有什么其他好东西存放，就别折腾了。这样吧，我立即过来,把两位老人一起接到家来,魏海敏有手术,刚回来,还没有吃饭,正好一起吃。"

十五分钟后,杨波开着北京吉普来了,大庆把奶奶和母亲给杨波家的毛芋头、一箱用松毛铺垫的土鸡蛋、两只老母鸡一起带上了,到了杨波家。魏海敏说,住宿就安排在家里。当时,大庆的住房就是一间屋,没有卫生间,老人家晚上起夜不方便,团长家有客房,里面正好有两张床,卫生间还可以洗澡。

吃过饭,大家就目前状态聊开了。奶奶刘伊亚说:"大水冲动碾子,壮汉推转石磨,现在越来越好了,农村的土地焕发出了前所未有的生机,表现出了强大的生殖能力;五谷杂粮攒足了劲头,一块同样的土地,没有毁森开荒,也没有引进新品种,施用还是原来的农家肥加绿肥,可是带来的却是不一样的收获。孔雀坪的家家户户,家里的粮食把楼板都压弯了,所有的箩筐都满了。过节的时候,寨子里就响起消逝已久的舂粑粑声。"

魏海敏凑上来说:"大庆奶奶,因为有了改革开放的好政策,你的侄子杨波每次下班回家来,眉毛都是舒长的。过去几年,看到杨波,我都不敢看他结打得像野地里那鬼箭草一样的眉毛。我甚至怀疑,不用几年,两道眉毛都成了非洲姑娘梳不开的小辫了喽。"

杨波说:"不是犯愁嘛,一个粮食局局长,除了必须保证部队用粮、战备粮、地方居民的供应粮外,加上返销粮,所有仓库所剩不多,所以我把大庆安排到直属库这样一个重要位置上,就是要他保卫好国家的粮食。现在好了,各个县粮食局的仓库和直属库的都一个样,都满了,原来的大粮仓库不够用了,又新修了土圆仓,很快粮食就要全面放开了。市场上,大家都可以进行自由买卖,用了多年的粮票和居民口粮证都要废除了。"

大庆的奶奶说:"所有这些,都是说不尽的好,可是,我有一点担心,就是转基因的粮食和种子。"

杨波说:"这样的东西,我们也保持着高度的警惕,只是种子一直归农业局在管,况且目前对它的好坏还没有一个说法。"

"不管是谁在管,一定要把好关口,绝对不能再发生引进尼罗河田螺那样,几乎毁灭了数十万亩稻田的悲剧。我看过一篇文章,说有一年,一位领导到秦皇岛视察,看到渤海湾黄金海岸沿途没有防护,提议引进美国洋槐进行栽种繁殖,据说,现在已经形成了一道绿色的防护大堤,既防风沙,又防海浪,更是一道魅力无穷的景观长廊,这样的引进就好,它造福千秋万代。"

"是啊,刘老师,转基因这样一个新事物,一个大家都没有注意到的问题,居然进入了您老人家的视野,又一次让我们佩服您的博大和关爱。"

事实上,转基因大豆、西瓜、黄瓜、西红柿和玉米已经悄悄进入了市场,逐步壮大了自己的队伍,以鲜活靓丽的色彩出现在每一个家庭的餐桌上。

大庆的奶奶和母亲这次来,除了想到处看看,到市场上走一走外,还给大庆带来了一封来自老挝的信,信是寄到孔雀坪的。凭着感觉,她们觉得这封信对大庆来说十分重要,就把它带来了。

信是用大庆留下的信封寄出的,接过信后,趁着远方上自习还没有回来,大庆到了他的书房,打开来,使他意想不到的是,里面的文字用的都是繁体字,不用说,这封信是由那些华文学校教出来的人写的。

亲爱的大庆哥:

　　这是我给你写的第60封信了,我不知道怎么一回事,怎么也得不到你的回信。为了这事,我和阿爹到神林里念过贝玛经，祈求山神保佑。寨子里的人知道我和你的事，还对我说，别相信男女亲热时说过的那些话语，更别相信那些没有在神灵面前发出的誓言。但是我绝对不相信你会变心。早晨芭蕉树上的小鸟的歌唱是真的，晚上从大森林里传来的夜莺表达的更是一种依恋。为了告诉你这里的消息，开始的每一封信，我都要骑马到二十公里外的一位老华侨家，请人写信，现在不用了，家里已经有写信人了。

告诉你，现在寨子里青壮年都上附近的大山上砍木头去了，加坡大舅家里的9匹大象也上山去拖木头去了，近年来我们附近的大山都被中国来的老板包了下来。听说他们给的价格很低，而从这里运输出去的，都是世界上最好的木材。那些长了几百年上千年的大红酸枝都是宝贝，一棵棵被放倒下来，一辆大卡车要两三次才能够拉完一棵，因为这些树赚钱，它们粗大的根都用挖掘机挖了出来。在山上搬运木头，需要大象的帮助，我们老挝的不够用，他们还从泰国借来。开始，大家都非常高兴，因为可以从中国老板那里拿到钱。可是看着一座座大山，一天天在油锯声中光秃了，班海寨外的森林里的小鸟和野兽越来越多，它们能够吃的食物已经不够了。所以，它们打起了架，相互咬死斗死的野猪，几乎每天都有。加坡大舅不忍心看大象受罪，更接受不了，一座座大山被削为光头的现实，毫不犹豫地退了租金，把自己的9头大象召了回来。公路上，每天都有几百辆拉运木头的车子出出进进，你们工程团修下的公路，过去是多么的平直宽敞，可是现在变得坑坑洼洼的了，也变得狭窄了。三头大象可以并排走的，现在只能走麂子了。看着远方的大山，加坡大舅一言不发，他担心班海寨附近的森林也难逃劫难。大庆哥，我说这些就是，要你对杨波团长说说，让中国的木材老板不要再来砍我们的大树了。你是知道的，上寮的天气本来就热，周围的大山砍光后，会变得更热了。小鸟的鸣唱也少了许多滋润。

好了，不说这些闹心的事了，老天造下的孽，由它自己来处理；凡人犯下的罪，由凡人担当。现在要说的是，我们班海寨闹粮荒了，寨子里的人包括我们家在内，把小粮仓里积存下来的粮食都吃光了。为了度过荒年，人们已经开始吃山茅野菜了。去年六月，坡地的旱稻正在打苞的时候，出现了密密麻麻的小黑虫，问了政府，他们派来专家看了，说叫粘虫，可是，没有农药，只能靠人工捉。每天，公鸡叫头遍，寨子里所有人都出动了，每人腰间挂上了一个小石灰桶，用手把虫子捉到里面，把它辣死。这种小虫有毒，几天下来，所有捉虫人的手都烂了，变成了一双双洗不干净的黄手。阿爹到地边念动驱虫经，召来过一群群小鸟，它们贴着地飞了一圈，一条虫子都没有吃就飞走了。我们还没有把虫子逮光，旱稻苗几乎都被咬断掉在了地上。对付这样的小东西，我们真的拿不出一点办法来。今年，班海寨没有人家收获的粮食超过两百市斤。现在，已在挨饿了，过的是清汤寡水的日子。大庆哥，要是可以，给我们寨子弄点粮食吧，要不，我们真的熬不过去了。来吧，大庆哥，眼看着，我们一个个都变成了轻飘飘的笋叶和风筝，连斑鸠和夜莺的叫声都变得有气无力。

过去，我到公路边，把信给了几个中国拉木料的司机，送了麂子干巴、马鹿蹄经，要他们到中国后，把信给你寄出去，看来他们肯定没有放在心上。这封信，我是骑马到边境的中国亲戚家，请他们到城里，给你寄出的。为了班海寨，为了娅檀，但愿，它像一只吉祥的小鸟，能够平安到达你的手里。

　　　　一直爱着你，想着你，盼着你的娅檀
　　　　　　　　1990年3月3日

　　读完娅檀的来信，大庆真是万箭穿心，他的眼前晃化出了那些被砍伐光了的山头，它们在腾腾热焰中跳荡着。娅檀在信里说到的粘虫，他是知道的，有一年，寨子里的稻田里出现过，他也参加了寨子里的捉虫活动。

　　大庆拿着信，走到了杨波家的客厅，奶奶他们还在说着话，当着大家的面，大庆把娅檀的来信读了。回国后，他就对家里人毫不隐瞒地说了和娅檀的事情。对他们的处境大家一直关心着，杨波和魏海敏就更不用说了。

　　杨波听了，几次抹眼泪。他不仅仅是为班海寨，更为中国人的良心和影响，在地区召开的会上，他不止一次地提出过，要限制对老挝和缅甸木材的过量开发，可是，遭到了反驳。有人甚至批评他，用情感代替政策，是对改革开放的阻拦。有领导要他出外考察，看一看人家，沿海地区的第一桶金是怎么捞到的。有位领导还用当地的一句土话"胆大的日龙日虎，胆小的日猫日鼠"驳斥他。

　　奶奶听了后说："老挝来信了，大庆你明天就去，没有粮食到家里拉上一些。"

　　杨波说："这样吧，办理护照要两个工作日，肯定来不及，明天我给公安局局长打个电话，你去办理一个临时边民通行证，后天就出发。粮食的事，我来解决，用供我使用的北京吉普，装两吨半去，剩下的到边境上去解决。班海寨120多户人家缺少粮食，要到7月，青玉米包浆了才能够接上，这次运去几吨后，还有20吨的缺口，这个由我来想办法，你就在那里等着吧，班海寨是有恩于我们的，千方百计也定要报答。"

魏海敏说："这两天，正好我有公休假，我陪同奶奶和大婶到处走走。大庆你就不用操心了，要是她们等不到你回来，我们把两位老人送回孔雀坪。"

杨波特批了大庆半个月的假，第三天，大庆就开上北京吉普，带上了两吨半的大米，准备出发了。杨波考虑得很周全，大庆出发时，要他带上了送给加坡老人、尔车大叔和米蒂的几公斤冰糖和红糖、两箱杨林肥酒，给娅檀和阿米亚带了两套衣服。衣服是魏海敏去选购的，娅檀和阿米亚她都见过，给她们买衣服，大小出入肯定不大。

杨波还对大庆强调说："你第一天到班海寨，第二天必须就到烈士陵园去看望躺在那里的烈士们，为他们烧上几炷香，请他们到天宝的坟墓前来，一起喝上几大碗酒，代表我，这个做团长的，向他们表示问候。你再到那两个被我们误打的驾驶员的墓地去看一看，他们的亲人移走了坟墓没有，要没移，都是中国人，一定要给他们的坟墓除草，祭奠一下。"

从大庆所在的市里出发，开车到出老挝的口岸，本来9个多小时就可以到达，但因为路上不仅有很多拉木料的大卡车，还遇上两次交通事故，耽误了3个小时，他到达口岸用了14小时，傍晚才到达。在那里做了边防检查站站长的许正旺一直在办公室里焦急地等候着。大庆要到边境站的消息，杨波已经给他打来了电话。

那一年，大庆把正旺送到兵站后，许正旺就被留了下来，先在兵站做了半年的后勤工作，之后，杨波通过自己的部下，把他安排入伍当了兵。这些事情，都是在暗地里操作的，大庆只是隐隐约约听过，团长没有提起，他也没有多问。

　　大庆和许正旺见面是愉快的。许正旺把大庆带到饭堂，在一个接待专用的小包间里，两人边喝边聊，进行了一番涉及十几年的长谈，一个故事接着一个故事，当然，更多的是在老挝修路的五年时光，铺漫开来，好似《一千零一夜》。

　　一开始，许正旺就告诉大庆说："粮食的事，不用你担心，我自己为你准备了7吨，后来让李东海知道了，他说其中的一半，三吨半一定要算他的。他已经把钱打过来了，这些粮食是用自己的薪水购买的。我知道，这些粮食，班海寨的一千多人，只能够对付一个多月。团长电话里说，他和魏海敏医生发动了那些在老挝服务过的医生，按照自己的情况来捐赠，多少不限。号召一发出，今天就有了20多吨的认购。后天，就可以组织车辆送出来，过关的问题，我来解决。"

　　"终归是团长，有办法。"

　　"我们的杨波团长有着巨大的人格魅力，加上雷厉风行的作风，是让我们佩服的大英雄啊。"

　　"怎么？你与李东海还保持联系，难道你对他没有一点记恨？"

　　"开始肯定是有的，后来，东海连长主动给我打电话，我也把团长帮忙，让我当兵入伍的事讲了。一切都过去了，再说了，在那个年代，算我不懂事，当时有谁敢画大美女，何况我还真对着曼金兰的傣族少女洗澡时画的。现在的东海也不是当年的李东海了。"

　　"是啊，要说有错，那是整个时代造成的，我们失去了一种正常的生存环境，人人自危，对文化和精神方面的东西，出现了一种非理性的判断，就像东海连长，他绝对是一个大好人，可是，最重要的是没有自己的脑子。苏天宝的牺牲唤起了他的觉醒，现在好了，他也当上团长了，做了一个有思想、有觉悟的人。"

"大庆哥，知道你要到老挝，东海连长说，我们早应该去看一看班海寨和曼金兰的老乡们了。除了粮食外，还要我给加坡寨老准备了一箱酒。"

"酒我已经准备了。"

"你的是你的，我还准备了两箱，一箱是东海连长的，一箱是我自己的，都是杨林肥酒。另外，给加坡老人和娅檀的阿爸尔车贝玛每人准备了两瓶茅台酒。说起来，那一年，站岗打死公鹿，要不是加坡老人出面保护，在李东海的煽动下，当时我可能就被遣送回来了。"

"正旺，说点有关木材的话题吧。在市里我到过那里的储木场，一路走来，看到的几乎都是拉木料的各种大卡车……难道这些都是合法的，你们都不管吗？"

"大庆哥，我们只管出境来往人员的安全检查。你说的这些，我也有同感，真的，我不是眼红那些一夜暴富的大小万元户、几十万元户、百万富翁、千万富翁们。中国人的钱包是应该鼓起来了，那种清一色的服装也应该被五彩斑斓所代替，补丁衣服不能再穿了。可是，我们不能毫无控制地到别人的土地上乱砍滥伐。每天，看着上百辆车子，拉着从老挝运出来的大根木头，我的心无比疼痛，我真想，让士兵放下栏杆，把他们堵下来。可是，人家一切的手续都是完备的、合法的，何况，老挝也是同意砍伐的。对木材我们可以开发利用，但是，绝对不能抱着这样的态度。如此，毁坏了森林，也就毁了生存天地，其实也是在毁灭我们自己的家园啊。山水相连，空气流动。可是，我们又不能因噎废食，我们只能等待，静观其变。"

"我和团长都说到了这个问题，要是那些倒下的民工兄弟在天之灵有知,真不知要发出什么样的感慨。"

"我回家探亲的时候,到县城里的家具市场看过,那里的红木家具真是琳琅满目。还有那花梨木的大板,一块 2 米多宽,长 5 米的大板,开价竟高达 30 多万,在我在这里,用 1 万元不到的价格,就可以搞到手,我还真动过心,可是一直没有敢下手,因为面对一棵棵巨大的树木,这样做总有一种带着血腥的罪恶感。再说到越战,美国对越南当地环境的破坏也是十分严重。唉……"

"美国人要对在这场战争中造成的严重后果负责。一个大国要有一种站出来担当的大气量,可是直到现在,还没有人忏悔。"

从国际到国内,两位朋友在一起,酒没有少喝,话也没有少说,谈话的内容,达到了一部长篇小说的量。位卑未敢忘忧国,他们和宋代大诗人陆游一样,有着同样的悲悯情怀。

大庆说:"我们这一代人啊,还真是百炼成钢,不管遇到什么大风大浪,一直怀抱信心和希望,毫不动摇地努力向前。当然了,有时,还需要冷静下来进行一番思考。像中国老板到老挝、缅甸去开发木材的事,我们有能力就在暗地里制止吧。"

第二天,吃过早餐,把一车大米装好后,摘了牌照,与老挝方面的边检站打好了招呼,正旺还派了两个技术好的驾驶员跟随大庆将 7 吨大米送到班海寨。

大庆他们早晨 8 点就出发了,想不到,从口岸到班海寨的 100 多公里柏油路,已经不是原来的平直模样了,在密集的车辆重压下,到处坑坑洼洼,有的路中的大坑真可以躺下一头大水牛,公路也看不出有人来保养过的痕迹。

大庆他们到达班海寨的时候,已是傍晚了。娅檀一家和加坡老人,好像知道大庆他们要来的消息,已经在寨门外等候了。大庆看到娅檀时,眼睛瞬间红了起来,娅檀也是满眼泪花,此时无声胜有声，在这跨越十几年的对视中，时间仿佛凝固了，但似乎也在为这两个有情人诉说着重逢的喜悦。和他们并排站在一起的还有12条麂子、9匹大象。不用问，大庆也明白，除了原来的5头，三大二小以外，其他的7头，肯定就是那三条麂子的后代们，原来的3头，已经是老祖辈了，它们是麂子家族的"五代同堂"。还有所有麂子的脖子上都系上了红条子，娅檀一家，为了提醒那些猎人不要在它们的身上放枪和弩弓，真是用心良苦。之后，娅檀还告诉大庆，家里为它们举行了拴线仪式，为它们念了经，是加持过的，是得到山神保护的。看到大庆，3头麂子一起摇起了短小的尾巴，向着他扑来，大庆知道，它们就是原先的那3头年老的，它们身上的毛色已经枯黄，显得有些瘦。据说，麂子最多能够活二十五年，它们剩下的日子已经不多了。大庆看了，有些酸楚，抚摸着它们，伏下身去，从衣服口袋里掏出了几块饼干，分别喂给它们，其他几头小的麂子见状，也拥了上来。

见到有这么多的粮食运送来，加坡寨老立即把寨子里的一些青壮年叫来，把车上的粮食搬运到娅檀家里，并且在当天晚上按人头，分配到了各家各户。

娅檀和加坡家一袋大米都没有多留，加上还要送来的20多吨粮食，班海寨渡过粮荒已经不成问题了。

开大车送粮食来的两个驾驶员在娅檀家吃过晚饭后，就忙着往回赶了。本来，大庆想留他们，可是他明白，正旺之所以派两个驾驶员来，就是要他们当天返回，因为晚上公路不会拥堵，再说了，这些年路上没有骚扰，已经比较安全了。

大庆感到奇怪，今天要到班海寨的消息，事先并没有告诉任何人，实际上，也无法取得任何联系，娅檀他们怎么就知道了呢？

娅檀笑笑说："大庆哥，我和阿爹不是贝玛吗？按照阿爹和我掐算的日子，你们准时到达了寨子。"

"这么说来，还真是神了，阿卡贝玛古老的巫术既然存藏着如此的秘密，还真是要保留和发扬。"

送走两个驾驶员后，娅檀家一下子就拥来的20多个大小伙子和姑娘。他们手里有的拎着鸡，有的拿着酒，有的拿着野猪肉，有了救命的粮食，大家都要陪着大庆喝酒，说说话。这一喝，一直到了下半夜，大家才散去。

大庆一直没有见到车塔，还有那个收养在家的越南小兄弟。按说，现在越南小兄弟也应该是个大小伙了，他左右张望，终于忍不住开口问了。

娅檀说："大庆哥，你不知道吧，车塔和阿米亚姑娘成一家人了，他们已经有两个儿子，都到城里上中学了。他们住到了旁边一幢新盖的木楼里，不过，没有分家。三天前，那个越南小弟弟的叔叔找上门来，要求把他带回去，我们没有什么说的，车塔和阿米亚赶着几匹马，送他们回去了，最多，后天就会赶回来。"

尔车和米蒂对大庆说："大庆，你和娅檀本来就是夫妻，今晚上，你们就名正言顺地在一起吧。过两天，挑个好日子，在家里把结婚的事给办了。"

大庆也默认了。走进小屋的时候，娅檀终于忍不住告诉了大庆一个惊天的秘密——他们有一个儿子，今年正好十六岁，在省城一所华文学校读高中。娅檀给他的信，就是让儿子写的。还说，明天儿子就要从县城回来，大庆百感交集。

娅檀说："大庆哥，你都快成了只顾下蛋，不注意儿女成长的布谷鸟了，其实，在边境亲戚家的那个晚上，我就有了。"

"娅檀，我一直没有你的消息，不知道有儿子。对不起，辛苦你了。"

虽然很累了，可是，大庆和娅檀谁也没有一丝睡意。娅檀打亮了手电筒，光照下，大庆注意到了娅檀稍凸的脑门上依然发出了当年一样的亮光，仿佛抹上了一层细腻的油脂；左右的乳房和十几年前没有什么两样，还是像两只尖锐的陀螺，要是把它放到地上，准能飞快旋转起来。

娅檀说："为了不让你失望，自从你走后，每天我都要给它们抹上蜂蜜保养着，要紧的是，我的心里每天都有花朵在开放，有蜂蜜嗡嗡地飞舞歌唱。大庆哥，你说，我们还要一个孩子吗？"

"当然要，一切都还来得及，种子饱满，土地滋润。"

"那就来吧，大庆哥，今天又是一个下种的好日子。"娅檀发出了野猫一样柔媚的声音。

"……"

这一夜，森林里的夜莺充满着激情，一直在舒爽的凉风中不停地歌唱，婉转而动听。

天快亮的时候，娅檀才迷迷糊糊地睡着了。大庆听到了楼下芭蕉树上，响起了花哨喜清亮的叫声，"鸟钟"响了，他起来，打亮手电筒一看，正是凌晨六点零五分。他没有惊动娅檀，轻轻地起来，开了门，走下楼去。没有大雾，寨子里所有的人还在沉睡中。大庆走出寨门的时候，12头脖子上系着彩色丝线的麂子像一群草黄的山羊紧紧地跟上了他。出了寨门，大庆走到几枚排列着的炸弹面前，停留了片刻。12头麂子朝着森林走去，寻觅带露的早食去了。

大庆转回寨子，沿着当年工程团所修的大路上，走了一个多小时。天大亮了，大庆回到娅檀家。吃过早饭，找了锄头、镰刀、铲子这些工具，带上娅檀，一起到出国民工烈士陵园，探望躺着的265位烈士。当年，阿米亚带人在陵园里种下的那些攀枝花树，已经长成了高大挺拔的大树了，花已开过，枝头上结满了一颗颗拳头大小的木棉包子，再过一个月，它们就会在阳光中欢快绽开，变成漫天的飞絮。

墓地的杂草已被除尽，所有的坟墓都显露出来，走到里面，一种生机勃勃的朝气迎面扑来。

娅檀说，按照中国的习俗，到了清明节，寨子里的人都会一起到这里来扫墓，大家一起动手除草。

在苏天宝的坟墓前，大庆拿出杨林肥酒，环绕着坟墓洒了一圈，在面前摆下酒菜，对天宝说了杨波、苏天虹、许正旺、赵松生对他的问候。

后来，大庆带着娅檀又去了两个中国台湾驾驶员的墓地。看到他们的坟墓并没有被移走，掩埋在一片高过人头的紫茎泽兰和艾蒿丛中。大庆和娅檀一起动手，用了一个多小时，才清除了这些杂草。他们的声音惊动了隐藏在里面的几条眼镜王蛇，它们高抬着头，很快没入了附近的树林之中。

看着塌陷的坟墓，大庆用铲子，给他们填上了土，坟墓明显地饱满起来，那块写着遇难日期的木牌，早已被白蚂蚁蛀了，消融到了土里。几天后，大庆弄了水泥和沙石来，给他们做了两块墓碑。

在树下休息的时候，娅檀不解地问："大庆哥，这飞机不是你们打下来的吗？怎么还要来为他们修理坟墓？"

"他们糊里糊涂地进入了禁飞区，按说，大错不在我们，可是，两条生命，也同为中国人，还是要有人记住他们。"

娅檀和大庆整整忙乎了一个上午，回到家的时候，车塔和阿米亚已经到家了。下午，大庆的儿子塔南和车塔的两个儿子，也搭乘着一辆大客车回来了。

大庆认真地端详着塔南，从他的身上，看出了自己年轻的影子，站在身边的娅檀说："大庆哥，像吗？是你儿子吗？"

大庆什么话都没有说，眼泪哗哗地流淌出来，他向前去，一把抱住了儿子，儿子也伸出了有力的手回抱了大庆。

娅檀抹着眼泪，用阿卡话对塔南说："塔南，叫阿爹吧，他就是我千百次给你说过的，一个脑子里装满知识的阿爹。"

塔南颤抖着声，用阿卡话和汉语接连叫了几声："阿爹，您怎么现在才回来呀，我们都期盼了多少年了。我一直以为，我有一个中国的爹，是阿妈安慰我的一个谎话。"

大庆拥抱着儿子说："儿子，感谢你的阿妈吧，你都生下十六年了，我们父子终于见面了。请你原谅，我真是一个不负责任的阿爸，一只没有担当的布谷鸟。"

"阿爸，别说了，不怪您，现在一切都好了。我是你实实在在的儿子塔南，你是我风雨不动阿爹，今天，看到你像大山一样屹立在面前，我的心踏实了，不空了。阿爹，你是我们家遮风挡雨的大树，是我们家永不熄灭的火塘。"

三天后，杨波给班海寨动员来的第二批粮食运到了，比原来说的还多了5吨，一共25吨。运送粮食的，正是当年后勤部队的几个运送柏油和粮食的老兵，他们拿着团长杨波给大庆的信。

在接收粮食的时候，加坡老人对着中国方向，带着全寨老老小小下跪了："感谢我们的中国，感谢筑路工程团！"

这天，加坡寨老来到了娅檀家，作为娅檀家最亲的一位老人，说要按照阿卡人的习俗，为大庆和娅檀办理婚事。

大庆说："加坡大舅，班海寨出现了粮荒，婚事就省了吧，再说了，儿子塔南都长成一棵年轻的树了。要不叫上几个亲戚，喝上一顿酒？"

尔车说："是啊，我外孙都成了树上可以搭鸟窝的人了，能让他看着自己的爹妈举办婚礼有多好。有的事可以省,婚礼是万万不能的,省了,就不合乎阿卡人的礼了。要是什么都省,几百年后,我们阿卡人就什么都不存在了。再说了,不办婚事,大庆你怎么改口,叫我们爹妈呢。"

加坡说:"大庆,这样的事情,得由我这个做大舅的说了算,你给我们送来了救命的粮食,我们应该代表老挝还中国一个礼呀。你和娅檀的婚事不但要办,还要热热闹闹、轰轰烈烈地办,到时,寨子里的人全部都来参加,外寨的亲戚也要来。"

大家坐在木楼上说得正热闹的时候,一头麂子在楼下急切地叫唤起来,娅檀跑下楼去看,楼下停了一辆还没有熄火的吉普车,车上坐着一个看似来自欧洲的中年汉子,和一个小孩子。中年人从驾驶位上伸出头来,用非常娴熟的老挝话有礼貌地说:"美丽的阿卡小姐,听说班海寨的首领在你们家,我可以下车去见他吗?"

"还小姐呢,都孩子他妈了,这样吧,我上楼去问一下,请问应该怎么称呼你。"

"杰克,从美国的达拉斯来的,一个曾经参加过越南战争的老兵,是一名飞行员,来过你们寨子的上空。"

娅檀上楼来,向大舅和阿爹说了美国人杰克请求见面的事。娅檀的母亲米蒂一听,说:"美国人,开飞机的,来过我们寨子的上空,说不定,那次轰炸他都参加了,把他赶走吧!"

加坡说:"米蒂,都说伸手不打笑脸人,这个美国人既然来了,我们就开了大门迎接吧。战争都过去十几年了,对那一场战争,一个普通的士兵也身不由己,正如一阵风来,大树和小树一样的摇动,只要忏悔了,就应该被原谅。"

娅檀下楼,美国人已经停放好了车子,他手里牵着一个手脚大小不一、嘴巴歪斜的小孩,看上去,有点越南人的模样,脑门突出，眼窝深陷。

美国人杰克牵着孩子一摇一晃地正要上楼，三头麂子突然从木楼下跑出来，把他们拦着了。

娅檀对它们说："让开吧，他们是客人。"

三头麂子有些不情愿地走了。

上了楼，杰克看到楼上聚集了这么多人，显得有些紧张。加坡要车塔拿出酒来，按照习惯，让他喝了一小碗进门酒。

加坡看了那个小孩，对米蒂说："米蒂，你去给孩子弄两个红蛋来吧。"

十几分钟后，米蒂一只手拿着两个红蛋，一只手端着一碗蜂蜜，亲自给那个残疾的小孩子，递上了两个煮熟了的红蛋，还挑起碗里的蜂蜜喂给孩子。

杰克这次来，是上门认错的。他先到了越南，找到了这个残疾儿童，表示要把他带回美国去医治。他说，在十几年的那一场对班海寨的轰炸，他也参加了。他清楚地记得，在一道山坡上，追着一群马丢炸弹的情景。

坐在一旁的车塔笑着说："这么巧，在那个坡上放马的就是我。杰克，你记得吗，那天，我对着天上的飞机，撅着屁股，朝天地大叫着：美国佬有本事来炸我的屁股呀。"

杰克大笑着："你别说，在梦中不止一次出现过这样的情景，想不到这是真的。"

说到那场战争，加坡老人说："世界都应该有一个规矩，不能毫无理由地乱来。你们想想，二十多年前的越南，后来的柬埔寨、老挝，都变成了你们美国人撒气的战场，据说，我们每个老挝人的头上都顶着一吨炸弹呀。只要是一个正常的、有良心的人，怎么就忍心把这样的罪恶，降到同为人类的头上？你们美国人是应该反思了。"

大庆接上："在第二次世界大战中，你们和中国人一起抗击了法西斯的侵略，在我们云南，直到现在到处还在传扬着美国飞虎队的英雄事迹。是啊，我们应该是正义的英雄，不应该是动乱的恶魔！"

"实话告诉你们吧，我的飞机在越南被你们中国的炮火揍落了，我在越南的丛林中逃生，饿了吃野芭蕉，渴了喝那里的水，当时我没有想过，我们喷洒下的枯叶剂会给这块土地带来这样大的危害。我的太太每次怀上孩子都会流产，到了医院，医生告诉我，这一切都是我引起的。为了要一个孩子，太太跟我分手了。我把这个越南的小孩带回美国，就是要那些参加过越战的老兵看看，我们给世界带来了什么。"杰克非常诚恳地说。

大庆和娅檀邀请杰克留下，参加他们的婚礼。

大庆和娅檀的婚礼办得隆重而又简朴，这一天，寨子里的人全部出动，打扫了寨子里所有地方；在当年工程团铺好的水泥路上铺下了绿色的叶子；每一家人都准备了一桌丰盛的菜饭，娅檀家宰杀了两头黄牛，在家门口支上了几口大铁锅，熬上了牛肉……娅檀和大庆本来是要骑马穿过寨子的，加坡老人非要让他们骑上了一匹戴上红璎珞的大象，从家门口出发，沿着寨子走了一圈。

寨子中间的通道上，摆下了二百多桌饭菜，杰克拿出一台小型摄像机在人群中跑来跑去记录着。吃饭的时候，加坡陪着杰克坐在一起。

加坡说："杰克，你看，摆脱了战争的人们是多么的幸福啊，每个人的脸上都有太阳的闪光。要是有可能，你就把你自己看到的，拍到的，送给你们的总统看看吧。"

杰克点点头，说："是啊，我一定要这样做，大庆先生的话给了我很大启示,要做正义的英雄,不做动乱的恶魔。"

"世界宽大无边,正义能够照亮一切角落。"

大庆举办婚礼后的第三天,加坡要车塔带上两个儿子——塔基和塔峰,还有塔南,一道赶着9匹大象到南卡河里为它们洗刷身子,准备好去看那些大山。

这天一早,加坡老人让人给大象安上了座椅,娅檀一家全部参加。加坡、尔车和大庆坐在领头的大象上,其他人分别骑上了其他的大象,他们要去十五里外的地方,看那些被砍伐光了的山头和还正在被砍的地方,出门不久,那12头麂子也跟了上来。

沿着密林中的小道,涉过几条小河,两个小时之后,他们到了一座山头上。大家从大象背上下来,有大象看到满坡的荒凉,唤起了它们的记忆。因为不久前,它们都在这一带服过劳役,现在,一匹匹都想往回走,12头麂子也出现了满眼的疑惑。

看着附近被砍伐光了的三座光秃秃的山头,迎面扑来了一阵阵灼人的热浪,火炭条一样抽打在身上。不远的两座山头上,一群大象还在用粗大的尼龙绳拉扯着木料,赶象人发出了一声声吆喝,不时响起了巨树倒地的咿呀声,大树倒下后带起了一阵大风,很快就到了面前,大庆感到了风声中呼啸着的愤怒。

加坡老人对大庆说:"其实,这些森林被砍伐,我们不能怪那些大小老板和我们政府的一些官员,我们每一个人都有责任,包括你张大庆在内。开始,老板们来租用大象的时候,我以为,他们只是有条件、合乎天道地间伐,我为了眼前的好处,忘记了对森林的保卫;知道他们是人到地皮光,大小树木都不放过,我也只是做到了把大象要了回来,退还了租金,没有去和他们讲道理,发出自己的声音。我说过,每一座大山都有自己的尊严,每一条河流都有自己的规矩。大庆,过些天,你就要带着娅檀、塔南回去了,回到中国，一定要发出自己的声音，为了老挝，也为了中国，更为了世界。"

"是的，加坡大舅，看到裸露的大山，看到砍伐还在进行，我的心流了血，我一定要做出自己的呼吁。现在，我的家既是中国的也是老挝的，不论站在哪一方，都有责任站出来捍卫。肆无忌惮的砍伐应该制止了，应该回到一个正常利用的轨道。最近我看到一则消息说，亚马孙丛林遇到了木材商的破坏，丛林里的土著民站起来说：我们不要高楼大厦，我们不要喧闹的城市，我们要森林中的溪流小河，要小鸟歌唱，树蛙扑腾，野兽奔跑。你们要是再不停止罪恶的斧头和油锯，我们将高举起愤怒的弓箭和大刀。"

"他们的呼声起到作用了吗？"

"据说，木材商坐下来与他们商量了，现在已经做到了有条件地砍伐。"

这天，大庆在山头上站了很久，身后大森林葱茏依然，远方依然云起雾涌。他心里感慨着：森林啊森林，对不起，请原谅，真的我们每一个人，都有着不可推卸的责任。不过，我们坚定不移地相信，到了雨季，在连天连月的雨水的浇灌下，在绵绵不绝的大雾滋润下，会有森林里的麂子、马鹿、大象、野猪、黑熊、老虎、蟒蛇的活跃，请相信大自然强大的修复能力。在这片百年千年巨树呻吟倒下的山坡上，那些掺和在土地里的种子和余下的根茎，一定会听从上天的召唤，迅速萌芽、抽枝，不断繁衍，绿满山坡，响起不息的森林波涛。什么飞机大炮，核弹都不能摧毁正义所焕发出来的能量，正能量定是排山倒海，朝气蓬勃，不可阻拦的。

加坡显出了前所未有的深沉，说："时光的大树不会衰老，时间的叶子没有斑点，因为它们在流动，在更新。"

尔车说："从现在起，土地和土地连接在一起，高天上白云飘飞,大地上,自然之气也在亲切流动。"

天地合万物生,云雾起,尘埃落。

东方既白,众神隐退,妖魔依然。